Kirsty Moseley

FREE TO LOVE
Lotta per il tuo amore

Romanzo

TRADUZIONE DI
MADDALENA TOGLIANI

tre60

Per informazioni sulle novità
del Gruppo editoriale Mauri Spagnol visita:
www.illibraio.it

Tre60 è un marchio di
TEA - Tascabili degli Editori Associati S.r.l., Milano
Gruppo editoriale Mauri Spagnol
www.tre60libri.it

Titolo originale
Worth Fighting for

Prima edizione Narrativa Tre60 settembre 2017

NARRATIVA

TRE60

FREE TO LOVE
Lotta per il tuo amore

A Terrie Arasin.
Senza di te, questo libro non esisterebbe.

Prologo

«È meglio avere amato e perso che non aver amato mai.»

Alfred, Lord Tennyson scrisse questi versi nell'Ottocento. Secondo me Alfred, Lord Tennyson ha scritto un'idiozia.

Forse non ha mai amato; forse voleva più bene a se stesso che agli altri, perché se avesse amato un'altra persona al punto di voler sacrificare la vita per lei, non avrebbe mai scritto una sciocchezza simile. Sono tutte teorie, le mie. Non sono un professore, non so nulla di quel tizio all'infuori di quella citazione. Come mai allora, vi chiederete, non sono d'accordo con ciò che scrive?

Perché una volta mi sono innamorato.

Una volta sola.

E l'ho persa, quella ragazza.

Darei tutto ciò che ho per non averla mai amata. No, avere amato e perso non è meglio. Per niente.

Al diavolo l'amore. E al diavolo Lord Tennyson.

1
Jamie

Il pugno mi colpì alla mandibola. Forte. Un dolore terribile, istantaneo, a viso e collo. L'impatto fu di una violenza tale che gli occhi mi uscirono quasi dalle orbite. Voleva farla finita in fretta.

Feci un passo indietro e mi toccai il mento nel punto dove mi aveva colpito; un sorriso di sfida mi si stampò sulle labbra. Feci una risatina pulendomi la bocca, e ignorando il sangue che mi macchiava il dorso della mano.

«Bravo. Avanti, ancora» lo incoraggiai, facendogli cenno di farsi sotto. Non mi preoccupai neppure di alzare la guardia; sarebbe stato assurdo, visto lo scopo che mi ero prefissato quella sera.

Il tizio si guardò in giro spaesato, spiazzato dalla mia mancanza di interesse e di reazione al dolore. Attorno a noi, nel grande magazzino abbandonato dove si svolgevano gli incontri, la folla gridava incitandoci: qualcuno mi urlava di svegliarmi e di farlo a pezzi, altri esortavano il mio avversario a distruggermi. Volevano che il combattimento finisse in fretta, mentre io intendevo farlo durare il più possibile. Il dolore era una distrazione che mi evitava di dar retta al mio tormento interiore. Ero felice di pensare a qualcosa d'altro, a qualcosa che non fosse... lei.

«Avanti, amico, non sai fare di meglio?» lo provocai, sputando un grumo di sangue. Allargai le braccia, dandogli un'occasione per attaccare. «Avanti, mostrami di cosa sei capace.»

Mi guardò sospettoso e fece una smorfia, poi avanzò e mi sferrò un pugno nello stomaco. Restai senza fiato e mi piegai, cercando di respirare. Lui ne approfittò per colpirmi in faccia con il ginocchio. Caddi all'indietro, andando a sbattere con violenza sul pavimento di cemento, e ogni parte del mio scheletro avvertì l'impatto.

Il boato della folla fu assordante. Chiusi gli occhi e mi lasciai andare, sogghignando. Tutto l'alcol che avevo ingurgitato quella sera, prima degli incontri, era ancora in circolo, e aumentava il senso di disorientamento e di insensibilità al dolore; il mattino dopo, quando gli effetti della bevuta sarebbero scomparsi, sarebbe stata tutta un'altra storia, invece.

«Kid, cosa diavolo stai facendo? Sapevo che non avrei dovuto lasciarmi convincere! Interrompo il combattimento!»

Con uno sforzo colossale aprii gli occhi e girai la testa, che mi parve pesantissima, verso Jensen, sul bordo del ring improvvisato. Scosse il capo, incredulo e inorridito insieme. Aveva gli occhi socchiusi e stringeva i denti. Essendo il padrone e l'organizzatore di quel circolo illegale, avrebbe perso molti soldi se fossi stato sconfitto. E non gli piaceva affatto che giocassi con lui e mettessi a repentaglio i guadagni che, francamente, intascava senza spaccarsi troppo la schiena.

«Non provarci neanche. Ho tutto sotto controllo. Datti una calmata e cerca bene nei pantaloni, per vedere se trovi un paio di palle. Direi che le hai perse» scherzai. Strascicavo le parole come un ubriacone, me ne accorgevo da solo. Girandomi faticosamente su un lato, liberai le braccia e mi rimisi in piedi barcollando.

Con la coda dell'occhio vidi Jensen estrarre il cellulare e

parlottare rapido senza smettere di fissarmi. «Ci sei quasi? La situazione mi sta sfuggendo di mano. D'accordo, ma tu datti una mossa!»

Mi accigliai. «Oh, ma certo, fa' pure la spia, chiama qualcuno che mi faccia da balia!» sbottai. «Sporco spione» aggiunsi, scoppiando di nuovo a ridere.

Approfittando della mia distrazione, o semplicemente della propria vigliaccheria, il mio avversario mi attaccò da dietro, travolgendomi. Entrambi finimmo catapultati in avanti. Gli spettatori, non volendo ritrovarsi schiacciati o coperti di sangue, si sparpagliarono, e andammo a sbattere contro la fiancata del camioncino parcheggiato all'estremità del ring. L'altro pugile aveva il fiato corto, ma continuava a tempestarmi di pugni la schiena e un fianco.

Avevo male ovunque, e capii di avere fatto la scelta giusta andando a combattere, quella sera. Era un'ottima distrazione.

L'altro mi prese per la spalla e mi scaraventò all'indietro; mi ritrovai di nuovo per terra, ansimante.

«Kid!» Naturalmente Jensen aveva chiamato Ray. Era uno dei miei migliori amici, oltre che suo cugino. Resistetti alla tentazione di rispondergli male.

Ray si fece largo tra la folla e si mise bocconi sul bordo del ring. Lo guardai e gli lessi la preoccupazione negli occhi castani.

«Come te la passi, amico?» balbettai, cercando di sorridere, ma dovette uscirmi una smorfia grottesca.

«Cosa combini? Jensen dice che hai bevuto. Che cosa sta succedendo?» chiese scuotendo il capo. Notai soddisfatto che non era entrato sul ring né aveva cercato di toccarmi; era contro le regole, e avrebbe segnato la fine dell'incontro.

Prima che potessi rispondere, il mio avversario mi afferrò la maglietta e mi rimise in piedi con uno strattone. Mi preparai a un altro pugno, aspettandolo come si farebbe con un vecchio amico. Quando mi colpì lo zigomo udii le parole di Ray, che parlò con voce decisa e infuriata.

«Jensen, interrompi subito l'incontro, altrimenti lo faccio io!»

«Okay, okay» cercò di placarlo il cugino.

Mi sentii ribollire di rabbia. Se avessero interrotto il combattimento, avrei perso. «No!» gridai, scuotendo la testa e guardandoli in faccia, l'uno dopo l'altro. «No» ripetei ostinato. Kid Cole non perdeva mai.

Sapevo cosa fare. Una sconfitta era inaccettabile. Mi ero divertito, avevo raggiunto lo scopo che mi ero prefissato – mi ero distratto dai miei pensieri per un po' – ma era arrivato il momento di riprendere il controllo della situazione e di finirla.

Afferrai la mano del mio avversario che mi teneva fermo. Sgranò gli occhi e si bloccò: pensando che non ne potessi più, si apprestava a sferrarmi il colpo di grazia e a sconfiggermi. Si sbagliava di grosso, invece.

«Fine del gioco. Mi dispiace.» Gli diedi subito una testata in faccia con una violenza tale che udii il suo naso fratturarsi nonostante le grida del pubblico. Era molto semplice: non potevo più tergiversare, lasciarmi picchiare da lui per divertirmi. Cadde subito a terra, privo di sensi.

Feci qualche passo barcollante; avevo la vista annebbiata, e sbattei le palpebre per schiarirmi le idee, ignorando il dolore pulsante alla testa. Mi sentivo la bocca secca, la lingua impastata. Mi serviva qualcosa da bere e subito, perché gli effetti dell'alcol stavano finendo.

Ray e Jensen si precipitarono da me. Jensen giunse per primo, mi afferrò il braccio e lo agitò per aria. «Il vincitore assoluto di stasera… Kid Cole!» Soltanto metà degli spettatori esultarono; gli altri accartocciarono le ricevute delle scommesse e le gettarono per terra contrariati, imprecando sottovoce. O erano nuovi e non sapevano che era meglio non darmi mai perdente, o a trarli in errore era stato il fatto che avevo incamerato tanto di quell'alcol da ammazzare un cavallo. Le apparenze ingannano, a volte.

Feci un sorriso sghembo, appoggiandomi con tutto il peso a Ray che mi sorresse e mi guidò alla sedia di plastica lì accanto. Mi sedetti privo di forze, con il corpo così tramortito e scoordinato che per poco non mi ribaltai.

Ray mi si inginocchiò accanto, tendendomi una bottiglia d'acqua che si era procurato, come per magia, non so dove. «Bevi. Accidenti, sei conciato male» commentò, scrutandomi con una smorfia.

Tesi una mano, spinsi via la bottiglia e indicai con un sorriso il mio giubbotto di pelle, appoggiato allo schienale di un'altra sedia. «Mi passi il giubbotto, per favore?»

Me lo allungò con un'espressione preoccupata.

Senza una parola frugai nella tasca posteriore e le mie dita strinsero l'oggetto che cercavo; una bottiglietta di vetro. La estrassi, e udii Ray sbuffare quando si accorse che era piena per metà di whisky.

«Stai scherzando, Kid?»

Gli strizzai l'occhio, svitando il tappo con le dita doloranti, coperte di graffi e di sangue. Bevetti un sorso enorme, assaporando la sensazione di bruciore in gola. «Ne vuoi un po'?» proposi con voce strascicata e incomprensibile.

Non si degnò neanche di rispondere, ma mi tolse la bottiglia dalle mani, riavvitò il tappo e la posò per terra. «Cosa succede, Kid? Dico sul serio. Ricevo una chiamata da Jensen, che mi dice che ti sei presentato qui ubriaco fradicio, stasera, insistendo per combattere. Sei messo malissimo, quel tizio ti ha quasi battuto!»

Sbuffai risentito. Non avevo perso il controllo neanche un istante, durante l'incontro. «Non sarebbe stato in grado di battermi.»

«A me pareva che ti stesse ammazzando, invece! Un altro pugno, e saresti finito al tappeto.»

Scossi il capo, ostinato. «Ha fatto solamente quello che gli ho permesso di farmi. Quello che volevo.»

«Volevi che ti cambiasse i connotati? Volevi che ti riducesse in questo modo?» Indicò con un gesto vago la mia faccia, per sottolineare il concetto.

Mi strinsi nelle spalle e distolsi lo sguardo dai suoi occhi inquisitori. Ray sembrava avere la capacità di leggermi dentro e di sapere quasi sempre cosa pensavo; era una cosa che odiavo.

Sospirò, posandomi una mano sulla spalla e stringendo con cautela. «Perché lo fai, Kid? Quando ti ho visto, prima, stavi bene, e invece sei andato a sbronzarti e ti sei presentato qui esigendo di combattere. Non capisco.» Aveva un tono incoraggiante, affettuoso.

«Avevo bisogno di qualcosa di nuovo. Una distrazione. Non intendevo di venire qui. Pensavo che un goccio d'alcol mi sarebbe bastato, invece sono diventati tre, quattro, e...» Diedi un'occhiata alla bottiglia mezza vuota, non volendo ammettere che era la seconda della serata. Deglutii e scossi il capo. «Bere non mi ha aiutato, ma ho continuato comunque, e a quel punto venire a combattere mi è parsa una buona idea. Mi sono detto che qualcuno me le avrebbe suonate di santa ragione, facendomi pensare ad altro. Ma non è andata come speravo. È ancora tutto qui.» Mi colpii la fronte con la mano un paio di volte, cercando di cacciare via i pensieri, di dimenticarli.

«Kid, dici frasi senza senso.»

Avevo male al petto, e non per colpa dei pugni. Il mio era un dolore profondo scoppiato tre ore prima, quando avevo visto qualcosa al telegiornale. Non riuscivo a esprimermi a parole; affondai una mano nella tasca del giubbotto e ne estrassi le pagine che avevo stampato dal sito della CNN, prima di iniziare a sbronzarmi.

Gli allungai i fogli e chiusi gli occhi, rimpiangendo di non poterne dimenticare il contenuto.

Ray prese le pagine, le aprì e cominciò a leggere l'articolo ad alta voce. A ogni sillaba mi si stringeva un po' di più il cuore, e il mio strazio aumentava.

«Il bilancio dell'incidente provocato da un pirata della strada, oggi, sulla I-95, è di un morto e un ferito grave. La polizia ha dichiarato che il conducente, Michael Pearce, quarantacinque anni, è morto sul colpo quando un camioncino Ford blu scuro gli ha tagliato la strada, mandandolo a sbattere contro lo spartitraffico a velocità elevata. Il camioncino non si è fermato, e il suo autista è scappato.

«Michael Pearce è deceduto al momento dell'impatto. Sua moglie Ruth, quarantaquattro anni, è in condizioni critiche ed è stata trasportata immediatamente all'ospedale dai soccorritori.

«La polizia chiede ai testimoni o a chi sia in possesso di informazioni sul pick-up o il suo conducente di contattare le forze dell'ordine.»

Ray mi guardò. «Chi sono Michael e Ruth Pearce?»

Sospirai. «Sono i genitori di Ellie.»

Trasalì, cogliendo al volo le implicazioni. «Maledizione.» Restò in silenzio per un minuto prima di parlare di nuovo. «Allora lei dovrà tornare indietro, eh?»

Abbassai lo sguardo, afflosciandomi sulla sedia. Ellie sarebbe stata annientata da quella notizia. Era legatissima al padre, la cui perdita sarebbe stata un duro colpo per lei. Senza contare che rischiava di perdere anche la madre. Volevo solo abbracciarla, ma non la vedevo e non le parlavo da più di tre anni, fin da quando le avevo fatto la telefonata che aveva mandato in frantumi entrambi i nostri cuori.

«Immagino di sì.»

2
Ellie

Che barba. Mi annoiavo a tal punto che avevo passato gli ultimi cinque minuti a strapparmi via a pezzetti il gel dalle unghie troppo cresciute. Laura, la mia manicure, sarebbe inorridita vedendo le condizioni disastrose delle mie mani, ma non potevo farci nulla. Non riuscivo a stare ferma. O mi tormentavo le unghie o mi mettevo a smangiucchiare le patatine che si trovavano negli scatoloni alle mie spalle. Mi occorreva una distrazione per non pensare al fatto che non mi sedevo da un'eternità, e che i piedi mi dolevano. Almeno la serata era quasi finita; dovevo portare pazienza solo un paio d'ore.

Sospirai guardandomi attorno in cerca di qualcosa da fare, e decisi di pulire ancora una volta il già pulitissimo piano di mogano.

Per essere venerdì sera, c'era un bel mortorio nel pub. A quell'ora, generalmente, il King's Arms era pieno. Era un tipico pub inglese con il mobilio di legno scuro, chintz alle pareti e una moquette a disegni rossi, e di solito era pieno di gente del quartiere che usciva dal lavoro e dava inizio al fine settimana. Quella sera, invece, c'erano in totale diciannove clienti. E avevano tutti il bicchiere pieno; per questo mi annoiavo tanto. Mi ero portata avanti il più possibile: la lavastoviglie era stata svuotata e riempita di nuovo, i bicchieri asciugati e ammonticchiati sugli scaffali all'altezza delle mie ginocchia, i bagni erano stati controllati e puliti. Quando gli ultimi clienti fossero usciti, avrei solo dovuto lavare i loro bicchieri e chiudere. Non avevo nient'altro da fare.

Andai a parlare con Toby, il mio capo, e mi schiarii la gola. «Scusate se interrompo» dissi, sorridendo con aria colpevole ai due *habitués* con cui stava discutendo.

Chuck, il più vecchio, sorrise, e gli si formarono delle rughette agli angoli degli occhi. «Non c'è problema; è un piacere essere interrotti da una ragazza carina come te.» Mi strizzò l'occhio e si diede una tiratina alla barba brizzolata, che si faceva crescere nei mesi invernali e che, all'arrivo della primavera, avrebbe tagliato. Lo faceva ogni inverno per tenere al caldo il viso, mi aveva confessato quando gli avevo chiesto il motivo. Chuck era uno dei miei clienti preferiti. Era gentile e allegro; mi ricordava vagamente mio nonno paterno prima che morisse.

Toby rise. «Non prenderti certe libertà con il personale, te l'ho già detto. Lo sai, no?» rimproverò scherzosamente Chuck, ammiccando con gli occhi verdi. Toby era nato e vissuto a sud di Londra; era un *cockney*, insomma. All'inizio avevo fatto fatica a capire il suo accento, perché come ogni cockney che si rispetti non pronunciava le «h» e si mangiava la fine delle parole. Dopo due anni a Londra, però, mi ero abituata. Anzi, quell'inflessione mi piaceva, sebbene certe espressioni gergali mi sfuggissero ancora.

Chuck alzò le mani rugose come per difendersi. «Non è colpa mia se hai assunto la barista americana più carina della città, no?»

Scoppiai a ridere. «Sono *l'unica* barista americana della città.» La mia ilarità contagiò anche gli altri, e mi rivolsi a Toby.

«È una serata calma, vuoi che controlli le scorte? Mi sto

annoiando da morire.» Fare l'inventario mi avrebbe tenuta occupata per almeno un'ora.

Lui alzò le spalle, con il sorriso sulle labbra, e si passò una mano tra i capelli, spostandoseli dalla fronte. «Sì, buona idea. Domani devo ordinare della birra, e così mi farai risparmiare tempo. Grazie.»

«Prego» risposi, voltandogli le spalle e dirigendomi nel corridoio sul retro per prendere i fogli da riempire.

Mentre andavo in cantina notai che sulla bacheca erano stati affissi i turni della settimana successiva. Mi fermai a controllare le mie ore e il giorno di riposo, e aggrottai le sopracciglia quando vidi il mio nome scritto accanto al sabato. Avevo detto a Toby che non potevo lavorare, quel giorno. Proprio allora spuntò lui da dietro la tenda e infilò una mano nello scatolone delle patatine, estraendone un sacchetto di quelle al gusto di cipolla e formaggio.

«Toby, perché mi hai dato il turno di sabato? Non posso lavorare, ho un impegno» dissi, indicandogli il mio nome nel riquadro.

Venne a controllare leggendo da sopra la mia spalla. «Liberati.»

«Non posso.» Mi voltai a guardarlo, con le mani sui fianchi. «Devi cambiare i turni e mettere qualcun altro.»

Toby mi fece un sorriso scherzoso, lanciandomi uno sguardo birichino. «Ti farò rimpiazzare se stasera vieni a letto con me.»

Soffocai un grido indignato. «Sono molestie sessuali, queste!»

Si strinse nelle spalle, voltandosi. «Denunciami, allora.»

«Forse lo farò!» ribattei, sorridendo e tornando a concentrarmi sui turni. Estrassi la biro e cancellai il mio nome, sostituendolo col suo, prima di scendere in cantina per l'inventario.

Quando sentii la campanella delle ultime ordinazioni,

poco prima delle undici, scrissi i numeri rimanenti sul foglio, annotando quanti pacchetti di arachidi salate ci restavano, e tornai di sopra.

Il bar era quasi deserto, c'erano solo sei avventori. Toby aveva già raccolto quasi tutti i bicchieri, appoggiandoli sul banco per lavarli. «È ora di andare, signore e signori. Finite le vostre ordinazioni. Non avete una casa che vi aspetta?» scherzò, appoggiando gli sgabelli sopra i tavoli perché si potesse passare l'aspirapolvere sulla moquette il mattino dopo.

Alcuni dei clienti protestarono, cercando di prendere tempo, ma le occhiaie di stanchezza sotto gli occhi di Toby erano visibili a tutti, e non insistettero troppo.

Quando l'ultima coppia fu uscita, Toby richiuse i battenti pesanti alle spalle dei due clienti e si rivolse a me. «Hai finito l'inventario?»

Annuii. «Sì. Tutto fatto.»

Sbadigliò, si stiracchiò con le braccia sopra la testa e fece il giro del banco. «Grazie.»

Aprii la lavastoviglie e vi infilai un paio di bicchieri. Mentre mi protendevo per afferrarne altri due, qualcuno mi prese per i fianchi. Sussultai sorpresa, e Toby mi si adagiò contro, aderendo con il corpo caldo alla mia schiena. «Allora, ti va bene l'accordo che abbiamo preso per sabato o vuoi lavorare?» sussurrò solleticandomi la guancia e il collo con il fiato tiepido. Mi si premette contro con più forza, strofinandomi il cavallo dei pantaloni sulla pelle nuda dove la maglietta mi aveva lasciato scoperto un pezzetto di schiena.

Mi venne la pelle d'oca. «Sono molestie sessuali del peggior tipo, eh?» ribattei, avvertendo un'inequivocabile tensione nei muscoli di tutto il corpo.

«Già» mormorò con voce soffocata, con le labbra sul mio collo. «Lascia perdere le pulizie. Ci penso io domattina.»

Rassegnata mi voltai per trovarmelo di fronte. I suoi occhi verdi, offuscati dal desiderio, si posarono su di me. «Credo proprio che mi serva, quel giorno di riposo» mormorai, fissandogli incantata la bocca: si stava passando la lingua sul labbro inferiore, pianissimo.

Fece un passo indietro e mi tese la mano con un sorriso carico di sottintesi. Posai l'ultimo bicchiere sul banco, gli diedi la mano e mi lasciai condurre dietro la tenda, in corridoio e su per le scale, dove si trovava l'appartamento. Scalciai via una scarpa, poi l'altra, senza fermarmi, e le abbandonai dov'erano. Lui fece lo stesso.

Quando giungemmo in cima alle scale perse ogni inibizione, e il suo desiderio si manifestò in tutta la sua prepotenza.

Mi attirò a sé, abbracciandomi stretta e baciandomi con passione. Mi sentivo le sue mani ovunque intanto che procedevamo alla cieca verso la camera da letto. La sua bocca non mi dava tregua. Mi tolse la maglietta in un lampo, poi armeggiò con il bottone dei jeans. Quando con la parte posteriore delle ginocchia toccai il bordo del letto ci lasciammo cadere sul materasso, in un groviglio di gambe e braccia ed entrambi col fiatone. Mi venne da ridere quando mi rovinò addosso, quasi schiacciandomi, poi si puntellò sulle braccia e mi coprì delicatamente il corpo con il suo.

Gli sfilai la maglietta, mentre i suoi occhi ardevano di desiderio. Mi tolse i jeans, solleticandomi la pelle delle cosce. «Cos'hai da fare sabato?» sussurrò, avvicinandosi per stamparmi piccoli baci alla base del collo, dove la barba già cresciuta dal mattino mi graffiava deliziosamente la pelle.

Rovesciai la testa all'indietro, mentre gli percorrevo la schiena nuda con le mani e gli conficcavo le unghie nelle spalle, già in preda all'eccitazione. «Vado a un salone del matrimonio con tua madre» risposi con voce alterata.

Rise e si allontanò per guardarmi meglio con un sorriso

sbilenco. «Davvero? Ma perché continui a lasciarti trascinare in quei posti?» chiese alzando gli occhi al cielo.

«È così esaltata... Le ripeto sempre che il nostro è un fidanzamento lungo, ma la conosci anche tu. Spera che veda un vestito, una torta o una composizione di palloncini che mi farà impazzire e mi convincerà a fissare il giorno, una buona volta!»

Diventò serio. «Sai cosa dovresti fare per farla smettere, no?»

«Lasciarti?» suggerii, ridendo quando mi punì ficcandomi un dito tra le costole.

«Oppure potremmo fissare la data...»

Sospirai, ma mi accorsi che la voglia mi stava passando. «Potremmo non parlarne ora? Pensavo che stessimo facendo qualcosa d'altro...» Per sottolineare il concetto gli feci scorrere le unghie lungo la schiena prima di afferrargli le natiche e di attirarlo contro di me.

Sono fin troppo semplici, gli uomini. Se parli di sesso o proponi più o meno velatamente di farlo, li puoi manipolare come vuoi. E il mio fidanzato non era diverso dagli altri.

Purtroppo per me, il divertimento finì ancor prima di cominciare. Non che Toby fosse un amante poco attento; anzi, era fantastico quando non aveva fretta. Quella sera, però, era stanco, il che significava niente preliminari, niente parole dolci né una fase di riscaldamento prima dell'orgasmo. No, andò subito al dunque, e in un momento mi crollò addosso ansimante. Naturalmente mi ero accorta che mancava poco, e avevo fatto quello che quasi tutte le donne fanno durante il sesso: avevo simulato un filino perché non si sentisse umiliato. Solo un po', però: amavo davvero i momenti di intimità con lui, anche se quella volta dovetti fare a meno del «lieto fine».

Quando mi schioccò un bacio sulla guancia e mi si coricò accanto con un sorriso soddisfatto, ridacchiai.

«Te la sei meritata, la tua giornata di libertà» dichiarò con gli occhi già mezzi chiusi, mentre mi attirava a sé e si apprestava ad addormentarsi stringendomi tra le braccia. «Ignora mia madre. Le parlerò io.»

Mi rannicchiai con la testa nell'incavo del suo collo. «Va bene, grazie.»

«Qualunque cosa per te» rispose. Il respiro gli si fece lento e regolare. Era già quasi addormentato.

«Non metterti troppo comodo, devo andare a lavarmi» dissi, liberandomi dall'abbraccio. Mugugnò infastidito ma mi lasciò andare. Gli sorrisi, chinandomi per dargli un bacino sulla punta del naso.

Sorrise a occhi chiusi. «Sbrigati ad andare in bagno prima di sgocciolare in giro. Non mi piace dormire sul bagnato.»

«Toby!» esclamai. «Ma che romantico!»

Non se la prese più di tanto. «Oh, dai, la vita vera non assomiglia alle storie descritte nei romanzi erotici che leggi tu» mi canzonò strizzandomi l'occhio.

«Certo, come no?» replicai sarcastica.

«Quei libri servono solo a ingannare le donne e a dare un'immagine fasulla dei rapporti di coppia. È impossibile misurarsi con gli uomini che vi sono descritti. Purtroppo noi comuni mortali non siamo all'altezza.» Scosse la testa, fingendosi avvilito. «Nella vita reale, un rapporto intimo è quello in cui un uomo fa una puzza a letto e ficca la testa della sua ragazza sotto le coperte. Di quello non parla mai nessuno, invece.»

Presi il cuscino e glielo sbattei in faccia. «Se me lo fai un'altra volta, giuro che...»

Nonostante i ricordi sgradevoli che aveva appena evocato, risi. Toby aveva la grande capacità di farmi ridere. Era stata quella ad attrarmi, all'inizio. Ci eravamo conosciuti due anni prima, e mi aveva proposto di lavorare part-time nel suo bar mentre visitavo Londra. Era stata la prima persona a farmi davvero sorridere e dimenticare, almeno per un istante, il dolore che minacciava di annientarmi. In un primo tempo eravamo stati solo amici, ma il nostro rapporto, senza che lo volessimo, si era trasformato in qualcosa di più profondo. Con il passare dei giorni mi aveva aiutata a guarire, ad aprirmi e ad avere di nuovo fiducia in un uomo. Con le sue battute, aveva fatto breccia nel mio cuore. Eravamo insieme da un anno e mezzo, e fidanzati da sei mesi.

Il nostro rapporto era diretto, semplice e basato sul rispetto reciproco. Non mi mandava in tilt con uno sguardo tenebroso o uno dei suoi sorrisi, ma mi amava e io amavo lui. Era un bravo ragazzo. Affidabile, serio e non pericoloso: tutto ciò che desideravo. Toby non avrebbe mai spezzato ciò che restava del mio cuore, ne ero sicura. Lo adoravo per il modo in cui mi aveva guarita e perché grazie a lui vedevo di nuovo il lato bello della vita. Per me, quello era tutto.

Mi afferrò i polsi e mi attirò di nuovo a sé, dandomi un bacio sulle labbra mentre ancora ridevo. «Va' a lavarti, se proprio devi» disse, lasciandomi andare. «Ah, e fatti una coda, per favore. Se dormiamo appiccicati, non vorrei ritrovarmi i tuoi capelli in bocca.» Saltai giù dal letto e gli feci un sorriso, mentre prendevo la maglietta che si era tolto e me la infilavo. Uscii a piedi nudi dalla stanza e mi diressi in bagno.

Dopo essermi ripulita, struccata e lavata i denti, uscii dal bagno. Prima di tornare a letto feci una deviazione per l'altra stanza, che aprii cercando di non far rumore. Mi avvicinai ai letti a castello, mi misi in punta di piedi per vedere quello superiore e sorrisi.

Vuoto. Proprio come sospettavo.

Diedi un'occhiata al letto di sotto. I due bambini nati dal matrimonio precedente di Toby erano rannicchiati l'uno contro l'altro e dormivano sereni; il libro che avevano letto era ancora aperto, la torcia ancora accesa, anche se il fascio di luce era tenue. Sorrisi e presi la lampada a pile, la spensi e mi feci l'appunto mentale di comprare delle pile nuove per la prossima volta che sarebbero venuti. Christian e Sam erano ancora nella fase simpatica; a sette e cinque anni rispettivamente, trovavano che leggere un libro con una torcia fosse un'avventura. Erano bambini adorabili.

Stampai a entrambi un bacio in fronte, sistemando loro le coperte e decidendo di lasciare Christian dov'era invece di provare a rimetterlo sul letto di sopra. Uscii sorridendo dalla loro stanza, mi chiusi la porta alle spalle e tornai in camera mia.

«I bambini stanno dormendo. Chris è ancora nel letto di sotto. Sono...» Mi interruppi bruscamente quando vidi che Toby era sdraiato supino con un braccio sotto la testa, e russava leggermente.

Mi venne da ridere. *Per fortuna che dovevamo dormire a cucchiaio!*

Presi un elastico dal cassettone, mi feci una coda e spensi la luce prima di avanzare alla cieca verso il letto. Mi rannicchiai contro Toby, posandogli un braccio sul petto. Lui senza svegliarsi si voltò sul fianco e mi abbracciò. Mi addormentai quasi subito, sentendomi protetta.

Dopo pochi minuti, o così mi parve, fui strappata al sonno dallo squillo stridulo del telefono. Mi girai, cercando di aprire gli occhi e di decifrare i numeri sulla radiosveglia.

Toby si rizzò a sedere. «Cristo! Sono le quattro di notte, chi diavolo è?» brontolò, protendendosi per rispondere al telefono che continuava a suonare. «Pronto?» ringhiò sgarbato nel ricevitore. Io mi lasciai sfuggire un gemito e chiusi gli occhi quando accese la luce. «Oh, mi scusi. No, è qui. Va tutto bene? Oddio. Sì, ora gliela passo.» Mi toccò una spalla, scuotendomi dolcemente, ma il cambiamento radicale nella sua voce mi aveva già svegliato del tutto. Il suo tono mi fece paura: capii che non erano buone notizie. «Ellie, è tua nonna. Dice che c'è stato un incidente.»

3

«C'è stato un incidente.»

Incidente. La parola mi riecheggiò in testa mentre prendevo il telefono. Trassi un respiro tremante, con una stretta al cuore. Mi si contrasse lo stomaco, e avevo la bocca secca quando mi premetti il ricevitore sull'orecchio, stringendolo tanto forte da avere le nocche bianche.

Ti prego. Fa' che non sia niente di brutto.

Ma sapevo già che la mia preghiera era inutile. Non chiami alle quattro di notte per dire che qualcuno si è rotto il mignolino contro uno spigolo o si è spaccato un braccio. Era successo qualcosa di tragico. Me lo sentivo.

Lanciai un'occhiata a Toby per farmi rassicurare, ma la sua espressione mi preoccupò ancora di più. Lo sguardo triste e la piega seria della bocca mi fecero balzare il cuore in gola. Aprii la bocca per parlare, ma non uscì nessun suono. Mi posò una mano sul ginocchio, stringendo con dolcezza. Mi schiarii la gola e ci riprovai.

«Pronto?» Mi uscì solo un soffio di voce.

La persona all'altro capo del filo tirò su col naso. «Ellie, tesoro.» Anche se era roca, deformata dal dolore, riconobbi subito la voce: apparteneva alla madre di mio padre, nonna Betty.

Mi bruciavano già gli occhi. «Nonna, cos'è successo? Va tutto bene?»

«No. Oh, Ellie, non so come dirtelo.»

Deglutii per liberarmi dal groppo alla gola; i polmoni cominciarono a bruciarmi a forza di trattenere il fiato, in attesa di ciò che doveva annunciarmi. Mille idee mi riempirono la testa: mi chiesi che incidente fosse accaduto, chi fosse rimasto ferito, quanto gravemente.

«Nonna, per favore, cos'è successo?» la implorai in tono disperato.

«C'è stato un incidente automobilistico. I tuoi genitori...»

Mi lasciai sfuggire un grido soffocato. «Oddio, stanno bene?» La mano libera si strinse a pugno e me la premetti contro il petto, come per rallentare i battiti impazziti del mio cuore. Sentii lo sguardo di Toby su di me; cercava anche lui di capire cosa fosse accaduto, con la sua mano sempre sul mio ginocchio.

«Tua madre è rimasta ferita gravemente, Ellie. Frattura cranica con emorragia interna, e un ematoma, dicono. La stanno operando proprio ora per cercare di riparare i danni.»

«Operando?» La parola ebbe l'effetto di un acido, bruciandomi la gola quando la pronunciai. «Però guarirà, giusto?» Strinsi i denti, in attesa delle sue rassicurazioni. Mi aspettavo parole di conforto, che calmassero la tempesta di emozioni che mi sentivo dentro. Non riuscivo più a tenere a bada il panico, e mi tremavano le mani.

«Ne sapremo di più quando uscirà dalla sala operatoria. Stanno facendo tutto il possibile, ma le sue condizioni sono gravi.» La risposta della nonna non mi offrì le rassicurazioni che avrei voluto.

«Io... io...» La mente aveva smesso di funzionarmi. Avevo il cuore a pezzi, e un dolore insopportabile al petto. Mia madre era in sala operatoria; stava lottando per la vita con una frattura al cranio. Mi tremò un labbro e gli occhi mi si riempirono di lacrime. Non potevo perderla. Non era possibile. «Nonna, pensi che...» Mi bloccai di colpo, incapace di pronunciare l'ultima parola. Era troppo terribile, non riuscivo neanche a contemplare la possibilità che morisse. Non riconoscevo nemmeno più la mia voce, che emetteva suoni a malapena comprensibili, ma lei capì la mia domanda.

«Non lo so, tesoro.» Neanche un tentativo per addolcire la pillola, solo un'onestà brutale che mi fece l'effetto di un pugno nello stomaco.

Avrei voluto con tutta me stessa essere all'ospedale, in attesa che uscisse. Mio padre e mia sorella di certo avevano bisogno di me; avremmo dovuto essere tutti insieme, a confortarci a vicenda. Il fatto di non essere laggiù per loro aggravò il dolore con un senso di colpa schiacciante.

«Come stanno papà e Kels?» chiesi con voce roca.

«Kelsey sta bene. Era a casa mia, aveva deciso di passare il fine settimana da me. I tuoi genitori l'avevano appena portata da me e stavano tornando a casa, quando...» Tacque e si schiarì la voce, tirando su col naso. «Adesso è qui all'ospedale con me. Sono uscita solo un istante per chiamarti.»

Annuii, sollevata dal fatto che Kelsey non fosse in macchina al momento dell'incidente. «Bene. Dov'è il papà? Perché non mi ha chiamata lui?»

Le mie parole ricevettero, per tutta risposta, solo un silenzio, che si prolungò fino a diventare insostenibile. Provai un terrore inspiegabile.

«Nonna?»

«Oh, Ellie. Mi dispiace tanto. Tuo padre non ce l'ha fatta.» Le si ruppe la voce, e lo stesso accadde al mio cuore, che si sbriciolò in mille pezzi, come se fosse stato di vetro. «È morto.»

Morto.

Credevo che la notizia di mia madre fosse la peggiore. Ero lontanissima dalla verità.

Morto.

Quella parola mi provocò una sofferenza fisica, una lama che mi si conficcava nella pancia, scavandomi dentro, uccidendomi lentamente. I polmoni si rifiutarono di incamerare aria, avevo l'impressione di non riuscire più a respirare. Mio padre, il primo amore della mia vita, il mio esempio, l'uomo migliore che conoscessi. Morto. Un dolore intenso si impadronì del mio corpo intero, il cuore si mise a battermi tumultuoso nelle orecchie.

Papà. Morto.

Un suono gutturale mi sfuggì dalle labbra. Sbattei gli occhi, e mi si offuscò la vista quando le prime lacrime iniziarono a scorrere. Mi tremò il labbro inferiore, e cercai qualcosa da dire. Ma cosa c'era da dire? Mia madre stava lottando per la propria vita, e l'uomo che mi aveva cresciuto, che mi aveva dato tutto, incoraggiandomi a diventare la donna che ero, la persona alla quale mi rivolgevo se avevo bisogno di aiuto, la mia roccia... *morto*. Non c'era altro da aggiungere.

Evocai il sorriso di papà, il bagliore birichino nei suoi occhi castani, l'ammiccamento complice che mi rivolgeva quando ci alleavamo contro la mamma. Ricordai gli abbracci, le sue braccia che mi stringevano facendomi sentire minuscola. Fui sommersa dai ricordi, tutti belli: giorni di Natale, compleanni, pancake, le sue battutine che non facevano ridere, la sua passione per il cioccolato bianco, la sua risata...

Era troppo. Non riuscivo a sopportarlo.

«Ellie?» Toby mi si fece più vicino e mi carezzò la gamba. «Tesoro, cos'è successo?» La sua voce mi giunse attutita, come se mi parlasse a mille chilometri di distanza.

Scossi il capo, cercando senza riuscirci di dissipare la nebbia che mi stava avvolgendo.

Morto.

Stavo perdendo il contatto con la realtà. Il dolore mi consumava, mi sommergeva, soffocandomi.

Il telefono mi sfuggì dalle mani sudate, cadendo per terra. Lo seguii con lo sguardo senza realizzare, senza capire ciò che stava succedendo attorno a me. Ricordi, dolore, senso di colpa, terrore, tristezza mi vorticavano in testa, fondendosi in una miscela incomprensibile. Mi si annebbiò la vista e le lacrime continuarono a scendere, rigandomi le guance e il collo, bagnando il colletto della maglietta di Toby.

Lui mi si inginocchiò davanti, mi strinse forte tra le braccia mentre singhiozzavo disperata.

«Mio padre è...» Gli premetti il viso contro il collo, piangendo sconsolata. «E mia mamma è in sala operatoria, e io non sono con lei, non sono lì!» gemetti, perdendo definitivamente il controllo.

«Mi dispiace, mi dispiace tanto» sussurrò Toby ritraendosi. Mi guardava triste, immensamente dispiaciuto per me, desolato anch'egli per la perdita di persone che non aveva mai incontrato.

«Devo andare» mormorai spingendolo via. «Devo andare da loro. C'è tanto da fare. Devo trovare un volo, fare i bagagli. Devo... Devo...» Mi alzai, ma avevo le gambe così deboli che mi cedettero, e finii di nuovo tra le braccia di Toby che mi sorresse.

I suoi occhi preoccupati incrociarono i miei. «Devi respirare, Ellie. Stt, respira e calmati, tesoro.» Chinò il capo e mi diede un bacio in fronte. «Respira.»

Chiusi gli occhi e mi abbandonai contro di lui, in attesa di calmarmi.

4
Jamie

I capelli rossi incorniciavano il viso della ragazza che mi guardava da sopra la spalla. Quando quegli occhi grigio-azzurri inconfondibili incrociarono i miei, vi lessi una tale intensità da farmi quasi mancare il fiato. Fece un sorriso scherzoso, e sorrisi involontariamente anch'io. Le lentiggini appena visibili sulle guance le si mossero quando rise, avvicinandosi.

«Kid.» La sua voce era musica per le mie orecchie, tanto melodiosa da stringermi il cuore. «Kid?» ripeté, posandomi una mano sottile sulla spalla e stringendomi con dolcezza.

Il mio sorriso si tramutò in una smorfia quando mi resi conto della parola che aveva usato. Non mi chiamava mai così, lei.

La pressione sulla spalla si fece più forte; la mano mi stava scuotendo, facendomi emergere dalla nebbia. A un tratto capii che stavo sognando. Lei non c'era. Strinsi forte gli occhi per cercare di trattenere il sogno, di non lasciarmela scappare, ma fu inutile. La visione si stava dissipando, mi scivolava via, scomparendo in una foschia confusa. Cominciai a percepire i suoni attorno a me: il tintinnio dei bicchieri, fogli di carta che venivano appallottolati, e una musica che rimbombava in lontananza.

Emisi un brontolio sordo, spingendo via la mano che mi

aveva svegliato. La guancia mi grattò contro qualcosa di duro. Fu allora che mi accorsi del mal di testa, intensificato da ogni minimo movimento.

«Oh, è vivo» disse una voce sarcastica alle mie spalle. Senza bisogno di guardare, sapevo che era il Furbo, uno dei miei amici più cari, il mio braccio destro.

Mi rabbuiai; alzai lentamente la testa e sbattei con cautela gli occhi che mi bruciavano. Sollevai una mano e mi strappai un Post-it che avevo appiccicato alla guancia, facendo una smorfia perché avevo tutti i muscoli irrigiditi.

«Al diavolo, Furbo» brontolai.

L'odore pungente di alcol era inconfondibile. Misi lentamente a fuoco il mio ufficio, e brontolai di fronte allo spettacolo che mi si presentava davanti. Sembrava una casa di universitari dopo una festa durata tutto il weekend.

I movimenti mi fecero risalire una bolla di vomito in gola. La ricacciai giù e lanciai un'occhiata al Furbo, stringendo gli occhi perché mi pareva che in questo modo il mal di testa diminuisse un po'. Non sembrava divertito; si piegò e raccolse una bottiglia mezza vuota di brandy che tenevo da conto per i clienti importanti. Mi lanciò uno sguardo carico di disapprovazione. Avvitò il tappo e andò a riporre la bottiglia nel suo armadietto.

«Sembra che siano venuti i ladri» borbottò. «E hai una faccia che fa schifo» aggiunse. Prese il cestino della spazzatura e vi gettò dentro cinque o sei bottiglie di birra vuote. Il tintinnio del vetro mi trasmise un dolore lancinante in testa. Mi premetti le mani sulle tempie e chiusi gli occhi, cercando di non vomitare.

Sto da schifo. «Grazie.»

«Che diavolo è?» Il tono del Furbo era secco; mi indicò con il collo della bottiglia la scrivania che avevo trasformato in un letto di fortuna.

Abbassai lo sguardo, vedendo che il piano del tavolo era

coperto da una polverina bianca dall'aria sospetta. Avevo l'impressione che la lingua mi fosse diventata troppo grossa per la bocca, e me la passai sui denti, disgustato dal sapore dell'alcol del giorno prima. Scossi il capo per chiarirmi le idee. Ero così intontito per colpa della droga? Forse. Non riuscivo a capirlo.

Cercai di farmi tornare in mente la notte precedente. Poi, a un tratto, ricordai. Avevo combattuto. Mi ero ubriacato lì, quindi ero andato all'incontro e Ray era venuto a prendermi e mi aveva portato a casa. Non ero riuscito a dormire, così avevo preso un taxi ed ero venuto in ufficio, sperando di trovare altro alcol. A giudicare dalle bottiglie sparse in giro, ci ero riuscito.

Il Furbo fece un sospiro profondo e scosse il capo, raccogliendo un'altra bottiglia, e la gettò senza tante cerimonie nel cestino ormai pieno. Tesi una mano verso la polvere bianca, ne raccolsi qualche granello premendoci sopra il polpastrello e me lo misi in bocca. Il sapore mi provocò un altro conato di vomito, ma riuscii, non so bene come, a controllarmi.

«Sale» mormorai. «Avrò bevuto della tequila.» Fui molto sollevato rendendomi conto che non era cocaina. Spinsi via dal tavolo la mia poltroncina a rotelle e allungai le gambe davanti a me. Avevo male ovunque.

Il Furbo finalmente si rilassò. «Bene, perché oggi viene la polizia. Lo sai, Kid.»

Annuii. Lo sapevo, grazie all'ispettore che pagavo da un anno e mezzo. Non che avessi qualcosa da nascondere. Il locale era una delle mie poche attività *legali*. Non avrebbero trovato nulla di sospetto, né indizi che avrebbero rivelato il mio coinvolgimento in altre attività molto meno oneste, ma era comunque un bene saperlo in anticipo.

Non era sempre stato così. *Io* non ero sempre stato così. Un tempo avevo fatto del mio meglio per non diventare quello che ero, un relitto umano, disonesto, miserabile, che spacciava droga e rubava auto, la cui unica preoccupazione era cogliere tutte le opportunità che si presentavano. Allora, quando ero Jamie Cole, una persona che cercava di combinare qualcosa di buono, non mi sarei mai sbronzato al punto di distruggere l'ufficio e di addormentarmi senza sapere se il mio tavolo era sporco di sale o di droga. Allora nutrivo delle speranze, ora no.

Una volta ero quasi riuscito a liberarmi di quella vita. Tre anni prima, ero quasi riuscito a liberarmi del mio passato per spiccare il volo con la ragazza dei miei sogni. Ma una notte aveva cambiato tutto. Una notte aveva mandato in frantumi il mio sogno. Come avrebbe potuto essere diversa la mia vita...

La notte prima che la mia ragazza Ellie e io ci lasciassimo tutto alle spalle per andare a esplorare il resto del mondo, avevo dovuto fare un ultimo lavoretto per il mio ex capo, Brett Reyes. Solo un'ultima missione, e avrei chiuso per sempre. Sembrava facilissimo. Non lo fu, invece. Era andato tutto storto poche ore prima della partenza per l'aeroporto. La polizia aveva fatto una retata nel luogo dell'appuntamento, c'era stata una sparatoria e tutti i membri dell'organizzazione di Brett e di quella del nostro rivale Lazlo, che avremmo dovuto incontrare, erano stati uccisi o arrestati.

Purtroppo per me ero stato arrestato e non ucciso. Per molti versi sarebbe stato meglio che non ce la facessi; almeno non avrei dovuto chiamare Ellie e calpestare i suoi sogni. La mia morte mi avrebbe risparmiato lo strazio di mentirle, di spezzarle il cuore perché non scoprisse che il suo ragazzo era finito di nuovo in galera, dove dovevano stare le canaglie come lui. Ellie meritava qualcosa di meglio di un galeotto al suo fianco; non volevo che mi venisse a trovare ogni due settimane, e che vivesse nella vergogna aspettando che venissi rilasciato. E così mi ero comportato nel modo che mi era parso più giusto. L'avevo lasciata libera.

Perdere l'unica cosa che conta può cambiare una persona in modo irrevocabile.

Grazie al mio avvocato, Arthur Barrington, invece di passare il resto della mia giovinezza dietro le sbarre ero stato scarcerato dopo un anno e mezzo.

Allora avevo scoperto che Brett Reyes, che non aveva figli, mi aveva lasciato tutto, nominandomi erede, direttore e amministratore delegato di tre aziende che valevano diversi milioni di dollari: il locale dove stavo smaltendo la sbronza, la società che si occupava di servizi di sicurezza, che avevo diretto prima di essere arrestato, e un'azienda di trasporti.

Avrei potuto rigare dritto e gestire quelle aziende meglio che potevo, combinare qualcosa di buono. Ma dopo aver dovuto rinunciare a Ellie non avevo più nulla di «buono» in me. Quando uno dei vecchi contatti di Brett mi aveva cercato offrendomi un'opportunità, l'avevo afferrata a piene mani e non mi ero mai pentito. Ero molto più bravo quando infrangevo la legge, e comunque era ciò che tutti si aspettavano da me, quindi perché non abbracciare definitivamente il mondo del crimine? Per l'ultimo anno e mezzo, fin da quando ero uscito di prigione, avevo adottato la vita della quale un tempo avevo cercato in tutti i modi di disfarmi, e me la cavavo benissimo. «Faccio le cose in grande o non le faccio per niente» era diventato il mio motto. E io, per il momento, stavo facendo le cose in grande.

«Che ore sono?» chiesi con voce roca, mettendomi in piedi e afferrando i braccioli della poltroncina quando la stanza si inclinò pericolosamente a sinistra. Avevo bevuto troppo la sera prima, non c'erano dubbi.

Il Furbo guardò l'orologio. «Le dieci passate da poco.»

Battei le palpebre e annuii, cercando di ritrovare la lucidità. La soffiata che avevo ricevuto mi aveva comunicato che la polizia sarebbe passata all'ora di pranzo. Ciò significava che avevo un paio d'ore per riordinare l'ufficio, dove attualmente sembrava che fosse passato un uragano.

Il Furbo posò sul pavimento il cestino dei rifiuti e si voltò a guardarmi, con uno sguardo preoccupato. «Ray mi ha detto dei genitori di Ellie. Vuoi parlarne?»

Scossi subito il capo, contrariato. «No.»

Ci rimase male, ma annuì. «Se cambi idea, sai dove trovarmi.»

Non mi preoccupai di rispondere. Non avevo mai voluto parlarne prima, perché avrei dovuto farlo ora? Presi il telefono dalla scrivania e gli passai sopra una mano per togliere la polvere dallo schermo.

Trovai quattro chiamate perse e un messaggio vocale di Ed. Smanettai, mi strofinai la fronte in attesa di ascoltare il messaggio.

«Kid, ho le informazioni che mi hai chiesto. Richiamami.»

Mi accigliai. Che informazioni gli avevo chiesto? Mi lambiccai, cercando di farmi venire in mente di cosa parlasse. Non ricordavo di avergli domandato qualcosa, a meno che non lo avessi fatto la sera prima, quando ero ubriaco. Ed era il mio aiutante che svolgeva gli incarichi per i quali non avevo tempo. Era logico che gli facessi delle richieste, ma non sapevo di cosa si trattasse.

Quando il Furbo uscì dal mio ufficio con il secchio della spazzatura pieno, composi il numero di Ed, che mi rispose al secondo squillo. «Kid, hai avuto il mio messaggio, finalmente.»

«Sì, cosa sta succedendo? Di quali informazioni parli?»

«Mi hai chiamato ieri sera, sul tardi, e mi hai chiesto di informarmi sulla ragazza, quella con i genitori morti. Non ti ricordi?»

Imprecai sottovoce. Sotto l'effetto dell'alcol lo avevo chiamato, chiedendogli di rintracciare Ellie. Perfetto. «Sì, me lo ricordo» mentii.

«Volevi sapere se sarebbe tornata. Ho chiesto a un tizio che abbiamo a Londra di tenerla d'occhio. È andata all'aeroporto stamattina presto. L'ha vista fare il check-in per un volo delle nove del mattino per New York. In base al numero di volo che mi ha dato, dovrebbe atterrare a JFK tra un paio d'ore.»

La notizia mi fece un certo effetto. Mi aspettavo il suo ritorno, ma non così presto. Non avevo avuto il tempo di prepararmi.

«A che ora atterra?» chiesi con un filo di voce.

«A mezzogiorno e venticinque.»

Annuii. Il mal di testa aumentava. «Bene, grazie.»

«Kid, un'ultima cosa» aggiunse mentre stavo per interrompere la comunicazione. «Ha fatto il check-in da sola. Il suo fidanzato l'ha accompagnata all'aeroporto, ma ha preso il volo solo lei.»

Da sola? Era da sola? Toby l'aveva lasciata partire da sola, devastata com'era? Che bastardo. Strinsi i denti, in preda al furore. Riattaccai e scossi il capo, cercando di liberarmi di tutta quell'aggressività. Come aveva potuto lasciarla partire da sola? Aveva appena perso suo padre, sua madre era in condizioni gravi; avrebbe dovuto starle accanto in ogni istante, asciugarle le lacrime, darle un appoggio. Che imbecille!

Non avevo mai amato Toby Wallis – dopotutto si era preso la mia ragazza – ma lo rispettavo perché la amava; l'aveva fatta sorridere di nuovo, le dava tutto ciò di cui aveva bisogno. Lo avevo appurato, senza troppe difficoltà, quando ero uscito di prigione. La sorveglianza da parte della cognata di Ray si era interrotta quando le ragazze si erano separate ed Ellie aveva deciso di non tornare a casa con Natalie dopo un anno di viaggi insieme, ma avevo preso altre precauzioni. Un investigatore privato, che avevo ingaggiato, la sorvegliava e mi teneva informato periodicamente.

Quando ero uscito di prigione, il detective mi aveva assicurato che Ellie era felice, che si era rifatta una vita, che questo Toby Rubaragazze Wallis era l'uomo perfetto per lei. Alcuni controlli effettuati sul suo passato avevano permesso di scoprire che era un bravo ragazzo, con la fedina penale pulita; aveva trentatré anni, era divorziato con due figli e sgobbava duro. Era l'unico motivo per cui non avevo preso il primo volo per presentarmi da lei, confessandole tutto e implorandola di perdonarmi. Ma adesso quell'idiota le faceva prendere l'aereo da sola? Forse non era la brava persona che credevo.

***

Due ore dopo mi trovavo al terminal degli arrivi internazionali di JFK. Non ero riuscito a trattenermi. Il Furbo poteva occuparsi dell'ispezione della polizia anche da solo. Per quanto riguardava me, non sapevo bene cosa ci facessi lì. Desideravo solo vederla, stringerla tra le braccia e fare in modo che giungesse sana e salva dove voleva, probabilmente all'ospedale, perché la sua famiglia doveva trovarsi lì.

Restai ad aspettare un po' in disparte, lontano dalla folla, appoggiato alla parete di uno Starbucks, con le mani che mi tremavano per l'emozione e il terrore.

L'aereo di Ellie era atterrato, quindi ora stava probabilmente passando la dogana o recuperando il bagaglio.

Quando notai una certa agitazione tra i parenti e le altre persone in attesa, mi misi bello dritto e, trattenendo il fiato, guardai anch'io nella stessa direzione. Apparvero effettivamente gruppetti di viaggiatori con i carrelli carichi di valigie; sorridevano, agitavano la mano e facevano gridolini di gioia quando vedevano chi era venuto a prenderli.

Attesi con il cuore in gola, e poi la individuai.

Mi si svuotarono i polmoni di colpo vedendola che trascinava la valigia.

Ellie non sorrideva. Era seria; si spostò leggermente su un lato, si fermò e armeggiò con il cellulare. I suoi capelli color rame le ricadevano attorno al viso in modo disordinato. Erano più corti dell'ultima volta che l'avevo vista, le arrivavano subito sopra le spalle. La guardai bene, provando il desiderio e il dolore abituali. Era ingrassata un po', aveva i fianchi e le gambe meno magri, le guance più piene, la pancia non più piatta come quando era una ragazza pompon, ma stava benissimo. Era bella come il giorno in cui l'avevo conosciuta, e mi tolse il fiato.

Quando alzò gli occhi e percorse con lo sguardo la sala arrivi, in cerca di qualcosa o qualcuno, le vidi le occhiaie e un dolore terribile mi strinse il petto. Aveva l'aria esausta, fisicamente ed emotivamente.

Avrei voluto con tutto me stesso raggiungerla e stringerla tra le braccia. Provavo il desiderio di baciarle i capelli, accarezzarle la schiena e dirle che sarebbe andato tutto bene, che ero lì per lei e che non l'avrei più lasciata. Le mie gambe, però, rifiutavano di muoversi. Restai immobile, nascosto dietro l'assembramento di gente in attesa, chiedendomi cos'avrebbe fatto se mi avesse visto. Sarebbe stato meglio o peggio? Se fossi corso da lei, coperto di lividi, con ancora la puzza di alcol addosso, con il sangue del mio avversario sulle scarpe da ginnastica, cos'avrebbe fatto? Ero andato fin lì per vederla, per aiutarla, ma ora che mi trovavo a pochi passi da lei sapevo che, se mi fossi mostrato, avrei peggiorato le cose. Aveva già tante di quelle difficoltà da affrontare che vedersi davanti il tizio che le aveva spezzato il cuore non sarebbe stato di nessuna utilità.

Mentre cercavo di decidere il da farsi, una testa bionda si fece largo tra la folla. Ellie la guardò e fece un sorrisetto triste, mentre la ragazza le corse incontro.

Sospirai, perdendo ogni speranza di riconciliarmi con lei; Stacey accarezzò i capelli di Ellie come avrei voluto fare io, e la consolò con un abbraccio. Non ero mai stato geloso di una ragazza prima di allora.

Mi voltai, abbattuto, e uscii dall'aeroporto a occhi bassi, tornando alla mia auto prima di essere visto.

5
Ellie

La zona del ritiro bagagli dell'aeroporto JFK era molto animata. Gli altri passeggeri mi sfrecciavano accanto, spingendo i carrelli, parlando tra loro, chiedendosi quale fosse il punto ideale dove fermarsi per recuperare quanto prima le valigie. Chiacchieravano eccitati a proposito delle loro vacanze o si domandavano dove prendere la navetta per un altro terminal; ridevano, sorridevano, come se niente fosse. Io ero insensibile, e mi chiedevo silenziosamente come mai non si rendessero conto che stavo urlando dentro, che ero a pezzi, e mi pareva di avere una voragine proprio in mezzo al petto. Possibile che nessuno me lo leggesse in faccia?

Mi mossi lentamente tra la folla, controllando il telefono ogni pochi secondi. Avevo disattivato la modalità aereo appena atterrata, ma mi ci volle un po' per trovare un operatore americano cui connettermi, dopo due anni in Inghilterra. Stavo ancora cercando di captare un segnale quando mi fermai accanto al tapis roulant del mio volo.

Dopo un minuto circa, la tipica famiglia inglese che era stata seduta dietro di me in aereo per otto ore mi giunse accanto. La bambina, che doveva avere sei anni al massimo, piagnucolava: era stanca, si annoiava, e continuava a chiedere quanto tempo doveva aspettare perché cominciassero le vacanze. La sua voce aumentava di volume a ogni secondo che passava, e mi faceva venire mal di testa.

Durante il volo era stata al colmo dell'eccitazione: aveva parlato di quello che voleva fare e vedere a New York, si era chiesta come sarebbe stato l'hotel, e se l'acqua della piscina era calda. Era rimasta seduta, obbediente, per ore, a guardare film e a ridere. Adesso, però, sembrava avere esaurito la pazienza, e non vedeva l'ora di uscire dall'aeroporto.

Le lanciai un'occhiata senza vederla. Non ero più stata in grado di concentrarmi su niente dalla telefonata ricevuta quattordici ore prima, che aveva distrutto la mia vita precipitandomi in una spirale di dolore, lutto e sensi di colpa. Procedevo col pilota automatico, compiendo i gesti necessari senza pensarci: mostra il passaporto, prendi il biglietto, siedi in aereo, scendi, mostra il passaporto, prendi la valigia; ero arrivata appunto a quell'ultima fase.

«Mi dispiace, è un po' agitata. Non è riuscita a dormire in aereo, è stata una giornata lunga per lei.»

Staccai gli occhi dalla bambina, che la madre aveva deciso di distrarre con un pacchetto di caramelle, e incrociai lo sguardo di suo padre che mi sorrideva con aria dispiaciuta. Si chiamava Graham; l'avevo sentito in aereo.

Non riuscii a fare un vero e proprio sorriso, ma almeno ci provai. «Non c'è problema. Non si scusi» borbottai. Vidi la bambina che prendeva la mano di suo padre. Quel gesto assolutamente normale, sintomatico dell'affetto tra padre e figlia, mi causò una fitta al cuore. Era qualcosa che non avrei sperimentato mai più. Distolsi lo sguardo da quella famiglia perfetta, dalla bambina e suo padre, e mi tornarono in mente viaggi, tragitti in aereo, mani che mi stringevano. Tutto ciò mi faceva soffrire; avrei voluto parlargli, dirgli di non dare per scontati quei piccoli gesti con sua figlia, e di approfittare di ogni istante, perché non puoi mai sapere quando ti verrà strappata una persona cara.

Non feci nulla. Non dissi una parola. Mi misi, invece, ad armeggiare con il cellulare, cercando di trovare una connessione per vedere se c'erano notizie di mia nonna. Prima dell'imbarco, a Londra, le condizioni di mia madre erano stabili. Era uscita dalla sala operatoria senza complicanze e l'avevano trasferita in sala di rianimazione. Poi avevo dovuto mettere il telefono in modalità aereo, e non avevo avuto altre notizie. Avrebbe potuto succedere di tutto in quelle otto lunghe ore. Pregavo che fosse ancora viva, che stesse lottando, perché non ero sicura di farcela se li avessi persi entrambi.

Quando cominciarono ad apparire i bagagli sul tapis roulant, la suoneria di *Hunger Games* del mio telefono mi segnalò la presenza di un nuovo messaggio. Il cellulare aveva finalmente trovato un operatore cui agganciarsi. Ricevetti due SMS contemporaneamente, e trattenni il fiato mentre sbloccavo il telefono inserendo il codice.

Due messaggi: uno della mia migliore amica, Stacey, l'altro di Toby. Sospirai di sollievo vedendo che non c'erano messaggi della nonna. Niente nuove, buone nuove, non era così che si diceva? L'assenza di messaggi voleva dire che mia madre era ancora con noi, e che si stava riprendendo dopo l'operazione. O almeno lo speravo.

Aprii per primo il messaggio di Stacey: *Sto arrivando! In ritardo come sempre. Bloccata nel traffico. Sono lì tra pochi minuti. Baci*

Sorrisi, ricordando il suo peggior difetto: l'incapacità di arrivare puntuale, in qualunque circostanza. In un certo senso perfino quello mi era mancato, di lei. L'avevo chiamata prima di salire in aereo, chiedendole se poteva venirmi a prendere all'aeroporto. Sapevo che avrei avuto bisogno di una faccia amica dopo tante ore da sola durante il volo. Stacey aveva accettato subito, come ero certa che avrebbe fatto. Non vedevo l'ora di vederla; era passato troppo tempo dall'ultima volta.

Non mi preoccupai di risponderle; stava guidando, e comunque sarebbe arrivata di lì a poco. Aprii il messaggio di Toby: *Ti amo. Scrivimi quando atterri e chiamami quando puoi.*

Mi si formò un groppo alla gola leggendo il suo messaggio breve, ma dolcissimo. Toby era stato eccezionale da quando avevo avuto la notizia. Aveva preso in mano la situazione, mi aveva consolato, calmato, e perfino preparato una tazza di tè, la risposta britannica a qualunque problema. Aveva subito richiamato mia nonna, facendosi raccontare esattamente l'accaduto perché io ero incapace di spiegarmi. Poi aveva prenotato un posto sul primo volo disponibile per New York e mi aveva perfino preparato la valigia. Non sapevo proprio come me la sarei cavata senza di lui.

Purtroppo, però, non aveva potuto accompagnarmi. Non subito, almeno. Aveva i bambini, e la sua ex era in vacanza, quindi non poteva recuperarli prima del previsto. Senza contare che doveva mandare avanti il pub, e avrebbe avuto bisogno di un paio di giorni per organizzarsi anche se non ci fossero stati i figli. Aveva cercato di convincermi ad aspettare qualche giorno a partire, così non avrei dovuto affrontare il viaggio da sola, ma ero stata incapace di attendere. Dovevo tornare a casa. Dovevo vedere mia sorella, abbracciarla, piangere con lei e dirle che sarebbe andato tutto bene.

Leggendo di nuovo il suo messaggio fui colpita da un'ondata di nostalgia, che mi strinse lo stomaco e mi fece venire la pelle d'oca, anche se nel terminal non faceva particolarmente freddo. Feci un respiro profondo, mi strinsi le braccia attorno al corpo mentre guardavo i bagagli che mi scorrevano accanto.

Quando arrivò finalmente la mia valigia, ebbi qualche difficoltà a sollevarla, trovandomi sbilanciata dal peso e dal movimento combinati, e Graham, il padre della famiglia accanto a me, dovette afferrarla, sollevarla dal nastro e posarla per terra.

«Grazie» borbottai, sempre cercando di combattere la solitudine.

La madre della bambina mi guardò preoccupata e mi prese delicatamente per un gomito. «Tutto bene? Sei molto pallida. Stai male?»

Cercai di sorridere, ma la bocca non volle saperne. Feci un piccolo cenno di assenso. «Sto bene, sono solo stanca» mentii. «Buona vacanza.» Senza dire altro mi voltai e seguii la gente che aveva già recuperato il bagaglio e si dirigeva verso l'uscita NIENTE DA DICHIARARE per raggiungere la zona arrivi.

Dopo aver dato un'occhiata in giro, alle persone con cartelli o fiori, e una signora con uno striscione BENVENUTO A CASA, vidi che Stacey non era tra loro, così mi spostai di lato e mandai un breve messaggio a Toby, dicendogli che ero arrivata sana e salva, e che l'avrei chiamato più tardi.

Cercai di tenere gli occhi bassi per non vedere i baci e gli abbracci che si scambiavano le persone attorno a me al momento di ritrovarsi. Non ci riuscii, però, e mi guardai attorno spiando i sorrisi e i gesti di affetto. Avvertii una fitta di gelosia quando un uomo in giacca e cravatta fu accolto dalla signora con lo striscione BENVENUTO A CASA. La famiglia che era dietro di me in aereo uscì, e la bambina aveva l'aria più felice, ora, seduta sulle valigie mentre il padre spingeva il carrello. Strinsi i denti, sperando che Stacey nel frattempo fosse arrivata. Non volevo restare lì da sola. Come se la mia preghiera fosse stata esaudita, la vidi precipitarsi dentro, evitando agilmente le altre persone con parole di scusa.

Il solo fatto di vederla mi alleviò la tensione, e per la prima volta da quando mi ero svegliata, alle quattro di notte, con il trillo del telefono, mi comparve un esile sorriso sulle labbra. Le andai incontro, trascinandomi dietro la valigia, e Stacey mi venne addosso travolgendomi. Mi mozzò il fiato con la forza del suo abbraccio, conficcandomi le dita nella schiena. Quando il suo calore mi avvolse, il muro che mi ero costruita in aereo per circoscrivere le emozioni cominciò a cedere. Chiusi gli occhi, cercando di ricompormi e di non crollare. Non potevo permettermi di perdere di nuovo il controllo; non c'era nessun Toby a prendersi cura di me, ora. *Dovevo* essere forte. Ero io che avrei dovuto prendermi cura degli altri: mi sarebbe toccato rassicurare la mia sorellina di tredici anni, essere forte per lei. Non potevo farmi vedere in lacrime e isterica.

Mi ritrassi, guardando gli occhi cerchiati di rosso di Stacey. «Ciao» dissi, con voce rotta dal pianto.

«Ciao» ribatté lei con voce stridula, stringendomi di nuovo con forza. «Oh, Ellie, mi dispiace tanto. Non so cosa posso fare, ma se c'è qualcosa, *qualunque cosa*...»

Non ebbe bisogno di finire la frase, sapevo cosa intendeva. Annuii, mordendomi l'interno della guancia perché il male mi aiutasse a mantenere il controllo. Nessuno ci guardava, ci passavano tutti accanto senza cogliere il nostro dolore.

Stacey si ritrasse tirando su col naso e si tolse un Kleenex dalla tasca per asciugarsi gli occhi. Ne approfittai per osservarla: era identica all'ultima volta che l'avevo vista, tre anni prima: alta, magra e bella, perfino con quello chignon improvvisato e gli occhi arrossati.

Il suo sorriso, affettuoso e confortante, mi ridiede coraggio, e mi parve di respirare meglio. «Andiamo, ti porto a casa.»

Scossi il capo. «Voglio andare subito all'ospedale.»

Mi prese a braccetto, guidandomi verso l'uscita. «Non è orario di visita, non ti lasceranno entrare. Tua nonna ha detto di portarti a casa, andrai all'ospedale più tardi.»

«Oh.» Mi strinsi la giacca addosso, proteggendomi dal freddo mentre mi lasciavo condurre docilmente da lei; ci fermammo a pagare il parcheggio, poi proseguimmo fino alla sua auto, una Mercedes Classe S nuova, ultimo modello. Sgranai gli occhi sorpresa, e lei premette un pulsante e aprì il baule.

Sollevai la valigia e la spinsi a forza nel portabagagli. Per fortuna ne avevo presa una di media grandezza e non quella più grossa, che non ci sarebbe mai entrata.

«Che bella macchina» commentai intanto che ci sedevamo. «Hai fatto i soldi, in mia assenza?» scherzai. Mi misi comoda sul morbido sedile di pelle e accesi il riscaldamento perché in quel mese di marzo faceva un po' più freddo rispetto a Londra.

«Non è mia. È del mio capo, Owen» rispose, avviando il motore premendo un pulsante.

«E al tuo capo non dispiace che prenda in prestito la sua auto?» chiesi, continuando a conversare per evitare di ritrovarmi in silenzio. Quando c'era silenzio la mia mente cominciava a mulinare, e il dolore aumentava.

Alzò le spalle, sorridendomi, e si diresse verso l'uscita. «A Owen piace accontentarmi, perché sa che se sono contenta faccio contento anche lui. Non so se mi spiego...» Lasciò in sospeso la frase con un tono carico di sottintesi.

Finalmente capii. «Vai a letto con il tuo capo?» chiesi, stupita che non me l'avesse detto prima. Sapevo che Stacey era l'assistente di un ricco uomo d'affari, che aveva fatto fortuna in campo immobiliare, ma quando ne avevamo parlato non mi aveva mai detto che lo vedeva anche fuori dal lavoro.

Strinse le labbra, guardandomi con la coda dell'occhio. «Quando mi va, sì.»

Il tragitto dall'aeroporto a casa sembrò infinito. Stacey parlò quasi sempre senza bisogno di incoraggiamento o di partecipazione da parte mia; gliene fui grata, perché ero così stanca che non mi sentivo di contribuire alla chiacchierata.

Quando imboccammo la strada di casa mia, dove avevo imparato ad andare in bicicletta, quando fiancheggiammo gli alberi sui quali mi ero arrampicata e le porte alle quali avevo bussato per Halloween, mi sentii schiacciare dalla tristezza. Giungendo nei pressi della casa dalla facciata bianca, che ben conoscevo, il cuore si mise a farmi le capriole. Osservai ogni particolare: le finestre linde, l'erba tagliata alla perfezione, i fiorellini che cominciavano appena a spuntare lungo i bordi, il prato curato. Mi era tutto tanto familiare che non riuscivo a capacitarmi che fossero passati tre anni.

Slacciai la cintura e scesi dalla macchina quasi in trance, con il corpo che si muoveva normalmente, ma la testa che faticava a stargli dietro. Stacey fu più rapida di me, estrasse la valigia dal portabagagli e si fermò sul marciapiede, aspettandomi con un sorriso triste stampato in faccia. Le sorrisi a mia volta, o almeno ci provai; mi cinse le spalle con un braccio, dandomi una strizzatina di incoraggiamento prima di avviarsi insieme a me sul vialetto verso la porta d'ingresso blu.

Dinanzi all'uscio ci fermammo e posai la mano sulla maniglia fredda, non sapendo se ero abbastanza forte per entrare. Dentro, c'erano persone che soffrivano come me, e avrei dovuto infondere loro un po' di forza. E se non ci fossi riuscita? Se fossi crollata e avessi peggiorato le cose? E se…

Ma non ebbi il tempo di completare il pensiero, perché la porta si aprì e mi trovai davanti la nonna, con uno dei suoi abiti a fiori e un grembiule. Era invecchiata parecchio dall'ultima volta che l'avevo vista, le rughe attorno agli occhi e alla bocca erano più marcate, i capelli più radi, le guance scavate, e da robusta che era mi sembrava diventata fragile. Le occhiaie scure ne tradivano la stanchezza. Le labbra sottili fecero un sorriso, e le si riempirono gli occhi di lacrime quando allargò le braccia per stringermi.

La abbracciai di rimando senza esitare, e mi accorsi che era dimagrita molto. Sentii le vertebre con le mani, e le costole contro di me. In quei tre anni era cambiata tanto.

«Oh, Ellie, sono così contenta che tu sia qui» disse, ritraendosi e guardandomi con gli occhi lucidi.

Deglutii, cercando di ritrovare la voce. «Anch'io sono felice di vederti. Mi sei mancata tanto.»

Continuava a sorridere, ma nei suoi occhi lessi anche la tristezza. Era esausta, ansiosa, vicina al crollo. Vidi disperazione e sofferenza in lei, mentre mi accarezzava dolcemente il volto. Infine, dopo che il silenzio si fu protratto perché nessuna delle due sapeva cosa dire, sbatté le palpebre un paio di volte e aprì meglio la porta, facendo un passo indietro. «Non restare lì impalata, sta entrando il freddo.» Sorrise debolmente guardando alle mie spalle. «Ciao, Stacey.»

Quando la porta si aprì, un'ondata di nostalgia mi colse vedendo l'ingresso e tutti i nostri mobili: il portaombrelli, il quadro che mio padre aveva comprato a mia madre quando ero piccola, il tavolino con il vecchio telefono a disco, che non funzionava, ma era lì in bella mostra solo perché mia madre lo trovava carino. Rivedere tutti quegli oggetti mi fece l'effetto di una coltellata.

Feci un respiro profondo e varcai la soglia, e rimasi colpita per prima cosa dal silenzio. In casa nostra non regnava mai una calma simile, salvo quando era vuota. C'era sempre la televisione o la radio accesa, o Kelsey che cantava o ballava, le cassette di lingue straniere che mia madre ascoltava senza riuscire a imitarne la pronuncia. Casa nostra era sempre accogliente, luminosa e piena di vita. Ora, invece, pareva fredda e morta, anche se c'era gente al suo interno.

Mi guardai attorno lentamente, e mi bloccai sul ripiano per le scarpe in un angolo. Con il cuore in gola, vidi un paio di calzature da uomo nere, lucide. Le scarpe di papà. Ebbi freddo, mi strofinai le braccia con le mani per scaldarmi e mi costrinsi a spostare lo sguardo su mia nonna.

«Come sta la mamma?» chiesi con voce roca.

Gli occhi della nonna evitarono i miei, e si pulì le mani sul grembiule, con un gesto istintivo. «È ancora in sala di rianimazione. Ci hanno mandato a casa un paio di ore fa e hanno promesso di chiamarci se c'è un cambiamento.»

Annuii lentamente, non sapendo cos'altro dire. Non riuscivo a parlare di papà. Non ancora, almeno, o forse non ci sarei mai riuscita. «Stai bene? Hai l'aria stanca.»

Scosse il capo come per chiarirsi le idee, e si costrinse a fare un sorriso che però non le arrivò fino agli occhi. «Sto bene, tesoro. Non preoccuparti per me. Stavo preparando il pranzo. Hai fame, hai mangiato?»

Cibo. La risposta di mia nonna a qualsiasi problema. Gli inglesi avevano il tè, mia nonna ci dava da mangiare fino a farci scoppiare. «Non ho fame» risposi automaticamente. Avrei dovuto averne, invece; non avevo mangiato nulla per tutto il giorno. In base al fuso orario di Londra era ora di cena, e avevo già saltato tre pasti, ma ero troppo agitata per avere fame. Il cibo non era certo in cima alla mia lista di priorità.

«Sei sicura? E se ti preparassi qualcosa?» cercò di convincermi, dirigendosi verso la cucina da cui giungeva l'inconfondibile profumo del *chili con carne*, la sua specialità.

«Ho mangiato in aereo, nonna» mentii, volendo mettere fine alla conversazione. Tacque e mi voltò le spalle, che si incurvarono per la delusione. Sapevo che cercava solo di tenersi occupata e distrarsi, ma non sarei riuscita a mangiare neanche un boccone. «Dov'è Kels?» chiesi, guardandomi attorno in soggiorno.

La nonna sembrò irrigidirsi. «In camera sua. Neanche lei ha fame.»

Non avevo dubbi in proposito. «Come sta?»

La nonna non rispose, ma non ce n'era bisogno; i suoi occhi, bagnati di lacrime, erano abbastanza eloquenti. Kelsey stava male, evidentemente.

Lanciai un'occhiata su per le scale, preparandomi mentalmente a salire da mia sorella per dirle qualche parola consolante che non sapevo da dove mi sarebbe venuta, visto che mi sentivo molto giù di corda anch'io. Nessun discorso sarebbe mai riuscito a farla stare meglio. «Vado da lei, le dico che sono arrivata e le chiedo se vuole scendere.»

Stacey si schiarì la voce. «Vado, così ti sistemi.» Fece un sorriso imbarazzato. «Se hai bisogno di qualcosa chiamami, ok? Più tardi posso accompagnarti all'ospedale, se vuoi» propose, facendosi avanti per abbracciarmi stretta.

«Grazie» sussurrai, ricambiando l'abbraccio e aggrappandomi a lei, perché non avevo nessuna voglia che se ne andasse. Si ritrasse e mi fece un sorriso triste, poi si avviò verso la porta.

Il silenzio riempì di nuovo l'ingresso. Assordante, orribile, agghiacciante.

La nonna tirò su col naso e raddrizzò le spalle. «Ti preparo un piatto. So che hai detto che non hai fame, ma forse vorrai mangiare qualcosa quando scendi.»

Mi costrinsi a farle un sorriso e annuii, sapendo che aveva semplicemente bisogno di tenersi occupata, di avere l'impressione di prendersi cura di noi. «Va bene, grazie.» Mi sfilai il giubbotto, lo appesi sull'appendiabiti e lanciai di nuovo uno sguardo su per le scale, chiedendomi se avevo l'energia per salire quei tredici scalini. Mi sentivo pesante, scoordinata, debole. Avrei solo voluto rannicchiarmi a palla e piangere, invece presi il coraggio a due mani e costrinsi le gambe a muoversi, a salire un gradino per volta.

Mi fermai davanti alla porta della stanza di Kelsey, cercando di cogliere qualche segno di vita dall'interno, ma non mi giunse neanche un suono. Sollevai la mano e bussai: niente.

«Kelsey?» Bussai di nuovo, ma non ebbi risposta. Preoccupata, afferrai la maniglia e aprii la porta, solo uno spiraglio. Kelsey era sdraiata sul letto, fissava il soffitto con un paio di cuffie rosse Beats sulle orecchie e un iPhone posato sulla pancia.

La guardai incredula. Era diventata altissima, molto più di quando ero partita. I suoi capelli castani, dello stesso identico colore di quelli di nostro padre, le ricadevano sulle spalle fino a metà schiena. Aveva un fisico perfetto e proporzionato, con il seno già sviluppato e della stessa taglia del mio anche se aveva solo tredici anni. Sul viso aveva qualche brufolo coperto con un correttore troppo chiaro, che lo metteva in risalto invece di nasconderlo.

Mi venne un groppo alla gola che cercai di scacciare deglutendo. Negli ultimi anni, in mia assenza, era cresciuta tantissimo. Quella giovane donna davanti a me non assomigliava per niente alla bambina che avevo salutato. Non sapevo bene cosa mi fossi aspettata, ma mi stupiva non ritrovarmi davanti la piccoletta di dieci anni che mi seguiva ovunque e cantava le canzoni dei One Direction troppo forte, la ragazzina che mi saltava sul letto e si metteva il mio rossetto e deodorante di nascosto.

«Kelsey?» chiamai, aprendo la porta e infilando la testa.

Lei sussultò, voltò la testa di scatto verso di me e afferrò al volo il telefono, che le scivolò giù dalla pancia per cadere sul letto.

Feci un timido sorriso, non sapendo da che parte cominciare. «Ciao. Scusa, non ti volevo spaventare.»

Non sorrise; con aria seria si tolse le cuffie dalle orecchie, lasciandosele appese al collo. Mi fissò e si mise a sedere, con le gambe che penzolavano dal letto. «Sei qui.» C'era qualcosa di strano nella sua voce, una nota dura che mi ferì.

«Sì. Stacey mi ha dato un passaggio.» Mi morsi il labbro, cercando di trovare le parole giuste, qualche formula magica, intrisa di saggezza, che la facesse smettere di soffrire.

«Mi fa piacere che ti sia disturbata a venire» disse, alzandosi e strappandosi le cuffie dalle orecchie, e gettandole sul letto con il telefono.

Il suo tono mi fece trasalire; non capivo perché fosse tanto furiosa. Non mi ero aspettata una reazione di rabbia, non mi ero preparata ad affrontarla. «Sono venuta appena ho potuto» replicai con aria perplessa.

Sbuffò e incrociò le braccia sul petto, sollevando un sopracciglio con espressione di sfida. «Sei venuta appena hai potuto? Non basta.»

«Kelsey, cosa c'è?» mormorai, inchiodata sulla soglia dal suo sguardo gelido. «Ho preso il primo volo che ho trovato. Sono solo venuta a vedere se stai bene.»

Fece una smorfia sprezzante, che non avevo mai visto sul viso della mia dolce sorellina. «Sei venuta a vedere se sto bene? Cazzo, no che non sto bene!» Quel linguaggio, usato da lei, mi scandalizzò; cercai di incassare il colpo. Scosse il capo, irata. «Sai che c'è? È un po' tardi, Ellie. Avresti dovuto essere qui. Essere qui per la mamma, per me, per papà. Avresti dovuto essere qui quando l'agente di polizia è venuto a darci la notizia, avesti dovuto essere qui durante il tragitto di un'ora nell'auto della polizia da casa della nonna all'ospedale, avresti dovuto essere qui quando hanno portato la mamma in sala operatoria. Avresti dovuto essere qui quando la nonna ha dovuto identificare il cadavere di papà. Avresti dovuto essere qui quando è crollata, in lacrime, ed è svenuta per lo shock. Avevamo tutti bisogno di te, e tu non c'eri. Te ne andavi a zonzo all'estero, bella bella, mentre a me cadeva il mondo addosso!» gridò.

Mi sentii sommergere dalle emozioni, e fui ferita dalle sue parole crudeli. Il senso di colpa crebbe fino a schiacciarmi. «Non è andata così» gemetti, con gli occhi pieni di lacrime.

Lei sollevò il capo, e fece i sei o sette passi che ci separavano guardandomi con un'espressione dura. «Avresti dovuto essere qui, ma non c'eri. Se pensi che arrivare adesso risolva tutto, ti sbagli di grosso.» Afferrò la maniglia e mi sbatté la porta in faccia.

6

Per un paio di secondi restai lì dov'ero a bocca aperta, a studiare il legno dipinto di bianco a pochi centimetri dal mio naso, incredula.

Cos'era successo?

Addolorata, riuscii a malapena a trarre un respiro, lottando contro la morsa di angoscia che mi comprimeva il petto. Che violenza, che rabbia era racchiusa nelle sue parole. Aveva fatto di tutto per ferirmi, e ci era riuscita.

Una lacrima mi solcò il viso, e mi lasciai prendere dalla disperazione. Mi cedettero le ginocchia; mi appoggiai al muro, ripensando alla mia povera nonna che aveva dovuto identificare il corpo di suo figlio e, fragile com'era, aveva ceduto alla pressione; pensai a Kelsey da sola, con il padre morto, la madre in sala operatoria, la nonna svenuta per le emozioni troppo forti all'ospedale. Era una tragedia troppo grande, troppo terribile da digerire in un colpo solo.

Posai la fronte contro il legno fresco della porta di Kelsey e chiusi gli occhi, facendo dei respiri profondi per cercare di calmare le emozioni che mi turbinavano dentro. Avevo solo voglia di trascinarmi in camera mia, gettarmi sul letto e piangere nel cuscino. Le parole di mia sorella mi colpirono di nuovo, e a un tratto capii che aveva ragione.

Tornare non era abbastanza; dovevo farmi perdonare, fin da subito. Piangere a letto non era possibile.

Trassi un gran sospiro e mi raddrizzai, asciugandomi le lacrime con il dorso della mano; mi avviai verso le scale, decidendo di lasciare che Kelsey si calmasse. Avrei provato a parlarle più tardi. Forse le serviva solo un po' di tempo.

Giunta in fondo alle scale, seguii il suono dei piatti che tintinnavano e il profumo delizioso del *chili* che usciva dalla cucina. La nonna era davanti ai fornelli, e mescolava il contenuto di un pentolone enorme con un cucchiaio di legno. Restai a guardarla in silenzio. Osservarla cucinare mi era sempre piaciuto; era bravissima in cucina. Quando ero più piccola e restavo a dormire da lei, mi permetteva di aiutarla a preparare la cena, e facevamo quasi ogni volta torte e biscotti.

«Com'è andata?»

Sobbalzai, spaventata dalle sue parole. Ero rimasta volontariamente in silenzio quando ero entrata in cucina, e non sapevo che si fosse accorta della mia presenza. Sorrise tristemente, guardandomi da sopra la spalla, prese una fondina e mi servì del *chili* col mestolo.

Non riuscii a risponderle, non seppi trovare le parole. Alzai le spalle, avanzando e carezzando la pelle morbida di una sedia, e notando che era nuova. Anzi, tutta la cucina appariva diversa. I mobili erano verde chiaro; i piatti che erano appesi al muro erano verdi, ora, e non gialli come prima.

«Kelsey...» Deglutii, cercando di alleviare il dolore. «È arrabbiata con me perché non ero qui quando è successo.»

La nonna fece un sospiro e annuì lentamente, andando a posare sul tavolo la fondina e un cestino di panini. «Vieni a sederti, sarai esausta dopo il viaggio.»

Mi sedetti obbediente, con le mani incrociate in grembo e gli occhi fissi sul tavolo.

«Kelsey soffre molto. Non tutti affrontiamo il dolore nello stesso modo. È giovane e non sa come digerire l'accaduto. A volte la collera è una reazione più semplice della tristezza.» Mi si sedette di fronte e guardai nei suoi occhi dolci e afflitti. «Non pensa ciò che dice, la rabbia è solo il suo modo di sopravvivere a questa tragedia, e sei tu a farne le spese. Purtroppo a volte facciamo del male alle persone che amiamo di più. Le passerà.»

Annuii, sperando che avesse ragione. La nonna continuava a fissarmi, e lanciò un'occhiata al cucchiaio che non avevo toccato. Rassegnata lo presi in mano, e la vidi rilassarsi un po' quando iniziai a mangiare, masticando lentamente. Il *chili* era delizioso come lasciava presagire il profumo, ma non avevo assolutamente fame. Per mia nonna e perché si mettesse tranquilla continuai a mangiare, sapendo che questo l'avrebbe fatta stare meglio.

Il silenzio divenne pesante, e decisi di affrontare l'argomento dell'incidente. Al telefono era stata vaga, mi aveva detto solo che c'era stato uno schianto, senza altri dettagli. Ora, con solo il tintinnio del cucchiaio contro il bordo del piatto a rompere il silenzio, i dettagli mi parvero importanti.

«Nonna, l'incidente» esordii, e mi si ruppe subito la voce; parlarne lo rendeva più reale. «È rimasto ferito qualcun altro?» Ero stata tanto assorbita dal mio dolore che non avevo neanche pensato che qualcun altro avesse potuto farsi male o morire.

Si staccò un pelucco dal grembiule, aggrottando le sopracciglia. «Nessun altro è rimasto ferito. Non sanno esattamente cosa sia successo. C'è solo un testimone, che però era distante, e non ha visto molto. Dice che un pick-up blu Ford li ha superati a grande velocità, guidando pericolosamente. È andato a sbattere contro la fiancata dell'auto di tuo padre, che ha perso il controllo e si è schiantato contro lo spartitraffico. L'altro veicolo si è allontanato subito, e la polizia non è riuscita a rintracciare il conducente.»

La fissai incredula. *L'altro conducente non si era fermato?* Che genere di persona provoca un incidente e non si ferma? «La polizia pensa che fosse ubriaco?» Le parole *guidando pericolosamente* mi erano rimaste impresse.

Fece un gran sospiro e si strinse nelle spalle. «Non lo sanno. Hanno controllato le telecamere puntate sulla strada, ma non sono riusciti a ottenere un'immagine dell'autista, quindi non sono in grado di capire cosa sia accaduto.»

Strinsi i denti, e mi nacque dentro una rabbia feroce nei confronti di quell'individuo.

Posò una mano sulla mia e me la strinse. «Troveranno il responsabile e lo puniranno, non preoccuparti.» Lo disse con voce sicura, decisa, piena di risentimento. «Lascia che ci pensi la polizia. Noi dobbiamo occuparci di altro.»

Annuii, con un nodo alla gola. Posai il cucchiaio e allontanai dolcemente il piatto, sapendo che non sarei riuscita a mangiare un altro boccone. La nonna si alzò in silenzio, prese la fondina e andò a buttare via i resti; avevo lasciato quasi tutto. Si muoveva lentamente, con le spalle incurvate.

«Perché non vai a schiacciare un pisolino?» suggerii, avvicinandomi. «Posso riordinare io, hai l'aria esausta.» Le cinsi le spalle con un braccio, dandole una strizzatina per infonderle coraggio.

Sospirò senza guardarmi e annuì. «Credo che lo farò.» Mi schioccò un bacio sulla guancia. «Svegliami se ci sono notizie. L'orario di visita comincia alle tre, ma penso che salterò la visita del pomeriggio e ci andrò stasera, a meno che tu non voglia che ti accompagni.»

Sorrisi e scossi il capo. «Non ce n'è bisogno. Ci vado nel pomeriggio e poi possiamo tornare tutte insieme stasera.» Annuì e la guardai uscire dalla cucina, poi lanciai un'occhiata all'orologio. Non erano neanche le due. Ancora più di un'ora di attesa prima di poter vedere mia madre. Mi frugai in tasca e pescai il cellulare, mi avvicinai al router per trovare la password, inserirla e connettermi. Tornai a sedermi e chiamai Toby. Sapevo che aspettava con ansia mie notizie, ma che non mi chiamava nel caso che fossi stata all'ospedale o impegnata.

Ci volle qualche secondo per prendere la comunicazione, ma rispose al secondo squillo. «Ciao, tesoro, stai bene?»

Chiusi gli occhi e mi premetti il telefono contro l'orecchio. In sottofondo sentivo i trilli del registratore di cassa, il tintinnio dei bicchieri, le chiacchiere dei clienti. Stava lavorando. «Ti disturbo?» chiesi.

«Tu non mi disturbi mai.» Aveva un tono affettuoso. «Aspetta un secondo.» I suoni mi giunsero soffocati, come se avesse coperto il microfono. «Trev, ci pensi tu? C'è Ellie al telefono.» Poi riprese a parlarmi. «Scusa, tesoro. Come stanno tutti quanti? Notizie di tua madre?»

La nonna pare sul punto di svenire da un momento all'altro e Kelsey mi detesta.

«Stanno bene» mentii. «Non sono ancora andata da mia madre. Devo aspettare gli orari di visita, ma la nonna dice che è sempre in coma.»

«Oh, mi dispiace tanto, Ellie. Vorrei davvero essere lì. Sono così in pensiero per te.»

«Non preoccuparti per me, sto bene» mormorai, aprendo gli occhi e guardando il tavolo, seguendo le venature del legno con un'unghia.

«È il mio mestiere preoccuparmi, no?» disse in tono scherzoso.

«Forse sì» ammisi. «Come stanno i bambini?» Dormivano ancora, quel mattino, quando io e Toby eravamo usciti per recarci in aeroporto. Non avevo neanche potuto salutarli prima che la madre di Toby venisse a occuparsi di loro in modo che lui potesse accompagnarmi a prendere il volo.

«Stanno bene. Ti salutano. Christian ti ha fatto un disegno. Ha detto che te lo devo portare quando ti raggiungo.»

Quelle parole mi scaldarono il cuore. Erano bambini dolcissimi. «Salutameli anche tu.»

Chiacchierammo per altri dieci minuti del più e del meno: il volo, Stacey, il pub, i suoi figli, il *chili* della nonna. Alla fine della telefonata mi disse che mi amava e si scusò di nuovo per non essere potuto partire con me, e mi fece promettere che l'avrei chiamato di nuovo quella sera, infischiandomene del fuso orario. Mi disse che aveva trovato qualcuno che lo avrebbe sostituito nel pub e che aveva prenotato il volo per mercoledì – quattro giorni dopo – quando avrebbe riportato i bambini dalla madre. Dopo che riattaccai, mi sentii un po' meglio. Parlare con qualcuno meno coinvolto e ascoltare i rumori abituali del pub fu una distrazione piacevole dalla voragine nera che avevo dentro, e che mi consumava un secondo dopo l'altro.

Lavati i piatti, andai in salotto dove vidi la nonna che dormiva in poltrona. Stetti a guardare la sua respirazione regolare per qualche secondo, chiedendomi cosa sarebbe successo se non ci fosse stata lei, se Kelsey fosse rimasta da sola, senza nessuno. Quella donna era una roccia, e le sarei stata grata per sempre per essersi occupata di mia sorella in mia assenza. Presi la coperta dal divano e gliela misi addosso. Non si mosse.

Non volevo sedermi, e presi a vagare per casa, toccando gli oggetti che non vedevo da anni, con gli occhi che indugiavano sulle fotografie di famiglia appese alle pareti. Quando notai il gancio per le chiavi attaccato al muro accanto alla porta d'ingresso, vidi che vi erano appese anche le chiavi del mio vecchio Maggiolino Volkswagen. Andai a staccarle e i ricordi della mia macchinina scassata mi tornarono in mente.

Non sapevo che i miei genitori l'avessero tenuta.

Andai in garage passando dalla porta interna. Era ancora lì. Il mio Maggiolino verde.

Il peluche verde a forma di dado che Stacey mi aveva regalato quando avevo superato l'esame della patente era ancora appeso al retrovisore. Sorrisi scuotendo il capo, e infilai la chiave nella serratura.

All'apertura dello sportello sentii odore di detergente e di pelle. L'interno era pulitissimo, addirittura luccicante. Qualcuno, probabilmente mio padre, aveva tenuto pulita la macchina negli ultimi tre anni, senz'altro nella speranza che un giorno tornassi a casa e volessi guidarla di nuovo. Toccai la pelle morbida e crepata del sedile e il dolore mi strinse il cuore in una morsa. Chiusi lo sportello, e posai il capo sul volante. Dalla perdita di mio padre non mi sarei mai ripresa. Mi doleva tutto, dentro, e quando chiudevo gli occhi vedevo il suo viso sorridente, i suoi occhi ammiccanti, udivo la sua risata.

Mi sfuggì un singhiozzo.

Trassi un paio di respiri tremanti, aprii gli occhi e fissai il soffitto dell'auto, costringendomi a non pensare più a mio padre per non piangere. Avevo bisogno di tenermi occupata per non cadere nella voragine della disperazione: infilai e girai la chiave dell'accensione, e premetti più volte sul pedale dell'acceleratore come facevo sempre. Il motore ticchettò ma non si avviò. Al secondo tentativo premetti ancora il pedale ripetutamente, più in fretta, e funzionò. Il mio macinino era ancora vivo. Sorrisi, e stetti ad ascoltare lo scoppiettio del motore.

Quando giunse l'ora di andare in ospedale mandai un sms a Stacey, dicendole che non ci serviva un passaggio, perché la mia macchina funzionava ancora e mi avrebbe fatto piacere guidare un po'. Mi rispose subito, chiedendomi di scriverle dopo e di farle sapere se c'erano cambiamenti.

Lasciai il motore acceso per paura che non volesse più avviarsi, tornai in casa, attraversai silenziosamente il salotto e bussai alla stanza di Kelsey. Feci un paio di respiri profondi fuori dalla sua porta, preparandomi per un altro litigio e per uno scatto di collera, la sua arma contro il dolore.

«Che c'è?» chiese da dentro.

Afferrai la maniglia e socchiusi la porta quanto bastava per infilare dentro la testa. Era ancora sul letto, stavolta con il computer aperto davanti. Irrigidì le spalle e aggrottò le sopracciglia quando mi vide. «Ciao.» Mi schiarii la gola. «Vado in ospedale. La nonna sta dormendo di sotto, e mi ha detto che verrà stasera. Vuoi venire con me adesso?»

Parve indecisa per un istante, poi scosse il capo. «Andrò anch'io stasera.»

Una piccola parte di me aveva sperato che non venisse perché non volevo subire ancora la sua rabbia e il suo risentimento, ma ero più che altro in preda al panico perché significava che sarei stata da sola. Avevo bisogno di mia sorella, di qualcuno che condividesse quei momenti con me, invece mi era ostile. Nella sua testa, però, quella reazione era normale. Non ero stata presente quando aveva avuto bisogno di me, dopotutto. Mi sforzai di non lasciare trapelare il dolore che mi causava.

«D'accordo» dissi con voce stridula. «Chiamo se c'è qualche novità.» Chiusi la porta velocemente, non volendo trattenermi più del necessario, visto l'umore, e tornai giù, presi la giacca e la borsa, andai in garage e aprii la porta scorrevole.

Strinsi forte il volante uscendo dal garage. Non guidavo da tre anni, e padroneggiare il Maggiolino era sempre stata un'impresa anche nei momenti migliori, perché aveva il cambio manuale e non era dotato di servosterzo.

Quando giunsi nel parcheggio dell'ospedale mi sentii sollevata. Dopo avere trascorso quasi due anni a bordo di taxi e vari veicoli in Inghilterra, era strano trovarsi sul lato destro della strada. È buffo quanto poco ci si metta ad abituarsi.

Uscii dall'abitacolo, che mi aveva avvolta nella sua atmosfera protettiva, e percorsi il breve tragitto che conduceva all'entrata dell'ospedale; cercai intanto di prepararmi a ciò che mi attendeva, ma in tutta onestà non sapevo cosa aspettarmi. Non osavo neanche provare a immaginarlo.

All'interno, regnava un certo fermento. Dovetti fare la fila all'accettazione, aspettando dietro altri visitatori, per chiedere dove andare. Dopo che mi ebbero indirizzato nell'Unità di terapia intensiva mi avviai lentamente da quella parte, ignorando le persone dietro di me e contando i passi lungo il corridoio interminabile verso il reparto di mia madre. Quando giunsi nel posto giusto, mi spruzzai un po' di disinfettante sulle mani, in base alle istruzioni del cartello sopra il distributore, e spinsi la porta di legno pesante.

Dentro, l'odore era diverso. Nel corridoio lì fuori ci si sarebbe potuti credere in un posto qualsiasi, mentre in quel reparto c'era una puzza di medicinali tanto forte da farmi storcere il naso. Mi fermai di scatto, non sapendo se me la sentivo di restare lì. L'odore fortissimo, le linee rette, i muri bianchi, le grosse porte di legno con i nomi dei pazienti scritti su una lavagna bianca fuori da ogni stanza… era troppo. Non ce la facevo a entrare. Non volevo vedere il nome di mia madre scritto lì; non ero sicura di averne la forza.

Adesso capivo perché la nonna e Kelsey avevano deciso di saltare la visita pomeridiana; neanch'io avrei voluto tornarci più volte nello stesso giorno. Mentre rimproveravo a me stessa di essere venuta da sola, mi passò accanto un'infermiera. Quando mi vide, si fermò e mi fece un sorriso cordiale.

«Posso aiutarti?» chiese, inclinando la testa e guardandomi con occhi comprensivi.

Aprii la bocca e la richiusi. Non riuscivo a trovare le parole. «Ehm…» ci riprovai. «Sono venuta a trovare mia madre, Ruth Pearce.» Dicendo il suo nome, mi venne di nuovo un nodo allo stomaco.

«Ah, devi essere Ellie» replicò l'infermiera con un gran sorriso. «Tua nonna mi ha detto che saresti atterrata oggi. Arrivi dall'Inghilterra, giusto?»

Annuii, con la mente incapace di reagire.

«Vieni, ti faccio vedere dov'è tua madre. Non ci sono cambiamenti da stamattina. Il medico la tiene d'occhio. Tutti i valori sono buoni, il cuore è regolare. È ancora in coma, ma vista la natura delle sue lesioni, non c'è nulla di strano. È collegata al respiratore in questo momento, non lasciarti intimorire dalle macchine.» Mi prese per un gomito e mi accompagnò all'interno del reparto, costringendomi ad avanzare mentre mi parlava con dolcezza. Si fermò fuori dalla terza porta a destra e mi lasciò andare il braccio. «È qui dentro. Vuoi che entri con te?» chiese, con un cenno alla porta.

Sulla lavagna bianca era scritto in stampatello il nome di mia madre.

Avevo l'impressione di avere il petto in una morsa. Tutto ciò che avevo cercato di dimenticare mi tornò in mente e acquistò spessore: mio padre era morto, mia madre era in quella stanza, e lottava per restare in vita. Avrei potuto perdere anche lei. E allora cosa sarebbe successo? Che fine avremmo fatto io, Kelsey, la nonna?

«Stai bene, tesoro?»

Sbattei gli occhi un paio di volte, rendendomi conto che aspettava una risposta, e la guardai, sforzandomi di usare una voce normale. «Sto bene. Preferirei entrare da sola.» Era una bugia. Avrei preferito fare dietrofront e scappare via, correre tanto veloce da avere il capogiro e lasciarmi alle spalle quell'orribile incubo da svegli.

«Va bene, chiamami se hai bisogno di qualcosa o hai delle domande. Avviso il medico che sei arrivata, so che ti voleva parlare.» Mi fece un ultimo sorriso affettuoso, poi si diresse con passo rapido verso la postazione delle infermiere.

Spostai l'attenzione sulla porta, tendendo una mano esitante, e la aprii trattenendo il fiato.

Quando l'uscio si aprì, vidi per la prima volta mia madre. Era sdraiata sul letto al centro della stanza. Pareva minuscola, immobile e senza vita. Vedendola così fragile e disarmata, il dolore che mi opprimeva aumentò ancora.

Mi portai una mano alle labbra per soffocare un gemito. Sembrava una bambina, una bambina serena. Tubi e cavi le uscivano dalla bocca, attaccati al respiratore che la manteneva in vita. Un liquido trasparente penetrava nelle vene della sua mano tramite l'endovenosa. Entrai nella stanza e lasciai che la porta mi si chiudesse alle spalle mentre la studiavo poco per volta. Lividi e tagli le segnavano la pelle solitamente perfetta. I capelli erano arruffati, invece di essere perfettamente pettinati e lisci; aveva perfino le unghie sporche. Fui scossa da un singhiozzo. Se mia madre avesse potuto vedersi, avrebbe detestato il proprio aspetto. Mi feci l'appunto mentale di portare una spazzola e delle salviette detergenti la volta seguente. Al risveglio, sarebbe rimasta inorridita se si fosse trovata della terra sotto le unghie.

Poi realizzai l'assurdità di quel pensiero: *se* mia madre si fosse svegliata, non si sarebbe curata dello sporco sotto le unghie, perché avrebbe scoperto che mio padre ci aveva lasciati. Trattenni il fiato e mantenni lo sguardo fisso su di lei quando mi avvicinai al letto.

Il *bip* costante del saturimetro che misurava il battito cardiaco, e il movimento lento, ritmico, del torace che si alzava e si abbassava grazie all'intervento del respiratore erano gli unici segni di vita. Se non fosse stato per quelli, avrei giurato che se ne fosse già andata, seguendo mio padre, e che mi stessero osservando entrambi mentre vegliavo un corpo senza vita.

Le accarezzai delicatamente una guancia con un dito. «Oh, mamma» gemetti. «Mi dispiace tanto di non essere stata qui. Perdonami.»

Era la prima volta che vedevo mia madre da tre anni a quella parte, e in quel frangente, poi: che ingiustizia! Certo, ci eravamo telefonate, avevamo chiacchierato su FaceTime, e usato Skype, ma era la prima volta che toccavo mia madre da quando ero partita per Roma, più di tre anni prima. Toby e io avevamo programmato di vederli presto: sarebbero dovuti venire con Kelsey durante le vacanze scolastiche e passare la settimana con noi, ma ora...

Soffocai un singhiozzo e le presi la mano. «Mi dispiace.»

Non so quanto tempo rimasi così, persa nel mio dolore, ma doveva esserne trascorso parecchio, perché quando la porta si aprì ed entrò un uomo di mezza età in camice bianco, con il sorriso cordiale che sembrava essere il marchio di fabbrica del reparto, il collo mi doleva per essere rimasta in piedi a guardare mia madre.

«Ellison? Sono il dottor Pacer. Possiamo parlare? Devo discutere con te di alcuni punti» disse.

Annuii, feci un passo indietro, leccandomi le labbra secche. «Certo. Mi chiamo Ellie.»

Annuì e mi indicò le due sedie accanto al letto di mia madre. «Ci sediamo?»

Sedermi? Altre brutte notizie? Cos'altro può andar storto?

«D'accordo.» Mi sedetti e lo fissai. Intrecciò le dita delle mani e si sporse, guardandomi con attenzione.

«È necessario prendere certe decisioni. Non volevo parlarne con tua nonna perché non sapevo come avrebbe reagito dopo lo svenimento. Non sono sicuro che sia in grado di reggere alla pressione, mi sembra già abbastanza... fragile» disse, dopo avere riflettuto sulla parola da usare.

Fragile sembrava il termine giusto per descriverla. Annuii, e gli fui grata per non avere oberato ulteriormente di impegni mia nonna. «Che decisioni?»

Strinse le labbra prima di parlare. «Il funerale di tuo padre. La salma si trova attualmente qui sotto, nel nostro obitorio. Abbiamo fatto tutti i rilevamenti necessari, e la polizia ha autorizzato l'affidamento del corpo a un'agenzia di pompe funebri perché possiate organizzare il funerale.»

Ah. Il funerale.

«Oh» borbottai.

«Se vuoi, possiamo trovare qualcuno che ti aiuti, o se non desideri occupartene ne posso parlare a tua nonna la prossima volta che viene. So che è un momento terribile per te; perdere un genitore non è mai facile, ma in queste circostanze» lanciò un'occhiata a mia madre, a letto «è ancora più difficile.»

Scossi subito il capo: avevo deciso. «Non ne parli a mia nonna. Me ne occuperò io, organizzerò tutto. Non voglio che si strapazzi più del necessario.»

7
Jamie

Ellie era tornata da tre giorni. Tre stramaledetti giorni, che mi parevano i più lunghi della mia vita.

Da quando avevo letto quell'articolo, riuscivo a pensare solo a lei. Aveva preso il sopravvento su tutto, assorbito ogni mio pensiero. E ora era tornata, era vicinissima e io ero combattuto; mi chiedevo se fosse il caso di passare a trovarla, porgerle le condoglianze, chiederle se c'era qualcosa che potessi fare per darle una mano. Avevo quasi ceduto, certe volte, ma all'ultimo momento ero riuscito a trattenermi. Volevo il meglio per lei, lo avevo sempre desiderato, ed ero quasi sicuro che il meglio per lei non fossi io. Tuttavia, egoisticamente provavo il bisogno fisico di starle vicino, toccarle il viso, passarle le dita tra i capelli, attirarla a me, stringerla fortissimo e non lasciarla andare mai più. Ma una cosa era starle lontano quando si trovava all'altro capo del mondo, un'altra mantenere le distanze adesso che era a dieci chilometri da me.

Strinsi convulsamente il coltellino che avevo in mano, fissando il bersaglio per freccette appeso al muro. Dovevo bere qualcosa. Mi dovevo sbronzare al punto di non reggermi in piedi; forse allora quella morsa che avevo al petto si sarebbe allentata e avrei potuto ricominciare a respirare normalmente. Per la centesima volta in tre giorni, pensai a quanto sarebbe stata più facile la mia esistenza se non avessi mai incontrato quella splendida ragazza dai capelli rossi. Era entrata nella mia vita all'improvviso, e aveva trasformato il mio mondo in modo insperato. Se non l'avessi incontrata, se non mi avesse fatto innamorare pazzamente di lei, ora non avrei sentito quel senso di *vuoto* dentro.

Non provavo più dolore, solitudine, strazio; c'era solo il vuoto, che mi sembrava ancora peggio, e facevo fatica a sopportarlo.

Mi serviva una distrazione, una via di fuga, qualcosa per non pensare a lei. Erano solo le undici di mattina, un po' presto per mettermi a bere. Dovevo trovare un'altra soluzione. Chiusi gli occhi, mi concentrai su alcune incombenze che dovevo sbrigare – qualche mail da scrivere per le mie attività legittime, l'assunzione di altri due addetti alla sicurezza per un nuovo contratto appena firmato, un paio di telefonate da fare – ma non ne avevo voglia.

Mi prudevano le mani, volevo fare qualcosa di eccitante, sentire un brivido. Forse rubare l'auto di qualche riccone idiota e distruggerla, solo per divertimento. Cercavo di mettermi alla prova con imprese sempre più pericolose, perché avvertivo il desiderio – anzi, il bisogno – di sorpassarmi.

«Faccio le cose in grande o non le faccio per niente.» Il mio mantra.

Ma la luce del sole, fuori, limitava di parecchio le distrazioni alla mia portata.

I combattimenti erano esclusi. Mi stavo riprendendo dai pugni ricevuti il venerdì precedente: ne recavo ancora le tracce sul volto, sotto forma di lividi giallastri. Non c'erano consegne di armi o droga previste fino al week end. Rubare auto era uno dei miei passatempi preferiti – una delle poche cose a farmi sentire vivo in quell'esistenza arida, noiosa, inutile – ma anche quello era impossibile. Mi piaceva correre rischi, però rubare auto in pieno giorno si addiceva solo ai ladruncoli stupidi e da due soldi, che volevano sgraffignare l'autoradio o farsi un giro.

In conclusione, non sapevo come occupare la giornata.

Come se avesse saputo che stavo precipitando nel pozzo senza fondo della noia, Ray mi chiamò dall'officina, al piano di sotto. Mi giunsero dei rumori metallici. Ero felice di avere trovato una distrazione dai miei pensieri neri; piegai il braccio all'indietro e lanciai il coltello che andò a conficcarsi nel doppio 6 del bersaglio, accanto agli altri due che avevo scagliato poco prima di cominciare a pensare alla rossa. Un tizio che avevo conosciuto in prigione aveva una passione per i coltelli, e mi aveva detto che per imparare a usarli bisognava anzitutto capirli e rispettarli. Non ero sicuro di essere diventato un campione, ma ero senz'altro migliorato.

Mi alzai dalla poltroncina di pelle nera e uscii dall'ufficio che era stato di Brett. Al piano inferiore c'era l'officina nella quale avevo trascorso tante ore della mia adolescenza, per sfuggire alle botte che avrei beccato a casa, guadagnando i soldi necessari per progetti che non si erano mai realizzati. Quando giunsi all'ultimo gradino, l'odore di sudore e di lubrificante mi raggiunsero. Sorrisi. Quell'officina era il mio luogo preferito in assoluto.

Ray era appollaiato su uno sgabello e stava lavorando a una scheda elettronica, con tutti gli attrezzi sparsi sul piano di lavoro. La radio vibrava alle sue spalle, e Ray la accompagnava cantando non so che pezzo di Kanye West.

Ray era con me fin dall'inizio. Non appena ero uscito di prigione era venuto a cercarmi, mi aveva portato a casa sua da sua moglie e sua figlia, cercando di convincermi a rigare dritto, come aveva fatto anche lui nell'anno e mezzo in cui mi ero ritrovato dietro le sbarre. Quando era apparso evidente, a lui e a tutti gli altri, che avevo deciso altrimenti, aveva lasciato il suo lavoro da meccanico e mi aveva aiutato a riconquistare il territorio e le attività che Brett aveva costruito prima di morire. Erano venuti a darci man forte anche Ed ed Enzo, e io stesso avevo stanato il Furbo, convincendolo a lavorare con me. Insieme avevamo snellito il business, eliminando le attività che non mi era mai piaciuto svolgere per conto di Brett – i furti a mano armata, riscuotere i pizzi per la protezione del quartiere, l'usura. Avevamo conservato invece i settori più redditizi – droga, armi e, naturalmente, le auto. Non eravamo più la grossa azienda che aveva mandato avanti Brett, occupandosi di tutto, ma eravamo riusciti a imporci in quei tre settori.

Faccio le cose in grande o non le faccio per niente.

E noi le facevamo in grande.

Le altre bande e organizzazioni criminali ci detestavano perché i colpi più importanti venivano sempre assegnati a noi, mentre a loro restavano le briciole. Per me era un piacere: di cos'altro ero mai potuto andare fiero, in vita mia?

«Come va, amico?» chiesi a Ray.

«Ciao, Kid.» Si voltò e mi sorrise con affetto, pulendosi la mano su uno straccio. «Mi pareva di avere visto la tua auto, fuori. Ti ho portato una cosa.»

«Ah sì? Cosa?»

Mi indicò una scatoletta bianca sul banco da lavoro; la presi in mano e sollevai il coperchio. Conteneva un piccolo oggetto di metallo che mi fece balzare il cuore in gola. «È quello che penso?» chiesi, guardandolo speranzoso.

Annuì con un sorrisetto orgoglioso, incrociando le braccia sul petto. «Certo. Qualcuno mi doveva un favore. L'ho fatto arrivare stanotte dalla Cina per te.»

Sferrai un pugno nell'aria, cedendo all'entusiasmo. Ora avevo qualcosa per tenermi occupato per un paio d'ore. «Sei il meglio. Grazie, amico.» Sorrisi e andai a dargli una manata sulla spalla.

Sollevò un sopracciglio. «Forse non mi ringrazierai più quando saprai quanto mi è costato.»

Agitai una mano per liquidare l'obiezione. I soldi non erano mai un problema, per me. «Ti sono debitore. Ti pago da bere, dopo?» proposi. Annuì e io mi diressi alla mia macchina adorata, parcheggiata in un angolo. Afferrai il telo blu che la proteggeva e lo tolsi, scoprendo la Subaru Impreza WRX del 2004, edizione limitata Petter Solberg. Mi sfuggì un sospiro ammirato. Era meravigliosa… quando funzionava, ovviamente. Di tutte le auto che avevo posseduto o guidato, era una delle mie preferite.

Era uno spettacolo, a mio avviso: carrozzeria blu ghiaccio, 316 cavalli, da zero a cento in 4,5 secondi, ed edizione limitata perché ne avevano prodotte solo cinquecento. Me l'ero fatta mandare dal Giappone, all'inizio dell'anno, quando avevo scoperto per caso il mio nuovo hobby: le corse clandestine.

Però erano due settimane che non mi mettevo al volante: durante l'ultima gara si era rotto il cavo della frizione e da allora era rimasta ferma.

«Ti ho preso anche delle candele nuove, perché trovavi che non avesse una gran ripresa. Così il problema dovrebbe essere risolto» disse Ray giungendomi alle spalle.

«Grazie» dissi, prendendo le chiavi in tasca e aprendo la serratura.

«Vuoi che ti aiuti a sistemarla?»

Scossi subito il capo. «No, grazie, ce la faccio da solo.» Aprii il cofano e feci un fischio ammirato vedendo il motore in tutta la sua bellezza. Sentivo già la tensione delle spalle che mi si scioglieva: finalmente avrei potuto concentrarmi su qualcosa di diverso da Ellie e i suoi lutti.

Forse avrei potuto gareggiare, quella sera; mi avrebbe senz'altro fatto sentire meglio. Mi tolsi il telefono dalla tasca, e mandai un messaggio a Rodriguez, uno degli organizzatori delle corse alle quali partecipavo, chiedendogli se c'era qualcosa di previsto quel giorno. In giro non avevo sentito nulla, quindi era probabile che non fosse stato programmato niente. *Peccato.*

Ma avrei fatto comunque in modo che l'auto fosse perfetta e pronta a gareggiare, non si poteva mai sapere.

***

Mi ci volle quasi tutto il pomeriggio per riparare la macchina, che dopo il mio intervento faceva le fusa come un gatto. Era pronta a battersi, e più bella che mai. Dopo avere finito mi ero seduto sul banco di lavoro e io e Ray ci stavamo bevendo una birra per festeggiare. Ero a metà bottiglia quando arrivò Ed con un'espressione preoccupata.

«Kid, ti ho chiamato un mucchio di volte. Perché non rispondi?» chiese, aggrottando le sopracciglia vedendomi la birra in mano, come se quella fosse la ragione per cui non gli avevo risposto.

Alzai le spalle e lanciai un'occhiata al cellulare, appoggiato accanto a me, che indicava tre chiamate perse di Ed. «Ah, scusa, devo averlo messo sul silenzioso senza volere, togliendolo dalla tasca.» Lo presi in mano, e vidi un messaggio di Rodriguez che confermava che non c'erano corse quella sera, ma mi chiedeva di controllare gli aggiornamenti via telefono nell'arco dei due giorni successivi. Il che significava che c'era una gara in vista, quando avessero trovato il posto giusto.

Ed sospirò e si passò una mano perfettamente curata tra i capelli castani pettinati all'indietro. Bevvi un altro sorso di birra e lo guardai con aria critica. Sembrava più stressato del solito: la sua giacca a doppiopetto era perfino sbottonata, cosa più unica che rara. Ed curava molto la propria immagine. Gli piaceva indossare completi costosi ed esibire un orologio da trentamila dollari per mostrare a tutti che aveva dei soldi e un lavoro importante. In tutta onestà, era solo un tirapiedi ai miei ordini, che aspirava a essere il numero uno ma non ci sarebbe mai riuscito. Era un viscido leccaculo che si dava troppe arie. Quando aveva lavorato per Brett aveva avuto più voce in capitolo; in molti casi era stato il portavoce del boss, il suo numero due. Da quando lavorava per me, invece, era molto più in basso nella gerarchia, ma non aveva ancora perso il vizio dei completi firmati.

«Cosa succede?» chiesi.

«I Salazar» rispose con voce carica di disprezzo.

Sentendo quel nome mi accigliai anch'io. I Salazar erano i miei peggiori nemici in città. I due fratelli Salazar, Alberto e Mateo, erano arrivati circa nove mesi prima dal Messico, portando con loro della droga a buon mercato, e si erano installati nel mio territorio. All'inizio avevano cercato un accordo con me, volevano che vendessimo noi la loro roba – cocaina di pessima qualità tagliata con chissà cosa – e quando li avevo mandati al diavolo, senza tanti riguardi, eravamo diventati rivali. Erano la feccia della feccia, secondo me. Se ne infischiavano che la loro droga contenesse veleno per topi o levamisolo, un farmaco usato per sverminare gli animali che, avevo sentito, bruciava letteralmente la pelle. Non erano come noi; non avevano morale e non si curavano di quanta gente soffrisse o morisse per colpa dei loro prodotti impuri. Avevamo ingaggiato parecchie battaglie con loro per il controllo del territorio e la scelta delle zone nelle quali potevano vendere i loro prodotti di infima categoria. Avevamo un accordo.

«Cos'hanno combinato stavolta?» chiesi minaccioso, stringendo la presa sulla bottiglia.

«Hanno mandato le loro puttanelle in uno dei nostri locali, ieri sera, a spacciare la loro roba. Un tizio ha avuto una crisi epilettica nel bel mezzo della pista da ballo, e adesso la polizia sta cercando di capire da chi ha preso la droga. Mi hanno messo sotto torchio, gli sbirri; mi avrebbe fatto comodo che rispondessi al telefono!» replicò in tono polemico.

«Che figli di puttana. Perché mandano degli spacciatori nelle nostre discoteche?» chiesi, scuotendo il capo, irato. «Chiama Alberto, digli che lo voglio incontrare. Stasera» ordinai, scagliando la bottiglia all'altro capo dell'officina, dove si fracassò contro il muro provocando una pioggia di schegge.

Lo ammazzo, quel bastardo!

8
Ellie

Ogni ora dei tre giorni trascorsi a casa mi era parsa una dolorosa eternità, eppure avevo avuto appena il tempo di fare il necessario.

Fin dalla prima visita in ospedale, durante la quale il medico aveva suggerito che prendessi in mano la situazione e organizzassi il funerale di mio padre, non mi ero fermata un istante. Non mi ero resa conto di quante cose andassero fatte, né del tempo necessario per ognuna. Operazioni semplici, o che ritenevo tali, come la scelta dei fiori, richiedevano ore. Altre, come la compilazione del libretto funebre – o la ricerca di un posto dove farlo stampare – erano anche più lunghe. Avevo dedicato quasi ogni momento libero a passare in rassegna le foto di mio padre, a scegliere i suoi brani preferiti di musica, e a cercare letture adatte alla cerimonia. Tutti quei tuffi nel passato, che sembravano non finire mai, mi rendevano triste. Ogni fotografia o brano di musica era una nuova spina nel cuore. Riuscivo a malapena a controllare la disperazione; mi sentivo sul bordo del precipizio, e sarebbe bastato un nonnulla a farmi cadere nella voragine. Sapevo che prima o poi sarebbe successo; a un certo punto avrei ricominciato a piangere e, quando fosse accaduto, non ero sicura che sarei riuscita a smettere. Fortunatamente, però, almeno per il momento riuscivo a tenere a bada le mie emozioni.

Quel giorno ero andata vicino al punto di rottura, tuttavia.

Guardai il libriccino degli indirizzi di mia madre, scritto con la sua bella calligrafia, e feci scorrere il dito lungo la pagina, fermandomi all'ultima voce. Julie e Peter Watkins. Ignorai l'indirizzo e passai direttamente alla riga con il numero di telefono, che composi. Mentre squillava mi strofinai la fronte, sperando che il mal di testa provocato da due notti insonni finisse per passare.

«Pronto?» disse un'allegra voce femminile all'altro capo del filo.

Chiusi gli occhi e mi preparai per l'ennesima conversazione straziante; era la quarantaduesima chiamata che facevo quel giorno. Avevo cominciato dalla lettera A nell'agenda degli indirizzi di mia madre, ed ero arrivata alla fine: i Watkins.

«Buongiorno, parlo con Julie Watkins?»

«Sono io.»

«Ciao, Julie. Sono Ellie Pearce, non so se ti ricordi di me, avevo quindici o sedici anni l'ultima volta che ci siamo viste» esordii, massaggiandomi la fronte con più energia. Sapevo che i miei genitori erano ancora in contatto con i Watkins, ma l'ultima volta che io li avevo visti era stato per il battesimo del figlio, cinque anni prima. Erano amici dei miei dai tempi dell'università.

«Ellie! Certo che mi ricordo di te» rispose con brio. «Come stai?»

Aprii gli occhi e guardai il suo nome sulla pagina, sapendo che il tono allegro non sarebbe durato. «Ho chiamato per darti una brutta notizia.» Avevo ripetuto quella frase non so quante volte, quel giorno, ma non per questo diventava più facile. «I miei genitori sono rimasti coinvolti in un brutto incidente, lo scorso weekend. Mio padre è morto, e mia madre è in condizioni critiche all'ospedale.»

All'altro capo del filo sentii il suo respiro mozzato. Dopo qualche istante di silenzio ritrovò la parola, e udii le frasi che avevo già sentito tante volte, quel giorno, e che non significavano nulla per me. Sapevo che erano dette con le migliori intenzioni, ma erano solo parole, con poche varianti, e tutte con lo stesso significato.

«Oh, Ellie, mi dispiace tanto!» esclamò.

Mi dispiace, è terribile, è una cosa tremenda. Mi dispiace. Mi dispiace. Mi dispiace. Si scusavano tutti come se fosse colpa loro.

«Grazie» mormorai. «So che tu e tuo marito conoscevate i miei da tanto tempo, e volevo informarti sul funerale se per caso decidete di venire. È venerdì alle tre, al crematorio di Everglade Drive. Dopo ci ritroveremo qui a casa nostra.»

«Certo, grazie per averci informati. Verremo entrambi» disse Julie con la voce che tremava. «Come sta tua madre? È ancora in ospedale, dicevi?»

Annuii lentamente. Nel corso di tutte quelle telefonate mi ero sforzata di mantenere un certo distacco, di non pensare a ciò che dicevo o alle reazioni delle persone. Era molto più facile cercare di rendermi insensibile, fingere di parlare di qualcun altro, di un'altra famiglia, di persone che non significavano niente per me. Era l'unico modo per farcela. Se avessi permesso a me stessa di lasciarmi scalfire da quelle parole, non sarei mai riuscita a fare quelle telefonate, e mi sarei accasciata, in preda a una crisi di pianto, dopo la prima.

«Ha urtato la testa nell'incidente, e ha avuto un'emorragia cerebrale. Adesso è in coma. Stiamo aspettando di vedere gli sviluppi.» Parlavo in modo disinvolto, senza emozione.

L'ematoma, o emorragia cerebrale, avevo scoperto, era l'aspetto più preoccupante delle condizioni di mia madre. Le fratture, le emorragie interne e altre lesioni erano ormai sotto controllo, ma l'ematoma le aveva provocato una forte pressione nel cervello. Quando ero rimasta da sola con il medico, il primo giorno, lo avevo scongiurato di essere sincero con me, e mi aveva detto parole che avrei preferito non udire. Non essendo certo del suo risveglio, mi aveva esortato a organizzare il funerale senza attendere. Mia madre versava in uno stato grave, potevamo solo attendere e sperare. C'era anche il rischio che il suo cervello avesse subito danni permanenti, ma finché non si fosse svegliata – se mai si fosse svegliata – non si poteva conoscerne la portata.

«Mio Dio. Povera Ruth!» disse Julie piangendo. «Guarirà?»

Mi mordicchiai l'interno della guancia, saggiando la morbidezza della pelle sotto i denti. «Non lo sappiamo. Speriamo.»

«Oh, Ellie, mi dispiace tanto.»

Ancora quelle parole: *mi dispiace*. «Grazie. Ora devo andare, devo chiamare altre persone. Ci vediamo venerdì pomeriggio, se riuscite a venire» dissi.

A quel punto udii la frase che mi era stata ripetuta tante volte nel corso della giornata: «Se tu e Kelsey avete bisogno di qualcosa, fatemelo sapere. Pregherò per vostra madre».

Non ero una persona religiosa – nessuno lo era in casa mia – ma apprezzai il gesto. In momenti del genere facevano tutti quello che si sentivano e che dava loro conforto. Che pregasse pure, se ne aveva voglia; male non poteva fare.

Non risposi, riattaccai e mi appoggiai allo schienale della sedia, facendo un lungo respiro. Avevo finito. Ci avevo messo – guardai l'orologio, erano quasi le quattro del pomeriggio – più di tre ore per chiamare tutti. Riposai il telefono sull'imponente scrivania di quercia di mio padre e aprii e chiusi la mano un paio di volte per sciogliere l'indolenzimento delle dita.

Alzai gli occhi, percorrendo lentamente lo spazio privato di mio padre. A volte alla sera, o di tanto in tanto il fine settimana, lavorava lì. Osservai il tessuto scolorito e strappato della poltrona accanto alla finestra. Mia madre insisteva, ogni volta che entrava, perché mio padre la buttasse via, perché era ormai in condizioni penose, ma era la preferita di papà, che si ostinava a tenerla.

Mi mossi verso la poltrona e carezzai il tessuto vellutato. Feci un debole sorriso, sentendomi invadere dai ricordi. Mio padre ogni tanto mi lasciava entrare mentre lavorava: mi sedevo sulla poltrona accanto alla finestra e facevo i compiti, leggevo un libro o una rivista, o coloravo un album. A volte fingevo di leggere, ma in realtà lo osservavo di nascosto mentre, seduto alla scrivania, scriveva al computer o parlava al telefono con un cliente importante. Di tanto in tanto, quando alzava lo sguardo e mi sorprendeva a osservarlo, faceva una smorfia, una boccaccia, prima di continuare la telefonata come se niente fosse. Avevo trascorso ore a guardarlo lavorare, e mi rifugiavo lì per leggere in silenzio. Talvolta mi prendeva in braccio e leggevamo un libro insieme. Io e mio padre avevamo scoperto entrambi Harry Potter su quella poltrona.

Sorrisi tra me, tormentando il buco nel bracciolo della poltrona. Erano le cose più stupide e insignificanti, che sul momento parevano futili, a contare di più *dopo*, i ricordi che ti tornavano in mente di colpo e ti mostravano che avevi dato tanto per scontato, quando credevi che nulla potesse scalfire il tuo mondo.

Mi trattenni ancora un paio di minuti, poi uscii dalla stanza e mi chiusi la porta alle spalle. Entrando in salotto vidi Kelsey e la nonna lì sedute. Kelsey si girò a guardarmi. Socchiuse gli occhi, le si formò una leggera ruga tra le sopracciglia, e si alzò per andarsene senza dire una parola. Si era comportata così per due giorni. Usciva dalla stanza appena entravo, e trascorreva la maggior parte del tempo chiusa in camera sua, facendomi pesare il suo disprezzo ogni volta che mi guardava. Non avevo idea di come farla stare meglio o di cosa dire per ricucire il nostro rapporto. Forse non mi avrebbe mai perdonata per non essere stata presente quando era successo.

Mi voltai e la seguii con lo sguardo mentre percorreva il corridoio e saliva le scale, diretta in camera da letto. Mi sentivo il cuore pesante. Avevo bisogno di lei, non se ne rendeva conto? Non capiva che anch'io soffrivo e avevo bisogno di un abbraccio da mia sorella? Non vedeva che anche il mio mondo era andato in frantumi contemporaneamente al suo? Non sapevo quanto avrei resistito a fingere che la sua ostilità mi lasciasse indifferente. Dopo essere rimasta da sola in quella stanza per tre ore, a ripetere che mio padre era morto, avevo bisogno che qualcuno mi prendesse tra le braccia, e quel qualcuno chiaramente non poteva essere Kelsey, sebbene continuassi a fissarle la schiena desiderando che si voltasse.

«Stai bene, tesoro?»

Tirai su col naso e mi voltai. La nonna era seduta sul divano con i ferri in grembo; mi guardava con occhi gentili e grande comprensione. «Sto bene, nonna» mentii. «Ho finito, ho chiamato tutti i contatti dell'agenda degli indirizzi della mamma e del papà.»

La nonna annuì, con gli occhi sempre puntati su di me. «Brava. Avresti dovuto lasciare che ti aiutassi.»

«Ormai ho finito.» Mi appoggiai allo stipite della porta e giocherellai con i pelucchi del maglione per non doverla guardare. Aveva proposto di aiutarmi con le telefonate, ma vedevo che non si reggeva quasi in piedi. Da quando ero tornata a casa sembrava essere invecchiata di dieci anni. Non riusciva a superare quella batosta, e alla sua età la volevo proteggere più che potevo. Vedevo che lo stress della situazione le aveva aggravato l'artrite all'anca, e non potevo non notare le occhiaie scure, e gli abiti che ormai le stavano sempre più larghi. Di tanto in tanto si perdeva nelle sue fantasticherie, dimenticando il lavoro a maglia o il cibo che stava cucinando, e quando credeva di essere da sola nella stanza piangeva.

Anche se stavo facendo del mio meglio per assumere il controllo della situazione, la mia famiglia si stava disgregando ed ero impotente. Il minimo che potessi fare era accollarmi più incombenze che potevo. I genitori di mia madre non erano di nessun aiuto; erano stati informati dell'incidente, ma erano entrambi molto anziani e infermi, e non avrebbero attraversato il continente per darci una mano. Non era neanche certo che venissero al funerale.

«Faccio un tè» mormorai, recandomi in cucina, dove preparai l'infusione con sguardo assente.

Quando rientrai in salotto, con due tazze fumanti in mano, vidi che la nonna si era addormentata con il lavoro a maglia in mano. Sospirai, posai le tazze e le tolsi il gomitolo e i ferri dalle mani ossute, e riposi il tutto nel cesto ai suoi piedi. Aveva bisogno di dormire. La sentivo, di notte, al piano terra che puliva o riordinava, preparava piatti che nessuno mangiava, si teneva impegnata. Probabilmente la sua insonnia era anche peggiore della mia.

Non volendo sedermi e ripensare a ciò che avevo fatto fino a poco prima, decisi di andare in camera mia e sdraiarmi. Salii al piano superiore, mi fermai ad ascoltare fuori dalla stanza di Kelsey un paio di secondi, verificando che non stesse piangendo. Tutto taceva, e andai nella mia stanza.

Era identica a come l'avevo lasciata tre anni prima. Tutte le mie cose erano ancora disposte sugli scaffali e sul davanzale, ma non erano impolverate perché mia madre non l'avrebbe mai permesso. Il letto era fatto, la moquette fresca di aspirapolvere. Non ci avevo trascorso molto tempo, avevo solo disfatto la valigia al mio arrivo e ci ero salita per dormire, nient'altro.

Mi fermai in mezzo alla stanza e la osservai meglio. Era strano ritrovarsi nella camera della propria infanzia; piacevole ma strano.

Mi avvicinai alla scrivania e sollevai uno dei blocchi da disegno impilati con cura. Voltai le pagine lentamente, e vidi tutti i disegni che avevo fatto, gli indumenti che avevo immaginato e messo nero su bianco. Mi rabbuiai, passando la mano sugli schizzi. Erano tre anni che non prendevo in mano la matita, mi era mancata l'ispirazione o la motivazione. Posai il blocco, e toccai gli scampoli di tessuto, strofinandoli tra pollice e indice, ricordando momenti migliori, in cui mi ero sentita piena di creatività, animata dal bisogno irresistibile di disegnare le mie idee. Era passato tanto tempo, ero quasi una persona diversa dalla ragazza che sognava di diventare stilista.

Sospirai e lasciai ricadere la mano, mentre con gli occhi percorrevo il resto della stanza. Mi accigliai di fronte a un particolare.

Era la mappa che avevo appiccicato al muro quando avevo programmato il mio viaggio; vi avevo attaccato le fotografie dei luoghi che volevo visitare con Jamie, ma ora aveva un aspetto diverso. Mi avvicinai incuriosita.

Fu quella la goccia che fece traboccare il vaso e abbatté la barriera emotiva che mi ero costruita per proteggermi.

I miei genitori avevano attaccato sulla cartina le fotografie e cartoline che avevo mandato loro ogni volta che ero stata in un posto nuovo. Su ognuna c'erano scritte la data di arrivo e di partenza. Mi sfuggì un singhiozzo. Avevano seguito i miei movimenti in giro per l'Europa con bandierine. Mi tremò il mento, e le lacrime mi scesero sul viso senza che riuscissi ad arginarle, mentre guardavo tutti i posti dove ero stata: Italia, Germania, Grecia, Cipro,

Spagna, Francia, Irlanda, Scozia e altri ancora. Mi soffermai sulla foto di Londra che avevo mandato loro sei mesi prima. Era un'immagine di me e Toby con un gran sorriso: io tendevo la mano sinistra verso l'obiettivo per mostrare l'anello di fidanzamento. Un Post-it era appiccicato sul bordo inferiore; con la calligrafia ordinata di mia madre c'era scritto *Ellie finalmente ha smesso di scappare*.

Chiusi gli occhi stringendomi le braccia attorno al corpo, mentre le lacrime scendevano e il respiro mi divenne convulso. Fu allora che provai una rabbia profonda: irrazionale, esplosiva, proprio alla bocca dello stomaco. Aprii gli occhi e fissai la mappa. Me n'ero andata via a divertirmi – «scappavo», come aveva scritto mia madre – invece di essere lì, a trascorrere del tempo con loro, a fabbricare nuovi ricordi. Ero partita senza pensare neppure per un istante che potesse accadere una cosa del genere. Non avevo certo potuto immaginare, quando li avevo salutati sul prato davanti a casa, che sarebbe stata l'ultima volta che abbracciavo mio padre, e forse anche mia madre, se non ce l'avesse fatta. Avevo data per scontata la loro esistenza, mi ero detta che sarei potuta tornare quando volevo e riprendere la mia vita nel punto in cui l'avevo lasciata. Come mi sbagliavo.

Senza pensarci strappai dal muro le fotografie, la mappa, le cartoline, senza nessun ritegno, infischiandomene delle puntine che volavano in giro, cospargendo il pavimento di coriandoli multicolori, non curandomi della carta che mi tagliava le dita quando feci in mille pezzi la mappa, poi li appallottolai e li gettai sul pavimento con il resto.

Le lacrime mi bagnavano la maglietta rosa. Ansimante, presi a calci le foto, sollevandole da terra. Quando le gambe mi cedettero mi lasciai scivolare sul pavimento, mi presi il viso tra le mani e continuai a piangere.

Non so quanto restai così, ma probabilmente parecchio.

Alla fine le lacrime si asciugarono e la respirazione si calmò. Non mi ero alzata, ma mi ero spostata strisciando in modo da appoggiare la schiena al muro, con le ginocchia contro il petto. Fu così che mi trovò Stacey: con gli occhi vitrei, la testa che mi doleva, i miei ricordi di viaggio sparpagliati sul pavimento, le idee confuse e una gran rabbia nello stomaco.

«Ellie, cos'è successo qui?» chiese, entrando e rendendosi conto della confusione che vi regnava.

Alzai gli occhi e mi strinsi nelle spalle. Ero senza parole.

Distolsi lo sguardo, non volevo vedere la compassione nei suoi occhi. Non parlò, mi si avvicinò, mi si sedette accanto e mi cinse le spalle con un braccio. Le appoggiai la testa su una spalla, grata per l'abbraccio del quale avevo un bisogno disperato.

Fece un respiro lento, e con la mano mi strofinò un braccio. «Tua nonna ha chiamato prima e mi ha chiesto se potevo passare dopo il lavoro. Ha detto che hai avuto una giornataccia e che avevi bisogno di essere tirata su di morale.»

«Ah.» Mi ero proprio chiesta come mai fosse venuta senza avvisare.

Mi diede un bacio sulla testa. «Stai bene?» mi sussurrò tra i capelli.

Mi strinsi di nuovo nelle spalle, senza sapere cosa rispondere. «No» ammisi, ritraendomi e asciugandomi gli occhi irritati. «Sono crollata. Ho visto la mappa, e mia madre ha...» Guardai contrariata una foto che spuntava sotto un frammento della cartina: io e Natalie durante una vendemmia in Francia. «Non so. Mi sono arrabbiata.»

«Arrabbiata con chi?» insisté Stacey.

«Con me stessa per essermene andata. Avrei dovuto essere qui. Non sarei mai dovuta partire, oppure sarei dovuta tornare due anni fa, quando Natalie se n'è andata. Non avrei dovuto restare a Londra.»

Stacey rimase in silenzio qualche secondo, poi afferrò una mia foto davanti alla Torre Eiffel, e me la mostrò con un sorriso. «Quando tua madre ha ricevuto questa fotografia, ha attraversato la città ed è venuta a mostrarmela nel bar dove lavoravo. Mi ha detto quanto era orgogliosa del fatto che stessi realizzando il tuo sogno e vedendo tutte quelle cose meravigliose. È rimasta al banco mentre servivo e si vantava con tutti dicendo quanto fosse bella e brava sua figlia che aveva deciso di compiere quel viaggio. Era molto orgogliosa di te, Ellie. Non te l'ha mai detto quando vivevi qui, lo sappiamo bene, ma in tua assenza non ha fatto che tessere le tue lodi.»

Mi guardai accigliata le mani, vedendo per la prima volta i tagli provocati dalla carta, intanto che assorbivo le parole di Stacey.

«Ellie, avevi bisogno di andare, era la cosa migliore per te. Ti serviva del tempo per guarire, per ritrovare te stessa dopo» strinse i denti, furiosa «dopo di *lui*.»

Lui. Jamie, il ragazzo bello e tormentato che mi aveva fatto innamorare per poi distruggermi. Inghiottii il groppo che mi si era formato in gola al solo pensiero. Erano trascorsi tre anni e pensare a lui mi faceva ancora soffrire, riapriva vecchie ferite.

Sapevo che aveva ragione. Il viaggio era stato una necessità. Avevo *dovuto* andarmene; ero a pezzi, mi sentivo smarrita, e soffrivo al punto di non sapere se sarei mai riuscita a ricostruirmi. Ma la distanza mi aveva fatto del bene, così come mi avevano aiutato Natalie e Toby, e la scoperta di posti nuovi che non me lo ricordavano.

«Avrei dovuto trovare il tempo di vederli e di parlare più spesso con loro. Tornare a trovarli. Portare Toby a conoscerli. Avrei dovuto comportarmi in modo diverso» gemetti.

«Il senno di poi è una brutta bestia» commentò Stacey.

«Già» borbottai.

Mi fece un sorriso triste, prendendomi una mano. «Diventerai matta se continui a lasciarti ossessionare da questi pensieri.» Mi disegnò un cerchio sul dorso della mano. «Hai bisogno di staccare. Sei sotto stress, ti sono arrivate tante di quelle batoste che devi fare una pausa. Ho un'idea.» Le si illuminarono gli occhi e raddrizzò le spalle. «Stasera usciamo. Una cena, solo noi due, e magari dopo ci beviamo qualcosa. Devi calmarti, altrimenti ti verrà un esaurimento.» Si guardò attorno nella stanza devastata. «Un *altro* esaurimento, intendevo» si corresse.

Scossi il capo. «No, non me la sento.»

Sollevò un sopracciglio perfettamente disegnato. «Verrai lo stesso. Niente ma. Non hai mangiato un vero hamburger americano per tre anni. Ti porto fuori, punto e basta.»

Feci una risata amara, sapendo che era inutile discutere con quella ragazza: riusciva sempre a ottenere ciò che voleva, e lo sapeva. E poi mi avrebbe fatto bene pensare a qualcosa d'altro almeno per un'ora o due. Sospirai, rassegnata. «E va bene. Vada per il cheeseburger.»

«Brava!» esclamò. «Prima ti farai una doccia, spero. Senza offesa, Ellie, ma… puzzi.» Si agitò scherzosamente una mano sotto il naso.

Mi misi in piedi e mi diedi un'annusata sotto un'ascella. L'ultima doccia me l'ero fatta a Londra; dopo il mio arrivo non ne avevo avuto il tempo né il desiderio. Quattro giorni e un volo lungo. Aveva ragione, puzzavo. «Bene, vado a lavarmi» dissi controvoglia, arricciando il naso.

9
Jamie

Il pavimento e le pareti del mio secondo ufficio tremavano al ritmo della musica che impazzava di sotto. Il Red's, l'ultima discoteca che avevo comprato, era stato rimesso a nuovo due mesi prima, con un impianto audio e un arredamento all'ultimo grido. Avevo creduto che questi cambiamenti avrebbero attirato clienti più benestanti, degli studenti universitari disposti a spendere di più, e che avrei potuto alzare i prezzi del biglietto d'ingresso. Invece, mentre la musica produceva nel mio bicchiere di whisky vibrazioni simili a quelle di *Jurassic Park* all'avvicinamento dei colossi, capii che avevo preso un granchio. Non riuscivo a concentrarmi, il che significava che avrei dovuto rifare tutti i calcoli il giorno dopo. Quella discoteca non rendeva granché come investimento – in quanto a guadagni, era in fondo alla mia lista – ma gli otto locali che possedevo in giro per la città avevano uno scopo ben preciso: riciclare il denaro che guadagnavo con le attività illegali. Dovevo solo diventare un po' creativo con i documenti, e lasciare che i miei contabili, pagati profumatamente, si occupassero del resto.

Mentre il brano musicale finiva e lasciava il posto al successivo, sospirai e chiusi gli occhi, e mi massaggiai le tempie con piccoli gesti circolari. Il giorno dopo avrei chiesto di insonorizzare l'ufficio.

Qualcuno bussò alla porta, interrompendo le mie fantasticherie. «Cosa c'è?» chiesi sgarbato, prendendo in mano il bicchiere.

Il Furbo fece capolino da dietro la porta. «C'è Alberto Salazar. Ha appena parcheggiato.»

«Bene. Chiedi a Ed di farlo entrare, per favore.»

Si accigliò. «Sembra che abbia portato con sé Mateo.» Disse il nome con disprezzo.

«Ah, andiamo bene» ribattei, portandomi il bicchiere alle labbra e ingoiando il liquido ambrato che, scendendo, mi bruciò fino allo stomaco. Avevo chiesto un incontro con il più vecchio dei Salazar, non con il fratello sociopatico. Mateo era un cane sciolto, che aveva la reputazione di essere impulsivo e spietato. Effettivamente aveva quasi sempre uno sguardo folle, come se stesse architettando modi nuovi per ucciderti. Avevo sentito delle voci su di lui, voci terribili, non ultima quella che gli attribuiva una predilezione per le ragazzine minorenni. Mateo Salazar era l'unica persona al mondo alla quale avrei voluto sparare tra gli occhi. Sarei anche stato disposto a finire di nuovo dietro le sbarre, perché dei bastardi del genere non avevano il diritto di stare al mondo; purtroppo, però, eliminarlo avrebbe causato una faida nella quale non volevo coinvolgere i miei uomini.

Incrociai lo sguardo del Furbo e vi lessi la mia stessa preoccupazione. Quella faccenda non gli piaceva, e aveva ragione. L'ultima volta che avevo incontrato Mateo a distanza ravvicinata quello stronzo aveva cercato di uccidermi, puntandomi contro una pistola. Stavolta eravamo in un luogo affollato, c'era meno pericolo. «Senti un po', visto che è venuto anche quell'esaltato, incontriamoci giù» suggerii.

Il Furbo si rilassò visibilmente alla mia proposta, e la tensione che gli aveva irrigidito le spalle si attenuò. «Buona idea.»

Mi alzai e presi il mio coltello a scatto preferito, infilandomelo nella tasca dei pantaloni prima di raggiungere il Furbo. Non amavo girare armato – avevo degli uomini che pagavo per quello – ma non intendevo trovarmi vicino a Mateo indifeso. «Andiamo, amico. Ricordiamo a quei due sfigati chi è il padrone della città.» Gli strizzai la spalla con fare incoraggiante. Il Furbo detestava quell'aspetto del nostro lavoro; lui amava le auto, e aveva spesso cercato di convincermi a lasciare quella roba alle altre bande. Io, però, non ero tipo da tirarmi indietro.

Quando giungemmo al piano inferiore, la musica divenne più forte. Mi guardai attorno tra la folla. Carl, uno degli addetti alla sicurezza che stava in fondo alla scala del mio ufficio e impediva alla gente di salire, fece un cenno di saluto. «Capo.»

Mi avvicinai e gli indicai con il mento un tavolino all'altro lato del locale, che si intravedeva appena dietro la calca di gente che si divertiva spendendo i sudati guadagni. Si trovava dalla parte opposta rispetto al DJ e agli altoparlanti alti quasi due metri montati sul palcoscenico. In quel momento era occupato da sei donne che bevevano una bottiglia di vino bianco della casa, da due soldi.

«Carl, mi fai liberare quel tavolo, per favore? Regala loro due bottiglie di champagne per il disturbo» chiesi. C'erano altri tavoli liberi, però quello era il migliore, meno rumoroso ma comunque esposto agli sguardi della gente, cosicché Mateo si sarebbe comportato bene.

«Certo.»

«Adesso arriva qualche altro agente. Ho un appuntamento, tu fa' come al solito, controlla i clienti, ok?» domandai. Carl era solo un addetto alla sicurezza, ingaggiato per la stazza; suo compito era evitare che sorgessero problemi nel locale.

Stetti a guardare mentre si avvicinava alle signore con il suo sorriso più accattivante e chiedeva loro di liberare il tavolo che serviva al signor Cole, il proprietario. Poi mi feci largo tra la folla, restando sul bordo della pista, e salutai i conoscenti, rifiutando educatamente un drink da parte di clienti regolari dei quali avrei dovuto ricordare il nome.

«Vuoi che partecipi anch'io all'incontro?» chiese Ed, che mi raggiunse quando arrivai nei pressi del guardaroba.

Scossi il capo. «Io e il Furbo dovremmo bastare.»

Non mi sfuggì il disappunto di Ed. Non sopportava di essere escluso, ed ero sicuro che non lo facesse impazzire il fatto che avessi preso in mano io l'organizzazione di Brett e che lo avessi retrocesso. Era abbastanza vecchio da essere mio padre, dopotutto. Probabilmente lo irritava avere un capo con la metà dei suoi anni che gli diceva cosa fare e gli toglieva responsabilità. Peggio per lui.

Aprì la bocca, probabilmente per protestare e ripetermi ancora una volta che avrebbe potuto essermi utile e che gli sarebbe piaciuto avere un ruolo più attivo, ma proprio allora si spalancò la porta ed entrarono i fratelli Salazar con tre dei loro uomini.

Vidi per primo Alberto – alto, magro, sicuro di sé – che mi si avvicinò con la mano tesa. Gli fissai la mano incredulo prima di guardarlo negli occhi, non preoccupandomi di ricambiare il gesto educato di saluto. Era venuto a vendere sul mio territorio; non l'avevo chiamato per scambiarci gentilezze. Dopo un paio di secondi se ne rese conto anche lui e abbassò la mano.

«Kid Cole, mi fa piacere rivederti» disse con il pesante accento messicano.

Non risposi, limitandomi a guardare alle sue spalle, dove si trovava il fratello. Mateo non era alto come Alberto né aveva il suo fisico imponente, ma c'era qualcosa in lui, nella sua postura, che mi metteva a disagio. Ero sempre stato bravo a capire cosa pensava la gente, e avevo la sensazione che a Mateo sarebbe piaciuto uccidermi. Aveva qualcosa che non andava. Se non fosse stato per l'influenza di suo fratello, probabilmente avrebbe infranto il nostro accordo molto tempo prima.

Gli occhi castani di Mateo si fissarono nei miei con una traccia di ironia; una lacrima nera tatuata sull'angolo esterno dell'occhio destro risaltava sulla pelle olivastra, così come il grosso ragno tatuato sul lato del collo. Quando sollevò una mano per grattarsi la mascella, gli vidi le sottili aste nere tatuate sul lato dell'indice sinistro, il dito del grilletto. Si diceva che ogni asticella rappresentasse un omicidio commesso. Ne contai due gruppi di cinque e una separata dalle altre. Si era dato da fare dall'ultima volta che l'avevo visto. Un paio di mesi prima, quando mi aveva puntato contro la pistola, ce n'erano solo nove.

Mateo non parlò, fece solo un ghigno sardonico per mostrarmi il suo disprezzo; io, invece, lo scrutai bene, per capire se ci avrebbe creato problemi. Era agitato come sempre, un effetto secondario della dipendenza dall'eroina, ma sembrava padrone della situazione.

Tornai a concentrarmi su Alberto. «Dovevi proprio portare anche *quello lì*?» chiesi indicando con un gesto del mento Mateo, e ignorando la smorfia e la sfilza di offese in spagnolo che mi giunsero da quella parte.

Alberto si strinse nelle spalle con un vago sorriso. «Non mi fido a lasciarlo da solo» scherzò. Mi sfuggì una risatina. Almeno eravamo entrambi onesti. Alberto non mi piaceva, e non apprezzavo il suo modo di condurre gli affari o di vendere i suoi prodotti scadenti, ma era un uomo d'onore che, di solito, rispettava la parola data.

«Niente armi nel locale. Se siete armati, potete lasciarle qui e recuperarle uscendo» dichiarai, facendo segno a una delle mie guardie di avvicinarsi.

Mateo si accigliò, e la mano gli andò subito alla pistola nascosta sotto la giacca di pelle marrone, ma Alberto annuì e si mise una mano in tasca, estraendo una semiautomatica nera e posandola sul vassoio che gli aveva teso l'agente di sicurezza. I suoi uomini lo imitarono, mettendo le pistole sul vassoio. Mateo non si era ancora mosso.

Sollevai un sopracciglio e mi ersi in tutta la mia altezza per intimidirlo.

Il Furbo fece un passo avanti. «Se preferisci, puoi tornare a giocare in macchina con la pistola intanto che i grandi parlano» suggerì in tono condiscendente. Lo ringraziai con un sorriso.

Passarono un paio di secondi prima che Alberto si girasse verso suo fratello per dirgli qualcosa nella loro lingua che non capii. Mateo strinse i denti, contrariato, ma estrasse la pistola e il coltello, entrambi con l'impugnatura di avorio, li posò in cima alle altre armi, e seguì con occhi pieni di rimpianto la guardia che li portò nell'ufficio della security.

«Perfetto. Seguitemi» dissi. Mi voltai senza aspettare e oltrepassai le porte doppie che immettevano nella discoteca affollata, dirigendomi al tavolo che avevo chiesto a Carl di liberare.

La cameriera, una ragazza magra con la pelle dorata dal sole e i capelli neri, venne quasi subito facendosi largo tra la folla, e posò sul tavolo una bottiglia di whisky e quattro bicchieri pieni prima di allontanarsi.

Lanciai un'occhiata a Mateo, che stava seguendo con lo sguardo la cameriera. «Pensavo che ti avessero pizzicato ieri» dissi, scegliendo un bicchiere e bevendo un sorso.

Mateo alzò le spalle e mi guardò negli occhi. «Non avevano abbastanza per trattenermi.»

Avevo saputo dalla mia fonte nella polizia che Mateo era stato arrestato il giorno prima per aggressione aggravata. Da quello che mi avevano detto, era un caso facile: diversi testimoni avevano dichiarato che aveva conficcato una stecca da biliardo nella coscia del suo avversario perché aveva perso.

«Davvero? Che peccato.» Era una disdetta.

Mi fece un sorriso baldanzoso. «A quanto pare i testimoni hanno cambiato idea.»

Alberto si sporse in avanti, con il bicchiere tra le mani. «Senti, possiamo venire al sodo? Tutti questi discorsi sono solo una perdita di tempo; sono sicuro che abbiamo tutti di meglio da fare.»

Volevo arrivare al dunque anch'io. «Bene» dissi, rivolgendogli tutta la mia attenzione. «Desidero che stiate alla larga dai miei locali. La prossima volta che mandate degli spacciatori nel mio territorio e mi mancate di rispetto in questo modo, vi scateno contro un casino che neanche ve l'immaginate. Sapete quali sono i vostri limiti. Vi permettiamo di vendere la vostra robaccia per strada, e con moderazione.» Mi sporsi per guardarlo negli occhi, e fargli capire che facevo sul serio. «Se disobbedite di nuovo, distruggeremo tutto quello che avete costruito. Non pensare che non sappia dove preparate la roba. Una telefonata e mando qualcuno dei miei uomini che nel giro di pochi minuti rade al suolo i vostri laboratori. Vediamo quanto business farete, allora.»

Gli tremò l'occhio mentre parlavo. «Kid, sii ragionevole.»

Mi appoggiai allo schienale e presi il bicchiere, guardandolo oltre l'orlo. «Ragionevole» ripetei. «Trovi che sia *irragionevole*?»

Si irrigidì, cogliendo la minaccia nella mia voce. Sapeva che potevo schiacciarlo in un battito di ciglia. «No, non irragionevole» fece marcia indietro. «Solo che non pensi ai benefici che potremmo ottenere entrambi da una collaborazione reciproca.»

Dovetti ridere. «Cos'avrei da guadagnare nell'unire le forze con un peso morto come te?» Mi versai ancora da bere, scuotendo il capo divertito.

La calca vicino al nostro tavolo stava diventando più chiassosa, due tizi brindarono urlando, facendo tintinnare le bottiglie una contro l'altra. Spostai lo sguardo e quasi subito un lampo rosso, nel gruppo più lontano da me, vicino al podio, mi colpì. Perfino nel locale in penombra quel colore era come un faro che mi attirava, catturando la mia attenzione.

Oh, maledizione. Non può essere. Impossibile. Non può essere qui...

Mi bloccai con il bicchiere a mezz'aria e socchiusi gli occhi per vedere meglio; speravo che la ragazza con i capelli rossi si girasse verso di me almeno un po', per intravederle il viso. Era lei?

Voltati. Ti prego, voltati.

«Abbiamo un buon numero di seguaci» disse Alberto, riportandomi alla realtà.

Il Furbo fece una smorfia incredula e sbuffò. «Dei seguaci? Cos'è, una setta, la vostra?»

Deglutii e sbattei le palpebre un paio di volte, staccando con fatica gli occhi dalla ragazza con i capelli rossi, facendo leva sulla forza di volontà, ma mi costò uno sforzo terribile. «Non mi importa quanto è vasta la tua clientela. Noi abbiamo i nostri, di clienti, e pagano bene. Non abbiamo bisogno di occuparci di chi spaccia per la strada. Te l'ho già detto.»

«Ah, ma le nostre spese sono molto minori delle vostre, scommetto. Abbiamo un guadagno doppio per oncia» protestò Alberto. «Se doveste comprare il nostro prodotto e venderlo ai vostri clienti, ci guadagneremmo entrambi.»

«Solo perché la vostra roba fa schifo. I miei clienti mi mollerebbero subito se cercassi di vendere loro cocaina tagliata con il levamisolo» replicai calmo. Avevamo già avuto quella discussione, e la mia risposta era sempre la stessa.

Senza volere, lanciai di nuovo un'occhiata in direzione della ragazza. Le guardai i capelli che si muovevano mentre ballava, e i jeans che le abbracciavano i fianchi e la curva delle natiche. Aspettai nervoso che si girasse. E a un tratto, come se avesse sentito il mio sguardo, come se si fosse accorta che aspettavo, col fiato in sospeso, di vedere se era la ragazza di cui mi ero innamorato perdutamente, lei e la bellissima bionda con cui stava ballando si presero a braccetto e fecero una giravolta da ubriache, ridacchiando tra loro.

Mi si mozzò il fiato quando vidi che era proprio la ragazza che mi aveva rubato il cuore con il suo bel sorriso e il rossore innocente sulle guance. Ellie mi aveva conquistato fin dalla prima volta che l'avevo vista, e tre anni dopo non era cambiato nulla. Era splendida. Perfetta. Tutto in lei era incantevole, dai capelli rossi al naso con le lentiggini, e perfino ai piedi che amava infilare in un paio di Converse. Era quella che avevo sempre sognato.

Non riuscivo a distogliere lo sguardo. La guardai brindare con l'amica, e mi resi conto che si trattava di Stacey. Svuotarono i bicchieri e non riuscii a reprimere un sorriso quando Ellie fece una smorfia e si portò una mano alle labbra per un paio di secondi, arricciando il naso, come faceva sempre dopo uno shot. Anche quello mi era mancato. Era solo un gesto futile, ma mi diede una stretta di nostalgia.

«Kid?» La voce di Alberto era quasi un ricordo lontano mentre osservavo Ellie incantato.

Stacey si lanciò un'occhiata alle spalle e si girò di nuovo con un sorriso, prese per mano l'amica e la tirò verso uno dei palchi sopraelevati, dove il sabato sera si esibivano talvolta delle ballerine professioniste, ma in settimana erano vuoti e le clienti ci salivano per avere più spazio a disposizione per ballare. Ellie all'inizio era riluttante, e scosse il capo arrossendo, come vidi benissimo pur essendo all'altro lato della sala semibuia. Sorrisi. Non le era mai piaciuto essere al centro dell'attenzione. Ma Stacey era decisa, si issò sul podio alto poco più di un metro e guardò Ellie con aria implorante, finché l'amica non cedette e non la raggiunse.

«Kid!» La voce era più forte stavolta, e mi girai guardando storto Alberto.

«Cosa c'è?» sbottai. Non vedeva che ero occupato?

Sollevò un folto sopracciglio nero. «Va tutto bene? Mi sembri distratto.» Aveva un tono risentito, non gli andava a genio che non riservassi a lui tutta la mia attenzione.

Mateo si sporse e fissò Ellie, che ora ballava sul podio con movimenti timidi, perché la gente la guardava. «Conosci quella ragazza?»

«No» risposi subito, con un tono più brusco del dovuto. «Ha solo un bel didietro» mentii, e sperai di essere stato convincente.

Mateo si rilassò, fece un sorriso pigro, che mise in evidenza la cicatrice bianca che gli attraversava il labbro inferiore. «Eh, sì, ha proprio un bel culo» disse, prendendo il bicchiere e bevendo un sorso con lentezza. I suoi occhi attenti incrociarono i miei: brillavano di eccitazione, mi parve.

Afferrai il bordo del tavolo con tanta forza che le dita mi dolsero, cercando di non reagire. Dovevo mantenere il controllo, non mostrare nessuna emozione né lasciar trapelare quanto Ellie fosse importante per me. Ero il padrone della città perché tutti gli altri sapevano che non era il caso di sfidarmi: avevano sempre molto più di me da perdere. Non mi importava di niente, quindi non offrivo nessun appiglio. Non mi interessava se vivevo o morivo, perché la mia esistenza non contava niente. Quella solitudine mi rendeva implacabile, sicuro di me, spavaldo e praticamente invincibile. E dovevo continuare a esserlo.

«Andiamo avanti? Vi ho chiamati qui per dirvi di tenere la vostra droga alla larga dai miei locali, penso di essermi spiegato bene, quindi l'incontro è finito» dissi a denti stretti.

Alberto fece un sospiro profondo, scuotendo il capo. «Senti, Kid, mi scuso se uno dei nostri spacciatori è venuto nel tuo locale. Non so chi era, ma lo scoprirò e verrà punito. L'ordine non l'abbiamo dato noi, probabilmente era solo un venditore avido che voleva guadagnarsi qualche dollaro in più. Non lasciamo che questo avveleni i nostri rapporti, eh?»

Mateo non ci ascoltava più, stava scrivendo qualcosa sul telefono con un sorrisetto furbo che avrei voluto cancellargli a suon di schiaffi.

«Non abbiamo nessun rapporto. Vi permetto di mandare avanti la vostra attività e voi mi siete grati» risposi seccamente. Non riuscivo più a ignorare Ellie. Ero nervoso, non vedevo l'ora di alzarmi e di andare da lei. Strinsi più forte il tavolo per restare dov'ero.

«Ma potrebbe diventare ben altro. Possiamo aiutarti. Abbiamo tutti i numeri, e possiamo dare un contributo determinante alla tua organizzazione» insisté Alberto.

«Un sacco di grane, vuoi dire» intervenne il Furbo.

«No, non dire così» implorò Alberto.

Con la coda dell'occhio vidi un uomo alto e muscoloso che attraversava la folla, diretto da Ellie. Si fermò accanto al suo podio. Feci una smorfia infastidita e strinsi le mani a pugno. Il tizio era alto quasi due metri, e arrivava al petto delle ragazze. Si sporse per dire loro qualcosa; Stacey scoppiò a ridere e scosse il capo, mentre Ellie pareva profondamente a disagio.

Accanto a me sentivo il Furbo e Alberto che parlavano, ma non riuscivo a concentrarmi, a distogliere lo sguardo da quello stronzo gonfio di steroidi che era ancora lì e cercava di attirare l'attenzione di Ellie.

Ebbi un sussulto quando la sua manona si protese verso di lei, sfiorandole un fianco. Lei si girò, scuotendo il capo, dicendo qualcosa per scoraggiarlo con un sorriso nervoso, con cui lo implorava di lasciarla in pace.

La folla attorno a loro si era diradata, facendogli spazio, e lo guardavano tutti con un filo di apprensione, come se fosse ubriaco e fosse meglio stargli alla larga. Disse qualcosa d'altro a Ellie che si accigliò e scosse il capo di nuovo. Mi parve quasi di riuscire a leggerle le labbra che dicevano «No, grazie», poi gli voltò le spalle per riprendere a ballare con Stacey. Ora, però, i suoi movimenti erano goffi, imbarazzati, e teneva le spalle rigide.

Lo sconosciuto sembrava non voler demordere: chiaramente i rifiuti non gli andavano giù. Rise e si ficcò una mano in tasca, estraendo un paio di banconote. Io mi rabbuiai, pensando che volesse offrirle da bere. Invece le toccò una spalla. Quando lei si girò, con un leggero sorriso educato ma esasperato, il tipo le ficcò i soldi nella cintura dei jeans, come se fosse una spogliarellista, e si mise a battere il tempo con le mani con gesti esagerati per incoraggiarla.

Ci vidi rosso.

Persi completamente il lume della ragione. Riuscivo solo a vedere le sue mani su di lei, la mancanza di rispetto, l'umiliazione che le stava infliggendo. Balzai in piedi, rovesciando la sedia, e mi precipitai lì. Ellie si stava togliendo le banconote dalla cintura con aria indignata, e non mi vide arrivare.

Neanche lui si accorse di me, mentre la esortava ridendo: «Avanti, bella, facci vedere come balli bene!»

Ebbe appena il tempo di finire la frase quando il mio pugno lo colpì alla nuca, facendolo cadere in ginocchio, e il torace gli andò a sbattere sul podio con un tonfo pesante. Mi bruciava la mano, ma quasi non me ne accorsi. Feci un altro passo e gli sferrai due ginocchiate nei fianchi, felice di sentirlo gemere per il dolore. Mi pareva di essere circondato da una nebbia rossa; c'eravamo solo io, lui e il mio furore accecante. Volevo vedere il suo sangue, desideravo estrarre il coltello dalla tasca e tagliargli la gola, ma una parte di me era consapevole della gente che guardava. Mi accontentai allora di afferrargli una ciocca di capelli con la sinistra, di tirargli la testa indietro e di dargli un pugno violento in faccia.

Il sangue gli zampillò dal naso al primo impatto, il secondo pugno gli ruppe la pelle sopra lo zigomo, al terzo sollevò debolmente le mani per difendersi e il quarto gli spaccò un labbro. Mi ribolliva il sangue. Respiravo convulsamente, e lo colpii per la quinta volta con il pugno insanguinato. Ormai non reagiva più, le ginocchia lo reggevano a malapena, le braccia gli ricaddero lungo i fianchi e gli occhi erano vacui. Gli lasciai andare i capelli e scivolò a terra con un tonfo, con il sangue che gli scorreva sul viso e sgocciolava sul pavimento di legno che avevo fatto cambiare solo due mesi prima.

Tutt'attorno a me, la gente aveva smesso di muoversi. I curiosi guardavano la scena con espressione sconvolta, che però tradiva anche un macabro interesse. Io mi calmai, dinanzi allo spettacolo del tizio malconcio e privo di conoscenza. Un brivido mi percorse la schiena quando lo osservai meglio, ignorando il sangue che gli sporcava il viso. Lo riconobbi: era uno degli uomini giunti lì con i Salazar. Controllai il braccio destro, ed effettivamente trovai la prova della sua appartenenza al clan: un serpente avvolto attorno a un pugnale con la lettera S incisa nell'impugnatura.

Guardai il tavolo dal quale mi ero assentato. Il Furbo era in piedi con aria ostile: anche Alberto si era alzato, e aveva gli occhi sgranati, l'espressione perplessa; Mateo, invece, stava osservando la scena a braccia conserte e con un gran sorriso.

Divenne tutto chiaro. Mateo aveva scritto un messaggio sul cellulare, dicendo al suo uomo di dare fastidio a Ellie per vedere se riusciva a farmi reagire. Non mi aveva creduto quando gli avevo detto che non la conoscevo. Era stato Mateo a organizzare tutto, e ci ero caduto come un cretino.

Avevo combinato un bel guaio.

Mi voltai verso Ellie, e mi accorsi che era sul podio, immobile come una statua, e mi stava fissando con volto terreo e la bocca aperta. Sembrava che avesse visto un fantasma.

«Scendi. Subito!» ordinai.

Lei mi guardò basita. «Jamie?» sussurrò.

10
Ellie

Sangue, pugni, gemiti di dolore, grida dalle persone attorno a me mentre il tizio che qualche secondo prima mi aveva infilato dei soldi nella cintura dei jeans chiamandomi *puta*, che doveva significare «puttana» in spagnolo, rovinava a terra svenuto.

Stacey mi stava tirando per un braccio, cercando di farmi arretrare, ma il mio corpo era bloccato mentre studiavo *lui* in ogni dettaglio. Era proprio lui, anche se per un istante non ero stata sicura. Ma no, invece, avrei riconosciuto quel viso ovunque, benché i suoi bei lineamenti fossero deformati dalla collera; pareva un angelo vendicatore, furibondo, venuto a salvarmi nel momento del bisogno.

Respirava rapido e fissava il tizio che aveva appena picchiato con un disprezzo quasi palpabile. Poi sollevò la testa di scatto e mi guardò.

Nell'istante in cui i miei occhi incontrarono i suoi, dimenticai di respirare.

Jamie Cole.

In quel momento, tutto il resto parve fermarsi. Non udivo più la musica che ci rimbombava attorno; vedevo solo lui e i suoi occhi, quelli in cui mi ero smarrita per ore e ore, dei quali conoscevo ogni sfumatura, quel castano scuro che mi aveva attirato, sciogliendomi il cuore, tre anni prima. Socchiusi le labbra, con un nodo alla gola, e lo squadrai.

I capelli erano diversi dall'ultima volta in cui lo avevo visto; erano disordinati, si arricciavano attorno alle orecchie e sul collo come se avessero bisogno di una spuntata. Aveva un'ombra di barba sul mento. Sulla guancia e sul lato del collo si intravedevano dei lividi in via di guarigione. Aveva una cicatrice di sette centimetri proprio sopra il sopracciglio, un'altra che si aggiungeva alla collezione. Dopo tanto tempo, e dopotutto il dolore che mi aveva causato, dovetti reprimere l'impulso di toccargli la cicatrice, di percorrergliela col dito per chiedergli come se la fosse procurata.

A parte quello, però, vidi quanto fosse cambiato.

L'uomo di fronte a me, con la camicia dal colletto bianco e i pantaloni neri eleganti, con le nocche che lasciavano sgocciolare sul pavimento il sangue di qualcun altro, non era il ragazzo che conoscevo. Qualcosa lo aveva mutato, indurito, rovinato.

Si era irrigidito in una posa che trasudava forza, aggressività, furia. Un uomo svenuto giaceva ai suoi piedi, sconfitto e malconcio, e sul viso di Jamie non c'era neanche una traccia di rimpianto. Non lo avevo mai visto così. Le ombre che gli intorbidivano lo sguardo mi fecero paura.

«Scendi. Subito!» ordinò.

Cercai di eliminare, deglutendo, un improvviso groppo alla gola. «Jamie?» Non avevo voce, e pronunciai il suo nome in un sussurro, ma lui sentì. Gli vidi guizzare un muscolo del volto, e si spostò impercettibilmente, ma i suoi occhi non lasciarono i miei.

Avevo il corpo insensibile, e la mente che cercava di capacitarsi dell'accaduto. Lui era lì. Avevo di fronte il ragazzo per il quale mi ero addormentata piangendo per mesi. Vedermelo davanti in modo tanto inaspettato fece riaffiorare tutti quei sentimenti di colpo. Mi sentii inerme, e mi ritrovai a dibattermi nel mare di dolore dal quale avevo fatto di tutto per fuggire.

Quell'uomo dinanzi a me era la ragione per cui non ero tornata a casa. Non avrei mai voluto incontrarlo, né incrociare il suo sguardo, perché avrei dovuto trovare la forza per vivere senza di lui, di nuovo, e non ero sicura che ci sarei riuscita una seconda volta.

«Scendi subito!» ripeté, in tono secco e perentorio.

Gli occhi mi bruciavano per le lacrime che cercavo di trattenere, mentre i ricordi di noi e dei nostri bei momenti insieme mi colpirono con la violenza di uno schiaffo. Avevo amato perdutamente quel ragazzo, avevo amato tutto di lui, anche gli aspetti negativi che non riuscivo a capire. Mi possedeva completamente, corpo e anima, e aveva gettato via tutto per uno stupido errore. Mi si strinse il cuore, ripensandoci.

Si lanciò uno sguardo alle spalle, agitato. «Ellie, scendi di lì, capito? Cazzo, fa' come ti dico!» Mi allungò una mano per aiutarmi a scendere dal palco sul quale mi aveva fatto salire Stacey.

Ma mentre lo fissavo da quella posizione sopraelevata, i miei sentimenti cambiarono. La sorpresa per averlo visto si tramutò in una collera violenta. *Ha appena preso a pugni un tizio anche se me la stavo cavando benissimo da sola, e ha il coraggio di darmi ordini, dopo quello che mi ha fatto?*

Strinsi le mani a pugno, e aprii la bocca per pronunciare una delle frasi argute immaginate nel corso degli anni, e che avrei dovuto dirgli quel giorno al telefono invece di implorarlo di darmi un'altra possibilità, ma prima che potessi parlare avanzò e mi afferrò. A un tratto mi caricò sulla sua spalla, e mi trovai a testa in giù e con il sedere per aria.

Mi lasciai sfuggire un gridolino sorpreso, il sangue mi andò alla testa e vidi solo scarpe e il tizio svenuto sul pavimento. Avvampai per l'imbarazzo.

«Ehi!» gridò Stacey dal podio.

La selva di piedi si diradò e Jamie camminò tra loro con la sottoscritta sulla spalla, tipo sacco di patate, che andava a sbattergli contro a ogni passo.

Mi riempii di collera. «Mettimi subito giù, bastardo!» gridai, dimenandomi, scalciando e sferrandogli dei pugni sulla schiena. «Mollami! Jamie Cole, mettimi giù subito!» ordinai, aggrappandomi dove potevo, conficcandogli le unghie nella schiena per attirare la sua attenzione.

Aveva fatto meno di dieci passi quando la mia gamba entrò in collisione con qualcosa, forse un lato del suo viso, e lui si fermò. Ne approfittai e mi dimenai ancora di più, puntellandomi sulla sua schiena per sollevarmi e scivolare giù.

«Toglimi le mani di dosso!» Lo pizzicai sui fianchi, inarcandomi come un cavallo imbizzarrito che cerca di liberarsi.

«E va bene! Calmati, però.» Mi tirò le gambe per farmi scivolare giù e mi posò a terra. Mi aggrappai alle sue spalle per raddrizzarmi, e ci misi qualche secondo a ritrovare l'equilibrio. Mi teneva le mani sui fianchi e mi guardò con il viso impietrito e gli occhi che mandavano saette.

Adesso è arrabbiato. Molto arrabbiato.

Raddrizzai le spalle, gli spinsi via le mani e feci un passo indietro per avere un po' di spazio. Cercai distrattamente di aggiustarmi i capelli che, dopo quel trambusto, dovevano essere in condizioni pietose.

Lo fulminai con lo sguardo. Anch'io ero arrabbiata. «Cosa ti salta in mente? Arrivi qui e inizi a fare a pugni nel bel mezzo di una discoteca come un delinquente qualsiasi, e poi hai il coraggio di toccarmi? Non puoi più toccarmi, tu. Non ne hai il diritto!» Parlai con più foga del previsto. Confluirono in quelle poche frasi, acide e odiose, tutti gli anni di sofferenza.

«Ellie» disse, con la fronte aggrottata. Le labbra gli si mossero ma non uscì nessun suono; fece un sospiro e si passò una mano tra i capelli. La dolce carezza della sua voce che pronunciava il mio nome mi fece balzare il cuore in gola. Pensavo che non l'avrei sentita mai più e, mio malgrado, mi scatenò le farfalle nello stomaco.

Scossi il capo. Non aveva più il diritto di suscitarmi reazioni del genere, non dopo che mi aveva spezzato il cuore; quel traditore del mio corpo avrebbe fatto meglio a schierarsi dalla mia parte, e subito. «Tre anni di silenzio, e pensi di poter venire qui e caricarmi su una spalla come un troglodita?» Gli puntai contro il dito, cercando di calmare la respirazione. La collera stava passando, ma avvertii altre emozioni che prendevano il sopravvento in me, minacciando di traboccare. «Non te lo permetterò, Jamie. Non puoi fingere che non sia accaduto niente e presentarti qui come un cavaliere dall'armatura luccicante. Non puoi fingere di non avermi spezzato il cuore. Non puoi.» Giunta all'ultima parola sussurravo, e avevo gli occhi colmi di lacrime.

Non ce la facevo più, non sarei più riuscita a controllarmi se avessi continuato ad averlo davanti. Stavo per mettermi a piangere, ma non intendevo mostrargli neanche una lacrima. Dietro di lui, vidi Stacey che scendeva dal podio e si avvicinava. Gli voltai le spalle, cercando l'uscita, sapendo che la mia amica mi avrebbe seguito fuori. Stavo per compiere un passo quando una mano mi afferrò il polso e mi strattonò, cosicché gli finii addosso.

Mi ritrovai a guardarlo in faccia, con il fiato mozzato. Aveva gli occhi che brillavano, le mascelle strette e mi si avvicinò ancora di più, tenendomi stretto il polso mentre con l'altra mano mi carezzò il volto e mi passò le dita tra i capelli. Non ebbi il tempo di reagire, e la sua bocca si posò sulla mia.

Mi sfuggì un mugolio risentito e il corpo mi si irrigidì contro il suo. Mi trasmise il suo calore quando con le labbra sfiorò le mie. Il bacio finì quasi subito, ma lui non si ritrasse. Il suo naso toccò il mio e il suo respiro mi solleticò le labbra, il mento. Mi lasciò andare il polso, e mi posò la mano sul fianco; questo movimento mi avrebbe dato l'opportunità di allontanarmi, se avessi voluto. Non lo feci, invece.

Il mio corpo reagiva di sua spontanea volontà, il respiro mi divenne convulso, mentre mi inarcavo per aderire con il petto al suo torace tutto muscoli. Era così solido, forte, caldo, familiare che mi venne il batticuore. Gli fissai le labbra che avevano esplorato ogni centimetro del mio corpo con passione, la bocca che aveva sussurrato *ti amo* quando giacevo tra le sue braccia. Un'ondata di nostalgia mi scosse mentre continuavo a fissare quella bocca.

Dimenticai tutto: il dolore, lo struggimento, le lacrime, la discoteca dove ci trovavamo, la gente che ci guardava; era scomparso tutto in un istante, e io mi smarrii in lui.

Quando le sue labbra sfiorarono le mie una seconda volta, chiusi gli occhi e ricambiai il bacio, meravigliandomi dell'estasi che un semplice bacio era in grado di scatenare in me. Gemette contro le mie labbra, e la sua mano mi scivolò sulla schiena, stringendomi forte. Un'ondata di desiderio disperato mi colpì con violenza, e mi aggrappai alla sua camicia, mentre il bacio divenne più ardito.

Mi sentii le gambe molli, ma le sue mani sui miei fianchi mi sorressero mentre la passione si propagava in me con prepotenza. Era una sensazione sconvolgente, quasi dolorosa, unita al bisogno di sentire Jamie dentro di me, subito. Una passione che mai nessuno era riuscito a suscitare in me, a parte lui.

Quando dischiuse le labbra e con la punta della lingua mi toccò il labbro inferiore, un desiderio profondo mi pervase, e mi resi conto che nessuno mi aveva baciato così dopo Jamie. Quella passione, il bisogno disperato di vicinanza, li avevo provati solo con lui. Toby non mi aveva mai scatenato emozioni tanto profonde, non con un bacio, non con le carezze dei preliminari, dopo esserci spogliati. Mai.

Non appena ebbi evocato il suo nome, l'incanto finì.

Toby. Il mio fidanzato. L'uomo che mi aveva dato un lavoro e una ragione per restare in Inghilterra quando avrei fatto di tutto per non tornare a casa, il ragazzo che mi aveva guarita, che mi aveva insegnato di nuovo a ridere quando attorno a me vedevo solo tenebre. Il dolce, adorabile, affidabile Toby che non si meritava assolutamente ciò che stavo facendo.

La passione si volatilizzò in un istante, e fu sostituita da una rabbia tanto intensa da farmi prudere le mani. Spinsi via Jamie, ansimando, e senza riflettere gli diedi uno schiaffo. Forte. La gente che stava a guardare emise un grido soffocato, e ci scrutò a occhi sgranati. Vidi Stacey alle spalle di Jamie, a bocca aperta, sbalordita.

A parte il movimento impartito al volto dalla sberla, Jamie restò dov'era, senza reagire. La rabbia mi confuse la vista, o forse erano le lacrime che non riuscivo più a trattenere.

«Brutto verme schifoso! Sono fidanzata, non puoi più baciarmi così. Hai avuto un'occasione e l'hai sprecata. L'hai buttata via, Jamie» gridai. Scossi il capo e abbassai gli occhi a terra perché non riuscivo a sostenere il suo sguardo ferito un secondo di più. «Onestamente non so dove trovi il coraggio di venirmi vicino, e a maggior ragione di baciarmi, dopo tutto questo tempo» dissi. «Lasciami in pace. Ho già abbastanza problemi, in questo momento, senza che ti ci metta anche tu a complicare le cose e a riesumare il passato, che tale deve restare.»

Corsi via tra la folla, facendomi largo tra la gente che ballava in pista e non aveva assistito alla scena, e mantenni lo sguardo fisso sul segnale luminoso con scritto USCITA DI SICUREZZA. Corsi via da lui e, pensavo, dai miei problemi. Ma quando giunsi fuori, nel vicolo pieno di bidoni della spazzatura, lungo la fiancata del locale, mi resi conto che i miei problemi erano dentro di me, e scappare non sarebbe servito.

Mi fermai e mi appoggiai alla parete fredda di mattoni, con la collera che minacciava di soffocarmi. L'aria fresca mi asciugò le lacrime, subito sostituite da altre, e capii che più che con Jamie, ce l'avevo con me stessa. Lui era stato solo il capro espiatorio, perché era più facile sfogarsi contro qualcun altro che assumersi la responsabilità dei propri atti.

Avevo ricambiato il bacio. Ecco perché ero tanto arrabbiata. Lo avevo baciato, pur essendo fidanzata con un altro. E mi era piaciuto da morire. Per quello mi detestavo.

11
Jamie

La osservai scomparire tra la folla di clienti e dirigersi verso l'uscita laterale. La guancia sinistra mi bruciava. Mi aveva dato un bello schiaffo, ma quel leggero dolore non era niente in confronto alla sofferenza che mi aveva provocato il suo sguardo sprezzante. Non mi ero aspettato tutto quell'odio da parte sua. Leggerglielo negli occhi mi aveva raggelato.

«*Hai avuto un'occasione e l'hai sprecata*» aveva detto. Ed era vero. Avevo rinunciato alla cosa più bella che mi fosse mai accaduta, ma non per le ragioni che credeva lei. Pensava che l'avessi tradita, che non l'amassi, che non la volessi. Ed era normale: ero stato io a dirglielo. La realtà, invece, era ben diversa. L'avevo sempre amata e voluta. Era la mia vita. Avevo solo cercato di evitarle di sprecare tempo per qualcuno che non la meritava.

Ora, guardando i suoi capelli rossi che sparivano oltre la porta, mi chiesi se non avessi commesso un errore madornale, tre anni prima. Forse avrei dovuto confessarle la verità, chiederle di aspettarmi e, una volta fuori, avremmo potuto costruirci una vita insieme, se lei lo voleva ancora. Forse avevo sbagliato a privarla della possibilità di scegliere.

Strinsi i denti. Sentivo ancora una traccia del suo bacio

sulle labbra, il calore del suo corpo tra le braccia, il suo sapore sulla lingua. Oddio, mi era mancata a tal punto che non avevo neanche avuto il coraggio di ammetterlo con me stesso.

Senza riflettere, mi mossi per correrle dietro.

«Ehi!» gridò Stacey alle mie spalle, afferrandomi per un braccio. Mi voltai a guardarla e incrociai il suo sguardo gelido. «Dove diavolo credi di andare? Mi pare che tu abbia già fatto abbastanza danni, no?» esclamò, fermandosi davanti a me e tagliandomi la strada.

Aggrottai le sopracciglia, spingendo lo sguardo alle sue spalle e vedendo la porta che si chiudeva. «Devo solo parlarle.»

Incrociò le braccia sul petto, contrariata. «Hai un bel coraggio, Jamie, dico sul serio. Lei non ti vuole parlare!»

«Senti, Stacey, puoi fulminarmi con lo sguardo quanto ti pare, ma ora vado là fuori a parlarle e tu non ti metterai in mezzo, altrimenti chiamo qualcuno del personale per impedirti di seguirmi» la avvertii.

«Sei proprio uno stronzo. Ho visto cosa c'era tra di voi, com'eravate quando stavate insieme. Avrebbe fatto qualsiasi cosa per te, e tu hai buttato via tutto e le hai spezzato il cuore. Forse lei si farà riguardo a insultarti come meriti, ma io non mi faccio problemi. Tu, Jamie Cole, sei il re dei bastardi, ed è un bene per lei che sia uscito dalla sua vita.»

Reagii a quelle parole, e all'astio con cui erano state pronunciate, con una breve risata. Stacey mi detestava, questo era evidente. Ma non sarebbe mai riuscita a odiarmi quanto io odiavo me stesso.

«Vai subito al dunque, tu, eh? In questo mi sei sempre piaciuta» replicai. Cercai di incrociare il suo sguardo prima che facesse il commento piccato che aspettavo. «Senti, sei una buona amica, ed Ellie è fortunata ad averti, ma ti ho detto che intendo parlarle, che ti piaccia o no.»

Feci segno a Ed che aveva cominciato ad avvicinarsi ma si era fermato a qualche metro di distanza, e gli indicai la ragazza. «Trattienila. Tra cinque minuti puoi lasciarla andare» ordinai. Ed si precipitò subito a bloccarle le braccia con le sue manone, e fischiò per chiamare uno degli agenti di sicurezza perché lo aiutasse a immobilizzarla.

Ignorando le proteste di Stacey, che si dibatteva alle mie spalle, mi diressi alla porta, fermandomi accanto a Carl in cerca delle chiavi dell'auto. «Va' a prendere la mia macchina e portala nel vicolo laterale. Tra pochi minuti ci saranno due ragazze, lì, che avranno bisogno di un passaggio. Voglio che arrivino a casa sane e salve, d'accordo?»

Lui annuì, e gli lasciai cadere le chiavi in mano prima di spingere la porta per uscire. Socchiusi gli occhi per abituarmi all'oscurità. La udii prima di vederla. Era sull'altro lato del vicolo, appoggiata al muro, e piangeva sommessamente.

Mi sentii morire. Detestavo il fatto che fosse triste e di esserne io la causa. Alzò lo sguardo quando la porta si aprì, e vedendomi si irrigidì e si asciugò gli occhi.

«Ti ho detto di lasciarmi in pace» sbottò con voce ancora alterata.

«Volevo solo controllare che stessi bene. Non mi andava che le cose finissero in quel modo, tra noi» dissi. «La nostra storia è stata troppo importante perché ci salutiamo con parole del genere.»

Tirò su col naso e si guardò le mani, ma non disse niente. Non l'avevo mai vista tanto abbattuta. Di solito Ellie era ottimista, spumeggiante, e ora pareva che le avessero tagliato le ali. Desideravo soltanto riavvicinarmi a lei, prenderla tra le braccia, proteggerla dal dolore, darle il mio appoggio. Soffrivo fisicamente vedendola tanto triste.

«In tutta onestà, non so cosa risponderti. Cosa vuoi che dica al tizio che mi ha tradita e mi ha lasciata partire all'estero da sola?» chiese con voce sarcastica, guardando per terra.

Le sue parole mi ferirono profondamente, perché non erano vere. Mi schiarii la voce, sperando che mi uscisse qualche suono. «Ad esempio, potresti chiedermi come sto» scherzai, cercando di sdrammatizzare.

Lei rise, ma senza calore; non era una delle risate tenere e argentine che adoravo. Si avvertiva in quella risata il peso del mondo, e avrei fatto di tutto per accollarmelo io.

Mi avvicinai con un sospiro e mi appoggiai al muro accanto a lei. Avrei voluto eliminare lo spazio tra di noi, prenderle la mano, carezzargliene il dorso, portarmela alla bocca e baciarle le dita. Mi mancava l'intimità con lei che si creava al più banale contatto. Non l'avevo più vissuta con nessun'altra. Dopo di lei, non ne avevo più avuto voglia. Se non potevo avere Ellie, preferivo stare da solo.

«Senti, mi dispiace di averti baciata, va bene? Sono rimasto sbalordito vedendoti. Non mi aspettavo di trovarti nel mio locale e… eri lì, non ti vedevo da tanto tempo ed eri così bella, mi stavi piantando in asso e non te lo potevo permettere. Io…» Smisi di parlare, frustrato perché non riuscivo a spiegarmi. Dicevo sempre la cosa sbagliata, sproloquiavo, quando ero con lei.

Calò il silenzio tra noi e si protrasse per quella che mi parve un'eternità; gli unici suoni erano quelli della musica, attutita, che filtrava dalla porta. Alla fine fu lei a parlare. «Il Red's è tuo?» chiese, scegliendo di non fare accenno al mio commento sulla sua bellezza.

«Sì» risposi, mostrando con la mano i poster attaccati alla parete dell'edificio, che pubblicizzavano feste o serate a tema. Il logo del club che svettava in cima ai cartelloni: una ragazza con i capelli rossi con una canottiera bianca corta e un paio di short rossi, che reggeva un vassoio di bicchieri strizzando l'occhio in modo seducente. Ellie non commentò, e mi chiesi se avesse colto il significato del nome o dell'immagine della rossa sexy. «Ho alcuni locali da queste parti e un paio anche nel Queens, ma questo è il mio preferito» dissi.

Si leccò lentamente le labbra, con l'aria pensierosa. «Allora non rubi più auto?»

«Non stasera» risposi, evitando di dire la verità.

Arricciò il naso, immersa nelle sue riflessioni. «Cosa ti è successo, Jamie? Volevi finirla con questa roba. Mi avevi detto di voler rigare dritto... o era una bugia anche quella?» chiese, guardandomi negli occhi.

È successo che sei arrivata tu. C'era Brett. Mi è successo di tutto e non è successo niente.

Mi strinsi nelle spalle. «Forse ho perso quello che mi avrebbe motivato a cambiare.»

Si accigliò, e mi guardò bene in faccia prima di parlare di nuovo. «Perché sei venuto a picchiare quel tizio? Me la stavo cavando benissimo da sola. Non c'era bisogno che ti precipitassi tu con i tuoi pugni da macho. Adesso finirai nei guai.»

Senza distogliere lo sguardo, le risposi con sincerità. «Ero geloso.»

«Non hai più il diritto di esserlo» obiettò.

«Lo so.»

«Sono fidanzata» continuò.

«Lo so.»

Deglutì a fatica, sentendosi in imbarazzo. «È un bravo ragazzo, si prende cura di me. Io... lo amo.»

Annuii lentamente, cercando di non lasciar trasparire il mio dolore. «So anche quello.»

«Come fai a saperlo?»

Sorrisi, non sapendo come spiegarle che seguivo da lontano la sua vita, avendo incaricato certe persone di assicurarsi che fosse felice. Per fortuna, come se qualcuno avesse deciso di accordarmi un po' di tregua, la porta laterale si aprì cigolando e ne emerse Ed.

«Sono passati cinque minuti, Kid» disse.

Sollevai un dito. «Mi servono ancora un minuto o due» risposi, e capì che doveva tenere Stacey sotto controllo ancora per un po'. Annuì e tornò dentro, chiudendosi la porta alle spalle.

Riportai l'attenzione su Ellie. «Non avrei mai pensato di rivederti. Eri in viaggio da tanto di quel tempo che ho creduto che non saresti più tornata.»

Diede un calcio al muro con il tallone della scarpa da ginnastica, e le sfuggì un singhiozzo. «Ho dovuto tornare.»

Sospirando, mi passai le dita tra i capelli, cercando di tenermi le mani occupate per evitare di toccare lei. «Sì, ho saputo quello che è successo. Mi dispiace tanto per tuo padre.» Provai una tristezza improvvisa dentro, un senso di vuoto. «Era una brava persona.»

Alzò il mento e guardò in alto sbattendo le palpebre, probabilmente cercando di fermare le lacrime. «Sì. Uno schifo» ammise con voce rotta.

La guardai con attenzione, cercando di memorizzare ogni aspetto del suo viso. Se possibile, era ancora più bella di tre anni prima.

«Come sta tua madre?» chiesi, anche se lo sapevo già. Avevo fatto qualche telefonata, chiesto in giro; i miei uomini erano ovunque. Tesi la mano e le sfiorai il mignolo col mio, gioendo di quel breve contatto, pelle contro pelle; avrei voluto farlo durare ancora un po', ma lei tolse subito la mano e incrociò le braccia.

Mi guardò storto. «Come se te ne importasse qualcosa. Non ti è mai piaciuta.»

Il suo commento cattivo mi ferì. Era come un animaletto selvaggio, pronto a colpire. «Certo che mi importa, Ellie» replicai con fermezza. Era vero che non mi era mai piaciuta e il sentimento era reciproco, ma tenevo a lei perché per Ellie lei era importante. Non potevo non dar peso a ciò che aveva il potere di ferire le persone che amavo.

Mi fissò per qualche secondo, poi il suo sguardo si addolcì, le tremò il labbro e chiuse gli occhi. «È ancora in ospedale. Attaccata al respiratore. È grave.»

«Mi dispiace» sussurrai.

«Me lo dicono tutti, come se fosse colpa loro. Tutte le persone che ho chiamato oggi per dare la notizia di mio padre mi hanno detto "mi dispiace", nessuno escluso. Comincio a non sopportarla più, questa espressione» ammisi.

Sospirai e mi avvicinai, notando che stavolta non si era allontanata sebbene il mio braccio le toccasse il fianco. «Posso fare qualcosa per aiutarti?»

Scosse il capo, e il movimento creò uno strofinio della sua pelle contro la mia. «Ho fatto tutto e organizzato il funerale. Non mi resta molto da sbrigare.»

«Hai dovuto organizzare tu il funerale?» chiesi, contrariato per il fatto che avesse dovuto occuparsi lei di quelle pratiche tanto ingrate.

«Sì.»

«Quando è? Mi piacerebbe venire, se sei d'accordo.» Michael Pearce aveva significato molto per me, era sempre stato gentile con me, trattandomi come uno di famiglia. Non aveva mai pensato che non fossi all'altezza di sua figlia.

Si staccò dal muro e mi guardò aggressiva. «No, non sono d'accordo. Ci sarà anche Toby, e sarà già abbastanza difficile così.»

«Per favore, Ellie. Non ti accorgerai neanche della mia presenza, voglio solo rendergli omaggio» insistei.

Aprì e richiuse la bocca un paio di volte, incerta, ma prima che potesse rispondere giunse un'auto che si fermò all'entrata del vicolo: la mia BMW i8. Ellie e io alzammo lo sguardo. Levai un dito in direzione di Carl, che abbassò il finestrino e mi fece un cenno di assenso prima di rialzarlo.

«Chi è?» chiese Ellie.

«Il mio autista. Gli ho chiesto di accompagnare a casa

te e Stacey, dopo che avremo finito di parlare.» Sospirai e mi avvicinai alla porta di metallo, alla quale diedi due colpi. Un istante dopo si aprì verso l'esterno, e feci un cenno a Ed, che era sull'altro lato. Lui si voltò e chiamò con la mano qualcuno alle sue spalle: una testa bionda mi sfrecciò davanti, urtandomi volontariamente la spalla; aveva l'aria inferocita.

«Ellie!» esclamò, andando subito da lei e cingendole le spalle con un braccio prima di tornare a concentrarsi su di me. «Tu sei proprio un disgraziato; vorrei quasi chiamare gli sbirri e dire loro che mi hai trattenuto qui contro la mia volontà.»

Ellie si accigliò, spostando lo sguardo tra noi due. «Che cosa?»

Mi strinsi nelle spalle. «Carl vi riaccompagnerà a casa.»

Stacey sbuffò e distolse lo sguardo, indignata.

Presi i cappotti delle ragazze, che Ed teneva in mano, e li allungai a Ellie, che sorrise riconoscente; infilò il suo e diede l'altro a Stacey.

«Grazie» borbottò Ellie, avviandosi verso la macchina e trascinandosi dietro Stacey.

«Ellie?» la apostrofai. Si voltò, fissandomi incuriosita con gli occhi cerchiati di rosso. «Non mi hai detto se posso venire al funerale.»

Stacey non nascose la propria contrarietà, ma Ellie annuì con un sospiro. «Puoi venire alla cerimonia, ma non ti voglio a casa. È venerdì alle tre, a Everglade Drive.»

Sorrisi riconoscente. «Grazie.»

Stetti a guardare mentre salivano in macchina e si allontanavano, poi mi rivolsi a Ed, che era rimasto sulla porta. «I Salazar sono ancora qui?»

«Sì. Il Furbo è con loro. Mateo voleva aspettare il tuo ritorno, a quanto pare» replicò, tendendomi un tovagliolino di carta. «Ti sanguina la mano.»

Annuii e lo presi, tamponandomi il piccolo taglio che mi ero fatto sulla nocca. Lo seguii all'interno. La musica mi avvolse subito, e vidi che la gente ballava e rideva, e si era già dimenticata dell'incidente di poco prima. Passai accanto a un ragazzo che abbracciava una ragazza, con un gran sorriso stampato in faccia, e provai un'invidia prepotente. Tutt'attorno a me c'erano persone in compagnia di amici e amanti, mentre io ero da solo come sempre. Una settimana prima – o anche solo quattro giorni addietro – non avrei neanche notato quella coppia, invece adesso ero geloso di lui perché aveva una ragazza e io no.

Mentre ci facevamo largo tra la folla, vidi il Furbo in un angolo che parlava con uno dei miei uomini. Quando mi vide mi si avvicinò preoccupato. «Tutto bene, amico?»

Annuii e spinsi lo sguardo oltre, verso i Salazar, che stavano ancora bevendo il whisky sebbene la bottiglia fosse ormai quasi finita. Seduto con loro c'era il tizio che avevo preso a pugni. Sembrava intontito, si teneva un panno sul naso per bloccare l'emorragia.

«Vieni con me» dissi. Il Furbo ed Ed mi seguirono al tavolo, e i due fratelli Salazar alzarono lo sguardo contemporaneamente. Mateo fece un sorriso carico di sottintesi e mi fissò, abbandonato sulla poltrona senza il minimo ritegno.

«Perché siete ancora qui? Ho dimenticato di dirvi qualcosa?» chiesi seccamente, guardandoli tutti in faccia. Il tizio con il fazzoletto insanguinato trasalì, ritraendosi. Mi rivolsi ad Alberto. «La riunione è finita. Portati via quel villano del tuo amico, che si crede in diritto di umiliare le donne, e andatevene dal mio locale. Non voglio più vedere nelle mie discoteche quei disgraziati dei vostri spacciatori, capito?» dissi in tono minaccioso. Non vedevo l'ora che se ne andassero, e soprattutto che si togliesse dai piedi il pezzo di merda che aveva messo le mani addosso a Ellie, altrimenti avrei finito ciò che avevo cominciato.

Alberto si alzò e gli altri due lo imitarono subito. Non disse nulla, si voltò e si avviò all'uscita, facendo un cenno agli altri uomini perché lo seguissero. Io restai immobile, senza perderli di vista.

Mateo mi si piazzò davanti, con un sorrisetto provocatore. «Kid Cole ha un punto debole, allora.»

Mi infuriai di nuovo. Una collera palpabile mi attraversò, e lo afferrai a due mani attirandolo verso di me. Il suo viso era tanto vicino che gli vedevo le pupille dilatate, e gli sentivo il fiato che sapeva di alcol. «Se ti permetti anche solo di guardarla più del necessario, giuro su Dio che ti ammazzo» ringhiai, stringendo la presa. «Non mettermi alla prova. Ti ucciderò, ma prima ucciderò tuo fratello e ti obbligherò a guardare» promisi.

Alberto aveva raggiunto Mateo e lo tirava per la spalla, preoccupato, cercando di trascinarlo verso l'uscita. Il Furbo mi tratteneva, rendendosi conto che la situazione poteva degenerare da un momento all'altro. Per tutto il tempo tenni lo sguardo fisso negli occhi di Mateo, comunicandogli che facevo sul serio. Se si fosse avvicinato a Ellie, l'avrei rovinato. Gli avrei strappato il cuore.

12
Ellie

«Ellie, tesoro, sei sveglia?» chiamò mia nonna dal piano di sotto. Mi lamentai e aprii un occhio per guardare l'ora sul comodino. Le sette passate da poco. «Sì» risposi, sollevandomi su un gomito, sperando che mi avesse sentita anche se avevo la voce roca. «Scendo tra un minuto.»

Non ero riuscita a dormire molto, avevo avuto i nervi a fior di pelle, e in me si erano succedute e scontrate tante emozioni diverse. Non avevo fatto altro che pensare a Jamie, e a cos'avevo provato rivedendolo. Mi erano tornati in mente tanti ricordi che avevo sepolto in profondità e che consideravo archiviati per sempre; si era scatenato il putiferio, dentro di me, non appena l'avevo rivisto. Non riuscivo a mettermi tranquilla: ripensavo a ciò che aveva detto, a quello che non aveva detto, al suo modo di guardarmi, alla sensazione delle sue labbra sulle mie. Ero rimasta sveglia per ore, pensando a quanto fosse stata bella la nostra storia, e al dolore che avevo provato quando avevo scoperto che mi aveva tradita e ci eravamo lasciati. Non avevo più sofferto così tanto. Non sapevo che un pugno di parole fosse in grado di annientare una persona e i suoi sentimenti.

Avevo ancora una gran confusione in testa. Non avevo voluto parlarne con Stacey, la sera prima, durante il ritorno in auto, sebbene mi avesse esortato a confidarmi, ma mi chiedevo se non avessi commesso un errore. Forse parlarne invece di tenermi tutto dentro mi avrebbe fatto bene.

Come esprimere a parole i miei sentimenti, però? Non sapevo neppure cosa provavo o perché.

Prima della notte scorsa avevo creduto di averlo dimenticato. Pensavo di essere uscita da quel tunnel lungo e oscuro, ma forse non ero guarita davvero. Effettivamente c'era una parte di me che non era ancora disposta ad aprirsi completamente; perfino con Toby restavo un po' sul chi vive, temendo ciò che sarebbe potuto accadere se mi fossi data del tutto a un'altra persona. Ci ero già passata, avevo amato Jamie con tutta me stessa, e lui mi aveva ferito in modo irrimediabile. Non sapevo se sarei mai stata in grado di fidarmi completamente di un altro uomo. Mi aveva portato via così tanto, mi aveva reso diffidente, spaventata, timorosa di un'altra delusione sentimentale, e questo aveva influito anche sui miei rapporti con Toby.

Quella considerazione ravvivò la rabbia dentro di me. Non riuscivo a ricordare l'ultima volta che qualcuno mi aveva reso tanto furiosa. Era come se Jamie, solo tra tutti, riuscisse a ingigantire le mie emozioni, belle o brutte che fossero.

Soffiai fuori l'aria e chiusi gli occhi, decidendo di dimenticare quell'incontro. Avevo già abbastanza problemi; non era il caso di pensare a un ex che fingeva di tenere a me ma non mi voleva bene. Mi rizzai a sedere, aprendo le mani, che non mi ero accorta di avere stretto a pugno, e guardai i solchi a mezzaluna lasciati sui palmi dalle unghie. Jamie mi aveva tolto abbastanza; non gli avrei accordato neanche un momento in più del mio tempo, decisi.

Mi alzai, presi una vestaglia e scesi, seguendo il gradevole aroma della pancetta e del caffè che saliva dal piano terra. Mi fermai di colpo quando vidi Kelsey seduta al tavolo della cucina; era già vestita, e lo zaino era posato sulla sedia accanto a lei. Non era andata a scuola quella settimana: non se l'era sentita, e avevo chiamato il preside, lunedì, per spiegare che non sapevo quando sarebbe tornata in classe.

Mi schiarii la voce, facendo un sorriso appena guardò dalla mia parte, con la forchetta a mezz'aria. «Buongiorno» dissi, sperando che non reagisse andandosene con un grugnito, come era capitato negli ultimi cinque giorni.

Fece un cenno di saluto e tornò a concentrarsi sulla colazione e sull'iPhone. La nonna si girò, mi fece un sorriso affettuoso e mi versò un caffè. «Buongiorno. Hai fame?» chiese.

Mi strinsi nelle spalle e mi sedetti su una delle sedie vuote. «Un po'.» Mi rivolsi a Kelsey. «Vai a scuola oggi?»

Mi lanciò un'occhiata fugace. «Meglio che stare qui a far niente» rispose in tono risentito.

Annuii, sorridendo alla nonna quando mi mise davanti una tazza di caffè fumante. «Penso che sia una buona idea. Ti aiuterà a ritrovare un po' di normalità» commentai.

«Normalità? La trovi normale, tu, questa situazione?» sbottò arrabbiata.

«Non intendevo dire normale» mi affrettai a rettificare. «Volevo dire che ti farà bene ritrovare le vecchie abitudini, rivedere i tuoi amici. Tenerti occupata è positivo.»

«Sì, certo» mormorò, poi posò la forchetta e spinse via il piatto ancora pieno di cibo.

Sospirai. «Kels, per quanto tempo ti comporterai così con me?»

Spinse indietro la sedia, producendo uno stridio insopportabile. Aveva il viso deformato dalla collera. «Finché non te ne vai e non mi abbandoni un'altra volta!» Afferrò lo zaino e uscì di fretta, non dandomi modo di rispondere. Non avrei neanche saputo cosa dire, veramente. Ero così sorpresa che mi mancarono le parole. Mi ripetei in testa quell'accusa: *mi abbandoni*. Lo pensava davvero? Credeva che l'avessi abbandonata? Sapevo che non avrebbe voluto vedermi partire, ma non avevo mai immaginato che se la sarebbe legata al dito in quel modo.

Lanciai uno sguardo alla nonna, sperando che avesse qualche consiglio saggio, ma si limitò a stringersi nelle spalle con aria comprensiva. «Porta pazienza, si stancherà.» Mi posò davanti un pancake e due fette di pancetta. «Mangia, devi ritrovare le forze, tesoro.»

«Grazie.»

«Allora stamattina mi puoi accompagnare a casa mia, così prendo un po' di cose?»

«Certo.»

«Grazie, Ellie. Ho già lavato questo vestito tre volte, questa settimana. Ho provato a mettere gli abiti di tua madre, ma non mi vanno bene. Purtroppo è molto più prosperosa di me» disse, indicandomi il suo seno piatto. «Ruth ha quello che voi ragazzi chiamereste "un bel davanzale".»

Scoppiai a ridere, e per poco non mi andò di traverso il caffè. Non mi capitava tutti i giorni di sentire mia nonna, ottantenne, usare un'espressione come «un bel davanzale».

***

Il tragitto per Mount Pocono, dove viveva mia nonna, fu piacevole come al solito. Quando ci fermammo davanti alla casa di legno, non riuscii a reprimere un sorriso. Serbavo ricordi bellissimi di quel posto. I miei nonni avevano vissuto lì fin da quando riuscivo a rammentare, desiderosi di abitare in un angolino tranquillo. Purtroppo sei anni prima mio nonno era morto, lasciando da sola la nonna. Eravamo venuti a trovarla il più spesso possibile, e i miei genitori avevano compiuto quel tragitto ogni sabato per trascorrere la giornata con lei. Anche io e Kelsey venivamo spesso il fine settimana, senza contare che la nonna aveva le sue amiche e diverse associazioni che la tenevano occupata. Non era capace di stare con le mani in mano, ed era presidentessa di un circolo di degustazione di vino e del circolo del bowling.

«Oh, che bello allontanarsi per un po' dal trambusto della città.» La nonna sospirò aprendo lo sportello dal lato del passeggero, e scese. Fece un respiro esagerato. «Oh, quanto mi è mancato, questo odore.»

Sorrisi e scesi anch'io dalla macchina appoggiandomi al Maggiolino quando una delle sue amiche, Nora, uscì da casa sua e la salutò con la mano prima di avvicinarsi a chiacchierare. Chiusi gli occhi, lasciandomi baciare dal sole, e mi resi conto che l'aria era davvero diversa, lì: più fresca, più pulita. Mi ero abituata a vivere in una metropoli; Londra era uguale, piena di smog e di gas di scarico, quando camminavi per la strada. Avevo dimenticato che odore avesse l'aria pulita di montagna.

I miei genitori avevano sempre avuto un sogno: trasferirsi anche loro lì, un giorno. Mio padre sognava un posto in riva al lago da trasformare in una pensioncina. Mia madre si sarebbe occupata degli ospiti e avrebbe preparato la colazione, e lui avrebbe impartito lezioni di kayak. Sarebbe stato perfetto. *Sarebbe.* Ora non poteva più realizzarsi.

Quando mi vennero le lacrime agli occhi mi costrinsi a pensare ad altro e guardai la nonna. Stava finendo di parlare con la vicina; capii che l'argomento era l'incidente dei miei, così non le raggiunsi e decisi di avviarmi verso casa. Mi raggiunsero loro e rimasero sulla porta a parlare; Nora disse alla nonna di chiamare, se aveva bisogno di qualunque cosa.

Quando Nora si voltò per andarsene, i suoi occhi buoni incrociarono i miei. Era una signora dolcissima, arrostivamo *marshmallow* in giardino da lei ogni estate. «Oh, Ellie.

Sei diventata una donna bella e forte.» Mi abbracciò stretta, e il suo profumo da vecchia mi riempì le narici. «Prenditi cura di tua nonna, va bene?»

«Lo farò» risposi imbarazzata, facendo un passo indietro per sottrarmi all'abbraccio.

Tornò a casa sua, e io restai a guardare uno scoiattolino in cerca di cibo in giardino mentre la nonna apriva la porta.

Prima che varcasse la soglia decisi di toccare l'argomento al quale pensavo già da un paio di giorni.

«Sai, nonna, non sei costretta a stare a casa nostra se non vuoi. Ora sono tornata io, e posso occuparmi di Kels. Se desideri rimanere qui, puoi farlo» le proposi. Non ne avevamo parlato, ma sapevo che detestava la città, e casa sua, il suo letto, dovevano esserle mancati. All'inizio era venuta da noi perché casa nostra era più vicina all'ospedale e perché non voleva far spostare Kelsey, ma ora che c'ero io non vi erano motivi per obbligarla a tornare da noi.

«Stai cercando di liberarti di me?» scherzò, dandomi una leggera gomitata.

«Certo che no, sono felice di averti a casa, e mi mancheranno tantissimo i tuoi manicaretti» replicai con un sorriso imbarazzato. «Ma io e Kelsey ce la caveremo anche da sole se vuoi tornare a casa tua.»

Mi guardò con un'espressione seria. «Ellie, ci sono buone probabilità che tua madre non si svegli, lo sai. Devi prepararti a questa evenienza.»

Sussultai, sorpresa da quel cambiamento improvviso di argomento. «Lo so.»

Annuì, e mi posò una mano grinzosa sulla guancia. «Se succede, ci sarà bisogno di prendere le misure necessarie per Kels. È ancora minorenne e avrà bisogno di un tutore. Vengo a casa con te adesso perché, quando sapremo come andrà a finire, dovrò esserci per Kelsey. Non è giusto che un peso del genere gravi sulle tue spalle, visto che abiti dall'altra parte dell'oceano.»

Mi venne un groppo alla gola. Posai una mano sulla sua, sul mio volto, con un sorriso riconoscente. «Sei proprio la nonna migliore che una ragazza potrebbe desiderare» dissi. «Ma se dovesse accadere il peggio e la mamma non si svegliasse, io resterò qui per occuparmi di Kels. Non devi preoccuparti per noi, ce la faremo, te lo prometto.» Era la decisione più facile che avessi mai preso. Non ci fu neanche da riflettere; era evidente che mia nonna, a quell'età, non poteva sobbarcarsi la responsabilità di un'adolescente.

Il cinguettio degli uccelli era l'unico suono attorno a noi; poi alla nonna vennero le lacrime agli occhi, e la strinsi in un abbraccio.

«Non riesco a capacitarmi. I tuoi genitori erano brave persone. Perché accadono delle tragedie del genere a gente buona come loro?» chiese, con la bocca premuta contro la mia spalla.

«Non lo so, nonna» risposi in tutta sincerità.

Si ritrasse, poi si tolse un fazzoletto dalla tasca e si soffiò il naso. «Hai parlato con il tuo fidanzato dei tuoi progetti se dovesse capitare il peggio?»

Abbassai lo sguardo e mi accigliai. «Gli parlerò più tardi.» Dovevo andare a prendere Toby in aeroporto nel giro di qualche ora. Era un argomento che avevamo evitato, per il momento, nelle conversazioni telefoniche quotidiane, ma che non potevamo continuare a rimandare. Non sapevo bene come avremmo risolto, perché lui aveva delle responsabilità in Inghilterra, e io lì. Temevo che non ci fosse spazio per i compromessi.

«Continuiamo a pregare perché non succeda, che tua madre si svegli e vada tutto bene. È una che non si dà per vinta, tua mamma, e forse ci stiamo preoccupando per niente» disse, stringendomi la mano.

Annuii, ma le sue parole non mi rincuorarono, perché dentro di me sapevo di voler restare comunque. Avevo lasciato la mia famiglia una volta, perdendo del tempo che avrei potuto trascorrere con loro, e non ero sicura di essere abbastanza forte per lasciarli di nuovo. Era un vero e proprio dilemma, di non facile soluzione. Non sapevo cos'avrebbe riservato il futuro a mia madre, ma avevo un'idea precisa di quello che avrebbe riservato a me.

***

Più tardi mi recai all'aeroporto, e aspettai che Toby uscisse dalle porte a vetri reggendo un caffè nero forte nella mano sinistra e un panino con pancetta, lattuga e pomodoro nella destra, in base alle sue istruzioni inviate via SMS. Apparentemente il cibo in aereo era stato immangiabile, e lui stava morendo di fame (parole sue, non mie).

Fu uno dei primi a entrare nella zona ritiro bagagli, insieme a una donna di mezza età con la quale stava chiacchierando. Quando mi vide mi fece un sorriso radioso.

Mi morsi il labbro e lo guardai meglio; jeans e la sua maglia Millwall FC, le scarpe da ginnastica Nike e un maglione in vita. Aveva ancora il cuscino da viaggio appeso al collo e uno zaino su una spalla, mentre si trascinava dietro la valigia. Aveva i capelli in disordine, appiattiti su un lato (quello su cui aveva dormito, presumibilmente), e le occhiaie scure mi dicevano che stava già soffrendo del jet lag.

Disse qualcosa alla donna con cui era, e lei mi guardò, mi salutò timidamente con la mano e mi sorrise. La salutai di rimando, goffamente, viste le mani occupate. Sorrisi. Toby attaccava discorso con tutti: se fosse stato rinchiuso in una stanza piena di sconosciuti, in pochissimo tempo li avrebbe trattati come vecchi amici e avrebbe saputo tutto di loro.

«Ciao» disse, giungendomi davanti.

Sorrise, fece un altro passo e mi abbracciò, stringendomi, mentre con le labbra cercò le mie. Protestai mugolando, allargando le braccia per non rovesciargli addosso il caffè. Quando mi lasciò andare, i suoi occhi stanchi incrociarono i miei. «Che meraviglia» disse.

«Io o il caffè?» chiesi scherzando, e gli allungai la tazza.

«Mmmm» mormorò, prendendolo e bevendo una sorsata generosa.

Un cattivo odore, come di marcio, si propagò nell'aria, e arricciai il naso. «Bleah, cos'è questa puzza?» chiesi tappandomi il naso.

«Accidenti, puzzo di vomito, vero?» Si diede un'annusata cauta. «In aereo abbiamo ballato un po'. Ho vomitato. Di brutto. Sono riuscito a centrare quasi sempre quegli stupidi sacchetti di carta, ma sono praticamente sicuro che la mia maglietta del Millwall puzzerà per sempre.»

«Poverino» dissi con un sorriso.

«Dovevo aspettarmelo, vero? Te l'ho detto che non amo l'aereo. E il collo mi sta uccidendo. Ho dovuto comprare questo stupido cuscino in aereo, mi è costato un occhio della testa. Cosa non si farebbe per compiacere la fidanzata, eh?» Sospirò scherzosamente e si massaggiò il collo.

«Hai guadagnato un sacco di punti» dichiarai. «Sono contenta che tu sia venuto.» Non era una bugia. Toby aveva sempre la capacità di mettermi a mio agio, e di ridare il buonumore a tutti. Tutto merito della sua personalità e della sua allegria contagiosa.

«Mi sei mancata» disse, baciandomi di nuovo.

«Anche tu.» Lo guardai, sperando di provare un briciolo di passione. Erano giorni che non lo vedevo, e avrei dovuto avere voglia di strappargli i vestiti di dosso e leccarlo tutto, invece a parte uno sfarfallio di gioia nel cuore e la gratitudine per essere venuto, non sentivo nulla. Forse era difficile provare desiderio per un tizio che aveva una faccia da zombie e puzzava di vomito. O almeno, cercai di convincermi che la ragione fosse quella.

«Forza, torniamo a casa così ti puoi fare una doccia» suggerii, agitandomi la mano sotto il naso mentre mi avviavo all'uscita. «Dovremo fare il tragitto con i finestrini aperti» lo avvertii.

Si bloccò, fingendosi inorridito. «Non possiamo! Mi spettinerò tutto» esclamò, poi scoppiò a ridere. Quando ci trovammo all'aperto, si fermò e si guardò attorno. «Allora, eccoci nella Grande Mela.»

«Già. Benvenuto a New York. Cosa ne pensi?»

Guardò a destra, a sinistra, e in alto, verso il cielo disseminato di nuvole. Fece un gran respiro e si mise a tossire esageratamente. «Stesso odore di Londra.»

Scoppiai a ridere. Per la prima volta, dopo giorni, avevo voglia di ridere. Era uno dei pregi di Toby.

13
Jamie

Come è possibile trovarsi in mezzo alla gente e sentirsi tanto soli? Era tragico; mi ero a tal punto abituato alla solitudine che non me ne accorgevo neanche più. Adesso che avevo visto Ellie, però, che l'avevo toccata, baciata – anche se solo fuggevolmente – la desideravo ancora di più. Alcuni dei miei uomini erano seduti attorno a me e ascoltavano il piano del Furbo, che aveva progettato un colpo per quel fine settimana, ma io mi distrassi subito.

«Ci servono due persone sabato sera per riportare indietro le auto dopo che io e Kid le avremo rubate» disse il Furbo, guardandosi attorno. «Dei volontari? So che alcuni di voi sono via, questo weekend, per il matrimonio di Shaun.»

Shaun non lavorava più con noi. Uscito di prigione, aveva deciso di rigare dritto. Diciamo che la sua ragazza, che aveva sfornato un figlio mentre lui era dentro, aveva «incoraggiato fortemente» la decisione. Si sarebbero sposati quel fine settimana. Ero stato invitato e probabilmente sarei andato alla cerimonia, ma mi sarei eclissato in fretta dal ricevimento.

Il Furbo aveva accettato di fare il colpo proprio in quei giorni, dimenticando che metà degli uomini migliori conoscevano Shaun da un'eternità e avrebbero voluto andarci. E lui si trovava a corto di manodopera.

«Io ci sono» disse Chase. Era uno degli ultimi arrivati, giovane, una testa calda, secondo me, ma leale.

Il Furbo annuì, scrivendo il suo nome sul blocchetto prima di guardarsi attorno in cerca di altri volontari.

Ed si fece avanti. «Io posso. Avevo già deciso di non andare al matrimonio.» Mi venne da ridere, perché non era stato invitato. «So che di solito non partecipo ai furti di auto, ma di guidare sono capace anch'io» disse.

«Bene» esclamò il Furbo, annuendo, e prese di nuovo il blocco. «Quindi siamo a posto. Io e Kid faremo il colpo, Chase e Ed riporteranno indietro le macchine e Ray si occuperà della spedizione.»

Sollevai l'indice, come per dire *aspettate un attimo*. «Ho bisogno di Ed sabato. Se io sono impegnato tutta la sera, mi serve qualcuno che si occupi della protezione» dissi, stringendomi nelle spalle quando il Furbo sbuffò. Lanciai un'occhiata a Ed, che mi guardava storto, frustrato per l'esclusione da una missione importante e l'assegnazione a un incarico che secondo lui era futile. Niente di futile, invece; per me, era il lavoro più importante che avessi mai assegnato a qualcuno. «Ti pagherò come se avessi fatto il colpo. Mi serve qualcuno che si assicuri che i Salazar non vadano a farle del male.»

Negli ultimi due giorni avevo tenuto sempre qualcuno parcheggiato fuori da casa di Ellie, per assicurarmi che Mateo non facesse una delle sue idiozie che avrebbero decretato la sua condanna a morte. Avevo fatto io stesso alcuni turni di guardia, di solito quelli serali, ma da solo non ci potevo riuscire. Per il momento non era successo niente. Anzi, a parte il giorno prima, in cui Ellie era andata a casa di sua nonna e all'aeroporto, a prendere il tizio che detestavo cordialmente perché poteva toccare la donna che avrei disperatamente voluto io, non usciva quasi mai di casa, se non per andare all'ospedale o al supermercato.

Avevo ragione a essere prudente, però, anche se i miei uomini mi guardavano come se fossi impazzito. Regola numero uno del mio business: non mostrare mai che tieni a qualcosa. Non mostrare mai emozioni, vulnerabilità, perché c'è sempre qualcuno che ti guarda, e che aspetta il momento giusto per sfruttare i tuoi punti deboli. C'era sempre un Mateo in giro, che sperava di guadagnarci. Martedì sera mi ero comportato come un idiota, e ora stavo provando a correggere il tiro e accertarmi che Ellie fosse al sicuro, e che non cercassero di fare del male a lei per colpire me. Non ero certo che ci avrebbero provato, ma meglio essere prudenti.

Il Furbo sospirò, però i suoi occhi mi mostrarono che capiva. Sapeva cosa sentivo per Ellie, e cosa lei significasse per me. Lui e Ray erano stati gli unici con i quali mi ero confidato. «Bene, mi serve ancora un volontario...» Si guardò attorno lentamente.

Dopo qualche insistenza riuscì a convincere Enzo, che si dichiarò disposto a venire via dal matrimonio con me. I soldi erano troppo allettanti per qualcuno come lui, che aveva messo gli occhi sull'appartamento dei suoi sogni.

«Abbiamo finito, allora. Potete tornarvene a casa, non c'è nient'altro da fare qui, stasera» disse il Furbo, facendo segno a tutti di uscire. Quando ci trovammo da soli mi chiese: «E tu che programmi hai? Vuoi che andiamo a mangiare un boccone?»

«Perché no?» risposi. In tasca, il cellulare mi vibrò, indicandomi l'arrivo di un messaggio. Lo estrassi contemporaneamente al Furbo, e ciascuno lesse il proprio SMS. Mi balzò il cuore in gola. C'era una gara organizzata per quella sera, tre ore dopo. Il Furbo improvvisò una specie di balletto sul posto, agitando il pugno per aria. Io tamburellai con le dita sul tavolo, al colmo dell'eccitazione.

«Era ora!» Il momento era perfetto, visto che proprio

quella settimana avevo rimesso in sesto la mia bellissima auto.

«Stasera ti faccio mangiare la polvere, ho deciso.» Il Furbo sorrise e si infilò il telefono in tasca. «Ti farò ciao dal podio del vincitore, va bene?» Mi strizzò l'occhio e si avviò verso la porta. «Meglio che vada a preparare il mezzo.»

«Niente cena, allora?» lo apostrofai ridendo.

***

Il luogo prescelto era una cittadina tranquilla a North Fork, Long Island. Era quasi mezzanotte quando giunsi il più discretamente possibile, seguendo la Ford Shelby GT500 del Furbo, nell'area indicata per la partenza.

Durante il tragitto di un'ora la tensione era andata aumentando, in me. La gara non sarebbe potuta arrivare in un momento migliore. Gareggiare mi procurava la pace interiore. La potenza dell'auto, la velocità, si sommavano per infondermi l'ondata di adrenalina che adoravo. Dopo le ultime vicende, avevo proprio bisogno di qualcosa del genere per pensare ad altro e vivere nel momento presente, anche se si trattava solo di una corsa di quindici minuti.

Il Furbo rallentò verso la fine della strada e un tizio con una ricetrasmittente si chinò per dirgli qualcosa. Vidi che gli mostrava lo schermo luminoso del cellulare e l'altro gli faceva cenno di andare avanti. Lo seguii, con il cellulare già pronto sull'SMS dell'invito. Lo sconosciuto diede un'occhiata e fece avanzare anche me.

Procedetti lentamente, e vidi le auto truccate dai colori vivaci ferme lungo il ciglio della strada circondate dagli spettatori, che guardavano ammirati i bolidi e i loro conducenti. Mi arrestai nello spazio libero accanto al Furbo e aprii il cofano. Prima delle gare il pubblico e gli altri concorrenti venivano sempre a osservare le modifiche fatte dai piloti.

Scesi, e sentii l'odore di carburante nell'aria. Il Furbo mi si affiancò e andammo insieme a dare un'occhiata in giro, tra gli altri corridori parcheggiati lungo la strada. Ne vidi alcuni contro i quali avevo già gareggiato, ma c'erano anche facce nuove.

Brontolai contrariato vedendo due auto che si distinguevano dalle altre per i colori particolarmente sgargianti e degli spoiler esagerati. Due Lancer Evolution Mitsubishi, una arancione con un fulmine verde lime sul lato, l'altra verde lime con il fulmine arancione. Appartenevano a due gemelli identici, Regan e Harley. Li chiamavano quasi tutti i Fratelli Kamikaze, non perché fossero imprudenti ma perché non avevano paura di niente. Erano i miei avversari più temibili. Insieme al Furbo e a me, i Fratelli Kamikaze vincevano quasi sempre. Guidavano in modo abile e senza strappi, con naturalezza. Si erano imposti anche nelle gare di go-kart, e avevo saputo che si erano distinti persino nelle corse illegali più importanti a Los Angeles e Miami. Mi piacevano, però, sebbene fossero degli stronzetti presuntuosi che di tanto in tanto mi battevano. Erano bravi ragazzi, dopo la corsa venivano sempre a stringermi la mano.

Il Furbo indicò le due auto. «Stasera li faccio neri» dichiarò fiducioso.

Ridacchiai e raggiungemmo gli altri corridori in fondo alla fila di auto. Era un gruppo eterogeneo; le corse illegali non erano riservate a gente poco raccomandabile o che viveva nei quartieri malfamati. C'era un avvocato di grido, ma anche un insegnante malpagato. Erano persone che di giorno si dedicavano alle attività più disparate, e che di sera cercavano il brivido della corsa in auto. Era una delle cose che preferivo, quella: erano tutti lì perché erano appassionati di auto e di velocità.

Qualcuno mi venne accanto. «Come va, amico?»

Mi voltai per vedere chi mi avesse parlato e vidi uno dei

gemelli, ma non sapevo quale. Per me erano identici, salvo per i capelli: erano biondi entrambi, con i capelli della stessa lunghezza, però uno li portava sparati in alto e l'altro con la riga in mezzo.

«Ehm... Harley?» azzardai.

Scosse il capo sorridendo. «Regan» mi corresse. Il fratello, che l'aveva raggiunto, sollevò il pugno per darmi un «cinque».

«Un giorno ci imbroccherà» disse il Furbo, che salutò a sua volta i fratelli, pugno contro pugno.

«Probabilmente no» replicai.

«Allora sei venuto. Sinceramente speravamo che la tua macchina fosse ancora fuori uso e che non ti saresti presentato» disse Regan con gli occhi che luccicavano. «Non importa, guadagnerò ancora più soldi, così.»

Aprii la bocca per rispondere, ma qualcuno alla mia sinistra si schiarì rumorosamente la voce. Un tizio con un giubbotto fluorescente e una sigaretta mezza fumata tra le labbra reggeva un sacco di tela nera. «Quota di ingresso» ringhiò, facendosi cadere della cenere sulla pancia sporgente e togliendola distrattamente con la mano.

Estraemmo tutti la somma pattuita per partecipare, cinquecento dollari, e lasciammo cadere le banconote nel sacco.

«Adesso verificate il percorso e preparate le auto, che si parte» disse Rodriguez ai piloti. Si avvicinarono tutti alla grande mappa sulla quale era stato tracciato alla bell'e meglio un circuito in rosso. Una lista di nomi di strade e l'ordine di partenza, estratto a sorte, erano scritti di lato.

Il Furbo e io tornammo alle auto, mentre la folla si allontanava e gli spettatori si spostavano verso il punto della partenza.

«Sei pronto?» chiese il Furbo mentre chiudevo il cofano.

«Sì, adesso funziona benissimo. Sono in debito con Ray,

che mi ha trovato il ricambio» risposi, facendo una carezza affettuosa alla carrozzeria.

«Non intendevo quello» disse il Furbo, incrociando le braccia sul petto. «Ultimamente sei distratto. Volevo assicurarmi che fossi ben concentrato, stasera. Non puoi fare una gara se pensi ad altro; è così che si finisce coinvolti in un incidente e che si muore.»

Stava parlando di Ellie. Non sapevo che se ne fosse accorto. Ero pronto a correre? Certo che sì. Ne avevo bisogno. Durante la gara il mio cervello si sarebbe focalizzato solo su quello, e avrei smesso di pensare a lei. O almeno, quello era il programma.

«Sto bene.» Gli diedi una pacca amichevole sulla spalla. «Grazie per i tuoi consigli, un giorno sarai un ottimo marito.»

Alzò gli occhi al cielo e mi sorrise, dirigendosi alla sua macchina. «Dai, diamoci dentro.»

Presi posto nell'abitacolo, sul sedile di pelle nera, e avviai il motore. L'auto emise un rombo grave, rassicurante. Sospirai soddisfatto, passando una mano sul volante; il suono del motore era sufficiente a farmi accapponare la pelle. L'entusiasmo che provavo, sapendo che nel giro di pochi minuti sarei sfrecciato per la città a più di centosessanta chilometri all'ora, mi trasmise un brivido lungo la schiena. Controllai che da dietro non arrivasse nessuno e mi diressi alla griglia di partenza improvvisata, dove gli altri automobilisti erano in attesa.

Rividi il percorso mentalmente, anticipando le strade, le curve e la loro forma. Mi sentii scorrere l'adrenalina dentro. Sospesi il piede sopra il pedale dell'acceleratore mentre Rodriguez, tre metri oltre la linea di partenza, sollevava una tromba da stadio.

Trattenni il fiato, con la mascella serrata, e il piede che tremava impaziente. Poi lo squillo della tromba squarciò l'aria e il mio corpo reagì in un secondo. Innescai la marcia e premetti l'acceleratore. Ruote che stridevano, motori che rombavano, nubi di fumo bianco e polvere che si sollevarono da ogni auto quando scattammo quasi contemporaneamente, con il corpo appiattito contro il sedile dall'accelerazione.

Alla fine del rettilineo ero già a centoventi chilometri all'ora. Tenevo gli occhi fissi sulla strada, guardando la Mitsubishi arancione e la BMW M3 che si superavano a vicenda. Affrontai la prima curva slittando, con le ruote che cercavano di fare presa, provocandomi uno sfarfallio delizioso nello stomaco.

Mentre le strade mi scorrevano accanto a tutta velocità e continuavo ad accelerare, sentii diminuire la tensione che mi aveva tormentato in quei giorni. A ogni cambiamento di marcia mi pareva di riacquistare un po' del controllo perso da quando Ellie era tornata.

Le strade erano deserte. Vidi con piacere l'auto davanti a me frenare troppo presto prima di una curva, e la superai facilmente. Ora ero al secondo posto dietro il Kamikaze arancione. Un sguardo veloce al retrovisore mi permise di appurare che avevo alle spalle il Furbo: stava superando la stessa auto che avevo appena superato io. Stava lottando con il Kamikaze verde per conservare la terza posizione. Andava sempre a finire così, ci ritrovavamo a gareggiare tra noi quattro per disputarci il primo posto.

Strinsi i denti, concentrandomi, e girai il volante per spostarmi sull'altro lato della strada per avere più spazio per il sorpasso. Ero a centottanta chilometri all'ora. Il Kamikaze arancione accelerò, scoccandomi un sorrisetto mentre sfrecciavamo entrambi in un caos di rumore, fumo e gas di scarico, che da un momento all'altro avrebbero svegliato gli abitanti, suscitando le loro rimostranze.

Tornai a destra, affiancato al Kamikaze arancione, mentre il Furbo cercava inutilmente uno spiraglio. Strinsi la presa sul volante, giungendo alla curva successiva a tutta velocità. All'ultimo minuto frenai e sterzai, sentendo le ruote posteriori che perdevano aderenza prima che ne riacquistassi il controllo. Avevo la pelle d'oca e l'adrenalina al massimo, e premetti di nuovo sull'acceleratore. Le auto dietro di me affrontarono a loro volta la curva, e lo stridio squarciò l'aria della notte come un coltello.

«Altre due curve» mormorai, concedendomi un'ulteriore occhiata nello specchietto, e vedendo i miei avversari che ce la mettevano tutta per raggiungermi. Alla curva successiva frenai un pelo in ritardo, non rendendomi conto di quanto fosse stretta. Lottai per mantenere in strada il bolide, e tornato sul rettilineo accelerai ancora.

A un tratto mi venne in mente Ellie, e non mi sentii più coraggioso come prima. Mai, durante una corsa, avevo avuto paura di venire ferito o ucciso. Non avevo mai avuto ragioni per rimanere in vita, fino ad allora. Ma non appena il volto della ragazza mi apparve, mi sentii il cuore in una stretta gelida di paura. Se fossi stato ferito, se fossi morto, non avrei potuto essere lì per lei, e questo era impensabile. Avevo qualcosa per cui vivere, ora, anche se non si poteva dire che lei fosse mia.

Vidi che il Kamikaze verde era in seconda posizione e mi aveva quasi raggiunto. Aveva l'aria determinata, e stringendo forte il volante accelerò. Vidi la curva successiva, e il gemello non accennava minimamente a frenare. Pensai a Ellie, che avrebbe sepolto suo padre il giorno dopo. Dovevo esserci. Dovevo.

Sollevai il piede dall'acceleratore e la mia auto rallentò; quasi subito il Kamikaze verde e il Furbo mi superarono mentre frenavo, mantenendo il controllo del veicolo. Non ne valeva la pena, non potevo rischiare.

Sull'ultimo rettilineo, mi difesi bene e superai il traguardo al terzo posto; gli spettatori filmavano e applaudivano le auto a mano a mano che si arrestavano. Mi fermai del tutto, chiusi gli occhi e posai la nuca contro il poggiatesta. Il Furbo aveva ragione: non avrei dovuto gareggiare quella sera. Ero distratto, avevo quasi perso il controllo. Se le mie reazioni fossero state più lente, avrei fatto un incidente. E a quella velocità, probabilmente ci sarei rimasto.

Sentii bussare forte al mio finestrino e aprii gli occhi. Era uno dei gemelli, con un sorriso a trentadue denti. Abbassai il finestrino.

«Ti ho quasi battuto» dissi, costringendomi a sorridere perché non si accorgesse che qualcosa non andava.

Si passò una mano tra i capelli. «Quasi. Finché non hai avuto fifa prima dell'ultima curva.»

«Ma figurati» replicai, fingendomi irritato.

«Ci vediamo la prossima volta, amico. Sii prudente.» Ci salutammo, pugno contro pugno.

«Sì, alla prossima» risposi. Non ero neanche sicuro che ci sarebbe stata una prossima volta, almeno finché Ellie non fosse uscita di nuovo dalla mia vita e non fosse tornata a Londra dal suo inglese. Non appena ci pensai, mi resi conto che non volevo che accadesse. Non volevo che uscisse dalla mia vita; non volevo che sposasse qualcun altro e che avesse i figli dell'inglese; non volevo che continuasse a odiarmi, pensando che non l'avessi amata abbastanza.

Non volevo quella vita. Da quando ero stato rilasciato dal carcere, mi ero illuso che ciò che avevo mi bastasse, ma non era così. Forse era arrivato il momento di essere onesto, di rischiare il tutto per tutto. Forse mi avrebbe voluto ancora. Forse.

14
Ellie

Biiip. Biiip. Biiip.

La sveglia emise un suono stridulo e penetrante, e rimpiansi subito di avere usato quella invece del cinguettio o della musichetta dolce del mio telefono.

«Dimmi che non è mattino e che quel coso ha suonato all'ora sbagliata» borbottò Toby, coprendosi il viso con un braccio mentre cercavo di spegnere la sveglia.

«No, è mattino» risposi, strofinandomi gli occhi. Avevo già mal di testa. *Come se non mi aspettasse già una giornata campale.* La cefalea era il risultato di un'altra notte quasi in bianco. Ero rimasta a letto, sveglia, a fissare il soffitto nel buio e a pensare a tutto ciò che dovevo fare quel giorno, alle incombenze da sbrigare, alle cose da dire, chiedendomi come avrei fatto a non crollare. Ci attendeva il funerale di mio padre, e dovevo dimostrarmi forte, sostenere il resto della famiglia. Come diavolo ci sarei riuscita? Non ne avevo idea.

Mi voltai verso Toby e lo guardai con gli occhi gonfi, per via di tutte le lacrime che avevo versato in silenzio, per non svegliarlo. Mi fece un sorriso triste, con gli occhi socchiusi, e tornai a sdraiarmi, posandogli il capo sul petto. Mi strinse tra le braccia, infondendomi un po' del suo calore, e mi diede un bacio in testa. In quell'abbraccio caldo e affettuoso che era la nostra relazione, mi sentii protetta, al sicuro. Il nostro rapporto era così: tranquillo, privo di complicazioni.

«Tutto bene, tesoro?» sussurrò.

Feci un sospiro e sollevai la testa, poi gli posai il mento sul petto per guardarlo. «Toby, come farò oggi? Non credo di farcela» gli confessai. Ero pervasa da una tristezza che mi paralizzava.

Mi posò una mano sul collo, fissandomi con gli occhi verdi. «Certo che ce la puoi fare. Io sarò qui, e andrà tutto bene. Sei più forte di quanto non pensi.»

«Già» commentai, ma non sapevo se gli credevo o no. Sarebbe stato il giorno più difficile della mia vita, e nei giorni precedenti, difficili pure quelli, avevo dovuto fare appello a tutte le mie risorse per non crollare.

Come avrei fatto a dirgli addio? Come avrei sopportato i soliti discorsi dei presenti, che avrebbero tessuto gli elogi di mio padre, affermando che era morto troppo presto? Come avrei potuto affrontare quei momenti senza crollare davanti a tutti?

«Puoi farmi un favore, oggi?» chiesi.

«Certo» disse, annuendo triste.

Gli rivolsi un sorriso riconoscente. «Tieni d'occhio mia nonna, per favore, ok? Starò bene, me la caverò, ma tu restale vicino e assicurati che stia bene. So che sopravvivremo tutti, però lei deve dire addio a suo figlio, e nessuna madre dovrebbe affrontare una tragedia del genere.»

Toby mi posò una mano sulla schiena e mi attirò contro di sé. «Certo. Mi prenderò cura di tutti voi.»

«Grazie» borbottai contro la sua spalla, stringendolo anch'io, rimpiangendo di non poter restare a letto, nascosta, per sfuggire a tutti i miei problemi. Purtroppo la vita non funzionava così, e mi ritrassi, dandogli un bacino sulla guancia prima di alzarmi.

Erano solo le sette, ma avevo un mucchio di cose da

fare prima del funerale. Per risparmiare, perché non mi ero resa conto di quanto costasse il funerale e non navigavamo nell'oro, il rinfresco l'avevo preparato io con la nonna. Avevamo fatto quasi tutto la sera prima – cotto le minisalsicce, riempito i vol-au-vent con farciture diverse, preparato finger food di ogni tipo fin dopo mezzanotte – ma ci restavano ancora da preparare i panini e le uova alla diavola, il piatto dei salumi e le verdure a pezzetti. *Almeno avremo la testa occupata per un po'*, pensai; infilai la vestaglia e scesi.

***

Finimmo diverse ore dopo, e a quel punto ero pronta a buttare gli antipasti fuori della finestra. Non volevo più vedere una pizzetta o dei bocconcini di pollo fritto per tutta la vita. Il tavolo in sala da pranzo era coperto di cibo in miniatura, neanche avessimo deciso di organizzare una festa per gli gnomi. La nonna continuava a ripetere che mio padre sarebbe stato contentissimo, perché a lui il finger food piaceva da matti. Era vero: diceva sempre che gli stuzzichini, grazie al formato mini, avevano una marcia in più.

Mentre Toby e Kelsey mettevano in ordine la casa, la nonna finì di preparare il piatto dei salumi, e io chiusi i sacchi della spazzatura. «Sei sicura di non voler venire in ospedale?» chiesi, entrando in salotto e alzando la voce perché Kelsey stava passando l'aspirapolvere.

«No, resto qui a finire» rispose subito, spegnendo l'aspirapolvere. Kelsey non andava a trovare la mamma spesso quanto me. Non ne parlava, ma avevo l'impressione che non le piacesse vederla in quello stato. Devo ammettere che non faceva piacere neanche a me.

«Va bene, torno tra un po'» le dissi prima di rivolgermi a Toby. «Tieni d'occhio la nonna in mia assenza?»

Sorrise, mi si avvicinò e si chinò per darmi un bacio sulla guancia. «Contaci» rispose.

Presi la spazzatura uscendo. Lanciai un'occhiata in cielo, dove si stavano ammassando nubi minacciose; speravo che se ne sarebbero andate prima del pomeriggio. Un funerale sotto la pioggia sarebbe stato proprio la ciliegina sulla torta, pur accordandosi perfettamente al mio umore nero.

«Oh, Ellie, hai bisogno di qualcosa?» chiese la signora Egbert, la vicina, venendomi incontro sul prato, ancora in camicia da notte.

«Abbiamo tutto sotto controllo, grazie. Però le volevo domandare se possiamo parcheggiare qualche macchina sul suo vialetto.» Avevo avuto intenzione di andarglielo a chiedere il giorno prima, ma eravamo stati impegnati a fare la spesa per il rinfresco.

«Certo, tesoro. Dirò a Derek di mettere le nostre auto in garage, così se ne avete bisogno potete usare tutto il vialetto» disse, posandomi una mano sul braccio. «Che brutta storia, mi dispiace tanto per voi. E la tua povera mamma...» schioccò la lingua e scosse il capo tristemente. «Preghiamo entrambi per lei.»

«Grazie» dissi. «Devo andare, adesso. Volevo passare in ospedale a trovarla.»

«Portale i nostri saluti.»

Annuii con un ultimo sorriso, e mi voltai per salire in auto. Lungo il vialetto notai una berlina color granata e mi fermai a fissarla. Era parcheggiata sull'altro lato della strada, proprio davanti a casa mia. L'avevo vista anche il giorno prima, ma non apparteneva a nessuno dei vicini. Il tizio seduto al volante, un bel ventenne con la pelle nera, mi stava guardando, e incrociando il mio sguardo tradì, mi parve, un certo nervosismo. Mi accigliai. Il giorno prima alla guida non c'era stato un bianco di mezza età con i capelli castani? *Non poteva essere la stessa macchina, parcheggiata davanti a casa mia e con due conducenti diversi…*

Socchiusi gli occhi per guardare meglio: qualcosa in lui mi pareva familiare, ma proprio allora il tizio accese il motore e se ne andò, appoggiandosi il cellulare sull'orecchio. Guardai l'auto allontanarsi lungo la strada e scomparire. Forse mi stavo sbagliando. Ultimamente non ero molto concentrata, passavo le giornate in una specie di torpore.

Mi diressi alla mia macchina liquidando quell'idea, e cercando solo di pensare a qualcosa d'altro che mi distraesse dal funerale, a cui mancavano quattro ore.

***

Sebbene ormai lo conoscessi bene, non riuscivo ad abituarmi all'odore dell'ospedale. Sembrava che aleggiasse nell'aria un tanfo di morte, coperto da detergente e candeggina. Ero andata a trovare mia madre due, talvolta tre volte al giorno, e quell'odore, soprattutto nel suo reparto, mi seccava la gola e mi bruciava il naso.

Come sempre mi fermai nella stanza delle infermiere e chiesi se ci fossero novità; come sempre, non ce n'erano.

Era già passato fin troppo tempo. Era trascorsa una settimana dall'incidente e non si era svegliata. La sua prognosi peggiorava a ogni giorno che passava. Detestavo il fatto che non si potesse fare nulla, salvo metterla in condizioni di stare comoda e aspettare. Non mi piaceva che quella situazione sfuggisse del tutto al mio controllo.

La poltroncina scomoda accanto al letto di mia madre cigolò quando mi sedetti, e posai la borsa per terra prima di sporgermi per prenderle la mano.

«Buongiorno» esordii. Medici e infermiere ci avevano esortato a parlarle, sostenendo che poteva essere utile. Mi sentivo stupida, ma cercavamo tutti di farlo, perfino Kels, a volte. «Oggi non posso restare molto, sono solo passata a salutarti.» Mi schiarii la voce. «Allora, ehm...» Mi guardai attorno in cerca di un argomento di conversazione. «C'è aria di pioggia, fuori.» Non mi veniva in mente nient'altro. Patetico.

Posai il mento sul bordo del letto e le guardai il torace che si alzava e si abbassava al ritmo del ronzio del respiratore.

«Mi dispiace che non possiamo aspettare il tuo risveglio per il funerale del papà.» Era vero. Avevo perfino meditato di attendere, ma i medici avevano insistito nel dire che la cosa migliore era procedere. Mi avevano spiegato che, anche se si fosse svegliata, l'annuncio di quella tragedia avrebbe potuto causare altre complicanze.

«Vorrei che ci fossi anche tu.» Il silenzio nella stanza era assordante. «Non sono sicura di farcela, mamma. Sto cercando di essere forte per tutti, ma dentro mi sento a pezzi. Sto subendo una tale pressione, chiedono tutti a me cosa fare perché la nonna è in difficoltà, e cerco di alleggerirla un po', ma mi sento oppressa da un peso terribile, e non so quanto resisterò.»

Deglutii e chiusi gli occhi. «Penso di avere fatto tutto, comunque. Ho predisposto da mangiare, i fiori e le canzoni per oggi. E non preoccuparti, abbiamo pulito la casa perché sappiamo quanto tu ci tenga alle apparenze.» Feci una risatina amara. «Dovrebbe andare tutto bene, spero. Mi dispiace solo che tu non ci sia.»

Le strinsi la mano e stetti a guardarle il petto che si alzava e si abbassava mentre ripensavo al pomeriggio che mi aspettava, e mi vennero le lacrime agli occhi.

***

Quando tornai a casa, era tutto pulitissimo ma non c'era nessuno al piano terra, sebbene udissi la doccia al piano superiore. Posai la borsa e guardai l'ora. L'una e mezzo. Nel giro di un'ora sarebbe giunta a prenderci la macchina per andare al crematorio.

Salii, seguendo i suoni. Mi fermai fuori dalla stanza degli ospiti, dove dormiva la nonna, e udii il rumore dell'asciugacapelli, così tirai dritto, con l'intenzione di andare in camera mia, farmi una doccia e cambiarmi. Mentre camminavo in corridoio, però, sentii qualcuno piangere. Mi avvicinai senza far rumore alla stanza di Kelsey, e notai che la porta era socchiusa. I singhiozzi diventarono più forti. Avrei tanto voluto alleviare il suo dolore.

Sbirciai dentro e la vidi seduta alla toeletta, con una spazzola in una mano e una forcina nell'altra. Le lacrime le rigavano il viso mentre arrotolava una piccola ciocca, che cercò di fissarsi sulla nuca con la forcina. Cacciò un urlo furibondo e gettò la spazzola dall'altra parte della stanza, dove atterrò con un tonfo sordo.

«Stupidi capelli!» gridò. Si alzò e con un movimento del braccio scagliò a terra tutto ciò che si trovava sul piano del mobile, facendo volare forcine ovunque.

Sapevo bene che non erano i capelli la causa della sua rabbia.

«Kels, vuoi che ti aiuti a pettinarti?» proposi gentilmente.

Lei sussultò e guardò il mio riflesso nello specchio. I suoi bei lineamenti erano deformati dall'ira mentre venne verso di me a grandi passi. Afferrò la maniglia e fece per sbattermi la porta in faccia, ma stavolta ero pronta: fui più rapida di lei e fermai l'uscio prima che sbattesse, lo spalancai ed entrai.

La doveva smettere. Non poteva continuare a maltrattarmi per sfogare le sue emozioni. Non ce la facevo più!

«Kelsey, piantala, smettila di ignorarmi e di essere tanto cattiva con me. Anch'io sto male, cosa credi? Non pensi che quello che è successo mi sta facendo morire, dentro?

Credi di essere l'unica a soffrire? Anch'io l'ho perso, il papà. Mi manca, e mi manca la mamma, proprio come a te» gridai, al colmo dell'esasperazione. «Non puoi continuare a punirmi per non esserci stata quando è successo. Non è giusto.» Scossi il capo, sperando che mi ascoltasse e che si aprisse con me. «Ho bisogno di te, Kels. Non posso farcela da sola. Devi smetterla con questa freddezza.»

Le lacrime continuavano a scenderle sulle guance. Era la prima volta che la vedevo piangere da quando ero tornata. Avanzai e la abbracciai, tenendola stretta quando lei cercò di liberarsi. Continuai a stringere, e dopo qualche secondo si abbandonò contro di me, mi circondò con le braccia e ricambiò la stretta.

Chiusi gli occhi e premetti il viso sui suoi capelli, mentre mi singhiozzava sulla spalla e si sfogava, finalmente. Le carezzai la schiena, pregando Dio per quel minuscolo passo avanti, sperando che non si limitasse a quel giorno.

Dopo qualche minuto si ritrasse e tirò su col naso, asciugandosi il viso con il dorso della mano. Le lasciai le mani sulle spalle e piegai leggermente il capo per guardarla negli occhi, cerchiati di rosso. «Ti voglio bene, una montagna di bene. Lo sai, vero?» sussurrai. Glielo dicevo sempre quando eravamo piccole.

Lei annuì, e mi rispose come faceva sempre. «Io di più.»

Le diedi una tiratina di capelli scherzosa. «Vuoi che ti pettini io, come facevo un tempo?» proposi, pregando che non mi mandasse via, adesso che l'abbraccio forzato era finito.

«Okay.» Era un piccolo gesto, da parte sua, ma ne approfittai subito.

La ringraziai con un sorriso e mi chinai a raccogliere la spazzola dov'era caduta dopo che l'aveva buttata per terra. «Potrei farti una treccia davanti e arricciarteli dietro» suggerii. Era un'acconciatura che Stacey mi aveva fatto spesso.

«Sei sicura di averne il tempo? Non devi farti una doccia e cambiarti?» chiese, guardandomi i jeans e il maglione.

Liquidai la sua obiezione con un gesto della mano. Avrei saltato la doccia, limitandomi a cambiarmi. «Ho tutto il tempo del mondo.»

Si sedette alla toeletta e non parlammo intanto che le facevo la treccia, gliela fissavo sotto il resto dei capelli e prendevo il ferro arricciacapelli per aggiungere qualche onda dietro.

«Riparti mercoledì con Toby?» chiese a un tratto.

Mi accigliai, arricciando un'altra ciocca sul ferro caldo. «No, come ti è venuto in mente?»

Si strinse nelle spalle, staccandosi una pellicina di un'unghia. «Pensavo che, una volta finito il funerale, te ne saresti andata subito.»

Scossi il capo con decisione. «Sono qui per occuparmi di te.»

«A quello ci pensa la nonna.»

Posai il ferro sul piano e mi piegai sulle gambe per essere alla sua altezza. «Kelsey, intendo prendermi cura di te, qualunque cosa accada» promisi. «È per questo che eri tanto arrabbiata con me? Perché pensavi che sarei venuta solo per funerale e ripartita subito?»

Alzò le spalle e si portò una mano alla bocca per mordicchiarsi un'unghia. Avevo fatto centro. Credeva che l'avrei abbandonata alla prima opportunità.

«Non intendo ripartire, te lo prometto.»

«E se la mamma non si sveglia?» sussurrò con gli occhi sgranati, pieni di paura. Le lessi la disperazione nello sguardo.

«Si sveglierà, ne sono sicura» replicai, cercando di apparire più fiduciosa di quanto mi sentissi. In realtà nessuno poteva sapere come sarebbe andata, neanche i medici.

«E se non si sveglia?» insisté.

Le feci un sorriso per rincuorarla. «Se non si sveglia, io sono qui. Ti basti sapere questo.» Mi alzai, le diedi un bacio sulla testa e le ravviai i ricci con le dita, poi le sorrisi. «Ecco. Bellissima.»

Quando i suoi occhi incrociarono i miei nello specchio, l'ombra di un sorriso le increspò le labbra. «Grazie, Ellie.»

15

Quando l'auto nera con a bordo me, mia sorella, la nonna e il mio fidanzato si fermò davanti al crematorio che avevamo scelto per la cerimonia, l'irrevocabilità di quel momento mi tolse il fiato.

Kelsey mi afferrò la mano e me la strinse con tanta forza da farmi male. «Non credo di farcela» disse sottovoce, scuotendo il capo e ricominciando a piangere. Le sue parole mi ricordarono le mie di quel mattino.

Mi girai a guardarla. «Certo che puoi. *Possiamo* farcela» le dissi con grande sicurezza. «Avanti, andiamo. Andrà tutto bene.» Posai l'altra mano su quella rugosa di mia nonna. «Ce la faremo, insieme.»

La nonna annuì e Toby aprì lo sportello e uscì per primo, poi si voltò per aiutare mia nonna. Sorrisi a Kelsey, lasciandole andare la mano perché scendesse. Feci un respiro profondo, facendomi forza e ripetendo mentalmente il mantra che avevo recitato col pensiero nel corso dell'ultima ora.

Non piangere. Non piangere. Non piangere.

Scesi dall'auto, raggiungendo subito Kelsey, che stava fissando terrorizzata quel brutto edificio di vetro e mattoni. Le posai una mano sulla schiena, lei si voltò a farmi un timido sorriso, ma le lessi il dolore negli occhi.

Alla mia sinistra sentii qualcuno piangere sommessamente: vidi che era la nonna, che non aveva retto e si asciugava le lacrime con un fazzoletto. Toby le aveva cinto le spalle con un braccio, con espressione compunta. Presi a braccetto Kelsey e mi sentii lo stomaco in subbuglio. Forse dopo avergli detto addio avremmo cominciato a sentirci meglio, pronte a ricostruirci.

«Vieni, nonna» dissi, alzando l'altro braccio perché venisse a farsi consolare. Toby la lasciò andare mimando le parole «Ti amo» e la nonna ci raggiunse. Sorrisi, lievemente rincuorata dall'orgoglio che leggevo negli occhi di Toby quando mi guardava. La nonna mi si rannicchiò contro, aggrappandosi alla giacca nera che avevo indossato. Avanzammo tutte e tre verso l'ingresso a volta per dire addio all'uomo migliore che avessi mai avuto il piacere di conoscere. Toby ci precedeva di qualche passo, e si fermò accanto alle porte di legno pesanti per lasciarci passare. Deglutii, ripetendo il mio mantra «non piangere», e cercando di restare forte per loro. Una volta dentro sgranai gli occhi per la sorpresa. C'era tantissima gente, molti amici e parenti di papà venuti a dargli l'ultimo saluto, e le panche erano già tutte piene. A sinistra c'era, in piedi, un'altra ventina di persone, tutte elegantissime. Alcuni erano amici, altri colleghi e clienti di mio padre, individui di origini diverse, tutti riuniti per rendergli omaggio. Mi sentii piena di gratitudine. Era un onore il fatto che tante persone sentissero la sua mancanza. Sarebbe stato felice di sapere che aveva toccato la vita di tanta gente.

Ci fermammo all'entrata, e prendemmo un libretto funebre, che io stessa avevo pazientemente creato, dalla persona che li distribuiva. Prima che potessimo ricominciare a camminare il sacerdote si avvicinò con un sorriso triste, e strinse una mano della nonna tra le sue. «Le mie condoglianze. Credo che ci siano tutti. Posso far partire il primo brano di musica quando volete.»

«Grazie» risposi.

Sorrise e lasciò andare la mano della nonna, facendoci segno di avanzare. Camminammo lungo la navata verso la prima panca che era stata lasciata vuota per noi, e i presenti ci sorrisero, commossi.

Tra le persone in piedi vidi un ragazzo nero con un completo grigio elegante e una camicia nera. Il suo viso mi era familiare, ma mi ci volle un minuto per capire chi fosse. Alzò lo sguardo, incrociò il mio, e a un tratto capii: era seduto nella berlina davanti a casa mia.

Accanto a lui... c'era Jamie Cole.

Smisi di respirare per un istante. Avevo dimenticato quanto fosse bello con la giacca. Quando aveva chiesto di venire alla cerimonia, avevo creduto che fosse tutta scena, la sua, e che non si sarebbe fatto vedere; parte di me *sperava* che sarebbe andata proprio così. Invece eccolo, in carne e ossa, più splendido che mai.

Mi costrinsi a distogliere lo sguardo, fissando l'attenzione sulla bara posata su una larga piattaforma di quercia e circondata da fiori. Alla sinistra e alla destra della base erano stati disposti dei leggii di legno con delle bacheche riempite di foto.

Mi sentivo le gambe molli, ma non so come arrivammo davanti e ci sedemmo sulla panca, mia nonna a sinistra, mia sorella a destra. Toby si infilò dentro accanto alla nonna. Non appena ci fummo seduti, udimmo la voce di Frank Sinatra che cantava *That's Life*. Mio padre la considerava una delle canzoni più belle di quella leggenda della musica, che era il suo eroe, e l'avevo scelta per l'inizio della cerimonia.

Quando il volume diminuì, guardai il sacerdote e cercai di prepararmi per quello che sarebbe venuto.

Durante la cerimonia mi sforzai di concentrarmi, ma gli occhi continuavano a fissarsi su una crepa nelle mattonelle del pavimento, intanto che cercavo di trattenere le lacrime. Strinsi forte le mani delle due persone che avevo accanto, mentre i presenti cantavano inni che riuscivo solo a seguire in silenzio, con le labbra, e due amici di mio padre leggevano brani che ascoltai appena. Quando il sacerdote cominciò l'elogio funebre, diversi dei presenti risero: era proprio la reazione che avevo voluto suscitare scrivendolo. Volevo che fosse pieno di umorismo e di buoni sentimenti, proprio come mio padre.

Durante tutto il tempo rimasi in silenzio, intontita e distrutta dal dolore. Mi sentivo il petto stretto in una morsa che mi impediva quasi di respirare, e stavo perdendo la mia battaglia per mantenere il controllo. Diventavo sempre più debole a forza di guardare quella foto di mio padre, con il sorriso che contagiava anche gli occhi. Non ce la facevo, volevo andarmene da quella stanza, lontano dai fiori, dai libri sacri, da tutta quella gente. Volevo gridare contro l'ingiustizia, gettare degli oggetti, rompere tutto ciò che mi fosse venuto a tiro, e chiedere: perché? Perché? Perché? Il battito del cuore mi rimbombava nelle orecchie. Le tempie mi pulsavano quasi allo stesso ritmo.

Temevo di perdere il controllo, ma proprio allora Kelsey tirò su col naso e mi strinse più forte la mano, posandomi la testa sulla spalla. Intrecciò l'altro braccio al mio, tirandolo a sé come per nascondervisi dietro, per proteggersi da ciò che le stava accadendo. In quel momento mi sentii pervasa dalla calma, e la stretta al petto cessò. Aveva bisogno di me. Era semplicissimo. Dovevo restare padrona della situazione perché dovevo prendermi cura di lei.

Puntai gli occhi sulla bara scura e promisi mentalmente a mio padre che mi sarei presa sempre cura di Kelsey. Sempre. Qualunque cosa fosse accaduta a mia madre. Poi gli dissi che era tutto a posto, che poteva riposare in pace sapendo che noi saremmo state bene. Insieme.

Trassi un gran respiro con il naso, e lo soffiai fuori dalla bocca, lentamente, profondamente, ripetendo il gesto un paio di volte, facendomi passare l'attacco di·ansia fin quando non mi sentii meglio.

La cerimonia era quasi finita; era stata fatta l'ultima lettura, e ora mancava solo qualche parola di commiato e la canzone finale.

«Vi raccomando di parlare spesso di lui, di raccontarvi le cose sciocche che ha fatto, di ricordarlo quando potete. Quando lo fate, lo spirito di una persona continua a vivere attraverso di noi, e non muore del tutto» disse il sacerdote sorridendo. «I famigliari di Michael mi pregano di dirvi che c'è un rinfresco a casa loro, e vi invitano a partecipare. Sono sicuro che la famiglia si unisce a me nel ringraziarvi per essere venuti, oggi, a dire addio a Michael. Come canto finale hanno scelto un brano che, mi dicono, era il suo preferito.» Si voltò e, dopo un attimo di esitazione, fece cenno a uno dei suoi aiutanti di avviare la musica.

Una bella melodia pervase la sala.

La persona dietro di me soffocò una risata quando capì di che pezzo si trattava.

Qualche istante dopo le chitarre e la batteria si fecero sentire, e tutti riconobbero *Fat Bottomed Girls* dei Queen. Sorrisi nonostante il dolore che provavo dentro. Mio padre aveva un repertorio molto vasto. Questa, sebbene inappropriata per un funerale, era la sua canzone preferita del suo gruppo preferito. Non avrei potuto *non* fargliela ascoltare un'ultima volta.

Accanto a me mia nonna ridacchiò, lasciandomi andare la mano, e iniziò ad applaudire a tempo di musica. Le feci un sorriso, vedendo che gli altri la imitavano, e battevano i piedi a ritmo, muovendo perfino le spalle e canticchiando la melodia. Tutti noi avevamo visto mio padre cantare il brano accompagnandosi con gli accordi su una chitarra immaginaria. Nessuno se ne andò fin quando le ultime note non furono finite.

Quando i presenti si alzarono, l'umore era decisamente migliorato per tutti quanti, me compresa.

Gli amici di mio padre, i famigliari, i vicini e i colleghi cominciarono ad avviarsi lentamente verso l'uscita laterale che portava al giardino sul lato del crematorio, passandoci davanti. Qualcuno si fermò a farci le condoglianze, altri si complimentarono per la scelta della musica, e uno degli amici di mio padre rise confessandomi che gli pareva di vedere mio padre che, dal paradiso, agitava la testa a suon di musica. Sorrisi, ringraziai i presenti per essere venuti, invitandoli tutti a partecipare al rinfresco.

«Che bella cerimonia» commentò la prozia Shelly. «L'elogio funebre andava benissimo per Michael. Lo ricordo da bambino, era un bricconcello ma aveva un sorriso irresistibile, e gli perdonavi tutto.» Ridacchiò tra sé e la nonna annuì.

Posai una mano sul braccio di Shelly che sembrava poco stabile sulle gambe. «Grazie per essere venuta. Vieni a casa a mangiare un boccone?»

«Sì, certo. Devo chiedere a Errol di seguirti, però. Non mi ricordo la strada, e lui non è mai stato da voi» disse, indicando con un cenno il suo nuovo «ragazzo», più o meno ottantenne.

Mentre mi raccontava che Errol guidava piano e che ci avevano messo un'eternità ad arrivare, lanciai un'occhiata al resto della fila. Vidi Jamie, dietro alcuni colleghi di lavoro di mio padre. Mi morsi la lingua, incrociai il suo sguardo e tutto il resto perse di importanza mentre mi concentravo sul ragazzo che mi aveva spezzato il cuore. Mi fece un cenno, discreto ma dal significato inequivocabile. Mi stava ringraziando in silenzio per avergli permesso di partecipare. Ricambiai il gesto, pregando perché non venisse a parlarmi. Con Toby a un metro da me, sarebbe stato molto imbarazzante, e quel giorno non me la sentivo proprio. Ma Jamie mi passò accanto senza dire nulla, e si diresse alla porta con gli altri.

Feci un sospiro di sollievo e cercai di ignorare la sensazione di delusione. Parte di me avrebbe voluto che si fermasse, che mi venisse abbastanza vicino da farmi sentire il suo profumo e il calore che trasmetteva il suo corpo. Parte di me avrebbe voluto che mi stringesse tra le braccia e che mi sussurrasse all'orecchio che andava tutto bene, e che mi sarebbe stato accanto in quel brutto momento. Parte di me lo desiderava come quando avevo diciott'anni. Quella parte di me, per quanto ci avessi provato, non era scomparsa con il passare del tempo.

Mi costrinsi a distogliere lo sguardo e mi sentii avvampare, ripensando al bacio del martedì sera e a come avesse creato scintille di desiderio che avevano minacciato di scatenare un incendio in entrambi.

Mi voltai e vidi Toby che dava il braccio alla nonna e alla zia Shelly lungo il sentiero tortuoso che portava al parcheggio. Mi si strinse il cuore dinanzi a quello spettacolo, e la tristezza e il senso di colpa mi fecero l'effetto di una secchiata d'acqua fredda. Toby era un brav'uomo, e avrei voluto che le cose fossero diverse. Avrei voluto essere diversa *io*. Avrei voluto non essere tanto depressa quando l'avevo conosciuto, né avrei dovuto illudermi di essere guarita grazie a lui perché, rivedendo Jamie, mi ero accorta di avere preso in giro entrambi. Ero ancora innamorata di lui, e per questo mi disprezzavo.

16
Jamie

Il matrimonio di Shaun era in pieno svolgimento. Dopo la cerimonia, perfetta, era il momento del banchetto. Avevano optato per un ricevimento sobrio, senza invitati seduti ma con un grande buffet e open bar. Io avrei fatto la stessa cosa: una festa meno formale e più divertente. Qualcuno dei miei ragazzi si era già servito all'open bar ed era un po' alticcio, ma del resto questo valeva per quasi tutti i presenti, Shaun in particolare.

«Non ti manca?» chiesi a Shaun, che si appoggiava pesantemente al banco del bar e continuava a bere.

Alzò una spalla. «Qualcosa mi manca. I ragazzi. E il denaro.» Sospirò triste. «Ma non mi manca la prigione.»

«Sei sicuro che non vuoi tornare? Avrei bisogno di te, nella mia squadra» proposi.

Rise e mi guardò con gli occhi resi vitrei dall'alcol. «Non posso. È difficile tirare avanti stringendo la cinghia e sopravvivendo appena con quei due soldi che guadagno, ma per niente al mondo vorrei tornare indietro. Mi sveglio ogni giorno in compagnia di mio figlio e della mia fidanzata… moglie, volevo dire» si corresse, guardandosi la fede nuova. «Sono due cose che il denaro non può comprare, quindi continuerò a stringere i denti e a risparmiare per comprarmi quello che voglio.»

«Bravo, sono contento per te.» Sorrisi e gli diedi una pacca sulla spalla. Rispettavo la sua scelta. Per essere sincero, quando avevo avuto Ellie il denaro e le auto avevano smesso di contare anche per me. Immagino che, quando ami qualcuno più di qualsiasi cosa al mondo, tutto il resto perda importanza. Mi mancava quella sensazione.

«Grazie, amico» disse Shaun con voce strascicata.

Ray ed Enzo si avvicinarono, e Ray posò un braccio sulla spalla di Shaun. «Vacci piano con l'alcol, Shaun, altrimenti non potrai consumare il matrimonio, stasera.»

«Io consumo in ogni momento e in qualsiasi stato» ribatté Shaun con un sorriso sbilenco.

Ray rivolse la sua attenzione a me. «Sei pronto, Kid? Devo alzarmi presto domani» mentì.

Era ora di andare. Il colpo ci aspettava. «Sì, certo. Grazie per averci invitato, Shaun, e congratulazioni per la tua nuova palla al piede» scherzai, tendendogli la mano. «Vieni nel locale quando vuoi, per te e signora l'ingresso sarà sempre gratis.»

«Grazie, Kid, non mancherò.»

Dopo che Ray ed Enzo ebbero salutato tutti, raggiungemmo la mia auto e ci recammo all'officina a prepararci. Durante il breve tragitto, Ray continuò a parlare di Shaun, e di quanto avesse l'aria felice. Dovevo ammettere che diventare padre di famiglia gli aveva fatto bene. Cercai di ignorare il sentimento di gelosia che mi aveva attanagliato la bocca dello stomaco. Se non fossi stato arrestato, avremmo potuto esserci io ed Ellie davanti all'altare. Se non avessi partecipato a quella stramaledetta missione, la mia vita sarebbe stata ben diversa.

Il Furbo, Chase ed Ed erano già al capannone, pronti per andare. Il Furbo e Chase stavano spostando i tre camion con container perché fossero lì ad accogliere le auto al nostro ritorno.

Presi gli attrezzi dal banco di lavoro e andai a parlare con Ed mentre Ray e Enzo si cambiavano.

«Senti, quando sarai fuori da casa di Ellie, stasera, sta' molto attento. Ieri ha visto il Furbo, e sono quasi sicuro che l'abbia riconosciuto al funerale, perché lo guardava con una strana espressione. Non voglio che scopra che la teniamo sotto sorveglianza, quindi parcheggia un po' più distante e fa' attenzione» dissi, posando la borsa degli attrezzi e verificando che contenesse tutto ciò di cui avevo bisogno. «Ah, e non prendere la berlina, usa una delle altre auto disponibili» aggiunsi, indicando con un cenno la porta d'ingresso, davanti alla quale erano parcheggiate cinque auto. Le avevo comprate per la mia banda, che poteva usarle quando ne aveva bisogno. Non erano nulla di speciale, ma certi lavoretti si facevano più volentieri con un'auto dal proprietario irrintracciabile che con il proprio veicolo personale. Era prudente essere sempre pronti a ogni evenienza, e le macchine erano state utili ai ragazzi che sorvegliavano Ellie.

«Va bene, Kid» sospirò Ed, sedendosi sullo sgabello vuoto a un capo del banco da lavoro. «Sei sicuro che non vuoi interrompere la sorveglianza sulla ragazza? Se i Salazar avessero voluto tentare qualcosa, l'avrebbero già fatto.»

«Non ancora» risposi, togliendo i tagliabulloni dalla borsa e posandoli sul banco per ungerli, nel caso che mi fossero serviti quella sera. «Hai loro notizie? Cosa combina Mateo?» chiesi, lanciandogli un'occhiata.

«Ancora in Messico» rispose. Avevo fatto seguire anche loro. Mateo era tornato nel suo paese di origine, in Messico, e faceva visita alla famiglia, da quanto avevo sentito.

«E Alberto?» lo incalzai.

Ed alzò gli occhi al cielo. «Alberto non oserebbe mai fare una cosa del genere. Da quello che ho saputo è stato lui a mandare via Mateo, per costringerlo a tenere un profilo basso dopo la scenata con te nel locale. Non credo che la banda dei Salazar sia molto unita, in questo momento.»

«Bene. Tanto meglio.»

Arrivò Enzo, che si era cambiato e indossava jeans e felpa, e si soffiava sulle mani per scaldarle. «C'è freddo stasera» si lamentò. «Sei pronto? Dodge dice che sono con te, e che lui prende con sé Chase.»

«Mi cambio e sono pronto» risposi, rimettendo in fretta tutti gli arnesi nella borsa. Mi rivolsi a Ed. «Va' a dare il cambio a Spencer a casa di Ellie. Vengo a rimpiazzarti appena ho finito il colpo.»

Lui annuì e si voltò verso la porta. «Spero che vada tutto bene, con le auto.»

«Certo» replicai sicuro di me. Andava sempre bene.

***

Il primo e il secondo furto furono facili. Due belle Rolls-Royce Dawn, simbolo stesso di eleganza e denaro.

Ce ne restavano sette.

Arrivammo alla terza auto, una Jaguar F-Type blu notte parcheggiata nel vialetto davanti a casa, alle due di notte.

«Ci vediamo al capannone» dissi a Enzo, afferrando la mia borsa e controllando la strada, a destra e a sinistra, un'ultima volta prima di saltare giù e di correre verso il veicolo. Non appena misi piede sul vialetto, la luce di sicurezza si accese, puntandomi contro un fascio luminoso. Mi bloccai, guardandomi attorno. Era azionata da un sensore automatico, ma la prudenza non era mai troppa. Le auto parcheggiate sui vialetti privati erano sempre più difficili da rubare, ma non quanto quelle nei garage chiusi.

Guardai la luce: era proprio sopra il garage, facile da raggiungere. *Certa gente non ha cervello!* Mi tolsi la borsa dalla spalla e presi un paio di guanti di lattice, infilandoli prima di prendere un sacco di plastica nero. Mi avvicinai alla luce, mi misi in punta di piedi e la coprii col sacco. Problema risolto. La luce era quasi invisibile, e il vialetto era tornato nell'oscurità. Un po' di chiarore filtrava comunque, ma non abbastanza da permettere a qualcuno che avesse guardato dalla finestra di vedermi rubare un'auto sportiva costosa.

Feci un sorriso a Enzo, che mi mostrò i pollici, e mi avvicinai all'auto. Frugai nella borsa e presi l'arnese più importante per un ladro di auto: una sbarra sottile che infilai lungo il finestrino. Lo sportello si aprì in pochi secondi e saltai a bordo, tagliai i fili dell'antifurto e lo riprogrammai subito. Sistemato quello, forzai il piantone dello sterzo e tagliai i fili, prima di stabilire un contatto e di sospirare di soddisfazione quando l'auto si avviò.

«Una passeggiata» mormorai, innescando la marcia e uscendo dal vialetto più lentamente che potei per non destare sospetti con il rombo potente del motore.

Di ritorno nell'officina, incrociai il Furbo che stava uscendo di nuovo e lo salutai con la mano. Aveva appena riportato indietro un'altra auto rubata. Mi fermai accanto a un container e scesi. Mentre chiudevo lo sportello vidi un brutto graffio bianco sulla fiancata dell'auto.

«Maledizione!» imprecai. Non c'era il giorno prima, ero passato a controllare. Quel cretino del proprietario doveva averla graffiata nelle ultime ventiquattr'ore. «Ray!» gridai, e lo vidi uscire dal garage pulendosi le mani con uno straccio. «Guarda che graffio, su questa. E prima ancora che me lo chieda, no, non sono stato io.»

Mi raggiunse e si chinò per ispezionare più da vicino il segno. «È superficiale, lo sistemo io, tranquillo» rispose. Temevo di sentirgli dire che non saremmo stati in grado di consegnare tutti i veicoli dell'elenco o che questa macchina sarebbe giunta a destinazione rovinata.

«Sicuro?» Annuì e si rialzò. «Sì, tranquillo. Va' a prendere l'ultima. Anche il Furbo si sta occupando dell'ultima.»

Il Furbo aveva più auto di me da rubare, ma erano più vicine tra loro. Con un po' di fortuna avremmo finito nel giro di un'ora. «Bene, ci vediamo tra un po'.»

«Kid, cerca di non graffiarla, la prossima» scherzò Ray prima di tornare nel capannone a prendere i suoi arnesi.

«Molto divertente» borbottai, e salii in auto accanto a Enzo. Ero di malumore, ora, l'adrenalina si era quasi esaurita. Tutto quello che volevo era finire e andare a controllare che Ellie stesse bene.

La quarta auto sarebbe stata più difficile. Si trovava in un parcheggio sotterraneo privato di un condominio lussuoso. C'erano delle telecamere all'altezza delle barriere di entrata e uscita, e solo i proprietari potevano parcheggiare lì dentro. Fortunatamente non era stato difficile procurarmi una tessera per passare. Con la somma giusta si poteva comprare tutto.

Quando vidi l'auto che mi aspettava, un'ondata di eccitazione mi pervase. Un'Audi R8 V10 Plus Coupé, rossa con applicazioni nere. Era bellissima, e aveva meno di una settimana di vita. Un bolide da centottantamila dollari pronto per essere prelevato. Mi avvicinai emozionato, guardandomi attorno per assicurarmi di essere da solo.

Non vidi nessuno e mi misi al lavoro; in meno di un minuto riuscii ad aprire lo sportello e a mettere fuori uso l'allarme. Quando intervenni sul piantone dello sterzo e cercai di avviare con i fili, aspettandomi il rombo del motore, non accadde nulla. Provai un'altra volta. Niente. Sgranai gli occhi, scivolai giù dal sedile e passai la mano sotto il cruscotto, in cerca dell'interruttore di emergenza. Molte auto di lusso ne erano dotate. Si trattava di un piccolo interruttore che impediva al carburante di arrivare al motore. Non sarei stato in grado di portare via quell'auto se non l'avessi trovato. Non mi avevano informato di quel piccolo particolare.

Non essendoci nulla sotto il cruscotto, dedussi che doveva essere posizionato nel vano del motore. Lo aprii, uscii dalla macchina, controllando che il garage fosse ancora deserto. Afferrai la torcia nella borsa, sollevai il cofano e passai una mano lungo l'interno del telaio. *Eccolo!* Premetti l'interruttore e chiusi piano il cofano. Gli interruttori di emergenza erano molto efficaci, se erano ben nascosti.

Tornai al volante, toccai di nuovo i fili e l'auto, con mia grande soddisfazione, si avviò. Gettai la borsa sul sedile del passeggero, mi calcai meglio in testa il berretto e mi avviai verso la barriera, estraendo dalla tasca il pass falso. Lo infilai, e la barriera gialla e nera si alzò.

Anche se ero al colmo della gioia e avrei voluto festeggiare, tenni il viso abbassato per non espormi all'obiettivo della telecamera. Quando mi fui immesso sulla strada principale e mi sentii al sicuro, mi concessi un sorriso soddisfatto e decisi di vedere quanto andava veloce quel gioiellino. Premetti più forte sull'acceleratore. Non c'era nessuno in giro, la strada era deserta.

Il tragitto fino al capannone con quel bolide fu entusiasmante, come se un demone si fosse nascosto sotto il cofano e cercasse di scappare ogni volta che toccavo il pedale. Decisi, lungo la strada, che me ne sarei comprato uno anch'io.

Non ci mettemmo molto a finire quando tornai in officina. Dopo avere pagato a tutti il compenso per il colpo, Chase, Enzo e il Furbo si misero alla guida dei tre camion per recarsi all'appuntamento col cliente. Ray li avrebbe seguiti e riportati indietro perché recuperassero le loro auto. Io, invece, avevo altri progetti per la notte. Niente riposo, per me.

***

«Ehi, com'è andato il colpo?» chiese Ed quando andai a dargli il cambio fuori da casa di Ellie.

«Tutto liscio come sempre» risposi. Indicai la casa con un cenno. «Problemi?» domandai, lanciando un'occhiata nella sua macchina: vidi un iPad, un paio di riviste sul sedile e carte di caramella sul tappetino dal lato del passeggero.

«Nessuno. È rimasta a casa tutta la sera, e anche gli altri. La sua amica, la bionda da urlo, è venuta, si è fermata un po' ma alle undici circa se n'è andata. Le luci sono rimaste spente nelle ultime due ore.» Sbadigliò e controllò l'ora prima di prendere una lattina e di bere un sorso.

Annuii, misi una mano sulla maniglia e aprii lo sportello. «Grazie. Puoi andare, per stasera. Prendi pure la mia auto e torna al magazzino.»

Ed scese dalla macchina, si stiracchiò la schiena con un mugolio. «Viene qualcuno a darti il cambio o vuoi che torni io?» chiese, poi mi indicò l'iPad. «Mi passi quel coso, per favore?»

«Viene Spencer domani» risposi, dandogli il tablet e sedendomi al suo posto. Mi infastidì che fosse ancora caldo per colpa del suo didietro che vi era rimasto seduto.

Diede un colpetto al finestrino. «Bene, divertiti.»

Quando le sue luci posteriori sparirono nel buio della notte, rivolsi la mia attenzione a casa di Ellie, mi lasciai scivolare giù sul sedile per stare più comodo e presi la bevanda energizzante che avevo portato con me. La casa era, indubbiamente, immersa nel silenzio. Niente luci, nessun segno di vita. Mi misi a pensare a Ellie, a cosa stava facendo in quel momento. Dormiva profondamente o si girava nel letto, preoccupata per sua madre? Parlava nel sonno? Era rannicchiata contro il fidanzato o lui non era tipo da coccole? Sospirai, volendo essere al suo posto, desiderando che lei fosse mia e con il suo corpo caldo contro il mio, nella sua camera da letto rosa shocking, invece di trovarmi in quell'auto fredda e scomoda. Che vita di merda, la mia.

17
Ellie

Era l'ultimo giorno di Toby a New York. Non voleva andarsene, né io volevo vederlo partire, ma era riuscito a farsi rimpiazzare solo per una settimana al pub. Era stato un gran sollievo per me averlo lì: era riuscito a non farmi – a non *farci* – pensare all'orribile situazione in cui ci trovavamo. Averlo con noi aveva alleviato non poco la tensione.

Naturalmente aveva fatto colpo sulla nonna, che si era messa a preparare i suoi piatti preferiti ogni giorno, ed era perfino riuscito a far uscire mia sorella dal suo guscio insegnandole qualche parola di slang inglese. Aveva un cuore d'oro, Toby, e detestavo l'idea che salisse su quell'aereo e mi lasciasse.

Durante il poco tempo a disposizione dopo il funerale gli avevo mostrato qualcosa di New York. Il lunedì eravamo andati all'Empire State Building, a Times Square, al Rockefeller Center e a Central Park. La sera prima avevamo visto un musical a Broadway. Quel giorno avevamo in programma l'attrazione alla quale teneva di più: la Statua della Libertà. Tra tutte le attrazioni della Grande Mela, quella era la numero uno. Non per il valore storico del monumento, ma perché in *Ghostbusters II* i cacciatori di fantasmi l'avevano fatta camminare dopo averla irrorata di gelatina rosa, e la statua si era avventurata per le strade della megalopoli sulle note di *(Your Love Keeps Lifting Me) Higher and Higher*. Ero fidanzata con un *geek*.

Era presto quando arrivammo a Battery Park e ci mettemmo in fila per salire a bordo del traghetto. Purtroppo, siccome non avevamo prenotato con settimane di anticipo, non potemmo salire sulla corona, ma Toby era comunque eccitato come un bambino in attesa di incontrare Babbo Natale ai grandi magazzini.

«Selfie» decretò Toby estraendo il telefono. «La mando alla mamma, resterà senza parole.»

Sorrisi e mi appoggiai a lui tirando fuori la lingua, e ridacchiai quando mi solleticò ficcandomi un dito nel fianco. Mi posò un braccio sulle spalle e si mise a guardare l'acqua. «È bellissimo. Non riesco a credere che sia l'ultimo giorno. Non voglio lasciarti qui.» Mi guardò con una smorfia triste.

«Neanch'io voglio che tu parta» ammisi premendogli il viso nell'incavo del collo e respirando il suo odore. Il suo volo era alle sei del pomeriggio e doveva essere in aeroporto un paio di ore prima, quindi avevamo a disposizione poco tempo insieme. Volevo che quei momenti fossero indimenticabili.

Dopo che il traghetto aprì, la fila avanzò in fretta e giungemmo sull'isola rapidamente. Toby era sempre più emozionato; il suo viso si illuminò quando fummo nei pressi della statua, e si schermò gli occhi con la mano, inclinandosi all'indietro per vederla fino in cima. Scattammo un mucchio di foto. Dopo avere esplorato e ammirato in ogni suo dettaglio la bellezza della statua, Toby cominciò a canticchiare la musica di *Ghostbusters*, e il quarantenne accanto a lui, con una macchina fotografica costosa appesa al collo, rise e si mise a canticchiare a sua volta.

Era innegabile: Toby riusciva a farsi degli amici ovunque senza neanche dire una parola.

«Quante volte hai visto la Statua della Libertà? Scommetto che non ne puoi più, vero?» chiese Toby, posando la testa sulla mia spalla e abbracciandomi da dietro.

Sorrisi. «Tante, ma proprio tante» replicai, girandomi per trovarmelo di fronte. «Però posso dire di non averla mai amata tanto quanto oggi.» Vederla con i suoi occhi, assistere alla sua emozione, me l'aveva fatta apprezzare molto di più.

Quando la pancia mi brontolò, rovinando il momento romantico, mi sorrise. «Andiamo a svaligiare il negozio di souvenir e poi mangiamo qualcosa? Non posso lasciarti morire di fame, vero?»

Annuii. «Non ti piacerei, affamata.»

«Tesoro, ti ho già vista affamata. E sono rimasto terrorizzato.»

Dopo avere fatto razzia di sfere con la neve che non sarebbero mai giunte a casa intere, portachiavi, apribottiglie e bloc notes con l'effigie della Statua della Libertà, saltammo a bordo di un traghetto e tornammo sul continente. Lo portai in un'ottima pizzeria che conoscevo dove andavo spesso con Stacey.

Appena dentro mi venne l'acquolina in bocca per il profumino delizioso. Non era neanche mezzogiorno ed era già pieno di gente. Presi la mano di Toby e lo portai al banco per ordinare. Sgranò gli occhi vedendo tutte le pizze in vetrina sotto la lampada scaldavivande.

«Accidenti, ma sono gigantesche!»

Risi e lasciai passare il cliente davanti a noi, che si allontanò con il vassoio. «Cosa vuoi?» chiesi a Toby prima di rivolgere l'attenzione al giovane commesso brufoloso. «Ciao, vorrei una fetta di pizza al salamino piccante e una Coca Light.» Aspettai che Toby mi dicesse cosa voleva.

«Come te, grazie» disse, guardando il commesso mettere due enormi fette di pizza nel forno a scaldare, prima di preparare le bevande. Quando le fette roventi furono servite sui piatti di carta e spinte verso di noi, l'ingordigia pura nello sguardo di Toby mi fece sorridere.

«Pago io, mi sono rimasti tanti dollari» disse quando mi vide cercare nella borsa i soldi. Gli sorrisi e presi i due piatti, facendo attenzione che non si piegassero mentre cercavo un tavolo libero in fondo al ristorante.

Mi sedetti e il cuscino coperto di plastica cigolò sotto di me. Un istante dopo Toby arrivò con le bevande e me ne mise una davanti, poi mi si sedette di fronte. «Eri già venuta?» chiese prendendosi il suo piatto.

Annuii, sollevando il bicchiere e bevendo un sorso con la cannuccia. «Sì, io e Stacey venivamo qui quando eravamo in giro a fare shopping.»

Toby annuì, si protese verso il distributore di tovagliolini, lo spostò, poi lo sollevò, perplesso. «Dove sono le posate?»

Sorrisi e scossi il capo. «Sei a New York, devi mangiare come uno di noi. Prendila in mano, schizzinoso che non sei altro.»

Era molto dubbioso. Sua madre l'aveva educato a dovere, e non l'avevo mai visto mangiare una pizza senza forchetta e coltello. «Davvero?» Sollevò la fetta di pizza, la cui punta ricadde subito in avanti, pendendo sul piatto. Usò l'altra mano per raddrizzarla e riuscire a morderla.

«Voi inglesi non la sapete mangiare, la pizza» scherzai, strizzandogli l'occhio. «Piegala.» Presi la mia fetta, piegando uno sull'altro i lati e staccando un bel morso, con il formaggio unto che mi provocò un'esplosione di sapore in bocca.

«Siete proprio matti, voi americani.» Mi imitò, piegando la sua fetta e facendo un bel morso, chiudendo gli occhi mentre ne gustava il sapore. Sorrisi e masticai lentamente, guardandomi attorno nel fermento che regnava nel ristorante. «È ufficiale, New York mi ha rovinato per quanto riguarda le pizze. Da ora in poi ogni pizza verrà confrontata con questa» annunciò Toby dando subito un altro morso. «È troppo buona» bofonchiò, con la bocca piena.

«Molto meglio di quell'orribile torta salata con il purè con quella roba verde che voi londinesi considerate una squisitezza» dissi. Non avevo mai capito cosa ci fosse di tanto buono in quel piatto che Toby decantava: il purè era duro e senza burro, la torta era piatta, con una pasta strana e il tutto coperto di una pappetta verde al prezzemolo che chiamavano salsa. Come se questo non fosse abbastanza disgustoso, quasi tutti laggiù condivano con l'aceto qualunque piatto. Uno schifo.

«Attenta, non toccarmi la torta salata con il purè» mi minacciò scherzosamente Toby.

Continuai a mangiare in silenzio con un sorriso sulle labbra. Poi la conversazione toccò, inevitabilmente, la sua partenza. Entrambi avevamo ignorato l'argomento tutta la mattina.

«Ellie, mi dispiace molto di non poter restare di più. Mi sento un verme a lasciarti qui da sola per tornare a casa» disse, e addentò la pizza.

«Non sono sola, me la caverò. Promesso.»

Annuì, posò la crosta della pizza e si massaggiò la pancia soddisfatto. «Quanto pensi di dover restare? Devo tornare a trovarti e cercare qualcuno che mi rimpiazzi tra un paio di settimane, o pensi che sarai già a casa?» chiese, osservandomi con attenzione.

Non ero sicura che fossimo pronti a parlarne, o ad affrontare le conseguenze di quel discorso.

«Non saprei, Toby. Io...» Inghiottii la pizza e abbassai gli occhi sul piatto, pulendomi le dita sul tovagliolino. Mi era passato l'appetito. Mi si chiuse lo stomaco, e provai un senso di paura, di trepidazione. «Non so cosa succederà. Se mia madre non si sveglia...» Chiusi gli occhi, detestando i miei dubbi in proposito, ma era già passata una settimana e mezzo; le probabilità che si destasse erano poche. «Devo pensare a Kelsey» dissi.

Annuì, picchiettando il dito sul tavolo, innervosito dalla piega che stava prendendo la conversazione. «Se succede il peggio e tua madre non si sveglia, cosa farai?»

Colsi il nervosismo nella sua voce, e lo guardai. «Diventerò la tutrice di Kelsey» sussurrai. Non l'avrei più lasciata. Avevo promesso.

Annuì lentamente e si appoggiò allo schienale; sembrava rilassato ma forzatamente, come se facesse di tutto per apparire disinvolto. «Pensi che le piacerebbe venire in Inghilterra?»

Non gliene avevo parlato perché avrebbe significato ammettere che avevo dei dubbi sulla sopravvivenza di nostra madre, ma non pensavo che avrebbe voluto. Avrebbe significato lasciare i suoi amici, casa sua, la scuola, e tutto per seguire sua sorella in un paese straniero dove non conosceva nessuno. Ero quasi sicura, anche senza chiederglielo, che la proposta non le sarebbe andata a genio. E non l'avrei obbligata. Quella era casa sua; non avevo il diritto di costringerla a lasciarla per i miei interessi personali.

«Non credo» borbottai.

Gli tremò la palpebra e il pomo d'Adamo gli si sollevò. «Non credo neanch'io.»

«Tu non vorresti venire qui?» chiesi, ma sapevo già la risposta. Toby aveva i suoi figli a casa, era un padre eccezionale, cercava di vederli il più possibile, e non si sarebbe mai trasferito in un altro paese. E per essere sincera non avrei neanche voluto che lo facesse. Anch'io amavo i suoi figli, e non concepivo di privarli del padre.

Si sporse e mi prese le mani. Socchiuse gli occhi, e la bocca prese una piega severa. «Ellie... ho i bambini» sussurrò.

Annuii subito. «Lo so.»

Soffiò fuori l'aria e si passò una mano tra i capelli. «Non

so come fare. Dovremmo cercare di trovare un compromesso.»

Non c'erano compromessi possibili, lo sapevamo entrambi, ma nessuno di noi voleva ammetterlo. «I rapporti a distanza non funzionano» dichiarai con voce rotta. Mi sentii sommersa dalla tristezza.

Le mie parole rimasero sospese per un lunghissimo minuto, mentre ci guardavamo in silenzio. Era un uomo intelligente, capiva benissimo dove volevo andare a parare.

Scosse il capo e mi strinse la mano. «Senti, non mettiamo il carro davanti ai buoi. Ci stiamo preoccupando per qualcosa che potrebbe non succedere mai. Tua madre potrebbe svegliarsi da un momento all'altro, e quando starà meglio potrà occuparsi di Kelsey e tu potrai tornare a casa.»

Casa. Quella parola mi faceva stare anche peggio, perché adesso che ero tornata sapevo che la mia casa era lì. In Inghilterra mi ero presa in giro, era stato solo un luogo dove nascondermi, dove provare a essere una persona diversa. Adesso che ero di ritorno, dopo avere perso mio padre e con tutto quello che stavamo passando con mia madre, sapevo, dentro di me, che non volevo lasciarli di nuovo, neanche se mia madre si fosse ripresa. Me n'ero già andata e avevo perso del tempo che avrei potuto trascorrere con la mia famiglia. Volevo stare con loro per sempre. Ma questo significava che non potevo stare con Toby. Era una scelta orribile, però il mio cuore e la mia anima avevano già deciso, pur soffrendo. E lo sapeva anche lui, credo. I suoi occhi fissarono i miei: aveva capito, e ci stava malissimo.

Si schiarì la voce, a disagio. «Lasciamo le cose in sospeso. Decideremo a tempo debito. Tua madre potrebbe guarire, e in tal caso noi stiamo qui a preoccuparci per niente.» Usava un tono forzatamente allegro che mi suonava falso a un chilometro di distanza.

Lo sapeva, solo che non voleva ammetterlo. Nessuno dei

due voleva. Avevamo avuto una bella storia, ma con l'incidente e la telefonata la nostra relazione era andata in frantumi. Non potevamo ritrovare ciò che avevamo perso, purtroppo.

Mi sforzai anch'io di sorridere. «Certo, pensiamo al presente e vediamo cosa succede» dissi. Controllai l'ora, e vidi che era quasi l'una. «Faremmo meglio ad andare.»

Dopo avere bevuto un altro sorso di Coca annuì e si alzò, prendendo il suo sacchetto di souvenir e tendendomi la mano. Sorrisi e infilai la mia mano nella sua, ben più grossa, e lo seguii fuori dal ristorante per imboccare la via affollata verso l'autobus.

Il tragitto di ritorno verso casa si svolse quasi tutto in silenzio, a parte il ronzio del motore e le chiacchiere degli altri passeggeri. Fu imbarazzante. Soffrivamo entrambi, ma invece di parlarne ciascuno cercava di affrontarlo per conto proprio.

Quando arrivammo a casa, Toby mise in valigia le palle di vetro con la neve e gli altri ricordini e salutò la mia famiglia. A mia nonna dispiacque molto vederlo partire; in pochi giorni l'aveva conquistata. Kelsey lo abbracciò con trasporto e gli disse di chiamare quando sarebbe arrivato. Io stetti a guardare con un groppo alla gola. Vidi che conversava con grande facilità con i miei cari e notai il cameratismo con mia sorella, e mi sentii a pezzi. Ingoiai le lacrime, abbattuta.

«Pronto?» chiesi, schiarendomi la voce.

Mi guardò e annuì. «Sì.» Si voltò verso la nonna e le fece quel sorriso tenero che gli provocava le rughe attorno gli occhi. «Grazie per avermi ospitato. E per tutto il cibo che mi ha dato per il volo.» Toccò lo zaino e sorrise.

«Prego, caro. Torni presto, vero?» chiese la nonna, sporgendosi per dargli un altro bacio sulla guancia. Uscii di casa per dirigermi alla macchina, non volendo assistere agli addii. In un certo senso stavo già cercando di prendere le distanze. Toby aveva contribuito enormemente alla mia rinascita dopo Jamie, gli dovevo molto e ora stava per finire tutto, tra noi.

Mi raggiunse in macchina un minuto dopo, si sedette e gettò dietro lo zaino. «Tua nonna mi ha preparato un'altra torta alla banana per il volo.»

Sorrisi, strinsi forte il volante e avviai l'auto. «Sai che non puoi portare alimenti oltre i controlli di sicurezza, vero?»

Annuì. «Lo so, ma si voleva sentire utile. Le piace occuparsi degli altri, e non è contenta finché non ha sfamato tutti quanti.» Nel giro di una settimana l'aveva inquadrata alla perfezione. Sorrisi e annuii, poi scese il silenzio tra noi. Cercai di mantenere alto il morale, ma quando giungemmo all'aeroporto ero a un passo dalle lacrime, faticavo a darmi un contegno.

Una volta sceso dalla macchina, Toby si guardò attorno e sorrise prima di estrarre dallo zaino un sacchetto pieno di panini, torta, patatine e confezioni di succo di frutta. «Torno subito» disse, e corse via. Lo seguii con lo sguardo e lo vidi avvicinarsi a un barbone che stava frugando tra i bidoni della spazzatura. Quando gli diede il sacchetto, l'uomo sdentato gli fu riconoscente, lo si vedeva dallo sguardo.

Rimpiansi, una volta di più, che le cose non potessero essere diverse, che non potessi restare con lui.

Quando Toby mi tornò accanto, mi prese la mano e afferrò con l'altra la valigia per entrare nell'aeroporto affollato. Non mi piacque ritrovarmi in quel terminal. L'ultima volta che avevo preso un volo in partenza da quel posto ero stata sola, disperata. Ora ero di nuovo lì, e stavo per dire addio alla persona che mi aveva aiutato a guarire, e il cuore mi si rompeva ancora in mille pezzi.

Dopo avere fatto il check-in, lo accompagnai alla fila dei controlli di sicurezza dove avrei dovuto lasciarlo. Quando si voltò a guardarmi con il suo irresistibile sorriso, persi la battaglia con me stessa e cominciai a piangere. Lui mi abbracciò fin quasi a farmi male. L'abbraccio durò moltissimo, come se neanche lui volesse lasciarmi andare. Restavamo aggrappati l'uno all'altra mentre, attorno a noi, la gente si faceva la sua vita, inconsapevole del nostro dolore.

Alla fine si staccò e mi prese dolcemente il collo tra le mani. I suoi occhi verde chiaro si fissarono nei miei e vidi tutto ciò che provava: comprensione, accettazione, strazio. Sapeva che non sarei tornata in Inghilterra, e capiva il perché.

«Ti amo sul serio, lo sai?» mormorò.

Annuii, scossa dai singhiozzi. «Ti amo anch'io.»

Era vero. Poteva non essere l'amore travolgente, passionale che avevo vissuto in passato, ma lo amavo profondamente.

Fece un sorriso leggero e mi stampò un morbido bacio sulle labbra. Fu leggerissimo, ma mi trasmise una tale emozione da sconvolgermi. Mi lasciai sfuggire un gemito contro la sua bocca, e aggrappandomi alla sua camicia gli restai appiccicata, assaporando ogni dettaglio, archiviandolo, conservandolo per non dimenticare mai l'effetto che mi faceva quell'ultimo, meraviglioso bacio. Non era un bacio sensuale, era un bacio di addio.

Lo seguii con lo sguardo finché non scomparve, con l'impressione di avere detto addio al mio migliore amico. Mi sentivo svuotata, inerme nei confronti dei brutti colpi del destino.

Ma non potevo permettermi di scivolare nella depressione, altrimenti non ne sarei più uscita. Tenermi occupata mi avrebbe distratto. Avrei potuto versare tutte le mie lacrime più tardi, da sola, a letto, ma per il momento dovevo mantenere il controllo.

Invece di tornare subito a casa, feci una breve sosta alla sede delle onoranze funebri per fare sapere che avevo ricevuto il conto. Avrei avuto bisogno di qualche giorno supplementare per pagare, e ci tenevo ad avvisarli.

Parcheggiai nello spiazzo davanti a Mortimer e Witcombe e mi diressi all'entrata. Varcai la soglia e il campanellino sopra la porta annunciò la mia presenza. Una signora grassoccia con i capelli azzurri alzò lo sguardo e mi accolse con un sorriso caloroso. «Buon pomeriggio, posso aiutarla?»

«Vorrei sapere se è possibile parlare due minuti con il signor Mortimer. Mi chiamo Ellie Pearce. Il signor Mortimer si è occupato del funerale di mio padre la settimana scorsa» spiegai. Ero nervosa. Quel posto non mi piaceva, puzzava di morte e di tristezza. Il solo fatto di trovarmi lì mi metteva angoscia, più ancora di quando avevo dovuto dire addio a Toby.

«Ma certo. Sta aspettando una persona, ma intanto la faccio passare» disse, alzandosi e lisciandosi la gonna rosa pallido. La seguii lentamente fino all'ufficio che sapevo essere quello del signor Mortimer, essendovi andata diverse volte la settimana prima. Bussò piano. «Maurice, c'è la signorina Pearce qui per lei.»

«La faccia entrare, Beryl.»

Si voltò e mi lasciò passare, aprendo del tutto la porta. Le sorrisi per ringraziarla ed entrai. Il signor Mortimer, che era seduto dietro la scrivania, si alzò e venne a salutarmi con la mano tesa.

«Buongiorno, Ellie, come va?» Mi strinse la mano prendendomi il braccio con l'altra mano: un gesto che doveva avere perfezionato nel corso degli anni, e che trasmetteva, per così dire, la dose giusta di compassione.

«Sto bene, grazie. Volevo ringraziarla di persona per il grande aiuto che ci ha dato per il funerale. È andato tutto benissimo» dissi, ma lo sapeva già, perché era venuto anche lui a controllare.

«Ne sono felice.» Mi fece segno di sedermi e si appoggiò alla scrivania, di fronte a me.

«Volevo farle sapere che pagherò al più presto la fattura. Sono appena tornata dall'Europa, e questo ha complicato un po' le cose. Mi sono già attivata, e nel giro di un paio di giorni dovrebbe essere tutto sistemato. Ho già chiamato la mia banca inglese per fare un bonifico sul mio conto americano, in modo da poter prelevare dei soldi, ma ci vogliono alcuni giorni. Non avevo previsto che sarebbe stato tutto più complicato da qui» spiegai.

Fortunatamente avevo messo da parte del denaro per il matrimonio; a quanto pareva, però, l'avrei speso in modo diverso.

Assunse un'aria perplessa. «Ma il conto è già stato pagato.»

Scossi il capo. «No, si sbaglia.»

Sorrise; era il genere di sorriso che si fa a una persona che fa pena, o che non c'è tanto con la testa. «L'importo è stato saldato venerdì al telefono.»

Lo fissai incredula. «Come?»

Annuì. «È già stato pagato tutto. Ha chiamato un signore, il mattino del funerale, per assicurarsi che fosse tutto a posto per la cerimonia. Ha saldato con la sua carta di credito. Ha detto che era un amico di famiglia e che gli aveva chiesto lei di occuparsene.»

Restai a bocca aperta. Si trattava di una spesa di migliaia di dollari, non era possibile che qualcuno avesse chiamato e pagato. A meno che… era stato Toby? L'aveva fatto senza dirmi niente, in modo che avessi una cosa di meno cui pensare? Ma in quel caso perché non me l'aveva detto? Poi mi resi conto che non poteva essere stato lui perché era accanto a me quando avevo fatto la telefonata in banca il lunedì, chiedendo di trasferire del denaro sul conto americano.

«Chi è stato?» chiesi.

Rifletté, alzandosi e tornando dietro la scrivania. «Penso che fosse un certo signor Colt o Cole, o qualcosa del genere. Non mi ricordo. Mi lasci controllare» disse, e aprì un cassetto per archivio nel quale si mise a cercare.

Il signor Cole. Jamie Cole. Sgranai gli occhi, incredula. Jamie aveva pagato il funerale di mio padre? Aveva saputo che avevo qualche difficoltà economica e che avrei fatto fatica a sborsare quella somma? Restai senza parole.

Quel pensiero gentile e il sentimento che lo animava mi commossero. Era proprio per colpa di gesti simili, del suo lato altruista, sensibile, che mi ero innamorata di lui.

«Ah, eccolo» esclamò il signor Mortimer, estraendo un foglio verde chiaro e leggendolo. «Sì, il signor J. Cole. Ha pagato tutto.» Posò il foglio sulla scrivania e lo spinse verso di me. «Ho sbagliato ad accettare? Non sa chi sia questa persona?» Aveva l'aria preoccupata.

«Sì, lo conosco» lo rassicurai.

Mi serviva un po' di tempo per digerire l'informazione. Cercai di liberarmi del groppo alla gola deglutendo, e mi fissai le mani, con i pensieri che mi si affollavano in testa. L'aveva fatto apposta, sapendo che avrei scoperto chi aveva pagato in modo che mi sentissi in debito con lui? No, non era da lui. Però non lo conoscevo neanche bene come credevo. Una cosa era certa: avrei dovuto andare a trovarlo per chiedergli come mai si intrometteva in faccende che ormai non lo riguardavano più. Non ne avevo nessuna voglia.

«È tutto a posto, Ellie?» chiese il signor Mortimer toccandomi un gomito.

Sussultai. Non mi ero accorta che avesse fatto un'altra volta il giro della scrivania e che si fosse accovacciato accanto a me con un'espressione ansiosa.

Mi costrinsi a sorridere e annuii. «Sì, grazie. Non mi aspettavo che il signor Cole pagasse, tutto qui. Sono contenta che lei abbia avuto i suoi soldi, e mi dispiace di averle fatto perdere tempo, oggi.» Mi alzai: avevo bisogno di uscire da quella stanza.

Usò il bracciolo della poltroncina per rimettersi in piedi. «Sicura che vada tutto bene? Ha l'aria scossa.»

Annuii subito, stampandomi un sorriso in faccia e tendendogli la mano. «Grazie ancora per la bella cerimonia.» Gli strinsi la mano grassottella e uscii, percorsi velocemente il corridoio e varcai la porta d'ingresso, senza nemmeno fermarmi quando la segretaria mi salutò.

Appena fuori svoltai per uscire dal campo visivo della donna e mi appoggiai al muro, poi feci dei respiri profondi. Mi sentivo il petto in una morsa, il primo sintomo di un attacco di ansia.

Perché? Perché mi aveva fatto una cosa del genere? Perché non poteva lasciarmi in pace invece di rivangare sentimenti che dovevano restare dov'erano, cioè nel passato?

18

Mentre sedevo sulla poltroncina scomoda accanto al letto di mia madre, all'ospedale, mi resi conto di essere quasi giunta a saturazione.

La morte di mio padre, il funerale, la prospettiva di diventare la tutrice di Kelsey nella peggiore delle ipotesi, l'addio a Toby il giorno prima, rendermi conto che la nostra storia era praticamente finita per via di una decisione che inconsciamente avevo già preso, e – ciliegina sulla torta – Jamie che aveva pagato il mio debito... Apparentemente i diamanti si formano grazie a una forte pressione, ma ero quasi sicura che io, con quella pressione, sarei stata ridotta in polvere. No, niente diamanti per me.

Sospirai e mi sporsi per prendere la mano della mamma. «Mamma, non so se mi senti, ma se puoi svegliati, ti prego» sussurrai. Chiusi gli occhi e mi portai la sua mano al viso. «Ho bisogno di te. Kelsey ha bisogno di te. Non sono sicura di riuscire a continuare così; sta succedendo di tutto, c'è troppa tristezza nella mia vita, troppa disperazione. Sto cercando di farmi forza, ma non so per quanto sarà possibile evitare che vada tutto a rotoli. Ho l'impressione di annegare, e non so cosa fare. Sto cercando di conservare la speranza, ma ogni volta che vengo qui, ho paura che anche tu mi abbandoni, e non credo di poterlo sopportare. Non ho più voglia di battermi, quindi per favore, se mi senti, torna tra noi.» Aprii gli occhi e osservai il monitor che pulsava con regolarità, al ritmo del battito cardiaco. Nessun cambiamento. Nulla. Se poteva sentirmi mi avrebbe mandato qualche segnale, no?

«Mamma, ti prego. Non posso organizzare un altro funerale, non posso perdere un altro genitore, e neanche Kels. Abbiamo bisogno di te: ti prego, combatti. Svegliati» la implorai, guardando di nuovo lo schermo. Niente.

Ci rimasi malissimo. Avevo solo voglia di chiudermi in una stanza buia e di rannicchiarmi in silenzio. La depressione mi stava invadendo e trascinando giù, soffocandomi. Se l'avessi permesso, mi sarei ritrovata nelle tenebre. Non potevo lasciarmi andare, invece. Dovevo resistere per amore di Kelsey. Tenere alto il morale, o almeno fingere di riprendermi, era la cosa più difficile che avessi mai fatto, ma per mia sorella dovevo stringere i denti e continuare a lottare.

«Devo andare. Tornerò più tardi con Kels e la nonna.» Mi alzai e diedi un bacio a mia madre. «Dormi bene, ma svegliati presto.» Presi la borsa e le riviste e uscii dall'ospedale, chiedendomi quante altre volte sarei dovuta venire prima che le sue condizioni cambiassero, in un senso o nell'altro.

Mentre mi dirigevo alla macchina estrassi il cellulare dalla borsa, disattivando la modalità aereo. Stavo per metterlo via, quando vidi un messaggio della nonna.

«Puoi comprare della carne macinata, dei pomodori e delle uova tornando a casa per favore?»

Risposi affermativamente e salii in macchina. Chiusi gli occhi e afferrai il volante con tanta forza che mi vennero le nocche bianche.

«Non voglio più essere adulta» mormorai nell'abitacolo deserto.

Trassi alcuni respiri profondi per cercare di calmarmi, girai la chiave di avviamento, premetti il pedale dell'acceleratore e vidi che la macchina faceva fatica ad avviarsi. Non era mai stata molto affidabile, e l'uso frequente delle ultime due settimane l'aveva messa a dura prova. Al secondo tentativo partì, e un pennacchio di fumo nero uscì dal tubo di scappamento; un pessimo segnale, insomma. Presto avrei dovuto cambiarla. Se dovevo assumermi la responsabilità di Kels, non potevo avere un'auto poco affidabile.

Un'altra cosa di cui preoccuparmi...

Giunsi al supermercato che si trovava a metà strada tra l'ospedale e casa mia e saltai giù per comprare quello che mi aveva chiesto la nonna; ne approfittai anche per prendermi una barretta di cioccolato da mangiare durante il tragitto. Avevo bisogno di qualcosa di dolce per recuperare energia.

Mentre facevo la fila per pagare notai un tizio alto, dalla pelle olivastra, in piedi accanto all'uscita. Aveva una trentina d'anni, portava jeans scuri e una maglietta nera a maniche lunghe con sopra un giubbotto da motociclista di pelle. Sembrava che guardasse proprio me. I nostri occhi si incrociarono e distolse subito lo sguardo, gettò a terra il mozzicone di sigaretta e lo spense pestandolo con lo stivale nero. Qualcosa nel suo atteggiamento, nel suo modo di guardarmi mi fece venire la pelle d'oca.

«Nove e ottantacinque.»

Sussultai e guardai la cassiera, una ragazza che masticava rumorosamente un chewing-gum e aspettava con la mano tesa e l'aria annoiata. Non mi ero neanche accorta che fosse il mio turno. Aprii il portafoglio, estrassi una banconota da dieci e gliela tesi, poi infilai nei sacchetti la spesa. Quando alzai di nuovo lo sguardo il tizio era scomparso, e la sensazione di paura che avevo avvertito allo stomaco svanì.

Mi preoccupavo per niente.

Mi misi la borsa sulla spalla, presi il sacchetto e usai i denti per strappare l'apertura della barretta di cioccolato.

Feci il giro del negozio, e attraversando il parcheggio deserto la divorai a grossi bocconi, non preoccupandomi neanche di gustarla. Quando mi fermai nei pressi del Maggiolino, estrassi con qualche difficoltà le chiavi, infilandomi una mano in tasca nonostante l'impedimento della spesa e dello snack.

Qualcosa mi urtò con forza alle spalle, senza che avessi il tempo di prepararmi all'impatto. Andai a sbattere contro la fiancata dell'auto, l'aria mi uscì di colpo dai polmoni e tutto ciò che reggevo in mano mi cadde a terra. Qualcuno mi teneva ferma, bloccata contro l'auto.

«Cosa...?» gridai, in preda al panico.

Una mano mi afferrò una ciocca di capelli, spingendomi in avanti la testa; ormai vedevo solo i miei piedi, l'asfalto, il contenuto della borsa sparpagliato ovunque e le uova che colavano fuori dal sacchetto di carta. «Ferma! Se dici una parola ti taglio la gola» mi ringhiò un tizio nell'orecchio, schiacciandomi col proprio corpo e impedendomi di muovermi.

Mi uscivano respiri rapidi e superficiali, e cercavo di capire cosa stesse accadendo e come reagire. L'istinto di sopravvivenza si risvegliò, e gli diedi uno spintone indietro, contorcendomi per liberarmi. Quando aprii la bocca, con l'intenzione di urlare più forte che potevo, qualcosa di freddo e affilato mi premette contro la pelle del collo, fermandosi subito prima di tagliarmi. Piagnucolai e chiusi forte gli occhi, smettendo di dibattermi.

Sto per morire. Sto per morire. Riuscivo a pensare solo a quello.

Quando un'auto entrò a tutta velocità nel parcheggio e si fermò, con uno stridio di freni, dietro di me, fui strattonata all'indietro, e il coltello mi tagliò la pelle della gola. Cercai subito di afferrare la mano del mio aggressore, per allontanare il coltello, con le lacrime agli occhi. Lanciai un'occhiata a destra e a sinistra per cercare aiuto, pregando che qualcun altro fosse nel parcheggio e venisse a darmi una mano, ma era deserto. Trovandosi sul retro del supermercato, poi, era impossibile che qualcuno assistesse alla scena dalla strada.

«Sbattila dentro» ordinò alle mie spalle qualcuno. Udii lo scatto di una portiera che si apriva. Ero in preda al panico, con il cuore che mi pulsava nelle orecchie. L'uomo mi afferrò da dietro, sollevandomi di peso e trascinandomi fino all'auto blu che era appena arrivata. Non avevo nessuna intenzione di salire su quella macchina, e mi misi a scalciare, agitare le braccia, graffiare disperatamente: feci di tutto per liberarmi.

Udii il nuovo tizio sibilare: «Oh, maledizione. Ma è...?» A un tratto l'uomo che mi teneva prigioniera mi lasciò andare, la mano che mi premeva il coltello sul collo scomparve e venni rimessa giù in malo modo. Caddi in avanti, graffiandomi le mani e le ginocchia. Qualcosa mi cadde sulle gambe, bloccandomele.

Annaspai e girai la testa per vedere cos'era successo, preparandomi nel frattempo a liberarmi, ad alzarmi e a correre il più velocemente possibile verso la strada.

Mi occorse qualche secondo per capire cosa stava accadendo. Il tizio che mi aveva imprigionata – lo stesso che mi guardava mentre ero nel negozio, mi avvidi – era accasciato sulle mie gambe. Aveva gli occhi chiusi, il corpo flaccido. Gli usciva dalla nuca un rivoletto di sangue, che gli colava sull'orecchio e la guancia.

Colsi un movimento a un metro di distanza. Quando vidi di chi si trattava, il panico si calmò. Jamie. Lo riconobbi immediatamente, anche se indossava un berretto rosso. Lo avrei riconosciuto ovunque. Era rilassato, stringeva una mazza da baseball e la faceva roteare come fanno i giocatori per dimostrare la propria bravura. Però non guardava me: aveva gli occhi fissi sull'altro uomo, quello che era arrivato in macchina.

«Hai commesso un errore madornale» disse Jamie, avanzando verso di lui con la mazza alzata.

L'altro scosse il capo freneticamente e sollevò le braccia in un gesto di resa, ma Jamie non lo vide o non se ne curò, perché lo colpì lo stesso. Un tonfo raccapricciante, legno contro ginocchio, che mi fece accapponare la pelle. Un urlo terribile squarciò l'aria, e l'uomo rovinò subito a terra, e si infilò una mano dietro la schiena, cercando qualcosa, mentre con l'altro braccio si proteggeva il volto. Vidi Jamie colpire di nuovo, stavolta sferrando una mazzata sul braccio, seguita da un altro urlo di dolore.

Mi liberai dall'individuo che mi era caduto addosso e mi rizzai in piedi. Non immaginavo, però, che le mie gambe avrebbero rifiutato di cooperare. Incespicai e finii contro la fiancata dell'auto, ma riuscii a non cadere. Mi voltai e vidi il secondo uomo sdraiato su un fianco: il braccio disegnava un angolo impossibile, che mi fece salire la bile in gola. Con la mano sana stava ancora armeggiando dietro la schiena. Il cuore mi batteva forte e restai a guardare la scena, come ipnotizzata.

Con un gesto fulmineo il tizio impugnò la pistola che teneva nella cintola e la puntò contro Jamie.

«Attento!» gridai. Ma naturalmente Jamie era già pronto e sferrò un calcio alla mano dell'uomo, urtandogliela violentemente prima che avesse il tempo di premere il grilletto.

Quando prese di nuovo la mira, Jamie sollevò il piede e lo calò con forza sul polso del suo avversario, tenendoglielo fermo intanto che si chinava e gli strappava via l'arma. Mi voltava le spalle, ma vedevo che era furioso: le spalle rigide, i muscoli tesi mentre sollevava la pistola e colpiva al volto l'altro uomo, il cui naso cominciò a sanguinare copiosamente.

Jamie non si voltò verso di me; si piegò sulle gambe, sollevò la manica dell'avversario ed espose il braccio coperto dai tatuaggi. «Maledizione!» esclamò, prima di alzarsi e di infilarsi la pistola nella cintura dei pantaloni.

Guardai la scena – due uomini privi di conoscenza, il sangue, i corpi massacrati di botte accanto a una pozzanghera di uova rotte – e mi si offuscò la vista. Mi abbandonai contro la fiancata dell'auto, mentre mi ronzavano le orecchie e le mani mi formicolavano.

Mi sentivo pesante; Jamie mi si avvicinò, chinandosi per raccogliere il lungo coltello argenteo che mi era stato puntato alla gola. Si infilò anche quello nella cintura. Mi tremavano le ginocchia e cercai di fare respiri profondi. Capivo di essere prossima allo svenimento, perché stavo iperventilando, ma non ci potevo fare niente.

«Ellie, va tutto bene» sussurrò Jamie, che lasciò cadere la mazza insanguinata ai miei piedi. Mi si avvicinò, mi prese il viso tra le mani, sollevandolo, e costringendomi a ignorare i corpi degli assalitori per guardare lui, invece. Mi osservò con aria dolce e preoccupata. «Va tutto bene, piccola. Adesso sei al sicuro. È tutto a posto» sussurrò, abbracciandomi e sorreggendomi quando le gambe mi cedettero. La mia testa cadde in avanti, sulla sua spalla. Chiusi gli occhi. Il suo profumo mi avvolse come uno scudo protettivo, così inconfondibile che mi sembrava che non mi avesse mai lasciato. Il contatto fisico con lui e le parole che mi sussurrava mi aiutarono a respirare normalmente, e il cuore si mise a battermi a velocità normale.

Restammo immobili per un minuto, finché un gemito da terra non indusse Jamie a lanciare un'occhiata. Il suo viso cambiò in un istante. Non era più dolce e apprensivo, ma esprimeva un furore senza limiti. Non avevo mai visto nessuno con un'espressione tanto feroce, le palpebre socchiuse, un ghigno malvagio che gli deformava le labbra.

Vidi che il tizio che aveva tentato di catturarmi si stava riprendendo. Era ancora intontito, e sbatté rapidamente gli occhi mentre cercava di mettersi carponi.

Non appena Jamie mi lasciò andare ebbi freddo, un brivido mi percorse la spina dorsale. Strinse le mani tanto forte da avere le nocche bianche. L'uomo non si avvide neppure del pugno che stava per colpirlo. Poi ricevette un calcio nella pancia, che lo mandò di nuovo a terra, con un rantolo di dolore.

La scena successiva sembrava tratta da un film. Non avevo mai visto tanta violenza nella vita reale, e speravo di non assistervi mai più. Jamie gli si mise cavalcioni e iniziò a tempestarlo di pugni. Perdeva sangue dalle ferite e dai tagli, gli occhi erano tanto gonfi da essere quasi del tutto chiusi, e il viso gli si coprì di lividi, poi smise di muoversi.

«Jamie?» Scossi il capo, incapace di distogliere lo sguardo. «Jamie, smettila» implorai con un filo di voce. Puntellandomi sull'auto dietro di me mi rizzai in piedi, pregando perché le gambe mi reggessero. «Jamie?»

Sembrò avermi udito, perché smise di picchiare e si alzò. Feci un sospiro di sollievo, che mi si bloccò subito in gola quando estrasse la pistola infilata nei pantaloni e la puntò contro il viso dell'uomo svenuto. Avanzai barcollante, piagnucolando, e gli posai una mano sulla spalla, tirandolo via con la poca forza che avevo. «No!» gridai disperatamente. «No, ti prego, Jamie, non farlo!» Conoscevo il suo passato – sapevo che aveva già ucciso qualcuno, perdendo il controllo quando sua sorella era stata ammazzata – ma quello era diverso. Al momento era in possesso di tutte le sue facoltà, sarebbe stato un omicidio a sangue freddo, motivato dal desiderio di vendetta, e non potevo permetterlo.

Quando si voltò verso di me aveva un lampo omicida negli occhi, il viso determinato. Voleva davvero uccidere quell'uomo, o forse entrambi. Era cambiato molto rispetto al ragazzo che conoscevo io. Moltissimo, anzi. E mi dispiacque immensamente. «Ellie, devo farlo. Per metterti al sicuro.» Vidi il dolore, la preoccupazione.

Scossi il capo e mi avvicinai fissandolo negli occhi. «Non farlo, Jamie. Questo non sei tu, non puoi essere così» gemetti.

Strinse i denti e guardò di nuovo l'uomo a terra, con l'odio che gli deformava i lineamenti.

Non sapevo se la mia fosse una battaglia persa. «Adesso sono al sicuro» gli garantii, posandogli una mano sulla guancia per attirare la sua attenzione. «Sto bene, vedi?» Gli lanciai uno sguardo implorante, lo pregai in silenzio di non rinnegare tutta la bontà che avevo visto nel suo cuore, e che vedevo *ancora* in lui, sebbene fosse nascosta da una nube di furore.

Chiuse gli occhi e annuì, lasciando ricadere la mano di lato, e feci un sospiro di sollievo. Mi avvicinai, stringendolo goffamente tra le braccia e premendo il corpo contro il suo.

Ricambiò l'abbraccio, stringendomi forte e posandomi le labbra su una tempia. «Sono arrivato quasi troppo tardi. Non so cos'avrei fatto. Non so...» borbottò con voce soffocata.

«Sto bene» ripetei, sentendo che aveva bisogno di essere rassicurato.

Rimanemmo in quella posizione per un minuto buono; gli restavo aggrappata, era la mia zattera di salvataggio in un mare in tempesta, poi si ritrasse e mi afferrò per le braccia. «Dobbiamo andare. La mia macchina è qui» disse, indicandomi la BMW nera con cui ero tornata a casa dopo averlo visto in discoteca.

Annuii e lo seguii ancora mezza intontita. Si fermò accanto alla mia auto e si chinò per raccogliere la mia borsa, ficcandoci dentro il contenuto alla rinfusa. Quando ebbe recuperato tutto mi cinse la vita con un braccio per sostenermi, perché ero malferma sulle gambe, e andammo alla sua auto. Aprì lo sportello del passeggero e mi aiutò a salire, poi posò la borsa ai miei piedi.

«E la mia macchina?» chiesi con voce rotta, posando la testa all'indietro e chiudendo gli occhi per qualche secondo, mentre mi prendeva le mani per ispezionare i graffi che mi ero sicuramente fatta cadendo.

«Non preoccuparti, ci penso io.» Mi lasciò andare le mani di colpo, e quando socchiusi gli occhi vidi che apriva il cassetto portaoggetti e ci metteva la pistola e il coltello prima di chiuderlo in fretta.

Riportò l'attenzione su di me, mi mise la cintura e chiuse lo sportello. Fece il giro dell'auto e udii un parlottio confuso, ma non riuscii a capire le parole. Quando mi si sedette accanto si staccò il telefono dall'orecchio, interruppe la chiamata e gettò il cellulare nel vano portaoggetti centrale. Non ebbi neppure l'energia per chiedergli chi avesse chiamato.

Avviò l'auto e uscì dal parcheggio. Solo allora diedi un'occhiata ai corpi e domandai: «E loro?» Non dovevamo chiamare un'ambulanza?

«Te ne importa qualcosa?» ribatté subito, lanciando uno sguardo nello specchietto retrovisore.

Mi importava? «No» risposi onestamente, scuotendo il capo.

«Esatto.»

Partimmo. Le strade mi scorrevano rapide accanto, e non pensai a niente. Mi guardai le mani, che mi formicolavano ancora. Tremavano. Strinsi i pugni un paio di volte, cercando di far cessare il tremore ma senza riuscirci. Rinunciai, e me le infilai sotto le cosce per non vederle.

Passarono i minuti, e tornai con la mente alla scena cui avevo appena assistito. Quegli uomini avevano cercato di caricarmi a bordo di un'auto. Mi sforzai di non pensare a ciò che sarebbe potuto accadermi se non fosse arrivato Jamie. Mi aveva salvato. E li aveva pestati a dovere.

Mi girai verso di lui, gli vidi le mani insanguinate strette attorno al volante, i muscoli degli avambracci tesi, i bicipiti gonfi per lo stress: tutta la sua postura indicava uno stato di massima allerta. Sembrava emanare ancora violenza. Ripensai atterrita alla furia omicida che gli avevo visto negli occhi.

Se non lo avessi preso per un braccio chiedendogli di smetterla, li avrebbe uccisi? Avrebbe premuto davvero il grilletto? I suoi occhi mi dicevano di sì. Non l'avevo mai visto in quello stato, era stato terrificante scorgergli quella luce pericolosa nello sguardo. Sapevo che avrei dovuto essere terrorizzata, avrei dovuto diffidare di lui, evitare di salire in auto al suo fianco dopo avere assistito a una scena del genere, ma non avevo mai avuto paura di Jamie. Non mi avrebbe mai fatto del male. Avevo intravisto il suo animo tormentato, ferito. Conoscevo i suoi demoni, così come sapevo che il suo cuore non era cattivo.

Almeno questo era ciò che pensavo del Jamie che conoscevo un tempo. Quell'uomo nuovo, seduto in auto con me, era diverso. Aveva un lato implacabile, incontrollabile, la sua personalità era cambiata, si era indurita e non si lasciava scalfire dalla violenza. Sapevo che aveva compiuto azioni violente quando lavorava per Brett. Lo avevo già visto con le mani scorticate, gliele avevo perfino ripulite, ma si era sempre pentito dei suoi atti. Avevo scorto il rimorso in lui, e lo avevo sorpreso con un'espressione mortificata, un'aria assente e lontana. Adesso, invece, nessun dispiacere né rimorso, solo una collera furibonda. Cos'era successo al ragazzo che avevo amato? Dov'era finito?

«Stai bene?»

Sussultai, tornando subito al presente, e lanciai un'occhiata a Jamie. I suoi occhi preoccupati incrociarono i miei, mi infilò una ciocca di capelli dietro l'orecchio, e le sue dita sfiorarono la mia guancia, indugiandovi un istante. Mi sentii avvampare, mi bruciava il viso, ma in modo piacevole, e il punto dove mi aveva toccato formicolava.

Mi ci volle qualche secondo per capire che si era girato verso di me sul sedile e che l'auto si era fermata. Mi guardai attorno, perplessa. Un parcheggio sotterraneo.

«Dove siamo?» chiesi con voce roca, a causa della gola secca.

«La mia nuova casa» rispose, lasciandosi cadere la mano in grembo. Quel Jamie era più simile al ragazzo che conoscevo; quello che avevo conosciuto all'inizio, prima di entrare in confidenza con lui, un tipo nervoso, timido, che pensava di non meritare di essere trattato bene. Mi spezzava il cuore vedere che lo pensava ancora.

«Oh» risposi, ma mi sentii sempre più confusa. «Perché mi hai portato qui? Perché non mi hai accompagnata direttamente a casa?» E perché non ci avevo pensato prima?

Un'altra auto entrò nel parcheggio e si accostò alla nostra. «Bene, è arrivato» borbottò Jamie quando un individuo scese dal veicolo. Jamie non rispose alla mia domanda, uscì dalla macchina e chiuse lo sportello, e si mise a parlottare con il nuovo venuto.

L'istinto mi suggerì di ascoltare quella conversazione, così armeggiai con la cintura e con mani tremanti riuscii, dopo un paio di tentativi, ad aprirla; scesi, e guardai i due uomini. Quando l'altro uomo si girò verso di me mi sentii ancora più perplessa. Lo conoscevo, quel tizio, lo avevo incontrato diverse volte. Ray. Era venuto all'aeroporto invece di Jamie e mi aveva costretto a guardare in faccia la realtà.

«Jamie?» dissi, appoggiandomi allo sportello perché le ginocchia mi tremavano e mi sentivo debole. Sapevo che doveva essere colpa dello shock. Lo avevo letto, ma non l'avevo mai sperimentato di persona.

Disse qualcosa d'altro a Ray, tolse una chiave dal portachiavi e gliela consegnò, poi si voltò e mi fece un sorriso forzato. «Ellie, ti ricordi di Ray?» chiese.

Annuii e guardai ancora il nuovo venuto. Mi tornarono in mente le immagini dell'aeroporto e l'immensa delusione che avevo provato vedendo arrivare lui e non Jamie. Mi sentivo i piedi incollati al suolo, incapaci di muoversi, quando mi si avvicinarono.

«Devo occuparmi di una cosa. Non ci metto molto. Ray ti porta di sopra e starà con te in mia assenza» disse Jamie, chinandosi nell'abitacolo per prendere la mia borsa, che consegnò all'amico.

«Voglio solo tornare a casa, non ho bisogno di qualcuno che si occupi di me» protestai, cercando di usare un tono autoritario ma fallendo miseramente, perché la voce mi tremava per l'emozione.

Jamie fece un sospiro profondo e mi si avvicinò ancora. Troppo. Se avessi fatto un passo mi sarei trovata contro di lui, avrei potuto abbracciarlo e nascondermi lì, tra le sue braccia, finché non fosse scomparso tutto il resto, attorno a me. Dovetti farmi forza per resistere alla tentazione.

«Non posso portarti a casa, Ellie. Non ancora. Quei tizi ce l'avevano con te per colpa mia, ho bisogno che qualcuno ti protegga mentre faccio una cosa importante» spiegò.

Quei due ce l'avevano con me? Non ero stata una vittima scelta a caso? Ed era colpa di Jamie? Non aveva senso. Lanciai un'occhiata al cruscotto, pensai alla pistola e al coltello che erano nel cassetto, e fui percorsa da un brivido.

Quando mi sentii toccare una spalla sobbalzai, e tornai a fissare Jamie. «Arriverò presto e ti spiegherò tutto, te lo prometto. Per favore, va' di sopra con Ray, così non sto in pensiero per te. Devo restare concentrato, ora. Ti prego, puoi fare questo per me?» Mi implorò con gli occhi, ipnotizzandomi, quasi, e costringendomi ad accettare, come era sempre riuscito a fare.

Annuii. Non avevo scelta, d'altronde. Chiaramente non avrebbe cambiato idea, e io non avevo la forza di continuare a stare in piedi, e men che meno di discutere.

Jamie sorrise. «Grazie. Torno presto e ti spiegherò tutto.»

Ray si fece avanti e mi sostenne prendendomi per un braccio. «Andiamo di sopra, ti preparo un tè. Ti calmerà i nervi» sussurrò, mentre mi lasciavo guidare alla cieca.

Quando Ray si fermò davanti all'ascensore e premette il pulsante di chiamata, mi guardai alle spalle e vidi che Jamie era già salito in macchina. Ci fissammo attraverso il parabrezza. Scorsi qualcosa che mi gelò il sangue: il Jamie pronto a uccidere, che avevo visto nel parcheggio era tornato, e stavolta non sarei stata presente per fermarlo, quali che fossero le sue intenzioni.

19
Jamie

Allontanandomi in macchina dal mio appartamento, dove avevo lasciato Ellie con Ray, ero in preda all'ansia. Stringevo le mani sul volante, guardavo la strada con aria torva, pensando che ero riuscito a salvarla solo per un pelo. Avevo accostato lungo la strada accanto al parcheggio in modo che non mi vedesse, non credendo che corresse rischi. Se il secondo tizio non mi avesse superato a grande velocità per immettersi nello spiazzo, non avrei mai saputo che qualcosa non andava.

«Stupido, stupido, stupido» mormorai, sbattendo diverse volte il palmo della mano sul volante per l'esasperazione. Ribollivo ancora di rabbia, ripensando a quell'uomo che le metteva le mani addosso. Strinsi i denti, mi agitai sul sedile e premetti più forte l'acceleratore. La collera era come un mostro che mi devastava le viscere e pretendeva di uscire. L'avrei lasciata sfogare, non mi importava ciò che aveva detto Ellie. Mateo sarebbe morto per quello.

Guidai in silenzio per un po', poi premetti un paio di pulsanti sul cruscotto per chiamare il Furbo col vivavoce. Rispose al terzo squillo. «Ciao, Kid» disse, con il solito tono allegro. In certi frangenti mi mandava in bestia.

«Furbo, due degli uomini di Salazar hanno appena attaccato Ellie e cercato di rapirla.» Quelle parole mi bruciarono la lingua come veleno.

«Cosa? Sta bene?»

«Sì.» *Grazie a Dio.* «Quei due stronzi non stanno affatto bene, invece.»

«Chi sono?» chiese il Furbo.

«Non lo so, ma erano sicuramente uomini di Salazar. Avevano il tatuaggio.» Ripensai alla scena e rividi il disegno del serpente e del pugnale sull'avambraccio di uno di loro. «Senti, ho bisogno che tu faccia una cosa per me.» Controllai negli specchietti e misi la freccia. Ero diretto a sud, verso il mio locale più vicino.

«Certo. Cosa?» Lo sentii muoversi in sottofondo, probabilmente per recarsi in un posto dove potesse parlare liberamente.

«Voglio che chiami l'ispettore Lewiston, dicendogli che hai alcune cose interessanti da rivelargli ma che deve trovarsi da solo delle fonti affidabili che gliele confermino.»

Avevo già riflettuto sulla situazione. Non potevo colpirli su tutti i fronti, ma volevo che i Salazar fossero rovinati, che se ne andassero dalla città o che morissero. Per questo avevo bisogno di aiuto. L'ispettore Lewiston si era già rivelato utile in passato, e sarebbe stato prezioso nelle ore seguenti.

«Bene. Cosa gli devo dire?»

«Digli che sai dell'esistenza di tre laboratori per la produzione di droga usati dagli uomini di Salazar. Comunicagli gli indirizzi dei laboratori al Greenwich Village, nel Lower East Side e nel Bronx. Spiega che la polizia deve fare un blitz il più presto possibile perché hai saputo che nel giro di un paio d'ore si preparano a trasferirli altrove» spiegai, mentre mi immettevo nel parcheggio del mio locale più piccolo. Era un bar che apriva solo di sera e durante il weekend, quindi a quell'ora era chiuso. *Perfetto.*

«Nel frattempo io mi reco nel loro laboratorio di metanfetamina a Long Island. Ho la sensazione che Mateo potrebbe trovarsi lì.» Afferrai sul sedile posteriore la mia sacca della palestra, la aprii e ne estrassi una vecchia maglietta che usavo per fare ginnastica. Continuando a parlare la strappai a metà, poi di nuovo a metà, tutto concentrato su ciò che dovevo fare.

«Se ci stai andando ora, passa a prendermi» propose il Furbo. «Vengo con te in caso di problemi.»

Sorrisi del suo gesto gentile, ma scossi il capo, già deciso a rifiutare. «Non sono in tanti, e quei pochi saranno *fatti*.»

«Ma c'è Mateo» aggiunse il Furbo con voce preoccupata.

«Di quel verme mi posso occupare da solo» sibilai. «Senti, ora devo andare. Fa' la telefonata, ma di' a Lewiston che dovrà pagare una prostituta o un tossico perché confermi la storia e dichiari di avere ricevuto la soffiata. Non può venire da noi, la notizia» ribadii, impaziente di agire.

«Va bene. Dimmi dove hai lasciato i due tipi» chiese il Furbo. Gli diedi l'indirizzo e lui domandò: «Sono morti?»

Chiusi gli occhi, rammaricandomi che Ellie non mi avesse lasciato terminare l'opera. «No.»

«Bene, ci mando qualcuno.»

«Bisogna anche portare l'auto di Ellie a casa sua. È il Maggiolino verde.»

«Ok. Dov'è Ellie adesso? Vuoi che qualcuno vada a prenderla?» chiese.

«È a casa mia con Ray. Se ne occupa lui fino al mio ritorno.»

«Perfetto. Faccio le telefonate, allora. Kid, sii prudente, per favore.»

«Certo.» Riattaccai, scesi dalla macchina e raggiunsi la porta posteriore del locale. Entrai e mi diressi subito al bar, dove presi quattro bottiglie di whisky. Come sospettavo, a quell'ora non c'era nessuno.

Basta e avanza, pensai, mettendomi a trafficare con le bottiglie che poi trasferii nello zaino. Quando fui certo di avere tutto ciò che mi serviva, andai al capannone, lasciai la mia auto e ne presi una delle altre, registrate con un nome falso e un falso indirizzo, perché fosse impossibile risalire a me. Mi cambiai di abito, mettendo una felpa con il cappuccio, che mi tirai sopra il berretto.

Mi diressi poi all'edificio abbandonato dove i Salazar preparavano la droga, sperando che Mateo fosse lì per farla finita una volta per tutte. Volevo tornare da Ellie e confermarle che era al sicuro per davvero.

Fermai l'auto all'imboccatura della strada, scesi e percorsi la via correndo. Mi nascosi dietro un muretto decrepito di fronte al laboratorio, avanzando per studiare meglio l'edificio, e mi fermai vicino a una zona dove l'erba non cresceva più. Era il punto dove gettavano le sostanze chimiche di scarto. Arricciai il naso, schifato, e lanciai un'occhiata da sopra il muretto.

Il vasto edificio che avevo di fronte sembrava abbandonato, era una specie di capanno di lamiera coperto di graffiti con le finestre verniciate di nero. Un tempo doveva essere stato il magazzino di una fabbrica, ma ora era usato per produrre centinaia di chili di cristalli di metanfetamina, familiarmente chiamati «Ice».

Rimanendo nascosto guardai a destra e a sinistra, scrutando le altre costruzioni della piccola zona industriale. Una era mezza diroccata, con una parete mancante e dei pannelli del soffitto in equilibrio precario. L'unica altra costruzione nei paraggi era una casupola di mattoni che un tempo doveva avere ospitato le guardie incaricate di sorvegliare la zona. C'erano buchi nel tetto e le finestre erano infrante; evidentemente nessuno la usava più. Tre auto erano parcheggiate nello spiazzo deserto a destra, nessuna abbastanza lussuosa da appartenere a un Salazar.

Restai a sorvegliare in silenzio, aspettando il momento giusto. Tre minuti dopo, l'occasione si presentò. Un tizio sbucò da dietro l'angolo dell'edificio, fissando lo schermo del suo telefono, concentratissimo. Era l'addetto alla sicurezza che faceva la ronda. Sorrisi, mi misi la borsa a tracolla perché non scivolasse ed estrassi la pistola che avevo preso all'aggressore di Ellie. Avevo pistole mie non registrate, ma trovavo divertente uccidere Mateo con il ferro di uno dei suoi uomini; l'ironia della situazione mi piaceva.

La guardia si fermò dandomi le spalle, posò una mano sulla maniglia ma la tolse subito, e si appoggiò al muro, decisa a guardare ancora un po' lo schermo del cellulare invece di tornare subito al lavoro.

Mi alzai, tenendomi la borsa premuta contro il fianco, e coprii di corsa la distanza tra noi. Era così assorbito da quello che stava guardando che non si accorse di me fin quando non gli premetti la canna della pistola sulla nuca. A quel punto si irrigidì ed ebbe il riflesso di alzare le mani; vidi che stava guardando *Walking Dead*.

«Non muoverti e vivrai» ordinai, premendogli più forte la pistola contro e sporgendomi per prendergli il telefono, spegnerlo e metterlo nella borsa. «Mani dietro la testa» ingiunsi, facendo un passo indietro e puntandogli la pistola tra le scapole. Obbedì, intrecciando le dita dietro la nuca, con il tatuaggio Salazar ben visibile sul braccio. «Bene. Quante altre guardie ci sono?» Lo perquisii e gli trovai un coltello e una pistola piccola in cintura. Gli tolsi entrambe le armi e le misi nella mia borsa.

«Solo io» rispose, con una voce ben più giovane di quanto non suggerisse il volto.

«Se mi racconti balle...» gli spinsi contro la pistola.

«È vero, lo giuro» rispose subito. Si voltò a guardarmi e sgranò gli occhi. «Oh, cazzo, sei Kid Cole.»

La mia reputazione mi ha preceduto anche stavolta.

Annuii lentamente. «Già. Mateo è dentro?» chiesi, provando un nuovo accesso di rabbia pronunciando quel nome.

Scosse il capo. «No, non si vede da un paio di giorni.»

Un sospiro di frustrazione mi sfuggì. Avevo davvero sperato di trovarlo. «Quanti sono lì dentro?»

«Tre, solo tre.»

«Aspettate delle consegne o dei ritiri oggi?» chiesi, guardando la strada dove non passava nessuno.

«No, abbiamo avuto una consegna stamattina» rispose. In parte gli credevo, ma dovevo essere prudente. Non sapevo cosa o chi avrei trovato dentro.

«Come ti chiami?»

«Stan» rispose.

«Bene, Stan. Apri lentamente la porta in modo che possa vedere dentro» gli ordinai, indicandogli con un cenno la porta che stava per aprire pochi minuti prima. «E ricorda che, se qualcuno si mette a sparare, sarai il primo a morire.»

Annuì, nervoso. «Non c'è nessun altro a parte i cuochi.» Aprì piano la porta: vidi all'interno una postazione con una scrivania e sopra uno schermo.

«Entra» ordinai, spintonandolo perché sembrava che i suoi piedi non volessero collaborare. Stan entrò nell'ufficio; io mi guardai attorno cauto, e vidi che era vuoto. «Va' alla scrivania.» Obbedì, fece il giro del tavolo con me dietro, che lo incalzavo con la pistola.

Sullo schermo si vedevano tre immagini sgranate, una fuori, sul retro della costruzione, deserto; un'altra mostrava la facciata dell'edificio, dove eravamo pochi istanti prima; nella terza immagine si vedeva l'interno del laboratorio. C'erano tre persone, come aveva detto Stan, e indossavano camici bianchi, guanti di gomma, occhiali protettivi e maschere.

«Adesso andiamo là dentro, con calma. Passa per primo.» Gli misi una mano sulla spalla e lo feci camminare davanti a me, mentre gli tenevo la pistola puntata contro, pronto a tutto.

Stan annuì, si avvicinò alla porta senza fretta, in modo che riuscissi a seguirlo, e aprì l'uscio pesante di metallo che conduceva al grande laboratorio. Subito, l'odore di ammoniaca e dei solventi mi fece bruciare il naso e mi solleticò la gola.

I tre cuochi non alzarono neppure lo sguardo quando entrammo. Mi guardai attorno velocemente, e vidi accessori di ogni genere sparpagliati in giro: montagne di scatolette di pillole per il raffreddore, bottiglie di candeggina, grossi sacchi di sale, bottigliette di bibite vuote, confezioni di prodotti per sturare i lavandini, bombole di gas compresso e tanti altri utensili. Pareva di trovarsi in un supermercato del bricolage.

I muri erano macchiati per colpa delle esalazioni tossiche; al centro della stanza si trovavano tavoli lunghi e larghi dove i cuochi preparavano la roba. Su un altro tavolo a destra erano disposti i sacchetti di plastica ben chiusi con il prodotto finito. C'erano almeno duecentomila dollari di «ice» su quel tavolo. Quando avanzai, usando Stan come scudo, iniziarono a lacrimarmi gli occhi per colpa dello smacchiatore, e mi chiesi come facessero quegli individui a sopportarlo tutto il giorno. Avevano mascherine leggere su bocca e naso, che non impedivano certo alle componenti volatili di irritare loro la gola. Anche Stan lo avvertì, perché tossì, si schiarì la voce e sputò per terra con un grugnito disgustato.

Il rumore attirò l'attenzione dei cuochi, e due di loro alzarono subito lo sguardo. L'altro continuò a lavorare, canticchiando una melodia che assomigliava parecchio alla canzone Disney *Lo stretto indispensabile* mentre usava una siringa alimentare per prelevare gli ingredienti e trasferirli in un recipiente di Pyrex.

«Che nessuno si muova» ordinai, puntando la pistola su tutti e tre, uno dopo l'altro. Il terzo uomo smise di canticchiare quando alzò lo sguardo e vide la pistola.

Si immobilizzarono tutti con gli occhi sgranati e atterriti; non erano membri della banda, solo drogati che preparavano il prodotto in cambio di qualche dose.

«Mani sulla testa e gambe divaricate. Che nessuno muova un muscolo.» Presi nella sacca il telefono di Stan e glielo consegnai. «Voglio che chiami Mateo; digli che sono qui e che voglio parlargli.»

Prese il telefono con gesti lenti, usando una mano per sbloccarlo e fare scorrere i contatti. Quando si portò il telefono all'orecchio gli premetti di nuovo contro la pistola. «Mateo, sono nel laboratorio di Long Island. C'è qui Kid Cole con una pistola. Vuole parlarti.» Impallidì per la risposta di Mateo e mi passò il telefono.

Sorrisi, presi il cellulare e me lo portai all'orecchio, tenendo la pistola puntata su Stan e guardando gli altri per controllare che fossero con le braccia levate e le gambe aperte.

«Mateo» ringhiai.

«Kid, cosa stai facendo?» Udii una nota di panico nel tono.

Sentire la sua voce mi fece vedere rosso, e dovetti compiere uno sforzo notevole per mantenere il controllo. «Hai commesso un errore madornale a sguinzagliare i tuoi uomini contro Ellie. Adesso ti brucio il tuo stramaledetto laboratorio, proprio come ti avevo promesso. Poi vengo a cercarti. Ti darò la caccia e ti ucciderò tanto lentamente che mi implorerai tu di fare in fretta. Fossi in te, mi dileguerei, e di corsa, anche, Salazar. Hai un piccolo vantaggio, ma non ti servirà. Ti scoverò.» Era una promessa. Avevo già ucciso un uomo; Mateo sarebbe stato il secondo perché aveva cercato di farle del male. Interruppi la chiamata senza aspettare una risposta e gettai il cellulare a Stan.

Mi guardavano tutti con aria stralunata; estrassi dalla sacca la prima bottiglia di whisky con il pezzo di maglietta ficcato dentro. La posai sul tavolo con accanto l'accendino.

Stan soffocò un grido di sorpresa. «Cosa diavolo fai? Questo posto salterà in aria, c'è del propano qui dentro!» esclamò, lanciando un'occhiata alle bombole e alle altre sostanze chimiche.

«Lo so.» Azionai l'accendino e lo avvicinai al tessuto. Avvampò subito. Afferrai la bottiglia con un sorriso diabolico. «Se volete vivere, è meglio che vi mettiate a correre» dissi, lanciando la bomba incendiaria. Si infranse all'altro capo del laboratorio, e versò il suo contenuto lambito dalle fiamme sulla parete più lontana. Nessuno degli ingredienti infiammabili si trovava laggiù, per questo avevo cominciato da lì.

Feci un passo indietro, e li guardai divertito mentre scappavano tutti e quattro verso la porta. Estrassi la seconda bottiglia, accesi lo stoppino improvvisato e la gettai direttamente sul tavolo con la droga; guardai il fuoco prendere vita, aggredire il tavolo e il muro, guadagnare il pavimento e divorare la metanfetamina dei Salazar. Scagliai la terza di nuovo contro il muro di fondo, e le fiamme, propagandosi, giunsero al soffitto. Il calore era quasi insopportabile, la pelle mi tirava e dovetti socchiudere gli occhi per non essere accecato dalle fiamme.

Scoppiai a ridere, perché mi stavo divertendo un mondo. Presi l'ultima bottiglia e camminai a ritroso verso la porta aperta. Sapevo che quello sarebbe stato il colpo di grazia, che avrebbe distrutto tutto.

Mi guardai alle spalle e vidi l'ultimo uomo correre verso l'uscita. Accesi la bottiglia e la gettai direttamente contro le bombole di gas compresso e le sostanze chimiche altamente infiammabili impilate in un angolo, poi mi precipitai fuori anch'io a tutta velocità. Seguii gli altri quattro uomini che stavano attraversando lo spiazzo per andare a ripararsi dietro la collinetta erbosa dove mi ero nascosto io.

Ero giunto a metà dello spiazzo quando un'esplosione alle mie spalle mi spinse in avanti, mentre attorno a me sfrecciavano e atterravano detriti e frammenti dell'edificio avvolti dalle fiamme.

Caddi con un tonfo e, quando mi voltai, vidi che del laboratorio non restava praticamente più niente. Le fiamme giungevano a un'altezza di tre metri. Un pennacchio di fumo nero saliva verso l'alto, nascondendo il cielo azzurro.

Mi rizzai in piedi, aiutandomi con le mani; mi spazzolai i jeans e guardai l'edificio che bruciava con un'espressione soddisfatta.

Meno uno. Spero che l'ispettore Lewiston si occupi degli altri tre.

I Salazar avevano chiuso: niente più denaro, nessun posto dove nascondersi. Una risatina diabolica mi sfuggì mentre mi dirigevo alla macchina. I quattro uomini erano sullo spiazzo erboso davanti a me e mi guardavano con gli occhi sgranati e la bocca aperta.

Li salutai con la mano. Quell'episodio avrebbe contribuito ad accrescere la leggenda di Kid Cole; la gente ne avrebbe parlato sentendo fare il mio nome.

Risalendo in macchina, però, il mio unico pensiero era Ellie.

20
Ellie

Quando Ray e io uscimmo dall'ascensore e ci dirigemmo verso la porta dell'appartamento, non potei evitare di ripensare allo sguardo vendicativo di Jamie. Stava tornando nel parcheggio per portare a termine ciò che l'avevo implorato di non fare? Di cos'altro doveva occuparsi con tanta urgenza?

Ray aprì la porta ed entrò, incoraggiandomi a fare altrettanto con una spintarella al gomito.

«Dov'è andato Jamie?» chiesi, determinata. A me non aveva voluto dirlo, ma aveva senz'altro spiegato al suo amico perché doveva restare a farmi da babysitter.

Ray socchiuse gli occhi. «Entra. Ti ha detto che ti spiegherà tutto al suo ritorno, io non voglio essere coinvolto.» Mi tirò per il braccio ed essendo scossa e debole gli obbedii con il corpo, anche se la mente nutriva delle riserve.

La porta si chiuse alle mie spalle e Ray girò la chiave nella toppa e guardò dallo spioncino, per non so quale strano motivo, dato che non avevamo visto nessun altro sul pianerottolo.

Mi infilai le mani sotto le ascelle per impedire loro di tremare. Ray rimase di guardia accanto allo spioncino, mentre io mi avventurai nell'appartamento, guardando ogni particolare senza riuscire a imprimermelo in testa.

L'appartamento era bello, molto meglio di quelli dove aveva vissuto quando eravamo insieme. Una grande vetrata copriva una parete intera del salotto e della cucina aperta, e offriva un panorama mozzafiato della città che doveva essere splendido al tramonto o di sera, quando si accendevano le luci nel buio.

Alla fine Ray si allontanò dalla porta, rilassandosi impercettibilmente. «E adesso, del tè con tanto zucchero. Tu siediti» mi ordinò, mostrandomi i divani di pelle marrone disposti attorno a un fantastico caminetto, sopra il quale troneggiava il televisore più grosso che avessi mai visto.

Obbedii e mi sedetti prima di cadere. Ray posò la borsa ai miei piedi e si diresse in cucina. Sospirai e mi guardai attorno, con la mente confusa, dicendo a me stessa che quell'appartamento elegante e costoso non rivelava nulla a proposito di Jamie Cole, non lasciava trasparire niente della sua personalità. Tutto era moderno, freddo, funzionale, sofisticato... Chissà, forse per il nuovo Jamie contava solo quello.

Ray tornò dopo qualche minuto con una tazza di tè e un piatto di biscotti. «Sarebbe bene che mangiassi qualcosa, per riaverti dallo shock.» Sotto il suo sguardo preoccupato sorseggiai il tè e lo finii; mangiucchiai un biscotto senza neanche sentirne il sapore. Il tè mi fece bene, e il tremito alle mani mi passò.

Non sapevo quanto tempo fosse trascorso, ma abbastanza per finire la tazza di tè caldo. Appena il telefono di Ray squillò, fissò il cellulare, poi me, e andò a rispondere in corridoio.

Quando tornò in salotto e si sedette, era rigido, nervoso. Prese un biscotto e lo sbocconcellò senza guardarmi.

«Era Jamie?» chiesi.

Ray scosse il capo.

Sbuffai, cominciando a irritarmi. «Quanto ci mette?» domandai. «Quanto tempo mi tocca restare qui ad aspettarlo? Voglio tornare a casa mia. Perché non mi vuoi dire cosa sta succedendo? Sai chi erano quei due tizi? Jamie finirà nei guai per colpa loro? Insomma, dopotutto avevano delle pistole e...» Non ne potevo più. Adesso che avevo smesso di tremare e la testa aveva ricominciato a funzionarmi, ritrovai un briciolo di razionalità e iniziai ad arrabbiarmi. Volevo delle risposte.

Ray fece un gran sospiro e infine mi guardò. «Ellie, non puoi tornare a casa adesso. Per favore, aspetta Kid, lui ti spiegherà. Non voglio andarci di mezzo, quindi smettila di farmi domande.»

Lo fulminai con lo sguardo, ma lui si strinse nelle spalle e scosse il capo, per farmi capire che non avrebbe ceduto. «Bene. Posso andare in bagno?» chiesi. Dovevo tenermi occupata, non ne potevo più di aspettare con le mani in mano.

Ray annuì e mi indicò l'unica altra porta dell'appartamento. «Devi passare dalla camera da letto, poi gira a sinistra.»

Camera da letto. Ebbi una sensazione di vuoto allo stomaco pensando alla sua stanza. Jamie vi dormiva, certo, ma doveva anche essersi portato a letto delle altre ragazze.

A quel pensiero fui presa da una sensazione sgradevolissima. Rifiutai di ammettere che si trattava di gelosia, ma quando varcai la soglia della stanza e mi chiusi la porta alle spalle, cercai subito i segni di una presenza femminile: indumenti, cosmetici o altri dettagli rivelatori.

Fui sollevata vedendo che era fredda e spoglia come il soggiorno, con un'eccezione. C'erano alcune fotografie incorniciate sul comodino e il cassettone.

Le mie gambe si diressero spontaneamente da quella parte e presi la fotografia accanto al letto: sua sorella Sophie. La foto che gli avevo riparato dopo che l'aveva strappata. Sorrisi, guardandola. Era proprio carina.

Poi mi avvicinai al cassettone: Jamie che teneva in braccio una neonata con un vestito da battesimo. Sembrava una foto recente, appariva un po' più trasandato di quando l'avevo conosciuto. Sorrideva, ma il sorriso era solo di facciata. L'ultima era una foto di gruppo. Jamie aveva ancora in braccio la bambina, ma c'erano anche Ray e due donne. Feci per prenderla in mano, ma quando guardai meglio la più giovane mi bloccai.

Avevo l'impressione di conoscerla.

Certo. Natalie.

Non era possibile, però. Come faceva Natalie a conoscere Jamie? L'avevo incontrata a Roma: il mondo è piccolo, ma c'è un limite anche alle coincidenze.

Guardai meglio la foto. Sì, era proprio lei. Natalie Rowson. La mia compagna di viaggio. Portava i capelli più corti, un taglio sbarazzino. Sorrideva guardando la bambina in braccio a Jamie.

Possibile che Jamie uscisse con Natalie? Che quella fosse... figlia loro?

Lo stomaco mi si contrasse fastidiosamente, cominciando a bruciarmi.

Natalie e io eravamo rimaste in contatto dopo che era tornata a casa e io avevo deciso di restare in Inghilterra. Non era un rapporto stretto, il nostro, ma a volte chattavamo su Facebook o commentavamo i tweet o le fotografie reciproche. Non avevo trovato accenni al fatto che uscisse con qualcuno, men che meno con Jamie. Senz'altro ne avrebbe parlato, si sarebbe addirittura pavoneggiata, no? E avrebbe riconosciuto il nome; avevo pianto parecchio per lui, dopotutto. Avevamo brindato alla sua scomparsa dalla mia vita tante di quelle volte che doveva averne imparato il nome per forza; avrebbe pur capito che era lui il tizio che mi aveva spezzato il cuore, no? Invece gli stava accanto nella foto con un sorriso orgoglioso stampato in faccia.

Strinsi convulsamente la cornice d'argento e tornai in salotto. Ray alzò lo sguardo e gli misi davanti agli occhi la foto.

«Chi è?» chiesi, indicando la ragazza e cercando di usare un tono di voce normale, e pregando che si trattasse di un errore. Se non era un errore, non aveva senso. Non c'era motivo perché comparisse in quella foto, o almeno non riuscivo a trovarlo.

Ray sorrise. «È Nat, mia cognata.»

Nat. È lei! Cos'ha detto? Cognata? Cosa diavolo sta succedendo?

La cognata di Ray. Quindi Jamie la conosceva! L'aveva conosciuta prima o dopo di me? Lui e Ray erano amici da tanto. Possibile che l'avesse conosciuta prima? E io per caso l'avevo incontrata in un mercato di Roma... Non era possibile che fosse una coincidenza. Mi arrovellai, cercando di trovare una spiegazione.

A giudicare dalla faccia di Ray, doveva essersi pentito di avermi risposto senza riflettere. Si alzò, mi tolse dalle mani la fotografia e la posò sul tavolino basso alla rovescia. «Senti, non intendo parlare neanche di quello, quindi è inutile che tu mi faccia delle domande. Devi chiedere a Kid. Ma cerca di essere comprensiva, quando lo farai.»

«Rispondi almeno a una domanda» dissi. «Escono insieme? È figlia loro, la bambina?» chiesi indicando la fotografia, e trattenni il fiato. *Ti prego, ti prego, di' di no.*

Ray fece un sorriso quasi triste. «No, non escono insieme. E quella è la mia figlia minore. Kid è il padrino.»

«Allora perché...» cominciai, ma mi interruppe.

«Non hai capito, vero?» Scosse il capo, poi spinse indietro le spalle con un gesto risoluto. «Non ti dico niente di più. Parla con lui quando torna» disse in tono perentorio, guardandomi negli occhi.

Furono le sue ultime parole sull'argomento. Sebbene

continuassi a domandargli dei dettagli, rifiutò di rispondere. Ero confusa, non capivo ma non riuscivo a smettere di pensarci; oltre a questo mi preoccupavo per Jamie, volevo sapere cosa stesse combinando e se fosse finito nei guai. L'unico pensiero confortante era che Jamie e Natalie non uscivano insieme. E che quella della foto non era figlia sua. Ma al contempo mi dava fastidio che quel particolare contasse tanto, per me.

Dopo un'ora di silenzio sentimmo bussare; Ray balzò in piedi e andò ad aprire controllando prima dallo spioncino. Entrò Jamie, e mi guardò con un'ombra di sollievo prima di rivolgersi all'amico. Ebbero un'altra conversazione sussurrata e Ray se ne andò dall'appartamento, chiudendosi la porta alle spalle e lasciandoci soli.

Jamie venne avanti e si passò una mano sporca e impolverata tra i capelli. «Ciao. Scusa se ci ho messo tanto.» Si sedette all'altro capo del divano e mi guardò con un'espressione preoccupata. «Stai bene?»

Puzzava di fumo, un odore fastidioso che mi fece arricciare il naso; quando poi colsi un altro odore, la mia collera esplose. Alcol: sembrava quasi che ci avesse fatto il bagno. «Sei andato in un bar mentre io ero qui ad aspettare?» sbottai incredula.

Lui sussultò e aggrottò la fronte. «Che cosa? No!»

«Avanti, puzzi di alcol!» gridai, alzandomi e prendendo la borsa da terra. «Non riesco a credere di essere rimasta qui a preoccuparmi per te mentre tu andavi a sbronzarti!» esclamai. «Voglio tornare a casa. Adesso. Mi accompagni tu o chiamo un taxi?»

Jamie balzò in piedi e scosse il capo, e mi prese la mano mentre frugavo nella borsa in cerca del telefono. «Non ho bevuto, giuro. Ellie, per favore, puoi ascoltarmi?»

Strinsi i denti, lo guardai e vidi che faceva gli occhi da cane bastonato, ai quali non sapevo resistere.

Mi liberai la mano e feci un passo indietro. «Va bene, spara pure.»

Si sedette sul bordo del divano e mi fissò con espressione implorante. «I due tizi che ti hanno assalita prima lavorano per i fratelli Salazar. Appartengono a una banda di delinquenti, non sono gente raccomandabile. I Salazar li hanno incaricati di farti del male.»

Cercavo di capire, ma quel discorso non aveva senso. «Perché si interessano a me?»

«Perché *io* mi interesso a te» rispose.

Scossi il capo, incrociando le braccia sul petto. «No, non ti è mai importato niente di me.»

Si prese la testa tra le mani. «Ellie, non dire una cosa del genere. Non pensare che non mi importi.»

La rabbia ebbe la meglio sulla ragione. «È quello che mi hai detto quella notte, Jamie! Hai capito di che notte parlo? Quella in cui mi hai tradito, poi mi hai chiamato e mi hai spezzato il cuore nel giorno in cui dovevamo iniziare la nostra vita insieme» gridai, puntandogli contro un dito accusatore. I tre anni di dolore e amarezza avvaloravano le mie parole.

Chiuse gli occhi e incurvò le spalle. «Ti ho mentito» bisbigliò.

«Come?» chiesi confusa. «Su cosa mi hai mentito?»

«Su tutto.» Aprì gli occhi e mi fissò. Mi prese la mano in una delle sue, piena di calli, e mi tirò dolcemente perché andassi a sedergli accanto. «Non ti ho tradito, non l'avrei mai fatto. Tu eri il mio universo, Ellie.»

«Eri il mio universo.» Esattamente quello che provavo io per lui. Le sue parole mi fecero venire i brividi, e mi si asciugò la bocca. «Io non… eh?» balbettai.

Sospirò. «Non sono stato onesto con te, e per questo mi odio, ma sono ancora convinto di averlo fatto per i motivi giusti.» Mi si avvicinò fino a toccare il mio ginocchio con il suo, e mi carezzò la mano con il pollice. Non mi ero neanche accorta che la mia mano fosse ancora tra le sue. «Quella notte avevo un ultimo lavoretto da fare per Brett, ricordi?»

Annuii, perplessa.

«Era un incontro con degli spacciatori di droga venuti da un altro stato, i Lazlo. L'oggetto della riunione era la ricerca di un possibile terreno d'intesa e un'eventuale collaborazione tra le nostre due organizzazioni. La polizia, però, sorvegliava i Lazlo già da tempo. Ascoltarono tutto quello che ci dicemmo e fecero un blitz. Ci fu una violenta sparatoria, e alcuni rimasero uccisi. Anche Brett morì quella sera» precisò con voce triste. «Tutti gli altri furono arrestati.» Mi guardò con aria abbattuta.

«Anche tu sei stato arrestato?» chiesi, con una gran confusione in testa.

«Sì. Avevo una pistola, solo per fare paura agli altri partecipanti. Non l'ho usata, ma mi hanno condannato per possesso illegale di armi. Il mio avvocato è riuscito a farmi assolvere da tutti gli altri capi d'accusa, però sono comunque stato sbattuto dentro, tanto più che a quel punto mi toccava finire di scontare il residuo di pena della mia condanna precedente, quando ero uscito per buona condotta.»

Scossi il capo. «E ora stai mentendo, Jamie? Non riesco più a capirlo.»

Sospirò, e con gli occhi mi implorò di continuare ad ascoltarlo. «Non ti sto mentendo. È la verità. Chiama il mio avvocato, se non mi credi. È il padre di Miles, Arthur Barrington. Chiama la prigione o chi vuoi, o cerca su Google. La retata dei Lazlo era in prima pagina, e scrissero anche che Brett era rimasto ucciso nella sparatoria. Guarda su Google. Tieni.» Estrasse il telefono e me lo porse.

Non lo presi. I suoi occhi mi stavano dicendo tutto quello che dovevo sapere. Erano onesti. Quando avevo detto che non sapevo se mi stava mentendo, non era vero. Ero sempre stata in grado di leggergli dentro.

La sua confessione non mi stupiva più di tanto. Non ero mai riuscita a capire perché mi avesse lasciata.

Avevo sempre fatto fatica ad accettare che mi avesse tradita; non era da Jamie, quel comportamento. Sentivo che c'era sotto dell'altro, ma non avevo mai compreso cosa. Ascoltando quelle parole, riuscii finalmente a chiarire tutti i punti oscuri.

Mi trovavo a dover cancellare tutto ciò che avevo creduto nel corso degli ultimi tre anni. Jamie era stato arrestato. Jamie mi aveva mentito. Jamie non mi aveva tradito. «Perché non mi hai detto niente? Eri in prigione e hai deciso di usare la tua unica telefonata per spezzarmi il cuore invece di essere onesto?»

Mi guardò negli occhi. «No. Ho deciso di usare la mia unica telefonata per darti la libertà.»

«Non capisco» sussurrai. «Perché l'hai fatto? Perché mi hai mentito? Mi hai fatto tanto male.» Avevo cominciato a piangere, nel frattempo, e le lacrime mi bagnavano la felpa.

Mi strinse la mano fin quasi a farmi male. «Sarei stato dentro almeno un anno, Ellie. Era inevitabile. Ti amavo tanto, più di tutto, e non volevo che tu mi aspettassi. Meritavi di meglio, hai sempre meritato qualcuno di meglio di me.»

Era stata tutta una menzogna. Tutto il dolore che avevo provato, la sofferenza, il cuore infranto perché l'uomo che amavo mi aveva tradito mi tornò in mente di colpo. Tutto ciò avrebbe potuto essere evitato. Mi aveva fatto soffrire terribilmente perché non voleva che lo aspettassi, perché meritavo di meglio? Meritavo di stare così male, come se qualcuno mi strappasse il cuore? Avevo meritato di addormentarmi piangendo per un anno? Meritavo di vivere, ancora, con l'impressione che mi mancasse una parte di me?

Una rabbia bruciante come lava mi percorse le vene.

«Non sarebbe stato giusto che fossi *io* a decidere?» urlai, strappando via la mano e alzandomi, perché avevo bisogno di spazio. Mi aveva distrutta, avevo quasi voglia di prenderlo a pugni per causargli una frazione di quel dolore. «È come quando mi hai tenuto nascosto il tuo passato e non mi hai detto di tua sorella. Anche quella volta mi hai impedito di prendere una decisione, pensando di fare la cosa giusta. Ti sei sbagliato di nuovo, Jamie! Ho vissuto l'inferno a causa di quella telefonata. Ci ho messo un'eternità a stare meglio, a superare il dolore delle tue parole.»

Anzi, forse non mi era ancora passata del tutto; ne ero certa, perfino. Il dolore era sempre lì; guardando Jamie, lo sentivo tutto. E sapere che tutta quella sofferenza era stata inutile mi faceva così arrabbiare che non riuscivo quasi a stare ferma. Per tre anni avevo pensato che fosse colpa mia, che il fatto che lo avessi sospettato di avere ucciso sua sorella Sophie l'avesse convinto a lasciarmi, invece io non c'entravo niente. Non sapevo come prendere quelle rivelazioni, francamente.

Si alzò anche lui, e sollevò le mani come a chiedermi di calmarmi. «Mi dispiace. Credevo che fosse la cosa migliore per te.»

«Hai sbagliato, invece!» gridai, gettando la borsa sul divano per sfogarmi. Gli puntai contro un indice accusatore. «Non volevi lottare per la nostra storia, ecco cos'era. Avevi paura di chiedermi di aspettare. Come mai? Non meritavo che ti battessi per me?» Mi si ruppe la voce, e cominciai a singhiozzare.

Mi venne incontro con aria determinata, mi prese il viso tra le mani, i nostri corpi vicinissimi, che si sfioravano, facendomi battere forte il cuore. Con i pollici mi asciugò dolcemente le lacrime. «Morirei, per te» sussurrò con uno sguardo dolcissimo.

Mi venne un groppo alla gola. Quel genere di frase sdolcinata mi aveva fatto sciogliere, tre anni prima, e se dovevo essere onesta con me stessa mi faceva sciogliere ancora.

Le sue parole restarono sospese tra noi mentre ci guardavamo, a pochi centimetri di distanza, con le sue mani sul mio viso. Tanti pensieri, tante emozioni si trasmisero in quello sguardo; mi persi nei suoi occhi, e il desiderio tornò a manifestarsi in me. Avrei voluto che si avvicinasse di più, che posasse quelle labbra morbide sulle mie e mi desse un bacio profondo che scatenasse in me la passione.

«Quindi saresti voluto partire con me?» chiesi, riuscendo infine a capire per sommi capi cos'era successo.

Annuì convinto. «Più di ogni altra cosa.»

Sospirai. «Mi hai fatto soffrire tanto.» Quelle parole non bastavano certo a veicolare tutta la disperazione che avevo provato.

«Lo so, e mi dispiace. Se potessi rifare tutto da capo…» Lasciò la frase in sospeso, distogliendo lo sguardo e guardando in basso.

«Cambieresti qualcosa?»

Si strinse nelle spalle. «Non lo so. La parte egoista di me ti direbbe subito di sì. La parte che ti amava tanto da provare un dolore fisico, che sarebbe morta per te in un istante, vorrebbe tornare indietro nel tempo e dirti la verità, implorarti di aspettare perché, dopo la mia scarcerazione, potremmo iniziare la vita che sogniamo. Ma la parte sensata e razionale, altruista, che vuole il meglio per te, avrebbe fatto quella stessa telefonata. Non ti merito, Ellie, non ti ho mai meritata. Anche se avessi mille anni per pentirmi di tutto il male che ho fatto, continuerei a non meritarti.» Alzò lo sguardo, e gli lessi la sincerità negli occhi.

E dentro mi sentii sciogliere, come un tempo. «Come sei melenso» commentai, senza riuscire a trattenermi.

«Non sono cambiato, eh?» chiese con un sorriso, quel bel sorriso che pensavo facesse solo a me, con la fossetta sulla guancia. Oh, quanto mi era mancata quella fossetta. Provai il desiderio fortissimo di tendere un dito e di posarglielo sopra, ma resistetti, limitandomi a sorridere.

Sapendo di dover riacquistare il controllo, perché con la sua sola presenza Jamie mi stava trasformando in una scolaretta esaltata, feci un passo indietro, e le mani gli ricaddero lungo i fianchi. I suoi occhi non lasciarono mai i miei, mi privarono di ogni difesa, e fecero evaporare la collera e il dolore. Desideravo restare arrabbiata con lui, dargli la colpa per le sofferenze che mi aveva inferto quando avrebbe dovuto lasciare che fossi io a decidere cosa volevo fare.

Però capivo perché si era comportato in quel modo. Jamie era altruista, ma non era in grado di riconoscere la propria bontà né pensava di meritare qualcosa dalla vita. Se non aveva voluto chiedermi di aspettarlo, la colpa era della sua infanzia orribile, del fatto che si sentiva indegno di amore e affetto. Lo aveva detto anche lui, pensava di non meritarmi. Aveva torto, invece; torto marcio. Credevo di averlo convinto del fatto che aveva tutti i diritti di amare e di essere amato, ma evidentemente mi sbagliavo, altrimenti non avrebbe preso quella decisione al mio posto.

«Continuo a non capire perché quei tizi hanno cercato di rapirmi, però. Chi sono?» chiesi.

Sospirò e si sedette, toccando il posto accanto al suo. «È una lunga storia. Ti vuoi sedere?»

Mi accomodai di fianco a lui, ma mantenendo una distanza che mi permettesse di concentrarmi sulle sue parole invece di ripensare a momenti di sesso sfrenato con lui.

Si schiarì la voce, guardandosi le mani come per evitare di incrociare il mio sguardo. «Sono stato in prigione per un anno e mezzo, e avevo intenzione di trovarti e raccontarti tutto una volta fuori; mi sono aggrappato a quella certezza, prima di accettare che le cose non sarebbero mai andate come avrei voluto. Con il passare del tempo, a forza di restare dentro, giorno dopo giorno, con quelle persone, mi sono reso conto che tu stavi meglio senza di me. Viaggiavi, ti eri rifatta una vita nella quale non avevo nessun diritto di avere un ruolo. Al momento della scarcerazione, ho capito di non avere più motivazioni per comportarmi bene. Tu non c'eri più, Sophie era morta e io non avevo qualifiche di nessun tipo né altri pregi, al di là della mia reputazione. Una volta fuori sono tornato a dedicarmi a ciò che sapevo fare meglio, tutto qui. Brett mi aveva lasciato in eredità dei soldi; questo è stato un buon punto di partenza, e la mia fama faceva sì che la gente si sentisse pronta a scommettere su di me. Nel corso dell'ultimo anno e mezzo ho messo in piedi la mia organizzazione, una delle più importanti nel suo genere a New York. I Salazar sono miei rivali. Erano nel locale la settimana scorsa quando noi due abbiamo… *parlato*.» Esitò prima di finire la frase, come cercando la parola più adatta. «Devono averti considerata un mezzo per rovinare me.»

Mi era venuta la bocca secca. Jamie adesso era un capobanda, anche se un tempo aveva fatto di tutto per lasciarsi alle spalle quella vita? Non mi ero aspettata una simile rivelazione. Sapevo che era cambiato, quello era palese. Ma possibile che avesse rinnegato tutto ciò che mi aveva detto e adottato uno stile di vita che aveva dichiarato di detestare? Non mi ero accorta che fosse cambiato tanto.

Mi guardò, implorandomi con lo sguardo di capire. Vidi rimpianto e vergogna nei suoi occhi, come se lo imbarazzasse dovermi confessare certe cose. «Questa gente, i fratelli Salazar e i loro uomini, è priva di coscienza. Se ne infischiano di fare del male agli altri, pur di ottenere ciò che vogliono.»

«Tu sei diverso, invece?» chiesi in un soffio.

Gli si formò una ruga sulla fronte, e annuì. «Sì. Gran parte del mio lavoro non comporta nessuna violenza. Ci sono volte in cui devo fare cose che non voglio, ma noi non siamo come loro. La nostra priorità sono sempre state le auto.»

Scossi il capo, incredula. «Tu non sei così, Jamie. Non puoi essere cambiato tanto in un paio d'anni.»

«Adoro quando mi chiami Jamie. Nessuno mi chiama più così» disse con un sorriso, poi fece un sospiro triste. «In un certo senso, Jamie è entrato in prigione ma è Kid Cole a esserne uscito. Oggi sono lui.» Si strinse nelle spalle, rassegnato, ma gli occhi lo tradirono. Vi leggevo la tristezza, il desiderio di qualcosa di diverso che cercava disperatamente di nascondere, perfino a se stesso.

«Non ci credi, te lo vedo negli occhi. C'è del buono in te. Sei una brava persona, lo sei sempre stato. Solo che le circostanze ti sono sempre state ostili» protestai. «Prima avevi un motivo per batterti contro ciò che gli altri pensavano di te; oggi hai smarrito la retta via. È più facile adeguarsi alle opinioni che il prossimo ha di noi invece di cercare di cambiare, lo so bene anch'io. Per tutta la vita, fino al liceo, mi sono sforzato di diventare una persona che non ero perché era ciò che si aspettavano gli altri. Poi ti ho conosciuto, e ho capito che potevo essere la persona che volevo, e fare ciò che desideravo, infischiandomene delle attese altrui o della mia reputazione.»

Mi guardò accigliato. «E cosa volevi, esattamente, che era tanto contrario alle aspettative degli altri?»

«Te.»

Restò in silenzio, sorpreso.

«Ho lottato per te. Mi sono battuta contro chi pensava che avrei fatto meglio a restare con il ragazzo più popolare del liceo. Ho litigato con mia madre, che non faceva che ripetermi che non mi meritavi. Ho lottato tanto per te perché vedevo la bontà nel tuo cuore. La vedo ancora, diversamente da te. Anche tu avresti dovuto batterti per me. Le cose avrebbero potuto essere differenti. Ti amavo. Avrei capito, avrei aspettato la tua scarcerazione. Avremmo potuto avere una vita insieme, Jamie.» Era straziante dirlo, perché era proprio vero. Lo avrei aspettato sino alla fine del mondo, per avere una vita felice con lui.

«Adesso è troppo tardi, vero?» chiese con aria speranzosa.

Non mi aspettavo quella replica, e sussultai. «Io... sono...» Non ero neanche sicura di come terminare la frase.

«Fidanzata. Lo so. E lui è un bravo ragazzo» concluse lui, ma subito dopo un'espressione determinata gli attraversò il viso. «Lo ami come amavi me?»

No, dentro di me lo sapevo bene. Non avevo mai amato nessuno come avevo amato Jamie, né mai avrei amato nessuno in quel modo. «No.» Mi parve di tradire Toby dicendolo ad alta voce.

Jamie, sempre educato, non girò il coltello nella piaga. Fece un sorriso appena visibile, ma lo nascose subito e cambiò discorso. «Ti avevo comprato perfino un anello. Ti volevo chiedere di sposarmi. Avevo chiesto il permesso a tuo padre, ma poi...» Si accigliò. «Poi è andato tutto a rotoli.»

Non riuscii a nascondere lo stupore, e restai a bocca aperta, con gli occhi increduli. «Che cosa?» Mio padre non me l'aveva mai detto. Ero partita con il cuore infranto e non mi aveva mai detto che Jamie gli aveva parlato delle sue intenzioni. «Cosa ti ha risposto mio padre?» Era importante per me. Avendolo appena perso, avevo bisogno di conoscere la sua opinione. Avrebbe dato la sua benedizione a me e a Jamie?

Jamie fece un sorriso triste. «Ha detto che per lui andava bene purché continuassi a farti sorridere, e mi ha chiesto di aspettare qualche anno prima di portarti all'altare.»

Fui sommersa dalle emozioni e scoppiai a piangere, coprendomi il viso con le mani. Jamie venne subito ad abbracciarmi, mi strinse tra le braccia muscolose, premendomi contro di sé e affondando il viso tra i miei capelli. Piansi forte, aggrappandomi a lui, disperata per la perdita della nostra storia e di mio padre.

«Avresti detto di sì?» chiese Jamie, accarezzandomi la schiena mentre ero scossa dai singhiozzi.

Annuii contro la sua spalla, conficcandogli le dita nella schiena e stringendolo sempre più forte. Certo che avrei accettato: gli avrei praticamente strappato l'anello dalle mani e avrei gridato «Sì!». Sarei stata orgogliosa di indossare il suo anello.

Jamie si lasciò andare contro di me, e mi diede un bacio dolce sulla spalla. Mi accese dentro una scintilla di passione, alimentata dal bisogno che avevo di lui in quel momento. Chiusi gli occhi per meglio apprezzare le sensazioni che si manifestavano in me con un'intensità allarmante.

Non mi mossi, avendo paura di ciò che sarebbe potuto succedere. Forse si sarebbe ritratto scusandosi, o chissà, forse invece di prendere le distanze mi avrebbe stretta ancora di più, e le fiamme della passione ci avrebbero bruciati entrambi, distruggendoci. Non sapevo cos'avrei desiderato di più.

«Perché puzzi di fumo?» chiesi dopo un minuto, quando riuscii a calmarmi. L'odore che gli permeava i vestiti mi bruciava la gola.

«Sono andato a trovare la banda dei Salazar» disse in tono imbarazzato.

Mi ritrassi subito, asciugandomi il naso con il dorso della mano. «Che cosa? Cosa significa?»

Si diede una grattatina al collo distogliendo lo sguardo. «Non potevo fargliela passare liscia: ti hanno messo le mani addosso.»

«Cos'hai fatto esattamente?» chiesi, pur non essendo certa di volerlo sapere.

Si alzò, si sistemò la camicia e si strinse nelle spalle. «Vuoi qualcosa da bere o da mangiare? Non ho ancora imparato a cucinare, ma ogni tanto ci provo.» Mi piantò lì, incredula, e andò in cucina. Aveva rifiutato di rispondere alla mia domanda. Cosa dovevo dedurne?

Mi alzai anch'io, e voltandomi lo vidi che rovistava nel frigorifero, dandomi le spalle. «Jamie, cos'hai fatto?» chiesi di nuovo in tono esitante.

Si irrigidì ma non si voltò. «Meno di quello che avrei voluto.»

Capii che non avrei vinto, quella volta. Non avrebbe risposto, anche se avessi insistito. Posai lo sguardo sul tavolino e sulla foto girata, e a un tratto mi vennero in mente altre domande.

«Jamie, cos'è Natalie per te?» chiesi, e gli vidi la mano che stava per prendere il sacchetto del pane fermarsi a mezz'aria.

«Cosa?» Si schiarì la voce, ma era a disagio. «Non conosco nessuna Natalie.» Mi voltò di nuovo le spalle dopo avermi lanciato un'occhiata diffidente e guardinga.

«Altre bugie» commentai. Presi la foto e gliela mostrai, e dovette cedere.

Fece un sospiro profondo e si massaggiò la base del collo. Un silenzio pesante calò su di noi, quasi palpabile, finché non si decise a parlare. «È la cognata di Ray. Non volevo che viaggiassi da sola. Non potevo essere con te e sapevo che eri sconvolta, e allora...» Deglutì. «Ho pagato il viaggio di Nat perché ti tenesse compagnia e cercasse di sollevarti il morale.»

Sgranai gli occhi. Non mi ero aspettata una risposta del genere. Quella possibilità non mi aveva neanche sfiorata mentre lo aspettavo, prima, cercando di vagliare tutte le ipotesi immaginabili. «Cos'hai fatto?» chiesi allibita.

«Volevo prendermi cura di te, anche se non potevo esserci fisicamente. Non riuscivo a tagliare tutti i ponti. Dovevo assicurarmi che stessi bene» spiegò, sulla difensiva.

Non sapevo bene come reagire. In un certo senso, scoprire che si era preoccupato per me e aveva vegliato su di me anche dalla prigione attenuava il dolore. Jamie era sempre stato molto protettivo, ma quello era troppo anche per lui. Era un gesto che mi commuoveva, ma che mi faceva anche arrabbiare.

«Non posso crederci» commentai. «Ho viaggiato con lei per quasi un anno. Non mi ha mai parlato di te. Credevo che fosse mia amica.» Adesso capivo come mai sembrava avere una riserva infinita di soldi: era il denaro sporco di Jamie, che si era guadagnato lavorando duramente. Quella scoperta mi fece l'effetto di un pugno nello stomaco. Mi ero confidata con lei a proposito della rottura con Jamie, e lei mi aveva preso in giro per farsi un viaggio gratis?

Jamie scosse il capo e tornò da me, mi afferrò la mano e le diede una stretta affettuosa. «Lei è tua amica. Ha solo mentito sul fatto che vi siate incontrate per caso. Il resto del vostro rapporto è reale. Non volergliene, Ellie. Ti ha aiutato in un momento difficile, è stata al tuo fianco quando ne avevi bisogno.»

È vero. Non so come avrei fatto senza di lei.

Si abbassò leggermente sulle gambe per avere gli occhi alla stessa altezza dei miei. Il suo sguardo intenso mi colse di sorpresa e mi diede il batticuore. «Ha aiutato anche me» aggiunse. «Mi aggiornava su come stavi.» Fece un sorriso triste. «Se non fosse stato per le sue notizie, non sono sicuro che ce l'avrei fatta, se devo essere sincero. Ero triste e disperato come te.» Mi mise una ciocca di capelli dietro l'orecchio, e sfiorandomi la pelle delicata del collo mi fece venire la pelle d'oca.

Aprii la bocca senza ben sapere cosa volevo dire. Desideravo ringraziarlo per essersi preso cura di me, volevo rimproverarlo per avere invaso la mia intimità, volevo avvicinarmi e sentire il suo corpo contro il mio ma anche dargli uno schiaffo. In realtà ero molto confusa.

Decisi di essere onesta.

«Quando ho visto la sua foto in camera tua ho pensato che fosse la tua ragazza» dissi, e me la presi con me stessa perché la voce mi tremò alla parola *ragazza*.

«Non è la mia ragazza. Non c'è più stata nessuna, dopo di te.»

Aprii la bocca interdetta. «Nessuna?» Non era possibile! Erano passati tre anni, e a uno come lui le occasioni non erano certo mancate.

Prima che potesse rispondere il mio cellulare si mise a squillare, salvandolo da altre domande scomode. Guardammo entrambi la borsa, e per un istante mi dissi che l'avrei lasciato suonare, così avremmo potuto continuare a parlare di tutti i punti ancora in sospeso, ma poi pensai che fosse mia nonna, che voleva sapere dov'ero con la spesa che mi aveva chiesto di fare diverse ore prima.

Aprii la borsa e mi misi a rovistare in cerca del telefono. Notai con disappunto che lo schermo era pieno di crepe. Per fortuna funzionava, però, perché si illuminava e vibrava, e vidi che a chiamarmi era un numero privato. Presi la chiamata facendo attenzione a non tagliarmi un dito e mi premetti il cellulare sull'orecchio.

«Pronto» dissi.

«Buongiorno, parlo con Ellison Pearce?» chiese una donna con voce sbrigativa ma educata.

Aggrottai la fronte, non sapendo chi fosse. «Sono io.»

«Salve. Sono l'infermiera Partridge dell'Unità di terapia intensiva dov'è ricoverata sua madre.»

Il cuore smise di battere, mi si seccò la bocca. Temevo il peggio. «Va tutto bene?» chiesi con un filo di voce.

«Sì, la chiamo con delle buone notizie. Sua madre si è appena svegliata» rispose allegra.

Mi sfuggì un grido soffocato. «Davvero? Oh, mio Dio» mormorai, portandomi una mano alla gola. Non riuscii a evitare di sorridere. «Sta bene?»

«Sta bene, tutti i valori sono normali, respira da sola. Ha perfino bevuto un po' d'acqua. Adesso dorme, ma c'era da aspettarselo. Probabilmente dormirà molto nei prossimi due giorni» spiegò l'infermiera. «So che stamattina lei è già venuta, ma ho pensato di farle una telefonata se per caso vuole ripassare a trovarla.»

Annuii freneticamente, e mi sentii liberata da un peso. Forse mi aveva sentita quel mattino, forse era vero che il fatto di parlare ai pazienti in coma ne facilita il risveglio.

«Vengo al più presto. Grazie per avermi avvertita» dissi, poi riattaccai e lanciai un'occhiata a Jamie che mi stava osservando incuriosito. «Mia madre si è appena svegliata» gli annunciai al colmo dell'entusiasmo.

Fece un sorriso ed estrasse le chiavi della macchina dalla tasca. «Bellissima notizia. Vieni, ti porto all'ospedale.»

Annuii e non pensai più alla nostra conversazione di prima, perché non vedevo l'ora di rivedere mia madre e di dirle che le volevo bene.

Forse, *forse*, le cose stavano cominciando ad andare per il verso giusto per la famiglia Pearce.

21

Uscendo dall'appartamento di Jamie chiamai a casa e diedi alla nonna la buona notizia sulla mamma. Ne fu evidentemente felice e mi spaccò quasi un timpano cacciando un urlo di gioia. Fortunatamente erano le tre passate, quindi anche Kelsey era tornata. Jamie mi avrebbe accompagnato a casa, così saremmo andate insieme all'ospedale. Sorrisi per tutto il tragitto. Dopo quello che avevamo passato, quella notizia cambiava tutto e mi ridava speranza.

Avvicinandomi a casa vidi che il Maggiolino era parcheggiato nel vialetto. «Com'è arrivata qui la mia macchina?»

«Ho chiesto a qualcuno di prelevarla dal parcheggio del supermercato e di riportartela qui» rispose Jamie.

Mi tastai le tasche, sentendo il rigonfiamento delle chiavi. «Ma com'è possibile? Ho le chiavi...» Gli lanciai un'occhiata e lo vidi sorridere.

«Io e i miei ragazzi non abbiamo bisogno delle chiavi per avviare un'auto, ricordi?» scherzò.

Lo guardai con aria di disapprovazione. «Già» borbottai mentre accostava davanti a casa e spegneva il motore. «Grazie per il passaggio e per avermi salvato da quei tizi, anche se era per colpa tua che ce l'avevano con me.» Feci un sorriso imbarazzato. «Ci vediamo.»

Non sapevo cos'altro dire, e quello era sembrato un addio definitivo più di quanto fosse stato nelle mie intenzioni. Dovevamo parlare ancora di diverse cose. Doveva spiegarmi parecchi punti oscuri, anche se non ero certa di volerlo stare a sentire. Sarebbe stato più facile tirare avanti con la mia vita e non rivangare il passato.

Mentre mi slacciavo la cintura, Jamie mi posò la mano sul ginocchio. «Ellie, i Salazar potrebbero continuare a darti fastidio. Ho chiesto ai miei uomini di trovarli. Non credo siano tanto stupidi da riprovarci, ma per sicurezza voglio che i miei ragazzi ti tengano d'occhio.»

Mi voltai a guardarlo, incuriosita. «Cosa significa, tenermi d'occhio? Mi pedineranno? Non mi va per niente.»

Fece un sorrisetto carico di sottintesi. «Finora non mi pare che ti abbia dato fastidio.»

Finora? Eehhh? «Come, scusa?»

Distolse lo sguardo e lo fissò su casa mia. «Fin dall'episodio della discoteca, la settimana scorsa, ti ho fatta sorvegliare ventiquattr'ore al giorno, per accertarmi che fossi al sicuro e che nessuno ti seguisse o ti desse fastidio.»

Non riuscii a trattenere un grido. «Ah! Il tizio nella berlina. Era anche al funerale di mio padre!»

Jamie annuì. «È il Furbo, un mio amico. Molte volte i turni li ho fatti io, ma dovevo pur dormire e mangiare, ogni tanto...»

Jamie era rimasto a sorvegliarmi fuori da casa; era stato tanto vicino a me e non me n'ero accorta? Provai una strana sensazione. «Eri parcheggiato fuori da casa mia, a sorvegliarmi?»

«Più o meno» rispose sorridendo.

Sorrisi anch'io e scossi il capo. Non potevo occuparmene ora. Avevo altro da fare. «Comunque, non importa. Grazie del passaggio.» Posai la mano sulla maniglia e aprii uno spiraglio.

«Aspetta, ti metto il mio numero nel cellulare» disse, tendendo la mano perché gli consegnassi il telefono. Lo presi nella borsa e glielo passai. Scrisse il suo numero, poi usò il mio telefono per chiamarsi per registrare anche il mio. Mi riconsegnò il cellulare dicendo: «Sai com'è, se succede qualcosa e hai bisogno di contattarmi...»

«Va bene» dissi. «Ciao, Jamie.»

«Posso portarti in ospedale, se vuoi» propose mentre scendevo e mi mettevo sulla spalla la borsa.

Indicai il Maggiolino parcheggiato sul vialetto. «Ce l'ho, una macchina.» Chiusi lo sportello e lo salutai con la mano, aspettandomi che se ne andasse, invece non avviò il motore; restò a guardarmi mentre correvo verso casa.

«Eccomi. Siete pronte?» gridai entrando.

Kelsey si precipitò subito giù dalle scale con un sorriso radioso, e la nonna uscì dalla cucina con il cappotto già addosso. Guardai Kelsey con aria critica. «Dirò alla mamma che eri di sopra con le scarpe» la canzonai, guardandole i piedi.

Lei non mi rispose, ma mi venne ad abbracciare tanto forte da arrestarmi quasi la circolazione. Ricambiai l'abbraccio prima di staccarmi. «Andiamo!»

Uscii e vidi che Jamie era ancora parcheggiato lì. Rimasi interdetta, ma non mi era possibile vedere se stava guardando dalla mia parte o no, a causa dei vetri scuri. Salimmo in macchina tutte e tre e andammo all'ospedale. Jamie ci seguì. Aveva parlato sul serio quando aveva detto che sarei stata sotto sorveglianza? Pensava davvero che gli uomini di Salazar avrebbero riprovato a farmi del male?

Quando arrivammo, percorremmo quasi di corsa i corridoi ormai familiari, e la nonna sbuffò impaziente per la lentezza dell'ascensore che ci portava al piano giusto.

L'eccitazione per il risveglio della mamma mi passò un po' quando entrammo nella sua stanza e la trovammo che dormiva. Kelsey si rabbuiò e mi strinse forte la mano. «Credevo che si fosse svegliata.»

Guardai la stanza per identificare le differenze rispetto a quel mattino. Anche se l'apparecchio che le misurava il battito cardiaco era ancora lì, e pulsava a ritmo regolare, il sostegno dell'endovenosa era vuoto ed era stato spinto contro il muro, l'ago infilato nella mano era stato coperto dal cappuccio di plastica, e non aveva più tubi che le uscivano dalla bocca o dal naso.

«Sta solo dormendo» sussurrai, avanzando e tirandomi dietro Kelsey. La sentii rilassarsi quando ebbe digerito la mia spiegazione. Le sorrisi e indicai la sedia. «Tu e la nonna sedetevi, io sto in piedi.»

Feci il giro del letto e lasciai loro le due poltroncine sull'altro lato. Aspettammo in silenzio cinque minuti buoni, poi cominciammo a parlare bisbigliando, sperando in cuor nostro di svegliarla. Proprio allora i suoi occhi si aprirono un istante per chiudersi di nuovo: fu una delle cose più belle che avessi mai visto in vita mia. Mi avvicinai al letto e la mamma si svegliò del tutto, fissandomi.

Sbatté le palpebre un paio di volte, aggrottando la fronte, come se fosse confusa. Poi aprì la bocca e fece un'esclamazione sorpresa. «Ellison?»

Annuii con un gran sorriso. «Ciao, mamma.»

Mi fece una carezza. «Oh, Ellison, che bello rivederti. Sono così contenta che tu sia tornata.» Aveva la voce debole e arrochita dai tubi del respiratore.

«Anch'io sono contenta di vederti» risposi in tutta onestà.

Spostò la mano dalla mia guancia ai capelli e mi prese una ciocca tra il pollice e l'indice. «Ti sei tagliata i capelli dall'ultima volta che ti ho visto in una videochiamata.» Aveva un sorriso dolce, affettuoso, uno sguardo tenero che non avevo mai associato a mia madre neanche quando ero più giovane. «Sono più corti dei miei, adesso. Credo che tu non li abbia mai avuti tanto corti da quando eri neonata. Li hai sempre portati lunghi perché ti piacevano così.»

Kelsey, sull'altro lato, prese la mano della mamma, che si voltò verso di lei e le sorrise. «Kelsey» sussurrò. Poi vide la nonna, che si era alzata ma si era messa un po' in disparte perché Kelsey potesse avvicinarsi al letto. «Ciao, Betty» disse.

«Ciao, Ruth, è bello vederti sveglia; stavamo cominciando a chiederci per quanto tempo avresti dormito» esclamò la nonna.

La mamma strinse le mani mie e di Kelsey e se le posò sulla pancia. «Cos'è successo? Mi hanno detto che ho avuto un incidente» disse con aria confusa. «Io, però, non mi ricordo niente.»

Annuii, grata del fatto che non ricordasse. «Tu e il papà avete avuto un incidente d'auto. Sei stata in coma, mamma.»

Pareva sempre più stupita. «Per quanto tempo?»

«Quasi due settimane» disse Kelsey. «I medici non erano neanche sicuri che ti saresti svegliata.»

La mamma guardò me per averne conferma, e io annuii. «Hai sofferto di diversi traumi alla testa e di emorragia cerebrale.»

Sembrò sconvolta da quella rivelazione; spalancò gli occhi e mi strinse la mano. Restò in silenzio qualche secondo prima di guardarsi attorno nella stanza, pensosa. «Dov'è Michael?»

Un dolore improvviso mi colpì con la forza di un pugno nello stomaco. I medici non gliel'avevano detto. Non lo sapeva. Aveva dormito per tutto il tempo, e non sapeva che colui che era stato suo marito per ventidue anni, il suo amore dell'università, era morto. Ricordai quanto era stato devastante per me apprenderlo; per lei sarebbe stato dieci volte peggio.

Aprii la bocca, ma la mamma mi interruppe in tono allarmato, guardando mia nonna. «Betty, dov'è Michael?»

Kelsey aveva cominciato a piangere e grosse lacrime le

scendevano lungo le guance. Mi schiarii la gola, cercando di trovare la voce. La nonna mi guardò con aria affranta. «Nonna, perché tu e Kels non andate a prendervi un caffè, e non comprate alla mamma qualche rivista o dei dolciumi per i prossimi giorni?» suggerii.

La nonna annuì con aria quasi riconoscente, e cinse le spalle di Kelsey per accompagnarla fuori. «È una buona idea, andiamo a prendere alla mamma qualcosa che le piace, va bene?»

Kelsey guardò me e poi mia madre, che pareva in preda al panico e ci osservava con gli occhi sgranati: si stava mordicchiando il labbro tanto forte che aveva cominciato a sanguinare.

«Va' pure, Kels» dissi, indicando la porta con un cenno. Quando furono uscite, un'angoscia terribile mi attanagliò lo stomaco.

«Cos'è successo?» domandò mia madre non appena si chiuse la porta.

Temporeggiai, non sapendo come affrontare il discorso. «Mamma, mi dispiace tanto» dissi con un filo di voce, e dandole una stretta affettuosa alla spalla. «Il papà...» scossi il capo, e mi si offuscò la vista per colpa delle lacrime.

Le si mozzò il fiato e tutto il corpo le divenne rigido, di colpo. «No» pianse. «No, non può essere. Non mi avrebbe lasciato. Dev'esserci un errore, qualcuno dev'essersi sbagliato, non può essere vero.» Le si ruppe la voce mentre parlava; continuò a guardarmi negli occhi e vidi una serie di emozioni accavallarsi nel suo sguardo mentre mi implorava silenziosamente di dirle che non era vero.

«Mi dispiace, mamma. Mi dispiace tanto» sussurrai, avvicinandomi con il viso per darle un bacio sulla guancia.

Continuò a scuotere il capo, incredula. «No» gemette. «È morto? Tuo padre è morto?»

Annuii una volta e la vidi cedere al dolore, distrutta.

Le tremava il mento e il viso fu deformato dall'enormità della tragedia. «Ma non posso… Non può essere.» Il suo ritmo cardiaco ebbe un'impennata; si coprì il volto con le mani e pianse tanto disperatamente che tremava tutta. «Voglio morire anch'io. Perché non sono morta?» sussurrò tra le lacrime.

Quella frase fu come una pugnalata al cuore, e le accarezzai la testa, ravviandole i capelli. «Mamma, andrà tutto bene. Io sono qui, e anche Kels. Ci occuperemo di te.» Non riuscivo a trovare le parole giuste. Nulla avrebbe potuto diminuire il dolore che provava, non potevo far altro che stare a guardare e sostenerla. Mi sentivo impotente, una sensazione che detestavo.

«Oh, Michael!» esclamò.

Guardai di nuovo, preoccupata, il monitor che riproduceva il suo ritmo cardiaco, perché i numeri nell'angolo continuavano a salire. Doveva calmarsi. Si era appena risvegliata dal coma, non doveva agitarsi in quel modo, non le faceva bene. La stanza era immersa nel silenzio, e solo il suo pianto sommesso sovrastava i battiti sordi del mio cuore.

Si tolse le mani dal viso, premendosene una sul petto mentre le lacrime continuavano a scendere. I suoi occhi, umidi e iniettati di sangue, incrociarono i miei. «Tuo padre era la mia anima gemella, la mia metà. Avrei dovuto dirglielo più spesso, prima che fosse troppo tardi.» Le tremò il labbro e se lo morse forte tra i singhiozzi.

«Lo sapeva, mamma.» Di quello ero certa. Gli sguardi adoranti che le scoccava, i sorrisi segreti, tutti i *ti amo* che le aveva detto quando pensava che nessuno sentisse. Mio padre l'aveva adorata, perfino nei suoi giorni «no», e sapeva che la mamma provava la stessa cosa.

«Avrei dovuto mostrarglielo di più, a volte ero insopportabile con lui» pianse. Non avevo idea di cosa dire o fare per alleviare il suo dolore; mi limitai ad abbracciarla goffamente, premendole il viso nell'incavo del collo e tenendola stretta meglio che potevo in quella posizione innaturale. La mamma ricambiò l'abbraccio, stringendomi convulsamente una mano e attirandomi a sé.

Continuava a tremare per via dei singhiozzi. Le sue lacrime mi bagnarono i capelli e mi colarono sul viso, mentre mi restava aggrappata, in preda allo strazio. Cercai di mantenere il controllo della situazione, sebbene il suo dolore stesse rischiando di contagiare anche me. In quel momento mi sentii vicina più che mai a mia madre, della quale condividevo la disperazione per la perdita di una persona tanto cara. Era la prima volta che la vedevo piangere, piangere sul serio; le lacrimucce che aveva versato subito prima della mia partenza non erano nulla al confronto.

Alla fine si calmò. Io continuai a controllare il monitor, e i numeri nell'angolo, piano piano, si abbassarono. Il cuore riprese il suo ritmo normale. Mi ritrassi con delicatezza, guardando mia madre che si era addormentata profondamente, con la fronte e le guance chiazzate di rosso per tutto quel piangere.

Asciugai anche le mie, di lacrime, sul viso gonfio dal pianto, e mi sedetti accanto a lei, prendendole la mano. Mentre la guardavo dormire avevo già paura del suo prossimo risveglio, quando avrebbe dovuto affrontare di nuovo il pensiero della perdita dell'uomo della sua vita. Nel silenzio della stanza mi dissi che forse sarebbe davvero stato meglio per lei morire.

Qualche minuto dopo, la porta si aperse ed entrò il medico. «Si è riaddormentata. È normale?» chiesi a voce bassa, arrochita dalle lacrime.

Il dottore annuì, prese la cartella e scrisse qualche appunto. «È del tutto normale. Il suo corpo guarisce meglio mentre dorme. Ha passato un periodo molto difficile, è stata fortunata. Per un po' ha rischiato grosso.»

«Lo so» replicai. Non volevo ammettere che anch'io avevo rinunciato a sperare nel suo risveglio, a un certo punto.

«Quanto tempo ci vorrà perché torni a casa?» chiesi carezzandole la fronte e ravviandole i capelli.

Il dottore sorrise. «La strada è lunga, e non sempre facile. Sua madre dovrà restare ricoverata ancora qualche giorno. Poi le servirà senz'altro una sedia a rotelle per un paio di settimane, viste le sue lesioni. Prima di recuperare interamente dovrà fare della riabilitazione e fisioterapia, ma guarirà del tutto. Con le lesioni cerebrali è normale che a giorni di piena lucidità si alternino giornate più faticose. Le servirà un aiuto fisico ed emotivo consistente.»

Annuii e le diedi una bacio sulla mano. «Va bene. Io ci sono.» E ci sarei stata davvero. Per sempre.

22

Il tragitto di ritorno dall'ospedale fu senz'altro più cupo dell'andata. Alla notizia del suo risveglio avevamo reagito tutte e tre con gioia; eravamo felici, ma non avevamo considerato che lei era rimasta indietro di due settimane e non poteva sapere della morte di papà. La sua disperazione ci aveva contagiate, e ci sentivamo tutte e tre giù di corda da morire.

Si era svegliata e riaddormentata altre due volte durante la nostra visita, e ogni volta era stato straziante vederla piangere disperata quando le tornava in mente la realtà. Il peggio era stato quando le avevo detto che avevamo già fatto il funerale. Non aveva potuto dirgli addio, e piangeva chiedendosi come doveva averla presa Michael non vedendola lì. Non c'era stato modo di consolarla. Mi sentivo in colpa e non sapevo cosa dirle per tirarla su. La parte più razionale di me, invece, sosteneva che non avevo fatto nulla di riprovevole. I medici mi avevano detto di non aspettare, perché non erano sicuri che si sarebbe svegliata. Non potevamo attendere per sempre una cosa che forse non sarebbe mai accaduta; nessuno poteva prevedere il futuro.

Un'altra parte di me decise che era stato un bene che mia madre non fosse stata presente. I suoi ultimi ricordi di papà erano intatti; non rammentava l'incidente, ma solo il tragitto in auto col marito che canticchiava – male – una canzone degli Spandau Ballet trasmessa alla radio, cercando di farla ridere.

La invidiavo. Quando pensavo a mio padre, ora, vedevo solo il funerale, gente che piangeva, la bara sulla piattaforma sopraelevata. Forse era una fortuna che lei avesse dormito, avrei voluto dormire anch'io.

Lasciare da sola la mamma era stato difficile. Era così fragile e debole, tanto diversa dalla donna forte e volitiva che conoscevo e amavo. Sembrava una bambina perduta, e alla fine le infermiere le avevano dato un sedativo per farla dormire perché il cuore aveva ripreso a correre troppo. Quando si era addormentata per la notte eravamo uscite ed eravamo salite in macchina per tornare a casa.

La visita ci aveva lasciate esauste. Guardando nello specchietto retrovisore vidi che Kelsey aveva posato la testa contro il finestrino con gli occhi persi nel vuoto, e si torceva le mani in grembo. Non aveva detto una parola da quando eravamo uscite dall'ospedale.

Una volta entrata nel vialetto di casa vidi un'auto fermarsi sull'angolo e spegnere le luci. Jamie. Scesi e notai che aveva parcheggiato proprio davanti a casa mia, sul ciglio del mio giardino invece che a qualche abitazione di distanza come aveva fatto il conducente dell'altra macchina. Forse era perché ormai sapevo di essere sorvegliata, e non aveva più bisogno di nascondersi.

Kelsey guardò da quella parte e aggrottò la fronte. Trattenni il fiato, sperando che non riconoscesse il mio ex ragazzo e che non facesse domande. Non avevo bisogno di altre emozioni, quella sera. Per essere sincera, tutto quello che volevo era bere qualcosa di forte.

Gli feci un saluto veloce con la mano – mostrargli che mi ero accorta della sua presenza era la cosa più educata da fare – prima di entrare in casa.

«Preparo una cena veloce» disse la nonna dirigendosi subito in cucina e aprendo il frigorifero. Sentendo parlare di cibo lo stomaco iniziò a brontolarmi, e mi ricordai a un tratto che non avevo portato a casa i prodotti che mi aveva chiesto la nonna. Probabilmente erano ancora sparpagliati a terra nel parcheggio dove li avevo lasciati. Per fortuna, presa dalle emozioni di quel pomeriggio, la nonna non me ne aveva parlato. Diedi un'occhiata all'orologio e vidi che erano le otto passate da poco. Era stata una giornata lunghissima.

Kelsey e io andammo a sederci in salotto, fingendo entrambe di guardare la televisione per non dover fare conversazione, mentre la nonna si dava da fare in cucina. Quando ci raggiunse, un quarto d'ora dopo, con tre piattoni di *quesadillas* al pomodoro e formaggio, mi venne l'acquolina in bocca. Non riuscii però a mangiare; ero distratta, e mi ritrovai a giocherellare con il cibo nel piatto mentre ripensavo a ciò che aveva detto mia madre. Alla fine gettai la spugna.

«Vado a farmi un bagno» annunciai, prima di riportare in cucina i piatti di Kelsey e della nonna, anche quelli mezzi pieni. Dopo avere gettato tutto nella spazzatura salii e andai in bagno. Aprii l'acqua, versai nella vasca un po' dei sali profumati contenuti in una boccetta di vetro posata sul bordo e mi sedetti, con lo sguardo perso nel vuoto, mentre le volute di vapore riempivano la stanza e appannavano lo specchio.

Mi spogliai e mi calai nell'acqua calda, chiudendo gli occhi. L'acqua profumata mi lambiva il collo e il mento, e l'aroma floreale dei sali mi solleticava il naso. Restai dentro a lungo, finché l'acqua non divenne tiepida, mentre continuavo a pensare a ciò che mi riservava il futuro, e all'impatto che avrebbe avuto su di me. Riflettei anche sulle mie conversazioni con Toby, sulle parole che non avevamo avuto il coraggio di dirci all'aeroporto, sulla consapevolezza che gli avevo letto negli occhi quando ci eravamo salutati.

Mi rizzai a sedere con un sospiro, spostandomi i capelli bagnati dal viso, e fissai il soffitto. Dovevo parlargli; quell'incertezza mi tormentava, e quella pressione supplementare rischiava di farmi andare in tilt. Volevo restare lì con la mia famiglia, lui doveva occuparsi della propria in Inghilterra: la nostra era una situazione impossibile che ci creava più dolore del necessario.

Dopo essermi lavata velocemente il corpo e i capelli uscii dalla vasca, mi avvolsi in un grosso telo morbido e mi recai in camera da letto. Mi asciugai in fretta e spazzolai i capelli rossi ribelli, scelsi il pigiama più comodo, quello con i panda che dormivano, e una delle vecchie felpe del liceo con il cappuccio. Me la infilai con qualche difficoltà: era un po' piccola, soprattutto sul seno e in vita. Ricordavo quando, al liceo, metteva in risalto la mia pancia piatta e i fianchi stretti. Mi chiesi se fosse il caso di mettermi a dieta per perdere i cinque o sei chili accumulati negli ultimi anni, ma ricordai che amavo troppo la torta al cioccolato e decisi di lasciar perdere. Non ero grassa, solo che non ero più la cheerleader magrissima di un tempo.

Sorrisi e afferrai il cellulare rotto, facendo scorrere i numeri fino a trovare quello di Toby. Soltanto quando cominciò a squillare mi ricordai del fuso orario. Lo sentii rispondere con voce roca e assonnata, e guardai l'ora. Erano quasi le dieci da me, il che significava che per lui erano le tre di notte.

«Mi dispiace, mi sono dimenticata del fuso orario» dissi, sedendomi sul bordo del letto.

Si schiarì la voce e sentii il fruscio di lenzuola e coperte in sottofondo. «È lo stesso, non preoccuparti.»

«Scusa, Toby» sussurrai.

«Davvero, non fa niente. Sono felice di parlarti» rispose, con una voce resa sensuale dal risveglio. «Come stai?»

«Mia madre si è svegliata» annunciai con un sorriso.

«Ma è fantastico!»

«Già.» Perfino io sentivo il tono triste nella mia voce, e non rimasi sorpresa dal fatto che lo avesse colto anche lui.

«Cosa c'è che non va, allora? Sei diversa, mi sembri giù.»

«È stata dura. Lei non sapeva di mio padre, ho dovuto annunciarglielo io.» Mi mordicchiai l'interno della bocca, cercando di non ripensare alla sua espressione disperata.

«Che brutta storia» disse lui comprensivo. «Stai bene?»

Non posso permettermi di crollare. «Miglioro pian piano.» Tutte insieme ci saremmo riprese.

«Se si è svegliata significa che verrà a casa presto, no?» chiese Toby.

Chiusi gli occhi. Ecco, la conversazione che temevo; dovevo approfittarne per fargli sapere che non sarei tornata. Anche se sapevo di doverglielo dire, non ne avevo voglia. Non mi ero mai aspettata che sarebbe finita così. Anzi, non pensavo proprio che sarebbe finita, tra noi. Se tutto ciò non fosse accaduto, avrei trascorso il resto della vita con lui, soddisfatta di diventare la madre dei suoi due figli quando sarebbero venuti a trascorrere il fine settimana da noi, lo avrei aiutato a mandare avanti il pub e mi sarei infilata nel letto di un brav'uomo tutte le sere. Il destino aveva voluto altrimenti, però.

«Dicono che dovrà stare in ospedale ancora qualche giorno, e quando sarà dimessa avrà bisogno di sottoporsi a una rieducazione intensa dopo l'incidente.» Mi schiarii la gola e feci un respiro profondo. «Toby, dobbiamo parlare di una cosa» esordii, incapace di trovare le parole giuste. «Io... io...» *Oddio, perché fare la cosa giusta è sempre tanto difficile?*

Sospirò anche lui, producendo delle interferenze nella comunicazione telefonica. «So cosa stai per dire.»

Mi si mozzò il fiato. «Davvero?» chiesi con un filo di voce.

Sospirò di nuovo. «Sì. Te l'ho letto negli occhi. Non vuoi lasciare la tua famiglia. Vuoi restare lì e non tornare a casa.»

Annuii. Aveva capito tutto, meno una cosa: casa per me era il luogo dove mi trovavo in quel momento. Londra non era mai stata casa mia, né lui aveva rappresentato una casa ai miei occhi, solo che non avevo mai voluto ammetterlo. «Mi dispiace tanto» mormorai con voce rotta. Era vero. Non avrei mai voluto fargli del male, ma era inevitabile. Venivamo da due luoghi troppo lontani.

«Va tutto bene, Ellie. Capisco, davvero. Ci sono rimasto malissimo, non equivocare, ma capisco. So quanto conti la famiglia per te, e dopotutto quello che è successo comprendo questa decisione.»

«Non ho mai avuto intenzione di farti del male» dichiarai.

«Lo so, tesoro. È stata la geografia a fregarci. Non poteva andare, tra noi.» Stava cercando di fare il coraggioso, di usare un tono allegro, ma percepivo benissimo la tristezza sottostante. Capiva, però ci stava da cani. «Ti amo. Avrei voluto che le cose fossero diverse, ma sai, quando è la geografia a parlare, si può solo stare ad ascoltare» scherzò.

«Ti amo anch'io.» Era vero, ci credevo profondamente. In un certo senso mi aveva salvata; ero stata una persona differente quando ci eravamo conosciuti, mi aveva aiutata a rimettermi in sesto e mi aveva sostenuta intanto che mi ricostruivo. Gli dovevo tantissimo, non sarei mai riuscita a sdebitarmi. Avevo sempre pensato che fosse una base sufficiente per una relazione, ma ora mi rendevo conto che non era vero. «Mi mancherai tanto.» Mi sarebbero mancate le sue battute, la risata contagiosa, la sua bontà e la sua sfacciataggine tutta londinese.

«Possiamo restare in contatto, parlare. Non voglio perderti del tutto.» Lo diceva sinceramente, e colsi la tristezza nella sua voce.

Saremmo rimasti amici, quello era certo. Toby riusciva

a essere amico di tutti, perfino della sua ex moglie, quindi sapevo che non sarebbe sparito nel nulla. «Non mi perderai» promisi.

«Bene, perché non lo sopporterei.» Si schiarì la voce. «Senti, ora è meglio che dorma un po'. Domani devo alzarmi presto. Ci sentiamo più avanti questa settimana, va bene?»

Capii che aveva fretta di riattaccare. Le telefonate di rottura non erano le conversazioni più piacevoli. «Va bene» assentii. «Ti chiamo tra un paio di giorni.»

«Ma se cambia qualcosa nel frattempo, telefona pure anche prima. Sono ancora qui per te se ti serve qualcuno con cui parlare.»

Sorrisi. L'altruismo di Toby era una delle qualità che amavo in lui; quella, e la capacità di scherzare su tutto, anche se si trattava solo di una brutta battuta al supermercato. «Grazie. Lo stesso vale per te» risposi. Il pensiero di non rivedere lui né i bambini mi fece battere dolorosamente il cuore. Mi faceva male, ma non quanto avevo temuto.

Toby riattaccò e mi sdraiai sul letto, sapendo di aver fatto la cosa giusta. Avevo preso la decisione migliore per me, e anche se al momento non se ne rendeva conto, prima o poi avrebbe capito che era la decisione giusta anche per lui. Lo amavo, ma non ero mai stata *innamorata* di lui. Invece se lo meritava. Era un uomo fantastico; meritava una donna che avesse il batticuore ogni volta che lui entrava nella stanza vestito solo di un asciugamano sui fianchi, una ragazza che fosse travolta dalla passione quando la toccava, che si sentisse venire meno a ogni suo sorriso. Quella ragazza non ero io – non lo ero mai stata – e per molto tempo avevo pensato che andasse bene lo stesso, ma avevo preso in giro entrambi. Ci eravamo accontentati l'uno dell'altra, però persone come Toby meritavano di più.

Ero contenta che avessimo parlato. Adesso ognuno dei due avrebbe potuto riprendere la propria vita e io potevo aiutare la mia famiglia a stare meglio, poco per volta. Mi infilai le ciabatte rosa pelose che mi aveva regalato Kelsey per il mio diciottesimo compleanno, uscii dalla stanza e scesi per prepararmi una cioccolata calda.

Al piano terra mi avvicinai alla porta d'ingresso e spostai la tenda per sbirciare fuori. L'auto di Jamie era ancora parcheggiata lì, nello stesso punto. Mi chiesi quanto tempo sarebbe rimasto fermo davanti a casa mia, a controllare ogni mia mossa. Mi faceva un certo effetto, ma capivo il perché del suo atteggiamento protettivo.

Ripensai a ciò che era successo nel suo appartamento, a quando mi aveva asciugato le lacrime confessandomi che aveva pensato a un futuro con me. A quando mi aveva chiesto se era troppo tardi per noi.

Provai un'emozione intensa, ma la mia decisione di restare e di non tornare in Inghilterra non aveva nulla a che vedere con Jamie. L'avevo già presa inconsciamente prima ancora di rivederlo in discoteca. Volevo essere vicina alla mia famiglia, volevo restare a casa mia invece di vivere in un posto qualunque con Toby. Jamie non c'entrava, almeno non all'inizio; ora non ero più tanto sicura.

Scacciai quei pensieri e mi diressi in soggiorno, dove Kelsey e la nonna erano sedute sul divano a guardare la tv. «Volete una cioccolata calda? Mi pare anche di avere visto dei *marshmallow* nella credenza» proposi.

Annuirono entrambe entusiaste ed entrai in cucina, presi il latte in frigo e lo versai in una pentola. Mentre lo rimettevo al suo posto, vidi il pollo rimasto dalla cena del giorno prima. Pensai subito a Jamie. Aveva mangiato qualcosa? Mi mordicchiai l'interno della bocca ed estrassi pollo e maionese dal frigo, con l'idea di preparargli un panino mentre il latte si scaldava.

Quando ebbi finito, portai la cioccolata di là e la posai sul tavolino prima di tornare a prendere il piatto di cibo e il latte caldo che avevo preparato per Jamie. Evitando di fare rumore, perché non avevo una gran voglia di spiegare che progetti avessi, uscii di casa silenziosamente e mi chiusi piano la porta alle spalle.

Mentre attraversavo il prato davanti a casa, con i capelli che mi svolazzavano per via del vento, Jamie aprì il finestrino. Gli feci un sorrisetto e gli diedi il piatto e la tazza, che prese entusiasta. «Ho pensato che avessi fame. Non mi pare che sia andato a prenderti qualcosa da mangiare» gli dissi. Lui afferrò il panino e staccò un morso enorme, e lo masticò in fretta.

«Stavo morendo di fame» biascicò con la bocca piena. «Grazie.» Gli occhi gli brillarono nel buio, e io mi accovacciai accanto alla fiancata per vederlo meglio.

«Jamie, quanto tempo intendi stare a sorvegliarmi?»

Si strinse nelle spalle, posando la tazza sul cruscotto, dove avrebbe lasciato una traccia circolare. Mi maledissi per non aver portato un sottobicchiere o qualcosa del genere. «Me ne vado tra un paio d'ore. Verrà qualcun altro a tenervi d'occhio stasera, ma domani torno io.»

«Non intendevo quello.»

Fece un sospiro, girandosi sul sedile per avermi quasi di fronte. «Non lo so. Sto cercando di rintracciare il tizio che ha ordinato di rapirti, ma non so quanto ci vorrà.» I suoi occhi esprimevano rabbia e preoccupazione.

«Ah» mi limitai a commentare. Detestavo che qualcuno dovesse proteggermi. Mi ficcai le mani nella tasca anteriore della felpa e intrecciai le dita sulla pancia. «Dobbiamo riparlare di quello che è successo prima.»

Annuì, posando il piatto sul cruscotto accanto alla tazza. «Adesso? Potremmo andare a bere un caffè» propose, con voce piena di speranza. Cercai di ignorare lo sfarfallio nella pancia. Ero felice che volesse passare del tempo con me, ma cercai di non farglielo capire.

Guardai le ciabatte rosa, il pigiama e la felpa troppo piccola e sollevai un sopracciglio. «Non sono vestita» obiettai.

Fece un sorriso, squadrandomi dalla testa ai piedi e facendomi arrossire. «Non mi interessa. Per me sei bellissima.»

Non riuscii a reprimere un sorriso. *Sdolcinato.* Sospirai e scossi il capo, sentendomi stanchissima. «Non stasera, per favore. Sono esausta.» Lanciai un'occhiata verso casa, sollevai una mano e cercai di infilarmi dietro l'orecchio una ciocca ribelle, spettinata dal vento. «Dovrei tornare dentro. Buonanotte, Jamie.» Mi allontanai senza aspettare una risposta.

«Ellie?»

Avevo fatto solo pochi passi quando mi chiamò. Mi fermai, e voltandomi vidi che era sceso dalla macchina e avanzava verso di me, con quel corpo magro e muscoloso. Non parlò; si limitò ad abbracciarmi forte. Mi lasciai andare contro di lui con un sospiro, e chiusi gli occhi prima di ricambiare l'abbraccio. Eravamo così vicini che sentivo il suo cuore battere contro il mio torace, e annusando il suo odore fui pervasa da un'incredibile sensazione di sicurezza.

Infilai il viso nell'incavo del suo collo, sfiorandogli la pelle con il naso e strappandogli un gemito. Le sue dita mi premevano dolcemente sulla schiena, e mi accorsi di quanto fosse bello trovarmi ancora tra le sue braccia: quello era il posto giusto per me. Lì, in quel momento, ero a casa.

Premette il viso contro la mia tempia, sfiorandomi la fronte con un bacio, e certe cellule che credevo morte, in me, ripresero vita con un irresistibile formicolio. Il desiderio che mi languiva nelle viscere avvampò, stimolandomi la pelle, la bocca. Volevo averlo più vicino; volevo fondermi con lui e restare in quella posizione per sempre, dimenticando i miei problemi.

Si ritrasse lentamente, con le braccia che ancora mi cingevano. Gli lessi il desiderio negli occhi, e un bisogno forse pari al mio. Gli sorrisi con gratitudine. Avevo avuto un bisogno disperato di quell'abbraccio, e non me n'ero neanche resa conto.

Con uno sforzo gigantesco, perché volevo restare tra le sue braccia per sempre, feci un passo indietro, creando spazio tra i nostri corpi. «Buonanotte, Jamie.»

Apparve la fossetta e un sorriso che gli illuminò gli occhi. Staccò le braccia da me. «Buonanotte, piccola.» Aveva una voce arrochita dal desiderio che mi provocò una stretta deliziosa nel basso ventre; il soprannome che mi aveva dato tre anni prima rese ancora più intenso quel momento.

Sorrisi, sperando che nella penombra non si notasse il rossore sulle guance, e che non capisse quanto amavo quel nomignolo. Mi avviai verso casa e mi dissi che, per la prima volta in due settimane, forse sarei riuscita a dormire.

23

Mentre mi infilavo le scarpe da ginnastica e il giubbotto davanti alla porta d'ingresso sbirciai dietro la tenda, e vidi la solita Astra blu parcheggiata in fondo al vialetto con il ragazzo biondo al volante. Aveva un'aria annoiata. Ci restai male, come le altre tre volte in cui avevo guardato e avevo visto che non c'era Jamie davanti a casa. Quel mattino se n'era andato, lasciando il posto a un ragazzo che non conoscevo. La delusione per l'assenza di Jamie fu più forte di quanto avrei potuto immaginare. Non ero riuscita a smettere di pensare a lui dalla notte precedente, quando mi aveva abbracciata sull'erba lì fuori. Avevo dormito tranquilla, pensando a quanto fosse stato bello trovarmi di nuovo tra le sue braccia, al suo odore di buono e alla fossetta sexy che gli veniva quando sorrideva.

Salutai la nonna e uscii, dirigendomi alla mia macchina e ignorando il tizio che avviava a sua volta il motore, pronto a seguirmi fino alla mia destinazione, l'ospedale.

Avevamo deciso di alternarci nelle visite alla mamma, in modo che con lei ci fosse sempre qualcuno negli orari di permesso. La nonna c'era stata quel mattino mentre Kelsey era a scuola, io coprivo il pomeriggio e alla sera ci saremmo probabilmente andate tutte e tre.

Al mio arrivo la mamma era seduta a letto, con la televisione accesa col volume basso, ma non la stava guardando; aveva lo sguardo perso nel vuoto. La nonna mi aveva detto che l'aveva trovata meglio, non continuava ad addormentarsi come il giorno prima e aveva pianto di meno. Era la prima volta che la rivedevo da quando le avevo detto che mio padre era morto.

«Ciao, mamma» dissi, entrando e posando sul comodino l'uva che mi aveva dato la nonna.

La mamma alzò lo sguardo e mi sorrise debolmente. «Ciao, Ellison.»

Andai a darle un bacio sulla fronte. «Come stai oggi?» chiesi, sedendomi sul bordo del letto e guardandola con aria preoccupata. Aveva gli occhi cerchiati di rosso e le guance irritate, come se avesse pianto fino a poco prima.

Con una mano tremante si tolse i capelli dal viso. «Sto meglio. Mi hanno dato diversi farmaci antidolorifici; mi sento un po' intontita, ma il dolore al bacino e alla gamba è diminuito.»

«Bene. Non l'intontimento, ma il male che ti sta passando.»

«E *tu*, stai bene?» mi chiese puntandomi addosso uno sguardo indagatore.

«Certo» risposi meccanicamente, aprendo il sacchetto dell'uva e mangiando qualche acino. Indicai la tv. «Cosa stai guardando?»

«Una soap opera terribile. Avevo dimenticato quanto fosse inguardabile la tv al pomeriggio.»

Sorrisi, fissando lo schermo e tornando a pensare a Jamie senza neanche accorgermene. La mamma mi toccò un braccio dolcemente per attirare la mia attenzione, e capii che mi aveva parlato e non l'avevo sentita, persa com'ero nel mio mondo.

«Ellison, qualcosa non va? Mi sembri un po' distratta.»

Alzai le spalle, e staccai un altro acino dal grappolo. «Niente, mamma. Scusa, cosa stavi dicendo?»

Sospirò, continuando a guardarmi con aria preoccupata. «Ti ho chiesto quando riparti per tornare a Londra.»

Scossi il capo lentamente. «Non riparto. Ho deciso di restare. Casa mia è qui con voi.»

Si portò una mano alla bocca per la sorpresa. «Rimani qui?»

Annuii, mettendomi in bocca l'uva. «Sì. Ne ho parlato con Toby ieri sera, è tutto deciso.»

«E cosa succederà tra voi due?» chiese fissandomi.

«Ci siamo lasciati» spiegai. «Siamo rimasti in ottimi rapporti. Non c'è nessun'altra soluzione possibile. Io voglio restare qui, e lui non può trasferirsi per via dei suoi figli.»

Tacque qualche istante, come se cercasse le parole giuste. «Ellison, non pensare che non mi faccia piacere che rimani, perché ne sono felice. Mi sei mancata tantissimo, avevo l'impressione che mi fosse venuta meno una parte di me. Ma se hai deciso per colpa mia e dell'incidente, ricordati che tornerò a casa presto e mi occuperò io di Kels. Non sei obbligata a restare. Voglio che tu sia felice, e che non metta la tua vita tra parentesi.»

Sospirai, stropicciando il lenzuolo. Non ne avevo ancora parlato con nessuno, e non l'avevo ancora accettato pienamente neanch'io. «Il fatto è, mamma, che non sono sicura che fosse quello il mio destino. Forse stavo semplicemente scappando, e mi sono stabilita là perché era più facile che tornare per affrontare quello che mi aspettava qui.»

«Cosa intendi dire?»

Mi venne subito in mente Jamie. Come avevo potuto pensare di rifarmi una vita con Toby quando una parte del mio cuore apparteneva ancora a Jamie? Aggrottai la fronte, e feci a mia madre la domanda che mi tormentava da quel mattino. «Mamma, prima o poi si dimentica il primo amore?»

«Stai parlando di Miles?» chiese.

Soffocai una risata e scossi il capo. «No.»

Strinse le labbra. «Jamie?»

Annuii. Era stato il mio primo amore; anzi, capii, il mio unico amore. «Già. L'ho visto l'altro giorno e abbiamo parlato. Sono riaffiorate tutte le emozioni di tre anni fa. Abbiamo discusso di quello che è successo e del motivo per cui abbiamo rotto. Mi ha confessato delle cose che mi hanno permesso di vedere la situazione in modo diverso.»

Lei si appoggiò al cuscino, continuando a fissarmi con sguardo vigile. «Che cosa, ad esempio?»

Non potevo dirglielo. Lei non sapeva niente del suo passato; l'avevo sempre tenuto segreto perché lui non voleva farlo sapere in giro. Non potevo certo ammettere che quella notte era stato arrestato. Mordendomi la guancia mi chiesi come spiegarmi senza dirle la verità. «Ha detto di avere commesso un grave errore mettendo fine alla nostra storia, e che in realtà avrebbe voluto partire con me, ma...» Cercai un'alternativa alla frase «è stato arrestato». «Ha avuto paura» dissi infine. «La nostra storia era diventata seria troppo in fretta e lui ha avuto paura, per questo ci siamo lasciati. Poi si è pentito, ma ormai era troppo tardi per recuperare perché io ero già partita e non sono più tornata, quindi...»

Mia madre non reagì. La guardai, aspettandomi di vederla arrabbiata, invece sembrava pensierosa. «L'ho sempre trovato strano. Quel ragazzo era tanto innamorato di te, perfino io me n'ero accorta. Non me l'aspettavo assolutamente. Pensavo che foste una coppia solida. Tuo padre ha perfino detto che secondo lui nel giro di un anno o due vi sareste sposati. Mi sono sempre chiesta perché vi foste lasciati, e tu non ci hai mai raccontato tutta la storia» disse. «Lo ami ancora?»

«Lo amerò sempre, è quello il problema» ammisi.

«E Toby?»

«Con lui avevamo un rapporto diverso. Lo amo, certo, ma… è diverso. Sto cominciando a chiedermi se mi sia affezionata a lui solo perché mi trattava bene ed è stato il primo ragazzo per il quale ho provato qualcosa dopo Jamie» dissi. «Penso di non averlo mai dimenticato, Jamie.» Anzi, ne ero certa. Non mi era passata, e non mi sarebbe passata mai.

Mia madre tossicchiò, un po' a disagio. «Jamie prova gli stessi sentimenti?»

«Non lo so. Credo di sì.»

Non aveva detto che voleva tornare con me, ma alcune delle cose che erano emerse mi facevano credere che avessimo ancora una possibilità, insieme.

La mamma fece un gran sospiro, stringendosi addosso le coperte e prendendo un'espressione sognante. «Ellison, ti ho mai raccontato come ho incontrato tuo padre?»

Scossi il capo, intrigata. «Mi hai detto che l'hai conosciuto all'università, ma non so altro.»

Fece un sorriso triste, con le lacrime agli occhi. «Quando ho conosciuto Michael, non avrei mai immaginato che solo due anni dopo l'avrei sposato. Era tutto quello che non cercavo in un uomo, ciò che avevo sempre pensato di detestare e di non poter accettare» esordì.

Stetti ad ascoltarla rapita, senza lasciarmi sfuggire neanche una sillaba, perché non l'avevo mai sentita parlare in quei termini di mio padre.

Sorrise. «Come puoi immaginare, ero una ragazza molto perbene e senza un capello fuori posto, gli abiti perfettamente stirati. Tuo padre era un mezzo barbone, invece. Suonava la chitarra in un gruppo atroce. Portava la stessa maglietta strappata di *Guerre Stellari* tre o quattro giorni di seguito senza lavarla, si pettinava quando capitava, e gli piaceva assistere ai festival di musica e dormire in tenda, pensa un po'.»

Rise e scosse il capo. «Immagino che prima di allora avessi sempre vissuto un'esistenza protetta. I ragazzi che conoscevo al liceo non assomigliavano per niente a tuo padre. Erano snob, ricchi e viziati, e pensavano che il mondo dovesse loro un'esistenza dorata solo per via del nome che portavano. Tuo padre mi ha mostrato possibilità che non avevo mai preso in considerazione, mi ha fatto vedere il lato leggero della vita che non avevo mai apprezzato. Non avevo mai conosciuto uno come lui. Nel giro di poche settimane ero così innamorata che ho rinunciato a tutto per lui. I miei genitori non lo approvavano. Non vedevano in lui quello che ci vedevo io, ma questo non mi ha fermata. Non puoi decidere di chi ti innamori. Quando scopri la persona con cui è destino che passi la vita, te ne accorgi e faresti di tutto per lei.»

Aveva un sorriso triste che mi spezzò il cuore. Avevo sempre pensato che ci fosse qualcosa che non andava tra lei e i suoi genitori, una freddezza, un imbarazzo che aleggiava nell'atmosfera le poche volte in cui li vedevamo. Adesso sapevo il perché. Provai un amore immenso per mia madre, che aveva amato mio padre al punto da rinnegare la propria vita e la buona società alla quale tutto la destinava. Quello spiegava anche in parte perché i nonni materni non fossero venuti a trovare la figlia gravemente malata in ospedale, né si fossero presentati al funerale del genero: avevano trovato il pretesto delle cattive condizioni di salute, ma se avessero voluto non avrebbero mosso cielo e terra per essere qui con lei, sani o malati che fossero? Forse il vecchio risentimento era ancora lì, sebbene non lo avessero voluto ammettere. Peggio per loro, in quel caso.

La mamma si asciugò una lacrima sulla guancia. «Quello che sto cercando di dirti, Ellison, è che so di non avere reso la vita facile a te e a Jamie, e me ne scuso. Forse avevo dimenticato cosa significa innamorarsi e dover fare i conti con le attese dei propri genitori. Perdonami per avere cercato di importi di essere ciò che non eri. Non avrei dovuto farlo. Avrei dovuto fidarmi di te e trattarti con più rispetto di quello che mi avevano accordato i miei genitori. Sei una brava ragazza, Ellison, e desidero che tu sia felice.»

«Grazie mamma» dissi piangendo commossa.

Sorrise e mi prese la mano, stringendola mentre mi guardava negli occhi. «Se ami qualcuno, non avere paura di mostrarglielo. Gridalo ai quattro venti, se è quello che vuoi. La vita è breve, Ellison. Il vero amore è raro, e se lo trovi lo devi tenere stretto, e non permettere a niente e a nessuno di ostacolarti.»

Il vero amore. Avevo sempre pensato che tra me e Jamie fosse vero amore. «Pensi che dovrei parlargli?» chiesi, non sapendo com'era cominciata quella conversazione che aveva preso una piega inattesa.

Annuì. «Io ho seguito il mio cuore e non me ne sono mai pentita, neanche un giorno. È tutto quello che desidero anche per te. Voglio che trovi qualcuno che ti faccia nascere dentro un amore gigantesco, irresistibile, anche quando non si fa la barba o non abbassa il sedile del water o non mette via la bottiglia del latte dopo essersi servito. Tutte queste cose non hanno importanza, perché quando ti innamori di qualcuno lo ami per come è dentro. Nonostante tutti i suoi difetti.»

Aveva ragione, lo sapevo anch'io. Jamie era la persona che mi completava, proprio come papà lo era stato per lei. «E se lui non prova le stesse cose? E se mi fa del male un'altra volta?» Quelle parole mi uscirono di bocca prima ancora che me ne rendessi conto.

La mamma fece un sorriso triste e mi diede un buffetto sulla mano. «Potrebbe succedere, ma se non ci provi non saprai mai cosa ti perdi. Se lo ami, Ellison, devi essere abbastanza coraggiosa da offrirgli una possibilità.»

Sapevo che aveva ragione. Quelle parole riecheggiavano i miei pensieri degli ultimi giorni. Il problema era che la situazione era molto più complessa di come gliel'avevo spiegata. Con i difetti di Jamie potevo convivere, ma la sua nuova carriera di gangster era un'altra cosa. Non ero sicura di poter stare con lui, sempre con la paura di perderlo per colpa del suo lavoro. Non volevo vivere con quell'angoscia. Mi avrebbe fatto impazzire, ne ero sicura. Avremmo dovuto parlarne prima di prendere in considerazione un riavvicinamento, sempre che la cosa interessasse anche a lui. Una volta si era detto deciso a farla finita con quella vita; forse era ancora di quell'avviso. Come diceva mia madre, dovevo essere abbastanza coraggiosa da affrontare il discorso e vedere come andava a finire.

«Hai ragione, gli devo parlare» ammisi. «Quando sei diventata tanto saggia?»

«Dev'essere stato il colpo in testa» scherzò, toccandosi la ferita sopra l'orecchio destro, che si stava rimarginando. «Qualunque sia la tua scelta, ti appoggerò sempre. Mi dispiace solo che mi ci sia voluto tutto questo tempo per vedere le cose con chiarezza.»

La abbracciai e mi parve di essermi alleggerita di un peso. Non mi ero resa conto del fardello che mi portavo dietro, e di quanto avessi desiderato parlarne con qualcuno. Aveva ragione, la nostra storia meritava un'altra possibilità.

La mamma ricambiò l'abbraccio e sentii le sue lacrime sul mio collo. «Dico sul serio, parlagli quanto prima. Non perdere neanche un istante. Goditi ogni prezioso secondo della tua vita e dagli importanza, perché non sai quando ti verrà tolta ogni cosa bella.»

Le diedi un bacio sulla guancia e in quel momento capii di adorarla profondamente. Non avevo mai avuto una conversazione del genere con lei, e quelle sue rivelazioni su mio padre mi avevano mostrato un lato di lei che non conoscevo assolutamente. «Ti voglio bene» sussurrai. Probabilmente era la prima volta che lo dicevo a mia madre, ma mi sembrava giusto farlo in quel momento.

Fece un sorriso e mi carezzò il volto. «Ti voglio bene anch'io, e mi dispiace di non avertelo mai detto abbastanza. D'ora in poi questo cambierà. Io cambierò. E ti sosterrò, qualunque cosa tu intenda fare. Sono tanto orgogliosa di te, Ellison, della donna che sei diventata. Mi ricordi tantissimo tuo padre.» Tirò su col naso. «E sono felicissima che resti.»

«Anch'io» ammisi, abbracciandola di nuovo.

24
Jamie

Quando mi fermai fuori da casa di Ellie il sabato, era quasi mezzanotte. Qualcuno, però, era ancora alzato. Scorgevo le luci soffuse del televisore attraverso le tende. Mi chiesi se fosse Ellie, e cosa stesse guardando.

Non la vedevo da un paio di giorni, da quando le avevo detto la verità su ciò che era successo il giorno in cui ci eravamo lasciati. Avevo cercato di tenere le distanze, di darle tempo. Pensavo che ne avesse bisogno, dopo averle fatto quella rivelazione sconcertante. Speravo che chiamasse, ma per il momento non aveva dato notizie.

L'auto davanti a me avviò il motore, e Spencer, che aveva sorvegliato la casa quella sera, salutò con la mano e partì, lasciandomi il turno di guardia successivo. Mi aveva rimpiazzato diverse volte; era uno dei ragazzi più affidabili, e sapevo che svolgeva con serietà l'incarico. Tra lui, Ed, Enzo, il Furbo e io, riuscivamo a sorvegliarla non stop. Non che andasse molto in giro, a parte l'ospedale, il supermercato e l'appartamento di Stacey. Negli ultimi due giorni l'avevo affidata agli altri tre mentre mi davo da fare per trovare Mateo. Non avevo ancora avuto successo. Nessuno sapeva dove fosse; si era volatilizzato come un fantasma.

Stavo tenendo d'occhio la casa, quando notai un movimento nelle tende, e la luce che filtrava per un istante mentre qualcuno guardava fuori, poi tornò tutto come prima. Estrassi l'iPod dal cassetto portaoggetti, e stavo per infilarmi uno degli auricolari quando la porta d'ingresso si aprì. Ellie uscì e si chiuse la porta alle spalle senza far rumore.

Gettai l'iPod sul sedile e scesi dalla macchina, chiedendomi se la sua comparsa improvvisa indicasse che qualcosa non andava. Veniva verso di me con una canottiera rosa stretta che abbracciava le sue curve meravigliose e un paio di calzoncini con Miss Piggy che le arrivavano un paio di centimetri sotto il fondoschiena, e io non riuscii a evitare di mangiarla con gli occhi. Mi morsi il labbro mentre le guardavo il seno e le cosce, e immaginavo l'effetto che mi avrebbe fatto la sua pelle sotto le dita. Era stupenda, anche con il vento che le scompigliava i capelli.

Abbassò lo sguardo e un sorriso le comparve sulle labbra. Forse le piaceva farmi impazzire, ed era uscita con quel completino sexy e minuscolo per mostrarmi cosa mi stavo perdendo. Ma capii subito di essere fuori strada. Non sapeva che sarei andato quella sera. Quello era semplicemente il suo pigiama, che guarda caso le stava da incanto.

«Ciao» disse, stringendosi le braccia attorno al corpo e strofinandosele per scaldarsi.

Mi schiarii la voce, sperando che non tradisse il mio desiderio; mi slacciai subito il giubbotto e me lo tolsi. «Ciao. Non dovresti uscire senza una giacca. Ti beccherai la polmonite o qualche altro malanno» la rimproverai, posandole il mio giubbotto sulle spalle.

Mi sorrise riconoscente e se lo strinse addosso, incurvandosi. «Grazie.» Indicò la casa con un cenno del capo. «Volevo sapere se ti va di entrare a bere qualcosa. Posso anche prepararti qualcosa da mangiare, se hai fame.»

«Ehm... sì, certo» risposi, non sapendo bene cosa aspettarmi. Lei si avviò subito verso l'ingresso, e io la seguii con gli occhi indugiando sul bordo inferiore del giubbotto, da dove le spuntavano le gambe. Non sarei mai più riuscito a indossarlo senza pensare a lei, quello era sicuro. Chiusi l'auto ed entrai in casa dopo di lei. Mi fermai di colpo, assalito da una valanga di ricordi. Era molto tempo che non la vedevo, ma era identica a come la ricordavo. Ellie scalciò via le scarpe e io feci lo stesso, guardandola mentre appendeva il mio giubbotto a uno dei ganci sul muro.

Vidi la fotografia di famiglia posata su una mensola, e una stretta di dolore mi colse dinanzi all'immagine del padre, sorridente. «Questo posto non è cambiato» commentai, non sapendo cos'altro dire. Giunto al divano mi fermai e posai una mano sullo schienale. Il solo fatto di toccarlo mi mandò il cuore in tilt. Sollevai un sopracciglio con un'espressione carica di sottintesi. «Me lo ricordo bene, questo.» Il sabato mattina, quando la famiglia di Ellie andava a trovare la nonna, lo usavamo per le coccole che spesso si trasformavano in tutt'altro.

Le vennero le guance rosse e si mordicchiò un labbro. «Sì, è un ottimo divano.»

Non riuscii a trattenere un sorrisetto ironico. Lei mi guardò negli occhi, mentre mi tornavano in mente tutti i momenti erotici vissuti con lei su quel divano. La desideravo così tanto da provare un dolore fisico. Lei scosse il capo, imbarazzata, quasi per chiarirsi le idee.

«Vuoi un caffè, una lattina di qualcosa?» propose. Le tremava leggermente la voce: probabilmente stava ricordando certi momenti di passione, proprio come me.

«Un caffè andrà benissimo, grazie.»

Andò subito in cucina, con un'andatura un poco ancheggiante che mi provò un guizzo di piacere.

«Tua madre sta bene?» chiesi, volendo cambiare argomento e liberarmi di quei pensieri libidinosi. La seguii in cucina e mi sedetti.

Accese il bollitore. «Sta bene, migliora ogni giorno.»

«Ne sono felice. Non riesco neanche a immaginare come debba essere stato stressante, per te, aspettare che si svegliasse.»

«Già, non è stato divertente» rispose.

«Ci credo.» Restammo in silenzio. Agitavo il piede, nervoso; non sapevo perché mi avesse chiesto di entrare e che piega avrebbe preso la conversazione.

«Jamie, volevo chiederti una cosa. L'altro giorno, con tutte le tue rivelazioni, non ne ho avuto l'occasione» esordì, appoggiandosi al banco per avermi di fronte. «Perché hai pagato il funerale di mio padre?» Aveva uno sguardo serio, perché ripensare alla sua morte la faceva soffrire ancora molto.

Mi strinsi nelle spalle. Non mi ero aspettato quella domanda; avevo quasi dimenticato di avere pagato, con tutto quello che era successo dopo. «Volevo essere certo che non avessi problemi di soldi. Avevi già tante cose cui pensare, ho saputo che non avevi ancora pagato e l'ho fatto io.» Non c'erano altre ragioni. «Volevo solo facilitarti la vita e toglierti almeno un'incombenza. Non sapevo come altro aiutarti.»

«Non ce n'era bisogno, ma è stato davvero un bel gesto. Sei sempre stato molto generoso» disse, tornando a occuparsi del bollitore, che aveva iniziato a fischiare. «Naturalmente ti rimborserò. Li ho, i soldi.» Mi lanciò un'occhiata timida da sopra una spalla.

Sorrisi e scossi il capo. «Tienili, non mi servono. I soldi non sono un problema per me.»

«Sì, l'avevo capito dalla macchina costosa e dal loft lussuoso» commentò, prendendo le tazze dallo scaffale più alto della credenza. Aprii la bocca per replicare, ma quando alzò il braccio la canottiera le si sollevò. Le vidi una striscia di pelle della pancia e mi venne l'acquolina in bocca; avrei tanto voluto leccarle quella porzione di pelle e poi andare più in basso, sentire il suo sapore e udirle pronunciare il mio nome tra i gemiti.

Non distrarti, Jamie!

A quel punto mi lanciò un'occhiata e fece un sorrisetto malizioso. Mi aveva sorpreso a guardarla, ma non mi importava nulla.

«Scusa, come?» chiesi con un filo di voce.

«Ti ho beccato a guardarmi il culetto» disse con voce scherzosa.

«È un bel culetto» mi giustificai.

Una scintilla negli occhi mi fece capire che aveva apprezzato. Portò le due tazze al tavolo e si sedette accanto a me. «Grazie, comunque. Per il complimento e per avere pagato la fattura.»

«Prego per entrambe le cose.» Ruotai sulla sedia, e mi ritrovai a sfiorare le sue ginocchia con le mie. «Come è andata in questi ultimi due giorni?» chiesi, volendo smettere di parlare di soldi. Avevo la sensazione che non fosse quello il motivo per cui aveva voluto vedermi.

Prese la tazza, vi soffiò dentro e mi guardò da sopra il bordo. «Ho lasciato Toby.»

Sgranai gli occhi e restai a bocca aperta. «Davvero?» Avrei voluto sorridere, ma cercai di controllarmi e di non mostrare quanto la notizia mi avesse reso felice. Così non dovevo più immaginarmi le mani di quel tizio su di lei, la sua bocca su quella di Ellie. Ero al settimo cielo.

Annuì. «Sì. Ho deciso che non me la sento di trasferirmi definitivamente in Inghilterra.»

«Mi dispiace che non abbia funzionato, tra voi.» Non mi dispiaceva affatto, ma pensavo di doverglielo dire comunque.

Sorrise, con l'aria di chi la sa lunga. «Bugiardo.»

Mi fissai le mani sorridendo e feci spallucce. *Me l'avrà letto in faccia.* «Sì, lo ammetto. Mi faceva piacere immaginarti con un altro? Certo che no. Ho fatto fatica a non avvicinarmi per spaccargli la faccia quando vi ho visti insieme? Sì. Ma mi dispiace comunque se questa rottura ti ha fatto soffrire.» Era la verità. Non volevo che stesse male, e se lui la rendeva felice ero contento.

Posò la tazza sul tavolo. «Perché detestavi l'idea che fossi con un altro?» chiese inclinando la testa e guardandomi incuriosita. Avevo la vaga impressione di essere sotto esame. Speravo di dare la risposta giusta.

«Lo sai perché, Ellie.» *Perché ti amo da impazzire, ecco perché.*

Scosse il capo e raddrizzandosi sulla sedia. «No che non lo so, invece.» Sembrava che trattenesse il fiato mentre mi fissava. Le vidi un brillio di speranza negli occhi che mi fece salire il cuore in gola.

«Perché dovevi essere mia. E lo eri, finché non ho mandato tutto a monte. Avrei dovuto chiederti di restare e di aspettarmi.» L'onestà era sempre l'arma migliore.

Sgranò gli occhi e fece un sorriso. «Avresti dovuto» convenne.

Mi schiarii la voce e decisi di buttarmi. Evidentemente voleva che ammettessi che ero ancora pazzo di lei. «Pensi che potrei avere un'altra possibilità? Che ti potrei portare fuori una volta?»

Prese un'espressione ironica. «Solo una volta?»

«E va bene. Tante, tantissime volte, allora.»

Fece un sospiro, posò la tazza e si girò verso di me. «Senti, piantiamola di scherzare, ora. Dobbiamo essere onesti tra di noi, perché finora troppe bugie ci hanno separati. Mi ami ancora, Jamie?» Abbassò lo sguardo non appena ebbe finito di parlare. Stringeva i denti e aveva l'aria accigliata, insicura.

Tesi la mano e le sollevai il mento con un dito per costringerla a guardarmi. Doveva leggermi negli occhi e rendersi conto che le parole che mi apprestavo a dirle erano sincere. «Non smetterò mai di amarti, Ellie, fino alla morte. Se me lo permetti, mi prenderò cura di te per sempre. Tutto ciò che ho sempre desiderato è stare con te e costruire una vita insieme» dissi in tutta onestà. Il viso le si addolcì, la tensione scomparve e mi guardò negli occhi, ma quell'ombra di felicità sparì subito e prese di nuovo un'aria guardinga. «Cosa c'è che non va? Avresti voluto una risposta diversa?»

Scosse il capo, spingendo via dolcemente la mia mano. «Non è quello. Era la risposta che volevo.» Mi guardò con aria inerme, deglutendo a fatica. «Potrei amarti; anzi, ti amo. E voglio rimettermi con te» replicò.

Il cuore mi si riempì di gioia, prima di tornare bruscamente alla realtà udendo la sua parola seguente.

«Ma...»

Tolsi la mano e mi preparai al peggio. «C'è sempre un ma.»

Ellie annuì, quasi con aria di scuse. «Ma con la vita che fai, non posso...» Sembrò cercare le parole giuste. «Come possiamo pensare alla possibilità di un futuro insieme quando ogni giorno rischi di restare ferito, o ucciso, o che la polizia venga ad arrestarti? Non posso vivere così. Ti amo, ti amo sul serio, ma...»

Tutto lì? Era quello, il suo *ma*? Non era un *ma*, quello, era appena un *m*... Se era il mio lavoro a crearle problemi, era facilissimo. Prima di riuscire a trattenermi le presi il viso tra le mani, mi avvicinai e premetti la bocca sulla sua. Lei mugolò contro le mie labbra e ricambiò immediatamente il bacio, intrecciandomi le braccia dietro il collo. Quando le sue labbra si dischiusero ogni parte del mio corpo si esaltò e il bacio divenne più profondo, scatenando in me la passione. Avevo bisogno di sentirla vicina, tanto vicina da fondermi con lei per non lasciarla mai più. Le feci scivolare le mani sui fianchi e la sollevai con facilità per prenderla in braccio. Premette il petto contro il mio, il suo odore mi circondò, le braccia mi si strinsero attorno al collo e il bacio si prolungò, cambiò, si trasformò in qualcosa di magico e assoluto.

Mi ritrassi quando fummo entrambi senza fiato, e posai la fronte contro la sua. Il cuore mi martellava felice nel petto e lei mi strinse ancora, guardandomi rapita.

«Non devi preoccuparti per il mio lavoro» promisi. Feci scendere la mano sul suo corpo, e il tessuto scivoloso, sexy, dei calzoncini spinse la mia eccitazione verso nuove vette. «Smetterò. Porrò fine a ogni attività illegale. Farò il necessario. Mollerò tutto, mi troverò un lavoro normale, sarò una persona normale, come avevamo sempre detto. Sto facendo questa vita solo perché non avevo motivo di rigare dritto, non avevo una persona per la quale comportarmi bene. Ora ce l'ho.» Le mossi i fianchi, che strusciarono deliziosamente contro i miei. Ellie aveva sempre avuto la capacità di eccitarmi all'istante.

«Parli sul serio?» Mi scrutò attentamente. «Senti, so che è una richiesta assurda. Dovrei amare tutto di te e infischiarmene di quello che fai, ma non posso amare una cosa che potrebbe privarmi di te, un giorno. Non posso stare con te, e poi un giorno tu muori perché ti fai sparare o pugnalare o un altro orrore del genere. Morirei di crepacuore. Non ce la faccio.»

Sorrisi. «Sei tutto ciò che mi serve. Niente di tutto questo ha mai avuto importanza per me.»

Ellie scosse il capo, poco convinta, mentre giocherellava con i miei capelli sul collo e mi faceva formicolare la pelle. «Non dovresti prendere una decisione del genere alla leggera. Ti sto chiedendo di rinunciare alla tua vita per me, Jamie.»

«Non esattamente. Sei *tu* la mia vita, piccola. Tutto il resto mi fa esistere, non vivere.» Scossi il capo passandole le dita sulla schiena, felice da scoppiare per il fatto che lei mi amasse ancora, che fosse disposta a offrire a me, a *noi*, un'altra possibilità.

Quelle parole fecero breccia e mi baciò appassionatamente. Non avevo mai provato sensazione più bella: il peso di lei in braccio, la sensazione di stringerla, il calore del suo corpo. L'effetto di tutti quegli stimoli mi sconvolse, e l'eccitazione era tale che riuscivo a malapena a restare seduto.

Le afferrai i capelli, attirandola a me mentre continuavamo a baciarci. Quel bacio esprimeva non più solo dolcezza e desiderio, ma anche il bisogno disperato che avevamo l'uno dell'altra.

L'aria attorno a noi era satura di passione. Si mosse, sopra di me, strofinandosi contro parti del mio corpo che erano già ben deste e desiderose di attenzione. Mi afferrò una ciocca di capelli mentre mi staccavo dalla sua bocca. Iniziai a darle bacini leggeri lungo un lato del collo, mordicchiando dolcemente quella pelle lattea, e respirando il suo odore. «Ti amo» le sussurrai contro il collo.

Lei represse un gemito e rovesciò la testa all'indietro per facilitare le nostre effusioni. «Ti amo anch'io» mormorò.

Quelle parole. Non mi sarei mai aspettato di udirle un'altra volta. Quelle quattro parole fecero avvampare il desiderio in me. Scesi con le mani e gliele posai sul seno, sopra la maglietta, con un mugolio soddisfatto. Avevo dimenticato quanto fosse bello e incredibile essere tanto vicino a lei, sentire il suo sapore. Mosse i fianchi, strisciando contro di me all'altezza del cavallo. Si lasciò sfuggire un gemito, che segnò la fine per me. La volevo, la volevo tutta. Il desiderio era tale che rischiai di perdere il controllo. Dovette accorgersene anche lei; sussurrò il mio nome, facendo scivolare le sue mani sul mio petto e poi più giù, fino ad accarezzarmi attraverso i jeans.

«Ti voglio da morire» mormorai, baciandole la spalla e

infilandole le mani sotto la canottiera per toccarle la pelle morbida e accaldata.

Armeggiò con la cintura con mani tremanti per l'eccitazione. «Prendimi, allora» disse, strofinandosi ancora contro di me.

Mi alzai e la feci sedere sul bordo del tavolo, e avanzai tra le sue gambe divaricate con un bacio che mi tolse il respiro. Senza staccare le mie labbra dalle sue, spinsi via le sue mani e mi aprii la cerniera dei jeans. Ellie mi strinse le gambe attorno ai fianchi, attirandomi a sé. Interrompemmo il bacio, e con gli occhi seguì i miei gesti; mi abbassai i pantaloni e liberai l'erezione dolorosa.

Quando me lo prese in mano, chiusi gli occhi gemendo. Cominciai a muovermi dolcemente e ripresi a baciarla.

Le spostai i calzoncini, addentrandomi con le dita tra le sue pieghe di carne. Mi eccitai ancora di più sentendola bagnata, pronta a ricevermi. Avrei voluto assaggiare il suo sapore, ma per quello avrei dovuto aspettare. Avevo bisogno di essere dentro di lei, di sentire il suo corpo attorno al mio mentre la prendevo e le dimostravo che tre anni di separazione non significavano niente, che l'amavo più di qualunque cosa, che era destino che stessimo insieme.

«Sei tutta bagnata» dissi, infilandole dentro due dita e vedendole il viso trasformato dal piacere. «Ellie, ho bisogno di te. Mi serve un preservativo?» *Ti prego, di' di no*. Volevo sentirla tutta, e non avere una membrana tra di noi.

Scosse subito il capo. «Ho l'impianto» disse, mostrandomi la piccola cicatrice all'interno del braccio. Sorrisi e ritirai le dita, avvicinandomi a lei con il bacino.

«Posso?» chiesi, per accertarmi che fosse ciò che anche lei voleva.

Ebbe un moto di impazienza. «Vuoi che ti implori o cosa?» chiese, stringendo meglio le gambe che mi trattenevano. Eravamo vicinissimi, ormai.

Sollevai un sopracciglio. «Sarebbe divertente, se mi implorassi» la presi in giro.

«Jamie! Avanti, cosa aspetti a...»

La penetrai senza lasciarle finire la frase. Rovesciò la testa indietro e chiuse gli occhi con un lungo sospiro. Strinsi i denti per cercare di controllarmi, ma gemetti appena ritrovai quella sensazione irripetibile di essere dentro di lei.

Mi conficcò le unghie nella pelle quando cominciai a muovermi, all'inizio lentamente, ma poi più rapido, incapace di controllarmi. Era passato troppo tempo dall'ultima volta. I suoi occhi incontrarono i miei e mi baciò con trasporto; il suo corpo, intanto, mi portava in luoghi ai quali non avevo neanche più pensato negli ultimi due anni. Fu veloce e intenso, entrambi non vedevamo l'ora di finire. Un'unione tra corpi, il bisogno di essere più vicini che mai per rinforzare il nuovo inizio della nostra storia.

Si abbandonò sul tavolo, con i fianchi che si muovevano al ritmo dei miei. Eravamo presi da una passione quasi animale. Venne inarcandosi, con un tremito alle gambe, e disse il mio nome annaspando, graffiandomi la schiena attraverso la maglietta. Poco dopo la imitai.

Entrambi cercammo di riprendere fiato, la bloccai sul tavolo con il peso del mio corpo, studiandole ogni centimetro del viso accaldato. Il mio amore per lei era più forte di tutto il resto, e ora mi pareva che fosse perfino cresciuto. La seconda possibilità che mi offriva rendeva ancora più profondi i miei sentimenti. Eppure non avrei mai creduto possibile amarla di più. Mi guardò con gli occhi resi lucidi dall'emozione, spostandomi i capelli dalla fronte sudata, con un sorriso pigro e soddisfatto.

«Ti amo» sussurrò, e il suo sguardo me lo confermò. Ero su una nuvola, ancora esaltato dall'orgasmo appena avuto, e le sue parole mi mandarono al settimo cielo.

«Io ti amo di più.» Chinai la testa e le diedi un bacio tenero sulle labbra. «Posso portarti di sopra?» chiesi, passandole un dito sulla clavicola, come a disegnarvi qualcosa. «Voglio riprovarci, ma con più calma. Non sono riuscito a fare tutto quello che volevo» mormorai.

Non avevo fatto neanche un decimo delle cose che avrei voluto; non ero nemmeno riuscito a spogliarla, per colpa di quella dannata fretta.

Annuì e mi gettò le braccia al collo. La tenni stretta, rimettendomi in piedi, perché non volevo perdere il contatto con lei. Ellie fece un gridolino e mi si aggrappò con braccia e gambe quando uscii dalla cucina, dirigendomi verso le scale.

Le brillavano gli occhi per l'eccitazione. «Dobbiamo fare piano, mia nonna e mia sorella dormono.»

Annuii, e la portai in camera sua, fermandomi a chiudere a chiave dall'interno perché nessuno ci disturbasse, proprio come ai vecchi tempi. Non accesi la luce: il letto era sgombro e la camera era pervasa da un chiarore lieve che mi permetteva di orientarmi, così la posai sul letto, e mi sentii di nuovo eccitato. Speravo di far durare il tutto più a lungo, stavolta.

Mi tolsi la maglietta con un movimento fluido sotto il suo sguardo. Quando feci per sfilarmi i jeans, accese la lampada sul comodino. Una luce soffusa riempì la stanza e io mi bloccai di scatto, paralizzato dalle vecchie paure. La guardai in faccia mentre mi studiava lentamente le cicatrici per la prima volta dopo tre anni. Mi venne un nodo allo stomaco, in attesa di capire quale sarebbe stata la sua reazione. Ero veramente terrorizzato; Ellie era l'unica ad avere il potere di spaventarmi in quel modo. E se non mi avesse più accettato come un tempo? E se fosse rimasta disgustata? E se avesse cambiato idea? Cos'avrei fatto, in quel caso?

«Siamo proprio obbligati a lasciare la luce accesa?» chiesi cercando di dimenticare l'ansia. Inclinò la testa di lato e sollevò un sopracciglio con aria interrogativa, poi si rilassò quando finalmente capì. Mi fece un sorriso triste e si mise in ginocchio sul letto, poi mi prese la mano.

Mi attirò a sé, senza mai smettere di guardarmi negli occhi. «Sì, deve restare accesa.» Abbassai lo sguardo sul letto dove Ellie, con la mano libera, mi toccava il petto, scendendo lentamente col dito, percorrendo i rigonfiamenti e gli avvallamenti delle cicatrici che non sarebbero mai scomparse. Rabbrividii per il disgusto che provavo di fronte al mio corpo. «Ti prego, non ricominciare con questa storia. Te l'ho già detto, queste sono parte di te. Non te ne devi vergognare» mormorò. Chinò la testa per incrociare il mio sguardo. «Ti amo, Jamie Cole. Amo ogni parte di te, cicatrici comprese.» Con il dito seguì il segno più lungo, che attraversava lo stomaco e finiva sul bacino, senza smettere di guardarmi.

«Cicatrici comprese?» ripetei.

La mano di Ellie mi scese lungo la schiena fino ad arrivare alle natiche, e aderì con il corpo al mio, con i capezzoli duri che mi si strofinavano sul petto attraverso la maglietta. «Cicatrici comprese» confermò.

Era proprio quello che desideravo sentire. Un'altra ondata di emozione mi colpì in pieno e la baciai appassionatamente, ripromettendomi di essere lento e sensuale facendo l'amore sul suo letto.

Quando alla fine ci staccammo, ero coperto di un velo di sudore e mi mancava il fiato. Ero sazio, e sicuro che lo fosse anche lei, perché si abbandonò su un fianco, con i capelli in disordine, le labbra gonfie per i baci e le guance arrossate dall'orgasmo recente.

«Oddio, sono esausta. Avevo dimenticato quanto fossi bravo» mormorò, coprendosi gli occhi con un braccio e con il fiato corto. «Quante calorie si bruciano facendo sesso?»

Risi per l'assurdità della domanda e mi sdraiai sul fianco anch'io, abbracciandola. «Non lo so. Perché?»

«Sono un po' ingrassata ultimamente. Se continuiamo così non dovrò neanche mettermi a dieta, potrei bruciare in questo modo i chili di troppo.»

La guardai per controllare se stava scherzando, ma non stava sorridendo. «Che cosa? Ma non devi dimagrire, tu! Sei perfetta.» Per sottolineare il concetto percorsi con la lingua il suo corpo partendo dalla gola e scendendo, lentamente, sul seno e la pancia, fermandomi a mordicchiarle un fianco. Per me era davvero perfetta, non avrei cambiato niente di lei.

«Se la pensi in questo modo, significa che non devo rinunciare alla torta al cioccolato.» Ridacchiò e si ritrasse.

Risalii e le afferrai i capelli con una mano, mentre con l'altra le accarezzavo le splendide curve come per memorizzarle. Mi sorrise con uno sguardo tanto adorante che mi pareva che mi scoppiasse il cuore. «Amo tutto di te, piccola. Non pensare di non essere la cosa più bella sulla quale abbia mai avuto la fortuna di posare lo sguardo» le assicurai prima di darle un bacio sensuale.

Il bacio fu così bello che mi scosse. Quando Ellie si ritrasse le vidi un'espressione di appagamento totale in faccia, prima che mi si rannicchiasse contro.

«Dormi, piccola. Hai l'aria esausta.» La abbracciai e sospirai di gioia ritrovandomela tra le braccia.

Fece una smorfia, allontanando la testa per guardarmi. «Non voglio.»

«Perché?» chiesi, accarezzandole la guancia con un dito.

Distolse lo sguardo, apprensiva. «Ho paura di svegliarmi domattina, di non trovarti, e di scoprire che si è trattato di un sogno.»

Un sorriso mi comparve sulle labbra. «Non devi avere paura. Io sono qui per restare.»

Rassicurata dalle mie parole, ritrovò la serenità. «Per restare? Ma quanto tempo?» chiese.

Finsi di pensarci. «Almeno ottant'anni.»

«Ottanta? Pensi che vorrai ancora stare con me quando sarò sdentata, avrò i capelli grigi e il seno così cadente che ci inciamperò nella doccia?» Alla luce della lampada, vidi che gli occhi le brillavano maliziosi.

Annuii. «Sì. E tu, pensi che vorrai stare ancora con me quando sarò pelato, con la pancetta e che ti inciamperò nel seno quando faremo la doccia?» replicai, premendo la fronte contro la sua e ridendo sottovoce con lei. Speravo segretamente che andasse proprio così, pancetta, seno cadente e tutto il resto. Volevo invecchiare al suo fianco, non desideravo altro dalla vita. «Parlando sul serio, però, ti assicuro che non intendo andare da nessuna parte. Squadra Jellie per sempre» conclusi.

Rise, levando gli occhi al cielo. «Squadra Jellie? Te lo sei appena inventato?» Mi passò le dita sulla cicatrice sopra l'occhio che mi ero fatto in prigione.

«No, è già da un po', aspettavo solo il momento migliore per annunciartelo.»

«Non era il momento giusto, baby.»

Le diedi un bacio sulla fronte e mi preparai a dormire quando mi venne in mente che non avevo organizzato la sorveglianza del giorno dopo. Mi alzai e presi i jeans in fondo al letto. Trovato il cellulare, scrissi un messaggio veloce e lo mandai a Ed, dicendogli che ero a casa di Ellie e che quindi non c'era nessuno in macchina, ma che poteva venire alle nove.

Ellie si girò e mi carezzò la schiena. «A chi scrivi? All'altra ragazza, per dirle che non torni a casa stasera?» mi canzonò, mordendomi la pelle del fianco e facendomi sussultare.

Le feci un sorriso e mandai il messaggio prima di posare il telefono sul comodino. «No, te l'ho detto. Non c'è nessun'altra ragazza, te lo assicuro. Stavo solo scrivendo a uno dei miei uomini, Ed. Gli ho chiesto di venire alle nove e di sorvegliarti domattina. Devo sbrigare alcune commissioni e non ti voglio lasciare da sola.»

«Credevo che avessi finito con tutte quelle storie» protestò rabbuiandosi.

Annuii, toccandole il labbro che sporgeva indispettito. «Certo che ho finito, non farmi il broncio» dissi, chinandomi per sostituire al dito le labbra per un bacio tenero. «Non posso andarmene senza voltarmi indietro, però. Devo spiegare ai ragazzi, affidare il business a qualcun altro, passare il testimone. Ti giuro che ho chiuso con il mondo della criminalità. Non metterei mai in pericolo la nostra relazione adesso che ti ho ritrovata. Sei la mia vita, Ellie.»

Sospirò felice e annuì comprensiva. Mi coricai accanto a lei e spensi la luce sul comodino prima di abbracciarla. Averla tra le mie braccia, sapendo che mi amava e avremmo affrontato il mondo insieme, era tutto ciò che volevo dalla vita. E adesso sembrava che tutto quello che avevamo programmato per il nostro futuro stesse per avverarsi. Mi addormentai, quella notte, stretto a lei, con un gran sorriso sulle labbra.

25
Ellie

Quando mi svegliai quel mattino Jamie e io eravamo avvinghiati, con i corpi nudi tanto vicini che i ricordi della notte prima mi fecero avvampare e le viscere mi si accesero di desiderio. Era stato bello: dolce, sexy, sensuale, tutto quello che avevo sempre voluto e molto, molto di più. Avevo dimenticato quanto fosse appagante il sesso con Jamie e quanto mi riempisse di attenzioni anche a letto. La notte precedente mi aveva dimostrato che, nonostante tutto quel tempo, conosceva ancora bene il mio corpo. Ogni carezza, ogni bacio mi erano arrivati fino all'anima. La mia voglia di lui era insaziabile, e forse lo sarebbe sempre stata.

Avevo la testa appoggiata sul suo braccio, nell'incavo del collo, ed eravamo uno di fronte all'altra. Sorridendo mi avvicinai per stampargli un bacio sul collo. Un sospiro soddisfatto mi sfuggì dalle labbra, e mi godetti la sensazione di essere di nuovo vicino a lui. Era passato troppo tempo dall'ultima volta che mi ero svegliata tra le sue braccia, e quel momento era all'altezza di tutte le fantasie che avevo coltivato negli ultimi tre anni.

Le sue parole della notte precedente mi riecheggiavano in testa, e non riuscii a nascondere un sorriso. «*Squadra Jellie per sempre.*»

Gli avevo detto che era una stupidaggine, invece mi piaceva molto.

Jamie fece un verso e mi accarezzò la schiena, fermandosi vicino alle natiche, e la sua carezza mi bruciò la pelle, trasmettendomi un brivido. Provai un tale desiderio per lui che dovetti stringere le cosce per alleviare un poco la tensione. Ricordavo quella sensazione: mi aveva sempre eccitato tantissimo. Ero felice di vedere che dopo tre anni le cose non erano cambiate. Mi appiccicai a lui, e sentii le sue braccia stringermi, con la mano che mi scivolava lungo la coscia, e fermarsi dietro il ginocchio, poi piegarlo e tirarmi dolcemente la gamba perché gliela passassi sopra il fianco. Grazie alla nuova posizione, si creò un delizioso attrito tra zone che erano ancora indolenzite dalla sera prima.

«Se ti dimeni in quel modo mi tornano in mente dei bei ricordi» mormorò con un mezzo sorriso.

Mi mossi ancora, adorando vedergli quell'espressione sognante sul volto. «Ah sì? Quali ricordi?» lo provocai, avvicinandomi per dargli un bacio sulle labbra.

«Scene torride e tanto sudore» rispose, venendomi sopra. Con le dita mi percorse la guancia e il collo, e con gli occhi seguì l'itinerario della mano scendendo fino al petto. Mi diede un bacio sulla spalla. «Vorrei restare a letto con te tutto il giorno» mormorò, con la bocca contro la mia pelle.

«Anch'io.» Gli presi il viso tra le mani per obbligarlo a guardarmi. «Ma non puoi. E io devo vestirmi e andare a trovare mia madre.» Diedi un'occhiata all'orologio accanto al letto, e vidi che erano già le nove e mezzo, dovevo muovermi e farmi una doccia, altrimenti non sarei arrivata in tempo per le visite del mattino. «Non avevi detto che il tuo amico sarebbe venuto alle nove a darti il cambio? Sono già le nove e mezzo.»

Si rizzò a sedere, contrariato. Avvertii subito un vuoto, dove il suo corpo si era staccato dal mio.

«Sì, dovrebbe essere già qui fuori.» Prese il cellulare dal comodino e mandò un messaggio veloce, poi lo posò e si voltò a guardarmi.

Fece un sorriso dolce e tornò ad avvicinarsi. «Grazie per averci concesso una seconda possibilità. Ti prometto che non ti deluderò. Ti renderò così felice che camminerai sugli arcobaleni, d'ora in poi.»

Scoppiai a ridere per l'assurdità della sua promessa. Ma quando la sua bocca venne a posarsi sulla mia, ingoiando la mia risata e togliendomi il fiato, capii che aveva ragione: forse non avrei camminato sugli arcobaleni, ma mi avrebbe resa felice per il resto della mia vita. Mi baciò fino a farmi venire il capogiro, poi si ritrasse.

«Ti amo da morire» sussurrò, con le labbra sulle mie.

«Ti amo anch'io.» Era la verità, e pronunciando quelle parole ne avvertii l'onestà e mi venne il batticuore. A pensarci bene, però, quelle parole non bastavano, perché esprimevano solo la punta dell'iceberg di ciò che provavo per lui.

Quando ci fummo vestiti socchiusi la porta e sbirciai fuori, e mi venne da ridere perché mi toccava farlo uscire di nascosto, come ai vecchi tempi. Mi restò appiccicato dietro scendendo le scale e recandosi alla porta d'ingresso. Prese la giacca, si infilò le scarpe, e io aprii l'uscio quel tanto che bastava per farlo scappare fuori. Un'auto era parcheggiata dietro la sua, e un tizio di una quarantina d'anni sedeva al volante, fissandoci con una sigaretta tra le labbra. Jamie gli fece un cenno prima di riportare l'attenzione su di me. Mi abbracciò, catturandomi le labbra per un ultimo bacio e poi si diresse alla sua macchina.

Sospirai con aria sognante e mi abbandonai contro lo stipite, premendomi un dito sulle labbra mentre lo guardavo andarsene. Non avrei mai immaginato di riuscire a sentirmi tanto felice, non dopo essere stata così depressa per gli ultimi tre anni. Strano come una persona possa entrare nella tua vita e sconvolgerla del tutto.

Prima di arrivare all'auto Jamie si girò. «Vuoi che pranziamo sul tardi, quando sei uscita dall'ospedale?» chiese, camminando a ritroso verso la macchina.

Annuii entusiasta. «Certo.»

«Ti chiamo» rispose. Lo salutai con la mano e chiusi la porta mentre lui andava a parlare con Ed. Voltandomi mi trovai faccia a faccia con Kelsey, che era ferma in fondo alle scale a braccia conserte e con un sopracciglio alzato.

Sussultai e feci un gridolino. Pensavo che fossimo stati discreti. Evidentemente non era così.

«Buongiorno.» Speravo che fosse appena arrivata e non avesse visto niente.

«Era Jamie quello che ho visto uscire dalla tua camera da letto?»

Oh, accidenti. «Ehm... sì», ammisi, non volendo mentire. «Ci siamo rimessi insieme.» Accigliata, abbassò lo sguardo, e mi chiesi quanto sapesse della nostra storia e della rottura. Aveva avuto solo dieci anni allora, ma capiva e sapeva assai più di quello che lasciava trapelare. «Mi rende molto felice, Kels. Lo amo, l'ho sempre amato.»

Strinse le labbra, poi annuì. «È il tuo *zing*.»

La guardai confusa. «Il mio *zing*?»

Annuì con un sorriso. «Sì. Non hai visto *Hotel Transylvania*?»

Sorrisi, e a un tratto capii. Avevo visto quel film con i figli di Toby, che l'avevano in DVD. Uno «zing» accadeva quando incontravi la persona che ti era destinata, la tua anima gemella. Secondo il film, lo *zing* avveniva una sola volta nella vita. «È il mio *zing*» confermai.

«Sono contenta per te se ti rende felice.»

«Mi rende molto felice» annuii, anche se *felice* non era la parola giusta. *Completa* andava meglio. Feci un passo avanti e le cinsi le spalle con un braccio, indicandole la cucina, dalla quale usciva un delizioso profumino di bacon. «Mangiamo qualcosa e poi andiamo a trovare la mamma, d'accordo?»

***

All'ospedale, quel mattino, trovammo la mamma seduta in sedia a rotelle accanto al letto, con la gamba ingessata tenuta sollevata dal poggiapiedi; stava guardando fuori dalla finestra, dove si vedeva solo il muro di mattoni appartenente a un altro edificio. Mi fece tenerezza, così immobile e persa nei suoi pensieri. Non si accorse neppure quando entrammo.

«Mamma?» la chiamò Kelsey, avvicinandosi e chinandosi per essere alla sua altezza.

«Ciao» rispose lei senza calore, staccando gli occhi dalla finestra e guardandoci, una dopo l'altra. Appariva ben diversa dalla donna con cui avevo avuto una conversazione appassionata solo un paio di giorni prima. Sembrava smarrita e tanto triste che faceva male al cuore. Il medico aveva detto che ci sarebbero state giornate buone e altre meno buone, ma non mi aspettavo che nel giro di pochi giorni sarebbe passata da un atteggiamento affettuoso e cordiale a quello sguardo assente.

«Buongiorno, Ruth. Hai fame?» La nonna estrasse i contenitori di cibo dalla sua sacca, e li posò sul tavolo. Ne aprì uno e lo avvicinò a mia madre, offrendole un panino dolce alla cannella appena uscito dal forno. «So che il cibo qui all'ospedale non è il massimo, e ti ho preparato alcuni dei tuoi piatti preferiti» disse, sorridendo alla nuora.

«Grazie, Betty.» La mamma tese la mano e ne prese uno, sempre con sguardo vacuo. Fece un mezzo sorriso, ma poco spontaneo. Sembrava quasi che stesse cercando di fare la coraggiosa, di fingere di star bene, quando tutti vedevano che non era vero. Non c'era più luce nei suoi occhi, né vita. Non sapevo come aiutarla.

Mentre mangiucchiava svogliatamente il dolce, rompendolo a pezzetti e facendoli cadere in un tovagliolino che la nonna le aveva dato, entrò il dottore. Ci sorrise, poi si rivolse alla mamma e consultò la cartella medica.

«Buongiorno, Ruth. Come sta oggi?» chiese.

«Bene» disse lei seccamente.

Lui non si lasciò spiazzare dalla risposta poco amabile. Prese la torcia stilo e le guardò le pupille, facendole seguire la luce. Le misurò la pressione e le controllò la ferita alla testa, poi annunciò che stava guarendo benissimo.

Aveva ragione, ogni giorno era più forte. I lividi erano scomparsi quasi del tutto, e le fratture e lo shock dell'incidente stavano migliorando. Annuii, e lo guardai annotare qualcosa sulla cartella.

Poi si rivolse a me con un sorriso. «Ne ho già parlato a Ruth, prima, e penso che domani starà abbastanza bene da venire dimessa; oppure tra due giorni, se dovete apportare qualche modifica in casa per farci entrare la sedia a rotelle» disse, riappendendo la cartella in fondo al letto, e si voltò verso mia madre. «Sono sicuro che sia impaziente di tornare a casa e di dormire nel suo letto, vero, Ruth?» chiese strizzandole l'occhio, e si avviò alla porta.

Lo guardai uscire con un sorriso, perché la mamma sarebbe tornata a casa e avrei potuto occuparmi meglio di lei, invece di doverla lasciare lì da sola in ospedale ogni giorno. «È un'ottima notizia» dissi, girandomi felice verso mia madre, aspettandomi che fosse contenta anche lei. Ma quando la guardai, rimasi molto sorpresa.

Stava scuotendo il capo con decisione, le mani strette a pugno, le lacrime agli occhi.

Le corsi accanto e mi inginocchiai ai suoi piedi. «Cosa

c'è che non va?» chiesi, facendole una carezza e asciugandole una lacrima.

«Non voglio» disse con un filo di voce. «Non voglio!» ripeté, in preda al panico.

Le posai le mani sulle cosce, confusa, e le diedi una strizzatina confortante. «Cos'è che non vuoi?»

Sbarrò gli occhi e mi fissò, con i lineamenti deformati dal dolore. «Casa. Non voglio tornare a casa.»

Corrugai la fronte e lanciai uno sguardo alla nonna in cerca di aiuto, ma neanche lei sembrava avere capito quale fosse il problema. «Perché no?» chiesi, inclinando il capo e guardando preoccupata mia madre.

«Ci sono troppe cose, troppi ricordi. Michael...» Si mise a piangere più forte e mi afferrò le mani, guardandomi implorante. «Non posso. Non ci voglio andare. Ti prego, Ellison.»

Rimasi scombussolata da quella rivelazione. Non voleva tornare a casa perché c'erano tutti gli oggetti del marito morto, i suoi vestiti. I ricordi erano troppo difficili da affrontare, nel suo stato di fragilità mentale. Fisicamente stava guarendo, ma emotivamente era ancora debole e ferita.

«Va bene, mamma, va tutto bene» dissi per cercare di calmarla. La abbracciai, e la sentii tremare per i singhiozzi. «Nessuno ti obbligherà a tornare a casa se non te la senti» sussurrai, accarezzandole i capelli come faceva lei quando ero malata.

«Non voglio tornarci. Come faccio a vivere lì senza di lui? Non posso» ribadì con voce rotta.

Guardai la nonna disperata, chiedendomi cosa fare. Non poteva restare in ospedale se volevano dimetterla; probabilmente il suo letto serviva a qualcun altro. Ma non potevo costringerla a tornare a casa se non era pronta ad affrontare tutto ciò che conteneva.

La nonna, con le lacrime agli occhi, si avvicinò e le posò una mano sulla spalla. «Non sei costretta a tornare a casa» le disse rassicurante. «Puoi venire a stare da me per tutto il tempo che vuoi. Ho tanto spazio per tutti. Mi sento sola, in una casa così grande, e mi piacerebbe avere un po' di compagnia.»

La mamma sgranò gli occhi e guardò la nonna con labbra tremanti. «Davvero?»

La nonna si chinò e diede un bacio affettuoso in testa alla mamma. «Ma certo. Sarei felice che venissi da me. Se non vuoi, non ci devi più tornare, a casa tua.»

La mamma tirò un sospiro di sollievo e accarezzò la mano della nonna, che era ancora posata sulla sua spalla. La sua gratitudine era palese, e gli occhi le si animarono un po'. Forse era solo la prospettiva di tornare a casa a preoccuparla e a deprimerla.

***

Dopo il suggerimento della nonna l'atmosfera cambiò, divenne meno cupa e più rilassata, anche per la mamma, che prese la mano di Kelsey e la ascoltò parlare del suo progetto di scienze a scuola.

Trasferirmi a Pocono dalla nonna sarebbe stato un po' complicato, perché Jamie sarebbe stato a un'ora e mezzo di distanza, ma avremmo trovato una soluzione. Non intendevo perderlo di nuovo solo perché, per un certo periodo, avremmo dovuto fare quel tragitto per vederci; non avevamo certo un oceano a dividerci!

Quando l'orario di visita finì salutammo la mamma, che mi parve a un tratto molto più in forma rispetto a un paio di giorni prima. «Andiamo a pranzo?» chiese la nonna salendo in macchina.

Presi un'aria dispiaciuta, perché avevo già programmato di pranzare con Jamie. «Non posso, devo incontrare un amico» risposi, e lanciai un'occhiata a Kelsey che, alla parola *amico*, aveva fatto un sorriso a trentadue denti.

«Vuoi che andiamo noi due, Kels?» suggerì la nonna voltandosi verso mia sorella, che si stava allacciando la cintura.

«Certo, mi farebbe molto piacere» rispose. «Possiamo andare al ristorante cinese e poi a prendere un gelato?»

«Ottima idea» disse la nonna.

Al pensiero degli spaghetti di riso mi brontolò lo stomaco, e mi chiesi dove mi avrebbe portata Jamie. Poi mi venne un'idea: potevo suggerirgli di prendere qualcosa da asporto da mangiare nel suo letto. Quell'idea mi fece venire l'acquolina in bocca, mentre uscivo dal parcheggio e mi immettevo sulla strada. A qualche auto di distanza Ed iniziò a seguirmi con un'espressione annoiata.

Depositai la nonna e mia sorella fuori dal ristorante e mi diressi verso casa. Jamie non aveva ancora chiamato, quindi non sapevo bene a che ora ci saremmo visti. Decisi che, di ritorno a casa, gli avrei mandato un messaggio per dirgli che avevo fame. Forse avrei potuto inviargli una foto spinta della mia scollatura, e indossare a pranzo dei tacchi mozzafiato. Mi chiedevo se avesse ancora la passione delle scarpe. Mi si infiammarono le guance al solo pensiero.

Mi fermai al semaforo rosso, accesi la radio e cantai con Sia a proposito del suo cuore elastico, dondolando la testa al ritmo della musica. Poi arrivò il verde. Ingranai la marcia e avanzai, indicando una svolta a sinistra.

Se avessi guardato meglio, avrei notato il furgoncino bianco che si avvicinava all'incrocio deserto dalla parte opposta. Gli avrei visto correggere la traiettoria leggermente, per entrare in rotta di collisione con la fiancata della mia macchina. Ma non stavo guardando. Ero troppo occupata a cantare con la radio, pensare a Jamie, al cibo e a mia madre.

Accadde tutto tanto in fretta che non ebbi quasi il tempo di reagire o di temere per la mia vita. Il veicolo mi colpì la fiancata destra con tale forza da togliermi il fiato. Udii lo stridio della lamiera, le ruote slittarono sulla strada, e la ghiaia volò per aria. Il parabrezza si ruppe per la violenza dell'impatto, facendomi piovere addosso una raffica di schegge. Io andai a sbattere con la testa contro lo sportello e mi si offuscò la vista.

Ebbi male subito ovunque. La cintura si bloccò, svuotandomi del tutto i polmoni. Le mani mi si strinsero attorno al volante quando la forza della collisione fece compiere all'auto uno slittamento di qualche metro. Non riuscivo a capire cosa stesse succedendo.

Ebbi l'impressione di volare; tutto ciò che era sul pavimento finì sul tetto, poi sul pavimento, poi di nuovo sul tetto, perché l'auto continuava a rotolare. La cosa più fastidiosa era il rumore della lamiera che strisciava sull'asfalto e gli urti violenti, che mi facevano digrignare i denti e ronzare le orecchie.

Quando l'auto finì di rotolare, mi ritrovai in un fosso sul ciglio della strada, a testa in giù. Le braccia mi pendevano e toccavano il soffitto.

Sbattei le palpebre un paio di volte, girai la testa e vidi il contenuto della borsa sparpagliato sul tetto dell'auto, insieme ai frammenti di vetro e altri pezzi della mia amata macchina. Presi a lamentarmi, perché la pressione sul petto e la pancia era terribile. Riuscivo a malapena a respirare; i polmoni erano schiacciati dalla cintura che mi teneva legata al sedile.

Il sangue mi colava lungo il viso e, facendomi il solletico, cadeva sgocciolando sul tetto dell'auto, sotto di me.

Cercai di sollevare le braccia per slacciarmi la cintura, ma erano pesanti e scoordinate. Forse senza cintura sarei riuscita a respirare meglio. Armeggiai con la chiusura, ma inutilmente.

Sentii l'odore del carburante, acre, che mi bruciava la gola mentre cercavo disperatamente di respirare. *Devo uscire di qui!*

«Aiuto» rantolai, sbattendo le palpebre quando la vista mi si confuse di nuovo. Provai a muovere le gambe, e vidi che funzionavano, sebbene il cruscotto mi bloccasse le ginocchia. Liberarmi sarebbe stato complicato anche se fossi riuscita a togliermi la cintura. «Aiuto» dissi di nuovo con un filo di voce.

Voltai la testa, ignorando la fitta di dolore al collo, e vidi due piedi che si avvicinavano al veicolo. Il loro proprietario non correva, camminava tranquillo. Gli stivali erano rovinati e sembravano robusti. Battei di nuovo le palpebre, che mi diventavano sempre più pesanti. Sentii un rumore all'altezza dello sportello, come se qualcuno stesse forzandolo per aprirlo. Mi leccai le labbra e avvertii il sapore del sangue. Stavo per perdere conoscenza, me ne rendevo conto. Quando lo sportello finalmente si aprì, un uomo si sporse, lasciò cadere il piede di porco di cui si era servito ed estrasse invece un grosso coltello. Iniziò a liberarmi tagliando la cintura. Aprii la bocca per ringraziarlo, ma non uscì niente. L'ultima cosa che vidi prima di svenire fu il grosso ragno tatuato sul collo del mio salvatore.

26
Jamie

Quando la porta di Ellie si chiuse alle mie spalle, sferrai un pugno in aria con espressione trionfale. Non mi ero aspettato che mi volesse ancora; non avevo mai creduto di meritare una prima possibilità con lei, figuriamoci la seconda. Certo non avrei mai pensato di svegliarmi accanto al suo corpo magnifico e al suo sorriso dolce, quel mattino. Ero al settimo cielo mentre mi dirigevo alla berlina e mi chinavo per parlare con Ed.

«Come va, amico?» gli chiesi con un sorriso radioso.

Sollevò un sopracciglio con aria interrogativa. «Sei ubriaco, per caso?»

Risi e mi passai una mano tra i capelli. «No, sono solo sceso dalla parte giusta del letto, stamattina.» *Mi sono svegliato nel letto giusto, anzi.* «Devo andare. Torno dopo pranzo a darti il cambio.»

Annuì con uno sguardo alla casa. «Sì, ho sentito.»

«Ti chiamo dopo» dissi, senza aspettare risposta e dirigendomi alla mia auto. Mi sedetti, avviai il motore senza riuscire a togliermi dalla faccia il sorriso. Prima di partire mandai un messaggio veloce a Ray e al Furbo, chiedendo loro di raggiungermi al più presto al capannone. Non impazzivo dalla voglia di annunciare che intendevo cambiare vita, ma erano dei buoni amici, speravo che avrebbero capito.

Quando giunsi a destinazione, erano le dieci passate ma non c'era ancora nessuno. Aprii, accesi tutte le luci e la stufetta perché si gelava, lì dentro, e decisi di fare qualche lavoretto sulla mia macchina. Ero troppo nervoso per fare altro, e non potevo occuparmi dei documenti necessari per trasferire la proprietà delle mie attività legali finché non ne avessi parlato con i ragazzi. Sapevo che ci sarebbe voluto un po' di tempo. Ray aveva risposto al mio messaggio dicendo che era all'allenamento di calcio della figlia maggiore, quindi non sarebbe arrivato prima delle undici. Il Furbo sarebbe giunto anche più tardi; non aveva risposto, ma di solito andava a dormire tardi e si alzava tardi. Le sue giornate non cominciavano prima del pranzo.

Per due ore lavorai sulla Subaru per metterla a punto. Fatica sprecata, a ben vedere, giacché non avrei più corso in macchina. Avevo promesso a Ellie di lasciare quella vita, e ciò significava rinunciare a ogni suo aspetto. Ora che lei era tornata, non dovevo più sfidare la morte correndo, quando preferivo farle le coccole guardando un film. Stare con lei batteva tutto, anche la botta di adrenalina che mi trasmettevano le auto veloci e i furti. Ellie era l'unica cosa della quale avessi davvero bisogno.

Ray arrivò per primo, vantandosi di sua figlia che aveva un sinistro formidabile. Il Furbo giunse qualche minuto dopo, alle undici e mezzo, sbadigliando e strofinandosi gli occhi.

«Buongiorno» dissi.

Bofonchiò qualcosa e si diresse subito verso la caffettiera; preparò del caffè fresco e se ne versò una tazza generosa. Quando ebbe finito, si voltò e mi guardò in cagnesco. «Spero che sia importante. Ho lasciato una ballerina nel mio letto. Le gambe più flessibili che abbia mai visto.»

Sorrisi e mi pulii le mani su uno straccio, facendo un cenno verso le scale. «Andiamo di sopra. Devo parlarvi» dissi.

In ufficio mi sedetti sul divano di pelle nera e aspettai che facessero altrettanto. Aprii la bocca per parlare, ma il Furbo mi anticipò. «So che vuoi notizie, ma non c'è molto da dire. Non è cambiato granché da ieri sera. Lewiston ha detto che Alberto non uscirà tanto presto.»

Purtroppo per lui, ma fortunatamente per me. Alberto si trovava nel laboratorio di cocaina dei Salazar il giovedì, quando l'ispettore Lewiston e dieci dei suoi uomini più fidati avevano condotto retate in simultanea nei laboratori dei Salazar. Avevano arrestato quasi tutti i presenti e requisito la droga. Avevano abbastanza prove da mandarli al fresco per un bel po'. Il maggiore dei Salazar avrebbe trascorso quasi tutta la vita in prigione, stando a ciò che avevo saputo. Rimaneva però il problema del fratello minore, del quale mi volevo vendicare.

«Nessuna informazione su Mateo?» Stavamo sondando il terreno, avevamo collaboratori che lo cercavano ovunque, ma nessuno l'aveva visto né gli aveva parlato da giovedì, quando gli avevo detto al telefono che avrebbe fatto meglio a nascondersi.

Il Furbo scosse il capo, bevendo un altro sorso di caffè. «Niente. Se n'è andato.»

Mi accigliai. «Continuate a cercare. Devo avere la certezza che Ellie sia al sicuro.»

Il Furbo si sporse, posando la tazza sul tavolo e con gli occhi puntati nei miei. «È al sicuro. Mateo non oserebbe tornare proprio adesso. Ha perso tutto: suo fratello è in prigione, e sappiamo tutti che era Alberto il cervello dell'organizzazione. Gli uomini di Mateo sono quasi tutti dietro le sbarre, non ha più nulla. Che interesse avrebbe a farsi vedere in giro? Sa che ce l'hai con lui, non sarebbe tanto stupido da provare di nuovo a farle del male. Non se lo sognerebbe neanche.»

Fissai pensieroso il tavolo e le volute di fumo del caffè. Il Furbo pensava di aver ragione, e forse era così, ma in un angolo del cervello non riuscivo a liberarmi della paura che Mateo stesse solo aspettando il momento giusto. Gli uomini che non hanno niente da perdere sono proprio i più pericolosi. Non avrei potuto dormire tranquillo finché non avessi saputo che Ellie era al sicuro al cento per cento, il che significava che dovevo trovare quel bastardo e ucciderlo.

«Continuate a cercare» ordinai. «So che forse sto esagerando, ma voglio che Ellie resti sotto sorveglianza finché non lo troviamo.»

Ray annuì subito con aria comprensiva. Lui più degli altri sapeva quanto la amavo, aveva visto tutto quello che avevo fatto dopo l'arresto. Ed era sua parente la ragazza che avevo mandato a tirare su di morale Ellie, a mie spese. Sempre lui aveva trovato un investigatore privato che mi aveva dato sue notizie mentre era in Inghilterra con Toby. Ray sapeva che lei era tutto per me; forse si immaginava al mio posto, pensava a come si sarebbe sentito lui se sua moglie fosse stata in pericolo. Il Furbo non riusciva a capire perché non aveva mai avuto una ragazza seria, solo delle avventure senza domani cui metteva fine appena l'interesse diminuiva.

Il Furbo sbadigliò rumorosamente, mettendosi una mano davanti alla bocca. «È per questo che mi hai svegliato? Ho fatto le ore piccole, e ho visto il tuo messaggio per caso quando sono andato in bagno, altrimenti sarei ancora a letto con la ballerina» brontolò.

Scossi il capo sperando che non si arrabbiassero troppo con me. «No, non è per quello. Volevo dirlo a voi per primi. Ellie e io ci siamo rimessi insieme, ieri sera.» Sorrisi orgoglioso, con il cuore gonfio di gioia.

Ray restò a bocca aperta per la sorpresa, poi sorrise; il Furbo esultò e mi diede un cinque. «Grande, fratello! Significa che smetterai di andartene in giro con quel muso lungo?»

Sorrisi e alzai le spalle, restituendo il cinque al Furbo e

stringendo la mano a Ray. Gli brillavano gli occhi di gioia. «Sono veramente felice per te, Kid. Te lo meriti. So quanto tieni a lei e quanto sei stato male quando vi siete lasciati.»

Una stretta di rimorso mi si accese alla bocca dello stomaco. Avrei dovuto essere onesto con lei fin da subito; le cose sarebbero andate diversamente, e non avremmo sprecato due anni a cercare di fingerci sereni.

«Grazie, amici, non potrei essere più felice. Ma questa novità comporta qualche cambiamento.» Entrambi mi guardarono con aria interrogativa. «Ho deciso di lasciare l'organizzazione.»

Il Furbo scoppiò a ridere, scuotendo la testa incredulo. «Buona, questa» ridacchiò. Ray, invece, rimase a fissarmi. Lui capiva. Aspettai che il Furbo si rendesse conto che non stavo scherzando. Poco per volta la sua risata si smorzò e spostò lo sguardo tra me e Ray.

«Ah, ma parli sul serio?» chiese preoccupato.

Scossi il capo. «Eh, sì.» Mi schiarii la gola e li guardai con aria dispiaciuta. «Voglio costruirmi una vita con lei, e ciò significa lasciarmi tutto questo alle spalle.» Indicai l'ufficio con un gesto del braccio.

«Molli anche i furti d'auto?» chiese Ray.

«Sì. Ellie merita di avere accanto la persona che crede che io sia, il ragazzo che ero quando ci siamo messi insieme la prima volta. Lo voglio anch'io» spiegai. «Chiederò a degli avvocati di preparare i documenti perché la ditta di trasporti e la società di security vengano intestate a voi, in parti uguali. Venderò uno dei locali per avere da parte un po' di soldi, e terrò il Red's perché l'avevo chiamato così in onore di Ellie. Gli altri locali li potete tenere voi. Fate quello che volete delle varie aziende; vendetele, dividetele, come preferite.» Era il mio regalo di addio, un impero da diversi milioni di dollari che mi era stato lasciato e che lasciavo a mia volta in buone mani.

Il Furbo alzò una mano. «Aspetta, aspetta. Perché ci dai tutto? Potresti vendere, comprarti uno yacht da favola e farti il giro del mondo con la tua ragazza. Non capisco.»

Mi strinsi nelle spalle. Ci avevo pensato, ma non mi serviva tutto ciò, ed ero quasi certo che a Ellie non sarebbe piaciuto usare quei soldi sapendo da dove venivano. Avrei venduto uno dei locali, quello era certo. Le spese mediche della madre di Ellie erano elevate, e volevo potermene fare carico, liberandole almeno di quella preoccupazione. Avrei tenuto il Red's perché aveva un valore sentimentale per me, e poi mi serviva una fonte di guadagno. Ma non avevo bisogno dello stile di vita dispendioso che avevo al momento.

A me bastava Ellie.

Entrambi meritavamo un nuovo inizio, una rottura col passato. Non avremmo mai avuto un bel futuro davanti, se avessimo continuato ad appoggiarci al passato.

«Voglio cominciare da capo a modo mio» spiegai.

Il Furbo pensò alle mie parole poco convinto, ma Ray capì al volo. Annuì con un sospiro. «Parli sul serio, quindi? E cosa farai?» chiese.

Alzai le spalle, e sentii il peso delle responsabilità abbandonarmi. Potevo fare quello che volevo. «Ancora non lo so. Potrei aprire un'officina, ad esempio. Riparare auto invece di rubarle, per cambiare. Da giovane avevo sempre voluto fare il meccanico.» Le possibilità erano infinite, e avevo tutta la vita per scoprirle con Ellie al mio fianco. Non avevo mai voluto vivere in quel modo, e adesso avevo l'opportunità di farla finita. L'avrei colta al volo.

«Non ti mancherà l'eccitazione, il brivido?» chiese il Furbo scettico.

Scossi il capo con un sorriso beato. «Non avrò tempo di sentirne la mancanza. Sarò troppo occupato ad adorare Ellie.» *A cominciare da oggi pomeriggio!*

Il Furbo fece un sorrisetto. «Sei proprio matto.»

«Quando incontrerai la donna giusta, capirai anche tu» gli dissi, e lanciai a Ray uno sguardo d'intesa. Lui aveva trovato l'amore della sua vita tanto tempo prima. «Ellie è tutto per me. È una nuova avventura, e non vedo l'ora di cominciare» aggiunsi. «Voi due, adesso, dovete decidere cosa volete fare con l'organizzazione. È vostra, ora.» Mi appoggiai allo schienale e intrecciai le dita dietro la testa, e osservai come si studiavano l'un l'altro prima di cominciare a parlare.

Erano ancora immersi nella conversazione due tazze di caffè dopo, quando il numero di Ellie mi apparve sul telefono. «Ciao, piccola.»

Si udì un fruscio, poi mi parlò. «Jamie?» Qualcosa non andava; aveva detto il mio nome in tono implorante, e mi venne un brivido lungo la schiena. Un grido di dolore da parte sua mi gelò il sangue. «Aiutami» mi pregò.

Quella parola fu come una pugnalata al cuore.

«Ellie?» la chiamai con un filo di voce. Poi al telefono parlò un'altra persona, che riconobbi per l'accento spagnolo e che mi suscitò una rabbia incontenibile.

«Se la vuoi, vieni a prenderla. Sono al molo, dove *avevo* un fottutissimo laboratorio prima che arrivassi tu a distruggere tutto. Hai esattamente mezz'ora prima che le tagli la gola e la lasci morire dissanguata» disse Mateo Salazar.

Per poco non mi venne un colpo; strinsi il telefono con forza tale che mi stupii di non averlo rotto. Non capivo più niente. Il molo. Sapevo dov'era, ma ci volevano almeno tre quarti d'ora per raggiungerlo. «Mi serve più tempo.»

«Premi sull'acceleratore, amico» sbottò. «Vieni da solo. Se vedo qualcun altro, lei muore. Se sei in ritardo anche solo di un minuto, lei muore. Se lo dici a qualcuno, lei muore.»

27

Giunsi al porto ventisette minuti dopo, al volante della BMW. Non sapevo come avevo fatto ad arrivare puntuale. Ero pronto a tutto, non potevo permettere che facesse del male a Ellie.

Mantenere la calma non era facile; dentro di me ribolliva un vulcano, e mi ci volle tutto il mio autocontrollo per placare gli istinti omicidi. Spensi il motore, feci un paio di respiri profondi, cercando di dominare la rabbia che mi aveva pervaso non appena avevo udito il suo grido soffocato al telefono. Dovevo restare lucido. Dovevo riflettere e non lasciarmi sopraffare dalla collera, altrimenti entrando là dentro avrei spaccato tutto e ucciso chiunque si muovesse.

Quando riuscii a ritrovare un minimo di freddezza presi le pistole dal sedile del passeggero; ne nascosi una nella cintola dei jeans, dietro, e la coprii col maglione, e tenni l'altra in mano, con un colpo in canna.

Appena sceso dalla macchina, notai il silenzio. Quella zona del porto era sempre deserta, ma ciò non significava che i miei avversari non fossero lì, da qualche parte, nascosti tra le ombre, a guardarmi. Sollevai la pistola, avanzai verso il cancello d'entrata con un obiettivo molto chiaro in testa; liberare Ellie e uccidere tutti gli altri.

Strinsi i denti; ero conscio del tempo che passava, e

dell'ultimatum di Mateo. I piedi mi si mossero per conto loro e mi spinsero nella zona delimitata dal nastro giallo della polizia, fino al deposito all'aperto dove si trovavano container arrugginiti e materiale di scarto. Tenni l'arma alzata e aguzzai la vista per riuscire a individuare qualcuno, chiunque. Ma non c'era nessuno.

Tirai avanti, nascondendomi dietro i container, le orecchie rizzate. Dopo qualche minuto giunsi in uno spiazzo. Appoggiando la schiena alla parete di un container, sbirciai da dietro l'angolo, aspettandomi di vederlo. Probabilmente era al centro del molo, il più lontano possibile dai passanti e da orecchie indiscrete. Se quello era il luogo dell'incontro, era lì che avrei condotto le trattative. Spaziai con gli occhi in tutte le direzioni, in particolare nelle zone in ombra, dove qualcuno poteva tenersi nascosto. Nulla.

Uscii dal nascondiglio, avanzai nello spazio aperto, sapendo che così mi esponevo, ma ero ormai in preda al panico. Ero nel posto sbagliato? E se ci fosse stato qualche altro molo dove Ellie aspettava che andassi a salvarla? Mi immaginai scene raccapriccianti, il coltello di Mateo affondato nella gola delicata di Ellie, che avevo baciato poche ore prima. Vidi il suo sangue scorrere come un fiume scarlatto, che le inzuppava i vestiti; lei che sgranava gli occhi e moriva dissanguata.

«Mateo!» gridai con quanto fiato avevo in gola. «Mateo! Figlio di puttana, dove sei?»

«Qui.»

Mi irrigidii e sollevai la pistola, puntandola in direzione della voce. Fui pervaso dal sollievo perché ero nel posto giusto, ma la sensazione fu di breve durata perché uscì da dietro un container usando Ellie come scudo umano.

Mi sentii morire guardandola. La teneva per i capelli, mentre lei si lamentava flebilmente, perché aveva la bocca coperta di nastro adesivo. Le mani erano legate davanti con una corda blu, aveva del sangue rappreso sul lato del viso e tra i capelli, e uno degli occhi era iniettato di sangue, mentre un livido le si stava formando sulla guancia. Aveva le braccia coperte di tagli, e i jeans erano strappati e sporchi.

Ero fuori di me dalla rabbia, e mille idee di vendetta mi attraversarono la mente. «Cosa diavolo le hai fatto?» chiesi con voce minacciosa. Gli avrei staccato la testa, a quel criminale.

Mateo sorrise e avanzò di due passi, continuando a usarla come scudo. «Ha avuto un piccolo incidente d'auto, vero, tesoro?» le disse, premendole il naso tra i capelli.

Ellie prese un'aria disgustata e il dito mi tremò sul grilletto. Un incidente d'auto. L'aveva spinta fuori strada, probabilmente, e rapita. Era da sola? C'erano i famigliari con lei? Erano lì anche loro, in attesa di essere salvati da quella situazione disperata?

«Capisco perché ti piaccia, è tutto pepe, la ragazza. Ho dovuto legarla, la tua sgualdrina, perché ha cercato di scappare due volte. È perfino riuscita a mettere fuori uso una delle sue guardie.» Ridacchiò con una traccia di orgoglio nella voce.

Alzai la pistola. «Lasciala andare. Non ti serve» lo implorai. Forse sarei riuscito a farlo ragionare; ero pronto a tutto, ormai. «Ellie, stai bene? Va tutto bene, piccola?»

Sollevò lo sguardo per incrociare il mio, e il panico e la paura che vi lessi mi mandarono in tilt. Con Mateo che la teneva per i capelli, riuscì solo a fare un cenno piccolissimo di assenso.

Tornai a spostare l'attenzione su Mateo. «Liberala. Toglile le tue luride mani di dosso, e forse ti lascerò in vita.» Con la pistola miravo alla testa; un colpo, e potevo farla finita, ma era troppo vicino a Ellie, non volevo rischiare di colpirla. Stavo meditando di provarci comunque quando dei movimenti dietro Mateo attirarono la mia attenzione.

Quattro dei suoi uomini emersero dalle ombre, con le pistole puntate contro di me. Probabilmente erano gli unici che gli rimanevano, e che erano riusciti a non farsi arrestare durante le retate o erano scappati quando Alberto era stato arrestato.

Mateo scoppiò a ridere, una risata folle che mi fece rizzare i capelli. «Non sei tu ad avere un asso nella manica, Kid. Sono io.» Si tolse il coltello con il manico di avorio dalla cintola. Lo mosse verso Ellie, che chiuse gli occhi e strinse i pugni.

Quando glielo posò sul collo, cercai di restare concentrato e di non perdere la calma.

«No!» esclamai.

Mi sembrava di impazzire, perché non ero in grado di trovare una via d'uscita. Cinque contro uno ed Ellie rischiava di beccarsi una pallottola. Niente stava andando secondo i piani. Da quanto tempo ero lì? Tre minuti, forse? Mi sembrava un'eternità.

«Se le fai del male, ti giuro che ti strappo le budella prima ancora che crepi» promisi.

Mateo sorrise e fece un cenno verso uno dei suoi uomini. Lanciai un'occhiata a sinistra, e vidi qualcuno venirmi incontro con la pistola alzata e un passo esitante. Era quello che aveva offeso Ellie in discoteca e che avevo picchiato a sangue. Non c'era da stupirsi che fosse riluttante ad avvicinarsi.

«Mostrami le mani» ordinò.

Feci un sorriso sarcastico, e con la mano libera, con un gesto fulmineo, estrassi l'altra pistola, che gli puntai contro, mentre l'altra prendeva di mira Mateo. «Eccole qui, le mie mani» dissi, guardando di nuovo il boss. «Lasciala andare e troviamo una soluzione. Da uomo a uomo. Non fare la donnetta, Salazar. Davvero trovi dignitoso nasconderti dietro una donna?» Sputai disgustato, provandole tutte per indurlo a toglierle il coltello che le premeva sul collo.

Mateo parve offeso dalla mia mancanza di rispetto, e diede uno strattone ai capelli di Ellie che fece un grido soffocato. Sussultai vedendo il coltello che aumentava la pressione sul suo collo. «Uso tutti i mezzi a mia disposizione, ecco qual è il mio metodo» berciò Mateo.

Dovevo solo continuare a farlo parlare, guadagnando tempo. «Va bene, non agitarti.»

Un sorriso crudele gli apparve sulla faccia, e si voltò a guardare qualcosa dietro di sé. «Avanti, vieni fuori. Perché non gli mostriamo qual è il mio metodo?»

Quasi subito lo raggiunse un altro individuo da dietro un container. Ed. Adesso capivo perché le mie telefonate disperate lungo il tragitto non avevano avuto risposta. Avanzò, mettendosi di fianco a Mateo, con una pistola nella mano destra. Finalmente avevo compreso.

Hai fatto il doppio gioco, bastardo traditore!

Ed sorrise e si grattò una guancia con la canna della pistola. Aveva degli occhi da squalo, e mi studiava, cercando di valutare la situazione. «Sei stupito di vedermi?» chiese. «Pensavi che fossi morto dopo essermi battuto coraggiosamente per proteggere la tua cara ragazza? Mi dispiace dirtelo, Kid, ma ti sei fidato della persona sbagliata.»

«Ed, cosa diavolo hai fatto?» Non riuscivo a crederci. «Quanti soldi ti hanno offerto?» Era con me fin da quando ero uscito di prigione, e prima di me aveva lavorato per Brett. Lo conoscevo da quando avevo undici anni. Quel tradimento bruciava.

«Non è questione di soldi. Ti sbagli di grosso. Si tratta di rispetto.»

Finalmente capii. Ed non era mai stato contento di lavorare per me. Avrei dovuto cogliere i segnali, prestare più attenzione ai suoi sguardi risentiti ogni volta che lo tagliavo fuori, non avrei dovuto liquidarlo senza dargli peso quando mi chiedeva più responsabilità nell'organizzazione. Ero stato troppo arrogante per capire come sarebbe andata a finire con lui. E ora ne pagavo le conseguenze.

«Adesso non ha più importanza, però» continuò, rivolgendosi a Mateo. «Mateo e io abbiamo deciso di iniziare una nuova attività. Ci resta solo un problema da eliminare, prima: sei tu.» Sollevò un sopracciglio e sorrise. «Quando mi sono ricordato la piccola rossa per la quale avresti rinunciato a tutto, hai smesso di essere intoccabile. All'inizio non ero sicuro che avrebbe funzionato; non sapevo se ti interessava ancora o se fossi passato ad altro, ma abbiamo deciso di provarci comunque. E ha funzionato meglio di quanto pensassimo. Il piano era semplice: seguire i suoi genitori, distruggere la macchina, e voilà: lei è tornata, e tu sei sconvolto e abbassi la guardia.»

Non riuscivo a capacitarmene. Il padre di Ellie era morto per causa mia. «Lurido bastardo!» mormorai con voce minacciosa.

Lanciai un'occhiata a Ellie e vidi i suoi tratti deformati da quella rivelazione. Si dibatté per liberarsi, e cercò di sferrare un calcio a Ed incendiandolo con lo sguardo.

Ed le carezzò il volto con un dito, asciugandole le lacrime di rabbia. «Oh, tesoro, non arrabbiarti» la provocò. «Dovevamo pure farti tornare, in un modo o nell'altro.» Lasciò ricadere la mano ed Ellie continuò ad agitarsi, gridando parole che nessuno capiva per via del nastro adesivo sulla bocca.

Mateo fece un sorriso soddisfatto. «Non eravamo sicuri al cento per cento che avrebbe funzionato, però, non fino a quella sera in discoteca quando hai aggredito Manny che l'aveva toccata. Lì ho capito che il nostro piano era perfetto. Il caso ha voluto che fosse nel locale quella sera, permettendoci così di cominciare a mettere in atto il piano» aggiunse fiero. «Alberto non voleva saperne, invece; secondo lui dovevamo lasciarti in pace. Mi hai fatto un favore a mandarlo dietro le sbarre, perché avevamo sempre avuto delle divergenze sulla conduzione degli affari. Era contento di prendersi i tuoi resti, ma io no.»

Ellie continuava a dimenarsi, e con le mani legate cercò di colpire il viso di Ed. Questi la spinse via e le puntò la pistola sulla fronte, furioso. «Fa' ancora un movimento e deciderò che non ci servi più» la minacciò.

Stavo perdendo di nuovo il controllo; feci un passo avanti, ignorando le quattro pistole che avevo puntate contro. «Toglile quella fottutissima pistola dalla faccia» ordinai. Mi tremava la mano, ma non per paura; era la collera che mi pulsava nelle dita. Se avesse fatto una mossa sbagliata, gli avrei sparato un proiettile nel cervello. Non se ne sarebbe neanche accorto.

Ed ebbe un lampo di incertezza negli occhi, ma non distolse lo sguardo da Ellie, che si era immobilizzata. «Mi chiedo come sarà, dopo, il suo bel faccino» disse, premendole più forte la canna della pistola sulla testa, e strappandole un mugolio spaventato. Per il momento ero impotente, e questo mi faceva impazzire. «Fa' ancora un passo, Kid, e lo scopriremo» minacciò Ed.

Strinsi i denti e mi fermai. «Ed, cosa ti è successo? Come hai fatto a diventare una persona capace di uccidere una ragazza innocente per ottenere quello che vuoi?» Ed non mi era mai piaciuto, era sempre stato un bastardo arrivista, ma certo non mi aspettavo che arrivasse a tanto. Non si era mai spinto fino a quel punto; il potere gli aveva dato alla testa. Glielo leggevo negli occhi; l'avrebbe uccisa in un baleno per ottenere quello che voleva. Quello sguardo mi terrorizzava.

«In ginocchio» ordinò, senza spostare la pistola dal volto di Ellie.

Scambiai uno sguardo con lei e mi venne un groppo alla gola. Fece una protesta soffocata, e mi implorò con gli occhi di rassicurarla, cosa che purtroppo non ero in grado di fare. Calcolai quante probabilità avevo di abbatterli tutti prima che uno di loro sparasse a me o a Ellie. Erano poche. Un luccichio dall'alto del container alla mia destra attirò la mia attenzione – lo vidi un secondo, poi scomparve subito – e mi balzò il cuore in gola. Le mie probabilità di farcela si erano improvvisamente decuplicate.

Sorrisi debolmente a Ellie e annuii per indicare a Ed che intendevo obbedirgli. Alzai le mani e mi inginocchiai lentamente, cercando di avere un'aria rassegnata mentre in realtà mi stavo preparando a lottare per le nostre vite.

28

Ed aveva una faccia molto soddisfatta vedendomi in ginocchio ai suoi piedi, e smise finalmente di puntare la pistola contro Ellie. «Non avrei mai creduto di vedere Kid Cole in ginocchio a implorare pietà. Assaporerò questo momento per il resto della mia vita.»

Sarà un piacere fugace, allora, il tuo, pensai, nascondendo un sorriso.

Ovviamente non ero venuto da solo. Non ero un idiota. Pensavano davvero che fossi tanto stupido da credere che avrebbero lasciato andare Ellie se mi fossi comportato bene?

Pregai solo che il mio piano funzionasse come previsto, e che Ellie non venisse ferita durante l'inevitabile sparatoria. Almeno in questo modo avrebbe avuto una possibilità di farcela.

Il segnale luminoso di pochi istanti prima significava che Ray era in posizione, e che il Furbo avrebbe proceduto con il diversivo da un momento all'altro, come stabilito.

Lanciai un'occhiata a Ellie. Aveva le lacrime agli occhi, e pareva così abbattuta e disperata che mi piangeva il cuore. Non potevo fare altro che guardarla e cercare di comunicarle di tenersi pronta a tutto.

«Appoggia le pistole a terra. Lentamente!» ordinò Ed, che mi puntò contro la sua arma.

Posai le pistole con calma, cercando di non far capire che io stesso avevo tutto l'interesse a temporeggiare. *Dov'è il diversivo? Avanti, Furbo!*

A un tratto dietro di me vi fu un'esplosione. Tutti alzarono lo sguardo spaventati; iniziarono a pioverci addosso detriti e polvere, e rimasero tutti spiazzati. Quando mi voltai, vidi un pennacchio di fumo nero.

Repressi un sorriso mentre Mateo imprecò in spagnolo e mandò due dei suoi uomini a vedere cosa fosse successo. Ed continuava a puntarmi contro la pistola, e non osai muovermi. Trattenni il fiato, sperando che Ray intervenisse.

Il dito di Ed si mosse sul grilletto, e accaddero due cose contemporaneamente: un colpo assordante di arma da fuoco fu sparato dalla cima di un container alla mia destra, e la mano di Ed si trasformò in una massa sanguinolenta quando il proiettile gli attraversò il polso. Ed cacciò un urlo stridulo e lasciò cadere la pistola per terra, guardandosi la carne martoriata che poco prima era stata la sua mano.

Non avevo tempo per restare a guardare con le mani in mano. Mi tuffai in avanti e afferrai una delle mie pistole, in tempo per vedere che Mateo aveva passato un braccio attorno al collo di Ellie e la trascinava con sé, usandola come scudo. Chiusi un occhio, presi la mira, cercando di trovare una parte del suo corpo che fosse scoperta, e premetti il grilletto.

La pistola rinculò un poco, e il proiettile colpì Mateo al ginocchio. Cacciò un grido di dolore, ma non lasciò andare Ellie e continuò a trascinarsela dietro.

Ellie non si fece sfuggire l'occasione: gli diede una gomitata nello stomaco mentre era distratto. Fui orgoglioso di lei. Mateo gemette e fece un mezzo passo a sinistra. Non mi serviva altro: sparai un'altra volta, colpendolo alla spalla.

Cadde all'indietro, trascinando Ellie con sé, e finirono entrambi a terra.

Trattenni il fiato, sperando che non si fosse fatta male. Proprio allora si divincolò e si mise in ginocchio, incrociando il mio sguardo.

«Scappa!» gridai. «Corri, Ellie!» Si rimise in piedi a fatica per via delle mani legate, ma cadde di nuovo.

Con la coda dell'occhio colsi un movimento; vidi un uomo di Salazar a tre metri da me, con la pistola puntata contro il mio torace. Mi gettai a terra di lato, sparando durante il tuffo. I suoi proiettili colpirono il luogo esatto dove mi ero trovato qualche millisecondo prima. Lui, invece, fu colpito al torace. Sbarrò gli occhi e si guardò la ferita, con il sangue che gli usciva schiumando dalla bocca; cadde in ginocchio, poi rovinò tra la polvere di faccia.

Sbattei gli occhi un paio di volte, e quando mi voltai vidi che Ellie era di nuovo in piedi e correva, zoppicando vistosamente, verso i container a sinistra. Sorrisi sollevato, ma poi scorsi Ed con un coltello luccicante nella mano buona. Aveva uno sguardo feroce negli occhi mentre mi aggrediva. La lama tagliò l'aria e ne sentii il fruscio. Avevo spostato la testa appena in tempo.

Ed ci provò di nuovo e gli sferrai un calcio che lo colpì a un fianco. Si piegò su se stesso con un gemito, e ne approfittai per sferrargli un colpo in faccia con la pistola. Udii un suono di cartilagine rotta, e il naso cominciò a sanguinargli copiosamente. Sembrava suonato dalla botta: il coltello gli cadde di mano e lui si accasciò a terra, sollevando una nuvola di polvere. Prelevai il suo coltello nell'eventualità che si riprendesse.

Mi alzai, agitai le mani per dissipare la polvere e udii dei suoni di colluttazione vicino a me. Alzai lo sguardo e scorsi il Furbo impegnato in un corpo a corpo con un uomo di Salazar. In lontananza sentii due tizi gridare in spagnolo, probabilmente si trattava di quelli che erano andati a indagare sull'esplosione e che stavano tornando precipitosamente a dar man forte agli amici. Di loro si occupò Ray, che iniziò a sparare col fucile.

Cercai Ellie ovunque, ma non la vidi. Mateo si rizzò a sedere. Aveva il torace e il volto coperti di sangue, e sembrava la comparsa di un film dell'orrore.

Armeggiò con qualcosa alla cintura e riuscì infine a estrarre la pistola, che puntò contro il Furbo, impegnato a lottare con un avversario.

Mi resi conto troppo tardi che nella mano destra stringevo il coltello, non la pistola. Non ebbi tempo di pensare; lo scagliai più forte che potevo, pregando che l'allenamento contro il bersaglio delle freccette desse i suoi frutti. Il coltello era grosso e pesante, ben diverso dai coltellini che avevo usato per esercitarmi. Lo osservai fendere l'aria e conficcarsi nel collo di Mateo.

Fu scosso da uno spasimo, e si portò una mano alla gola mentre il sangue gli usciva a fiotti dalla ferita. Mosse la bocca per dire qualcosa, incurvò le spalle prima di cadere all'indietro con gli occhi aperti. Stava morendo dissanguato, proprio come aveva minacciato di fare con Ellie.

Che ironia del destino, pensai, rizzandomi in piedi. Non ero entusiasta di averlo ucciso, ma non lo rimpiansi neanche per un secondo.

Mi schermai gli occhi con la mano contro il sole pomeridiano ormai basso, e feci un cenno riconoscente a Ray, in cima al container. Il Furbo aveva appena sferrato un pugno alla gola a un tizio, riducendolo in ginocchio, rantolante. Il viso del Furbo era ancora minaccioso e determinato, e si guardò attorno in cerca di altri pericoli. Mi rilassai. Era finita, eravamo tutti al sicuro e più o meno indenni.

«Ellie?» chiamai, chiudendo gli occhi e facendo un paio di respiri profondi. L'adrenalina mi faceva tremare le mani; riaprii gli occhi, e guardai nella direzione dove l'avevo vista l'ultima volta. Scavalcai il corpo di Ed e mi rimisi la pistola nella tasca posteriore dei jeans. «Ellie, dove sei?»

Sbucò da dietro un container. Sorrisi, sopraffatto dal sollievo, e mossi un altro passo verso di lei. Lei fece un gran respiro e mi si avvicinò vacillante, con le lacrime che le rigavano il volto. Giunta davanti a me mi si aggrappò, con le mani ancora legate.

«Oddio, mi dispiace tanto di averti trascinato in questa storia. Stai bene?» chiesi, allontanandola per guardarla meglio, e le presi delicatamente il viso tra le mani. «La tua faccia...» Le scrutai l'occhio iniettato di sangue, i lividi, la pelle scorticata dove si era strappata il cerotto, il sangue rappreso sulla tempia. «Dove hai male?»

Mi spostò le mani e, con un gemito, tornò ad appiccicarsi a me piangendo. La strinsi tra le braccia, premendo la guancia sulla sua nuca. «Sto bene» borbottò. «Ho avuto tanta paura» sussurrò.

«Lo so, piccola, lo so. Adesso è finita, però. È finita» la confortai, accarezzandole la schiena. Le baciai i capelli, notando il taglio sulla tempia e ritraendomi. «Sei sicura di star bene? Ti porterei all'ospedale.» La guardai negli occhi umidi e la trovai spaventata e timida, come un topolino.

«Sto bene. Ho preso solo qualche botta nell'incidente.» Tirò su col naso e cercò di ripulirsi la faccia con cautela.

Annuii e mi ritrassi per dare un'occhiata in giro. Vidi che il Furbo era seduto per terra, con la schiena contro un container, e si staccava lembi bruciati della maglietta da un fianco con una smorfia di dolore. «Stai bene, Furbo?» chiesi preoccupato.

Annuì e continuò ad armeggiare sul fianco. «Sì, mi sono solo avvicinato troppo all'auto quando è esplosa» rispose.

Auto esplosa? Era quello, il diversivo? Ottimo.

«Mi devo sedere» disse Ellie, che si lasciò scivolare lungo il container più vicino fino a trovarsi per terra. «Va' a vedere se il tuo amico sta bene, sembra uno di quei macho che dicono di star bene anche se hanno perso una gamba.» Fece un sorriso debole e si attirò le ginocchia contro il petto, poi si toccò piano la tempia.

La guardai per qualche secondo, per verificare che stesse bene davvero, prima di dirigermi dal Furbo.

Dietro di me sentii un grido sorpreso, poi Ellie urlò: «Attento!» Ed mi travolse e mi trascinò nella caduta. Cercai di riprendere fiato, ma lui mi afferrò subito la gola e mi sferrò una ginocchiata nelle costole. Gli afferrai la camicia e rotolai per trovarmi sopra di lui, e gli diedi un pugno in faccia. Ed girò il volto all'ultimo momento e il pugno mi sbatté per terra con forza; sentii qualcosa rompersi. Il dolore mi si irradiò dalle dita fin sul braccio.

Mi lasciai sfuggire un lamento, cercai di resistere al dolore e gli diedi un pugno con la sinistra; stavolta feci centro. Con la mano ferita mi cercai la pistola infilata nella cintura, ma non la trovai. Doveva essermi caduta quando Ed mi aveva placcato.

Gli diedi un pugno al fianco, accolto da un rantolo.

«Ellie, no!» gridò il Furbo.

Voltai la testa a destra e vidi che Ellie aveva raccolto la mia pistola. Con le mani tremanti la puntava contro Ed, che si dibatteva sotto di me.

Ed mi diede un pugno sullo zigomo, e mi sbatté a terra, alla sua destra... proprio quando udii lo sparo. Avvertii un dolore intenso, bruciante, al bicipite. Non ero mai stato colpito da un proiettile, e non pensavo che facesse tanto male. Il grido di Ellie, che rimpiangeva il proprio gesto, mi strinse il cuore, ma non avevo tempo per pensarci: Ed stava avendo la meglio. Aveva sfruttato la mia distrazione e ora mi sferrò un pugno proprio sopra la ferita al braccio, e urlai, sentendomi venire meno per il dolore.

Mi afferrò la gola e si mise a stringere, e con il braccio

funzionante cercai di spingerlo via. A un tratto si bloccò a occhi sbarrati, e mi guardò quasi spaventato. Mi lasciò andare il collo, e trassi infine qualche respiro ansimante.

Misi a fuoco la scena, e vidi una pistola puntata contro la tempia di Ed. Sbattei le palpebre, cercando di capire cosa stesse succedendo, e seguii la pistola fino ai polsi legati, alle braccia coperte di graffi, al viso della mia ragazza, deformato dal desiderio di vendetta. Le tremava il mento, ma i suoi occhi non lasciarono il volto di Ed neanche per un secondo.

Aprii la bocca per dirle di non farlo, perché non sarebbe più potuta tornare indietro e quel gesto l'avrebbe tormentata per sempre, ma non c'era un'ombra di indecisione sul suo viso.

«Questo è per mio padre.» Premette il grilletto e gli sparò in testa.

29

Sussultai, e il sangue di Ed mi schizzò in faccia. Mi cadde accanto, con gli occhi aperti e senza vita.

Ellie era immobile, con la pistola ancora puntata, le labbra socchiuse, gli occhi sgranati che guardavano il cadavere di Ed e la pozza di sangue che gli si stava formando velocemente attorno alla testa.

«Ellie, va tutto bene» le dissi, puntellandomi sui gomiti per rizzarmi a sedere.

La mano e il braccio mi facevano un male terribile, e sentivo il sangue che mi colava dalla ferita che Ellie mi aveva provocato senza volere. Non si mosse e non diede segno di avere capito le mie parole. Non ero neanche sicuro che respirasse. Continuava a fissare Ed. Ignorando il dolore mi alzai e le andai accanto, posai la mia mano sana sulla sua, abbassandole la pistola.

«Ellie, guardami» la implorai, stringendo le dita sulla canna. Non reagì. «Ellie, per favore, puoi guardarmi, piccola?» insistei, cercando di toglierle di mano la pistola con delicatezza.

Lasciò andare l'arma e girò lentamente la testa verso di me, senza però smettere di guardare il corpo senza vita. «Ha ucciso mio padre. Avrebbe ucciso anche te» balbettò confusamente.

Mi infilai subito la pistola nella cintura dei jeans. «È così. Mi hai salvato. Hai fatto la cosa giusta.»

Avrei voluto che non lo facesse. Non che non lo volessi morto – certo che se lo meritava –, ma avrei preferito farlo io per evitarle il rimorso e il senso di colpa che avrebbe immancabilmente provato. Volevo proteggerla da tutto, e se questo significava sporcarmi le mani, pazienza.

Con la mano sana armeggiai con i nodi che le bloccavano i polsi e riuscii a scioglierli. Gettai la corda per terra. Ellie annuì, ma continuava a non guardarmi, così le presi il viso tra le mani, facendo attenzione a non far male a nessuno dei due, e mi frapposi tra lei e il cadavere di Ed. «Ellie» sussurrai, piegandomi sulle ginocchia per trovarmi alla sua altezza.

Finalmente i suoi occhi incrociarono i miei. «Ha ucciso mio padre» bisbigliò. «Non sono pentita. Lo rifarei subito.»

«Non dovrai fare una cosa del genere mai più, in vita tua. E neanch'io. Da questo momento siamo solo tu e io, niente affari loschi, niente personaggi poco raccomandabili che ti danno la caccia. Solo tu e io. Sempre se mi vuoi ancora» dissi, guardandola negli occhi e trovando insopportabile il dolore che vi leggevo.

«Sì» sussurrò. «Ti amo.»

Premetti le labbra sulle sue, screpolate e ruvide. «Anch'io ti amo tanto» dissi.

Tirò su col naso, mi toccò il braccio con mani tremanti e ritrasse le dita sporche di sangue. Era mortificata. «Stai bene? Ti ho sparato!»

Feci un sorriso stentato, cercando di non lasciar trapelare quanto male mi facesse. «È solo un graffio, sto bene» replicai. Adesso che il dolore iniziale era passato, stavo meglio; era solo un bruciore continuo, mentre la mano mi doleva di più. «Hai una pessima mira» scherzai.

Ellie non rispose; mi afferrò invece la zip della felpa,

abbassò la cerniera e cercò di sfilarmela con il viso segnato dalla preoccupazione. «Toglila e fammi vedere» insisté, cercando di farmi scorrere la manica lungo il braccio ma fermandosi quando mi lasciai sfuggire un lamento di dolore. «Scusa, scusa» disse con una smorfia dispiaciuta.

«Faccio io» dissi, allontanando le sue mani tremanti e sfilando con un colpo secco la manica, badando alle mie dita gonfie mentre lasciavo cadere la felpa.

Guardammo entrambi il mio braccio e la ferita lunga sette centimetri sul bicipite, subito al di sotto della spalla. Avevo ragione, era solo un graffio; il proiettile mi era entrato e uscito, ma per fortuna aveva attraversato soltanto la carne. Però continuava a sanguinare parecchio.

A Ellie vennero le lacrime agli occhi. «Mi dispiace tanto. Volevo colpire lui, ma tu ti sei mosso e...»

Il Furbo ci raggiunse, diede un'occhiata alla ferita. «Oh, non stare a preoccuparti. È un graffietto, sta solo facendo un mucchio di scena» ci canzonò, cercando di sdrammatizzare perché Ellie stava cominciando ad agitarsi e a tremare. «Qualche punto, e sarà come nuovo.» Mi tolse di mano la felpa, estrasse un coltello e tagliò via alla bell'e meglio una manica per farmi una specie di benda.

Strinsi i denti per sopportare il dolore e con l'altra mano carezzai il viso di Ellie, le seguii il contorno del livido che aveva sulla guancia.

«Mi dispiace, mi dispiace tanto» disse, dandomi un bacio dolce sul palmo.

«Ellie, sto bene, te lo assicuro.» La strinsi con un braccio, attirandola a me, ignorando il dolore che quel gesto mi provocava. Perse la battaglia contro le lacrime, e mi affondò il viso nella spalla piangendo disperatamente, scossa dai singhiozzi.

La tenni stretta, e lanciai un'occhiata al Furbo che guardava Ellie intenerito. «Stai bene, Furbo?» chiesi, indicandogli il fianco. Adesso che si era avvicinato vidi la pelle bruciata, che stava cominciando a coprirsi di vesciche e doveva fargli male.

Agitò una mano per liquidare le mie preoccupazioni. «Tutto a posto. Dopo mi farò dare un'occhiata, ci metterò sopra qualche pomata e guarirà.»

Ray stava scendendo dal container, e infilò il fucile nella sacca avvicinandosi.

«Cosa vogliamo farne?» chiese il Furbo guardando i sei cadaveri nello spiazzo.

Ray si fece avanti. «Ci penso io. Voi due portatela da un medico. Vi chiamerò quando avrò sistemato tutto.»

«Grazie, Ray.» Era proprio un vero amico. Ero fortunato ad averlo. Ad averli entrambi. «Puoi camminare?» chiesi a Ellie.

Annuì, continuando a piangere aggrappata a me. Ci avviammo lentamente verso l'auto, Ellie lanciò un'occhiata ai cadaveri, impallidendo; mi strinse convulsamente a occhi sbarrati, rendendosi conto per la prima volta di ciò che aveva fatto.

«Non guardare» le consigliai, cercando di distrarla. Lei annuì e si lasciò guidare fino al punto in cui avevo parcheggiato la macchina, oltre i resti dell'auto esplosa che il Furbo aveva usato come diversivo. La carrozzeria stava ancora bruciando; delle volute di fumo si innalzavano verso il cielo, rendendo l'aria irrespirabile finché non fummo passati oltre, fuori dalla recinzione del molo, verso la mia auto.

Gettai le mie chiavi al Furbo che aprì lo sportello, spingendo in avanti il sedile per permettere a me e a Ellie di andare dietro. Ellie entrò per prima, tremante, ancora con le lacrime agli occhi. Io la imitai, la abbracciai con un gesto protettivo e me la strinsi contro. Mi chiedevo come sarei riuscito ad aiutarla a superare quell'episodio. L'omicidio di Ed le avrebbe lasciato delle tracce; non l'avrebbe mai dimenticato. Le conseguenze non sarebbero mancate, ma l'avrei aiutata.

«Quale ospedale?» chiese il Furbo avviando l'auto. «Vi faranno tante domande. Se capiscono che ti hanno sparato, chiameranno gli sbirri» disse, voltandosi verso di me e indicandomi con un cenno la ferita.

Strinsi le labbra, riflettendo. «Va' all'ambulatorio di Marlon» gli dissi. Marlon era il cognato di Brett, ed era ancora sul nostro libro paga. Quando ce n'era bisogno, riservava un trattamento speciale ai miei uomini.

Il Furbo annuì, e partimmo. Ellie aveva smesso di piangere, ma continuava a tenere il viso nascosto contro il mio collo. Mi ritrassi per guardarla. «Ellie, non possiamo dire nulla di quello che è successo oggi qui. Hai capito?» chiesi, osservandola attentamente.

Tirò su col naso e mi fissò negli occhi. «Ma dobbiamo dirlo alla polizia. Abbiamo ucciso della gente, dobbiamo confessare.»

Le presi il viso ferito tra le mani. «No» esclamai. «Erano spacciatori, brutta gente, che si è macchiata di crimini orribili. Quello che è successo oggi è il risultato delle loro azioni. Mi hai capito? Noi non ci siamo mai venuti, qui. Abbiamo avuto un incidente in macchina, è così che siamo rimasti feriti.» Parlai con tono fermo, deciso. Non potevamo dire la verità. Le lessi però l'incertezza negli occhi. «Vuoi andare in prigione per il resto della tua vita per avere ucciso quello schifoso?» chiesi.

Scosse il capo debolmente con aria pensierosa. «No» sussurrò.

«Allora fa' come ti dico io. Mi occuperò di tutto, e ci lasceremo alle spalle questa brutta storia. Mi prenderò sempre cura di te, devi solo fare come dico io. Okay?» *Per favore, di' di sì.* «Puoi farlo per me, piccola?»

Restò ferma qualche secondo, poi annuì e la baciai dolcemente, felice che fossimo ancora vivi e di potermi occupare di lei per sempre.

***

Due giorni dopo sembrava essere andato tutto a posto. Ellie mi aveva detto dove l'avevano rapita, e chiesi a qualche amico di andare a prelevare l'auto dal fosso. La polizia ci aveva interrogato, ma avevamo detto che Ellie e io eravamo in auto quando era scoppiata una gomma e aveva perso il controllo, finendo nel fosso. Poi ci inventammo una storia su come eravamo usciti dal veicolo e avevamo fatto l'autostop fino a un ambulatorio per farci medicare. Le cartelle mediche avallavano il nostro racconto, confermando che le nostre ferite erano dovute solamente a un incidente d'auto. Eravamo tornati a casa sani e salvi. Era stato l'ispettore Lewiston a prendere le nostre deposizioni, colmando lui stesso certe lacune e ricevendo in cambio una bella busta gonfia di banconote.

Nessuno ci aveva interrogato riguardo ai sei cadaveri scoperti al porto lo stesso giorno del nostro incidente. Tra i diversi chili di cocaina e il denaro trovati sul posto – grazie a Ray – e la reputazione dei Salazar, noti spacciatori, la polizia aveva pensato a una vendita di droga finita male. Gli articoli di giornale confermavano questa ipotesi, affermando che non c'erano testimoni né sospetti, ma aggiungendo che la città era più sicura, ora, senza i fratelli Salazar. Ero completamente d'accordo.

Ellie aveva detto tutto quello che le avevo suggerito io; non aveva parlato a nessuno di ciò che era accaduto al porto e aveva confermato la mia storia della gomma bucata e successivo incidente. All'inizio aveva fatto qualche rimostranza, chiedendomi se tacere fosse davvero la cosa giusta, ma le avevo ricordato che tipo di persone erano le vittime, disposte a uccidere lei e i suoi genitori solo per colpire me. Questo l'aveva decisa, e non mi aveva più chiesto niente. Non si era pentita di avere ucciso Ed, di quello era certa.

Nei due giorni successivi successero molte cose. Intanto conobbi la nonna di Ellie. Mi piacque molto, era una donna generosa con un gran senso dell'umorismo. E amava Ellie e Kelsey con tutto il cuore, e questo non poteva che rendermela ancora più simpatica. E poi mi lasciò passare la notte con Ellie perché la tenessi stretta quando si lamentava durante il sonno, chiamando me e suo padre e svegliandosi di soprassalto, madida di sudore. Ogni volta la baciavo teneramente e la rassicuravo, dicendole che era finita e che ero lì al suo fianco. Ogni volta lei mi sorrideva riconoscente e mi si rannicchiava contro, scivolando di nuovo in un sonno tormentato.

Un giorno Ellie avrebbe dimenticato gli orrori che aveva vissuto e avrebbe ricominciato a dormire sonni tranquilli. L'avrei aiutata io.

L'altra cosa fu che rividi la madre di Ellie dopo tre anni. Accompagnai Ellie a trovarla in ospedale. In realtà avevo scordato quanto mi intimidisse Ruth. All'inizio fu un po' distante, forse perché avevo il viso coperto di lividi e la mano rotta e fasciata. Sono sicuro che avevo tutta l'aria di un poco di buono. Ma quando Ellie mi sorrise, stringendomi la mano orgogliosa, con gli occhi lucidi, Ruth sembrò rilassarsi un po'. Si sforzò di parlarmi durante la visita, e riuscii a strapparle perfino qualche sorriso.

Ellie e io sapevamo che ci sarebbe voluto un po' di tempo per conquistarla del tutto, ma che accettava la nostra relazione, e voleva che Ellie fosse felice. Prima o poi le sarei diventato simpatico; avevo tutta la vita davanti per riuscirci.

«Abbiamo tutto?» chiese Ellie distrattamente, controllando il baule dell'auto che le avevo prestato, visto che la sua era andata distrutta. Era pieno di valigie, scatole e sacchetti della spazzatura zeppi di abiti.

Stacey sbuffò tornando in casa a prendere un altro sacchetto. «Vi assicuro che non avete dimenticato niente. Siete sicuri di non volere portare con voi anche il lavello della cucina?» chiese ridendo, indicando la mia auto, anch'essa strapiena dei bagagli dei Pearce.

Ellie sorrise e fece un gran sospiro, voltandosi verso di me. «Sarebbe tutto più facile se sapessimo quanto tempo staremo via» disse, con le mani sui fianchi.

Mi strinsi nelle spalle e la abbracciai. «Forse sarà per sempre. Tua madre mi sembrava convinta quando ha detto di non voler tornare.» La guardai attentamente.

Lei annuì, mordicchiandosi il labbro. «Sì, lo so. Immagino che dovremo fare un po' di avanti e indietro per vederci.» Mi accarezzò col dito il bordo del colletto della maglietta, facendomi il solletico.

«Verrei in capo al mondo ogni giorno per vederti» replicai. Era vero, per vederla a Pocono avrei dovuto fare un bel po' di chilometri, ma ne valeva la pena.

Fece un sorrisetto. «Sdolcinato.»

«Lo sai che ti piace.» Le catturai le labbra in un tenero bacio che si trasformò presto in qualcosa d'altro. Andava sempre a finire così: era come se il mio corpo avesse un bisogno costante del suo, per recuperare i tre anni perduti.

Mugolai quando mi afferrò i capelli. La desiderai subito, e le scivolai con le mani sul sedere mentre la spingevo indietro di un passo contro la fiancata dell'auto, premendo con il corpo contro il suo. Un suo gemito mi fece impazzire, e dimenticai dov'ero, dimenticai tutto mentre i nostri corpi si strofinavano uno contro l'altro. Avrei voluto strapparle i vestiti di dosso e farla contorcere dal piacere sotto di me.

La mia mano le risalì sotto la camicetta, percorrendo la

pelle morbida dello stomaco, salendo più in alto, e diventavo sempre più eccitato a ogni centimetro di pelle.

Qualcuno si schiarì la voce con forza, facendoci sobbalzare. Girai la testa di scatto e vidi la nonna di Ellie che ci squadrava con un sopracciglio alzato e le braccia conserte. Sorrisi imbarazzato; mi aveva colto sul fatto. «Non ne avete avuto abbastanza la notte scorsa, voi due?» chiese con aria fintamente severa.

Ellie sussultò e poi rise; io mi staccai da lei ma senza voltarmi, per non mostrare a sua nonna in che stato di eccitazione mi metteva con un semplice bacio.

La nonna ci strizzò l'occhio. «Siete quasi pronti? Ho detto a Ruth che saremmo arrivati alle tre.»

Annuii mentre Ellie si sistemava la camicetta e si ravviava i capelli, imbarazzata. «Siamo pronti» confermò. «Kels ha preso tutto?»

«Sì!» confermò Kelsey con uno zaino sulle spalle. «Kels è pronta. Andiamo a prendere la mamma.»

Mentre Kelsey ficcava lo zaino nel poco spazio a disposizione nel portabagagli e poi lo chiudeva a fatica, la nonna salì al posto del passeggero e si appoggiò la borsa sui piedi.

«Bene, è ora che io vada» disse Stacey avanzando con le braccia tese. Ellie le sorrise e le due ragazze si abbracciarono strette. «Chiamami quando arrivi, e ci vediamo il prossimo weekend. Ricorda di prenotarmi la camera da letto più grande, dall'altra parte della casa rispetto alla vostra, ninfomani che non siete altro, così non mi tocca starvi ad ascoltare mentre recuperate il tempo perduto tutta la notte.»

Risi e le lasciai discutere tra loro e dirsi addio. In realtà non era un addio, ma un arrivederci a presto. Quelle due non si sarebbero mai perse di vista, si volevano troppo bene.

«A dopo. E grazie per avermi aiutato con i bagagli» disse Ellie, abbracciandola di nuovo.

«Quando vuoi. Saluta tua madre da parte mia» rispose Stacey dando un bacione sonoro sulla guancia di Ellie prima di salutare con la mano Kelsey e la nonna. Poi mi sorrise un po' a disagio, probabilmente perché non aveva ancora mandato giù il fatto che avessi fatto del male alla sua amica. Non era un problema; ero sicuro che avrei rimediato anche con lei, prima o poi. «Prenditi cura di loro, Jamie.»

«Certo» promisi, guardandola dirigersi alla propria auto. Gridò un ultimo «ciao» prima di allontanarsi, agitando freneticamente la mano fuori dal finestrino.

Ellie sospirò e tornò in casa, per controllare che le luci fossero spente. Poi restò immobile a guardare il salotto vuoto.

Mi avvicinai e le posai una mano sulla schiena. «Tutto a posto?» chiesi.

Annuì. «Sì, ma è strano vedere la casa senza foto e senza soprammobili» replicò.

Mi guardai attorno anch'io, vedendo che aveva impacchettato tutte le fotografie, tutto ciò che rendeva quelle quattro mura una *casa*, e le aveva chiuse nei bauli di due auto. Restava solo un guscio vuoto. «È soltanto una casa, Ellie.»

Sospirò e mi guardò con un sorriso. «La casa è dove si trova il cuore, giusto?»

Le feci un sorriso anch'io. «Giusto.» La mia casa era lei, perché era lì che si trovava il mio cuore.

Fece un respiro profondo e mi prese per mano; uscimmo insieme. Dopo che ebbe chiuso la porta a chiave, ci dirigemmo alle macchine. Capivo che era difficile per lei lasciare la dimora dove era cresciuta, la casa che conteneva i ricordi della sua infanzia e di suo padre. Era proprio quello il motivo per il quale sua madre non voleva tornarci, e tutti rispettavano la sua volontà.

Accompagnai Ellie alla sua macchina dove Kelsey e la

nonna erano già sedute, e le diedi un bacio prima che si mettesse alla guida. «Sono fiero di te, sai?» sussurrai.

Era vero. Affrontava con coraggio tutte le prove che la vita le metteva davanti, e ne emergeva più forte di prima. Mi sorrise e le diedi un bacio sulla fronte prima di staccarmi.

«Ci vediamo all'ospedale» dissi, tornando alla macchina.

Notai che camminavo con passo allegro. Era un cambiamento positivo per tutti noi: tutti – me compreso – potevamo costruirci un futuro insieme invece di lasciarci sospingere dal caso.

Guardai Ellie avviare il motore e percorrere il vialetto, diretta all'ospedale. Dopo essere passati a prendere sua madre ci saremmo lasciati alle spalle la città per dirigerci a Pocono. Nessuno sapeva se sarebbe stato definitivo o no – solo il tempo l'avrebbe detto – ma in ogni caso non mi dispiaceva. Avrei seguito Ellie in capo al mondo.

Epilogo
Ellie

Chiusi gli occhi e sospirai, ascoltando le canzoni di Natale che trasmettevano alla radio. Ero felice.

«Ellison, ti ho preparato un caffè» disse mia madre.

«Grazie, mamma» risposi, aprendo gli occhi e sorridendo quando vidi i fiocchi bianchi che cadevano fuori dalla vetrina. Le previsioni meteorologiche avevano previsto la neve, ma mia madre sosteneva che il cielo non era del colore giusto. Apparentemente, invece, le previsioni ci avevano azzeccato, per una volta.

Amavo quel periodo dell'anno. Amavo la neve e il freddo. L'inverno a Pocono era la stagione più bella, e nel giro di un paio di settimane avremmo celebrato il nostro primo Natale lì.

Erano passati quasi nove mesi da quando avevamo fatto i bagagli e ci eravamo trasferite dalla nonna, e avevamo deciso di non tornare più indietro. Quasi nove mesi di aria fresca e di tempo per riflettere e ricostruire la nostra famiglia senza papà. Era stato difficile, ma la situazione stava migliorando: Kelsey adorava la nuova scuola, la nonna era contenta di avere compagnia in casa, e mia madre aveva trovato la sua vocazione nella maturità: teneva il mio negozio e la contabilità.

Il mio negozio, che si chiamava, guarda caso, Jellie's

Boutique – un nome trovato da Jamie che mi era piaciuto subito – vendeva capi di abbigliamento, pezzi unici fatti a mano da una stilista del posto, la sottoscritta. Vendevamo anche bellissima bigiotteria che commissionavo a un'altra creatrice della zona e le marmellate di mia nonna. Il negozio era aperto da sei mesi e funzionava bene. Non eravamo milionari, ma guadagnavamo abbastanza da mantenerci.

Io lavoravo tantissimo, spesso disegnavo o cucivo fino a notte fonda quando la mia creatività non voleva saperne di dormire, ma non mi sembrava neanche di lavorare. Quando trovi qualcosa che ti piace, nella vita, farlo non ti pesa. L'orgoglio che provavo nel vedere qualcuno che indossava un mio capo era immenso. La settimana precedente avevo finito cinque abiti per le damigelle d'onore di una cliente che era venuta fin da Philadelphia in macchina per ordinarli, dopo avere trovato il mio sito su internet, sito che mia madre aveva creato da sola. Chi avrebbe potuto immaginare che fosse un tale genio del marketing? Sapere che una mia creazione avrebbe contribuito a rendere speciale un matrimonio mi riempiva di fierezza e soddisfazione. Amavo la mia vita e non ero sicura che avrei mai potuto essere più felice di così.

Il negozio era stato un'idea di Jamie. Aveva sempre amato i miei disegni, e dopo che ci eravamo trasferite lì la mia vena creativa era esplosa, ma gli schizzi stavano a marcire sulle pagine del quaderno. Era stato Jamie a convincermi a realizzare qualche modello e venderlo on-line. Erano andati a ruba. Allora aveva cominciato a suggerirmi di aprire un negozio in città. Per me era solo una bella idea, ma irrealizzabile, finché Jamie non mi aveva consegnato le chiavi del negozio che aveva appena comprato per me. Aveva venduto l'appartamento, le auto e uno dei suoi locali per pagarlo, rinunciando a tutto quello che aveva per permettermi di realizzare il mio sogno di lanciare una collezione mia. L'avviamento del negozio aveva richiesto molto lavoro, avevamo sgobbato fino a tardi, la sera, per ristrutturarlo, decorarlo, arredarlo, ma ce l'avevamo fatta, e sei mesi dopo funzionava bene.

Non permettevo mai a me stessa di pensare alle brutte cose successe prima della nostra partenza, o al fatto che avessi ucciso un uomo. Bloccavo quei pensieri e cercavo di vivere la mia esistenza. Ed e gli uomini di Salazar non mi avrebbero più privata della vita e della felicità, non gliel'avrei permesso. Ci lasciammo tutti il passato alle spalle, ed eravamo tutti più sereni di quanto non avremmo mai creduto possibile dopo avere perso papà.

Il campanello sulla porta tintinnò, ed entrò la donna geniale che aveva creato gli splendidi gioielli che vendevo. Simone era una mamma sola di una trentina d'anni, con i capelli tinti di rosa e verde, e dallo stile molto particolare. Viveva nella stessa strada della nonna, ed era adorabile. «Ciao, Ellie.»

«Ciao, Simone.» Fissai la scatola che teneva in mano. «Sono i nuovi gioielli di cui mi parlavi?» chiesi eccitata, riponendo alla bell'e meglio gli ultimi due vestiti sullo stand appendiabiti prima di precipitarmi da lei.

Simone annuì, aprì il coperchio e mostrò le sue splendide creazioni. Anche mia madre venne a sbirciare ed entrambe cominciammo a estrarre i gioielli e a disporli sul banco con mormorii estasiati. «Oh, sono bellissimi! Andranno a ruba» dissi, sollevando un braccialetto d'argento con l'incisione delicata di un calabrone.

Mia madre estrasse la macchina fotografica da un cassetto. «Li metto subito sul sito e sulle pagine dei social. Ottimo lavoro, Simone.»

I suoi occhi si illuminarono. Erano tutti contenti di strappare un complimento a mia madre, e si sentivano onorati dai suoi elogi. «Grazie, signore» cinguettò, prima di rivolgersi a me. «Sai, ho visto il tuo uomo partire in macchina. Dove sta andando a metà giornata?»

«Non ne ho idea» risposi, dirigendomi meccanicamente verso la vetrina e guardando fuori. Quando Jamie aveva venduto il suo appartamento, il club e tutte le sue auto per comprarmi il negozio, aveva acquistato anche qualcosa per sé, proprio di fronte al mio negozio, guarda caso: un grande magazzino di mattoni che aveva trasformato in garage e officina. Anche Jamie stava realizzando il suo sogno, e vendeva auto invece di rubarle.

Ero contenta che fosse lì vicino, perché pranzavo con lui ogni giorno e, in qualsiasi momento della giornata potevo guardare fuori dalla vetrina e ammirarlo con la sua salopette da lavoro unta, con il berretto in testa, chino su un'auto con il fondoschiena in bella vista. Ogni volta, immancabilmente, mi batteva forte il cuore e mi tremavano le ginocchia.

Inizialmente Jamie era rimasto in città, ma dopo due mesi che faceva avanti e indietro da casa di mia nonna, mia madre aveva finito per suggerire che si trasferisse da noi anche lui, visto che comunque era sempre lì.

Finché non avevo cominciato a vivere con lui, e a svegliarmi al suo fianco ogni giorno, non mi ero resa conto che avrei potuto amarlo anche più di prima, invece mi sbagliavo.

Simone aveva ragione, però: l'officina era chiusa e la sua auto sparita. Speravo che guidasse con prudenza, con tutta la neve che era caduta. Probabilmente era andato a prendere un pezzo di ricambio per un'auto. Non c'erano altri posti dove avrebbe dovuto andare quel giorno, a meno che…

Mi voltai da mia madre con un grido. «Oddio, pensi che abbia concluso? Forse è andato a prendere le chiavi!» Mi misi a saltellare sul posto con un'eccitazione da bambina piccola. Non riuscivo a stare ferma. «L'avvocato ha detto che non sarebbe stato prima del tardo pomeriggio, ma forse è riuscito ad anticipare, no?» continuai a blaterare.

Simone la guardò incuriosita. «È per la casa che intendete comprare? È oggi, il giorno?»

Annuii, e mi toccai le guance rosse per il caldo e l'emozione. «Sì!»

«Calmati, Ellison. Probabilmente è andato a ritirare un pezzo di ricambio per un'auto. Se la consegna delle chiavi è prevista per stasera, non c'è motivo di pensare che avvenga prima.» Mia madre era sempre la voce della ragione. E quello era stato anche il mio primo pensiero, oltretutto.

Lentamente il mio entusiasmo si calmò. Ero stata sulle spine fin da quel mattino, aspettando che il telefono squillasse con la notizia che io e Jamie eravamo proprietari di una casa, ma potevo aspettare qualche altra ora. Sospirai e annuii, rassegnata. «Immagino di sì. Fotografiamo ed esponiamo queste meraviglie, intanto» suggerii, cercando di pensare ad altro e occupandomi dei gioielli nuovi che avremmo venduto.

***

Meno di un'ora dopo, Jamie era di ritorno. Udii il rombo della sua auto quando si fermò davanti al negozio. Resistetti alla tentazione di correre alla vetrina e continuai a fissare il telefono, aspettando che l'avvocato chiamasse con delle buone notizie.

Quando il campanello sulla porta tintinnò, alzai lo sguardo e vidi l'amore della mia vita che entrava con un mazzo di rose rosa. Mi fece un gran sorriso e mi sentii il cuore in gola. «Ciao, piccola» esordì.

Saltai giù dallo sgabello e feci il giro del banco per andargli incontro. «Ciao.» Salii in punta di piedi e lui chinò il capo per darmi un bacio. Aveva il viso gelato, i capelli spettinati per via del berretto che aveva portato tutta la mattina, ma era più bello che mai. Jamie poteva essere coperto di fango, ma anche così era sexy.

Si ritrasse con gli occhi che gli brillavano per l'entusiasmo. Sorrisi e guardai i fiori. «Sono per me?» chiesi, mordendomi un labbro.

Scosse subito il capo, ed estrasse un fiore dal mazzo. «Questo è per te» rispose, consegnandomelo. «Gli altri sono per...» Alzò lo sguardo e sorrise a mia madre, offrendole il bouquet. «Sono per te» concluse.

Mi sentii sciogliere di fronte a quel gesto tanto delicato. Mia madre, colta di sorpresa, sgranò gli occhi, prese i fiori e se li avvicinò al viso per sentirne il profumo. «Oh, Jamie, sono meravigliosi! Grazie!»

Il mio ragazzo aveva conquistato mia madre con il suo fascino e la sua dolcezza in quegli ultimi nove mesi. Lei aveva avuto qualche perplessità all'inizio sulla nostra storia, ma la sua nuova filosofia, dopo avere perso mio padre, era che bisognava vivere a fondo ogni giorno e approfittare di ogni istante di felicità. Lei desiderava solo che fossi felice, e capiva che solo lui avrebbe potuto realizzare quel desiderio. E aveva cominciato a trattarlo come il figlio maschio che non aveva mai avuto.

«Perché i fiori?» chiese, annusandoli di nuovo, con aria piena di gratitudine.

Jamie si strinse nelle spalle e mi guardò. «Perché hai una figlia meravigliosa e perché mi permetti di entrare a far parte della sua vita.» Si frugò in tasca ed estrasse un mazzo di chiavi, che fece dondolare appendendosele a un dito. «E per celebrare il fatto che presto cambieremo casa.»

Restai a bocca aperta. Allora era andato davvero a prendere le chiavi!

«Cosa? Stai scherzando? Sono le chiavi della casa nuova?» Ripresi a saltellare, fissando le chiavi, e pensando alla nostra nuova vita, che era dietro l'angolo.

«Non sto scherzando. Le ho appena avute.» Jamie rise felice. «Vuoi che andiamo a vedere la nostra nuova casa?»

Annuii con un gridolino entusiasta, e corsi a prendere il giaccone e la sciarpa. Quando mi fui imbacuccata tornai in negozio e vidi che Jamie stava finendo la cioccolata calda che mia madre aveva preparato dieci minuti prima.

La mamma sorrise, mi si avvicinò per alzarmi la chiusura lampo fino in cima e sistemarmi la sciarpa. Mi guardò con gli occhi umidi. «Sono tanto felice per voi due. Sappi che tuo padre sarebbe stato incredibilmente orgoglioso della giovane donna che sei diventata.»

Sorrisi e la abbracciai. «Grazie. Ti voglio bene.»

«Ti voglio bene anch'io» replicò. Anche quello era un cambiamento dovuto all'incidente: mia madre ora esprimeva molto più facilmente i suoi sentimenti. All'inizio era stato un po' imbarazzante, ma adesso mi faceva un piacere immenso. Avevamo un bellissimo rapporto.

Mi staccai da lei e guardai Jamie, che aveva teso una mano per prendere la mia. «Sei pronta?» chiese.

Annuii. «Prontissima!» Ero stata pronta ad andare a convivere con lui fin da quando avevo diciassette anni. Avevo fretta che accadesse.

Jamie

Quando uscimmo dal negozio, una coppietta seduta sullo steccato di legno, intenta a scambiarsi effusioni, attirò la mia attenzione. Sorrisi, e dopo essermi portato le mani attorno alla bocca a mo' di altoparlante, gridai: «Kelsey Pearce, lascia in pace quel ragazzo!»

Lei si ritrasse subito e avvampò, proprio come faceva Ellie quando era imbarazzata. «Chiudi il becco, Jamie» gridò di rimando, ridendo e pulendosi la bocca con il dorso della mano protetta dal guanto.

Kelsey aveva compiuto quattordici anni la settimana prima, e pur essendo nel periodo ingrato dell'adolescenza, era simpatica e si comportava bene con Ellie. Andavamo molto d'accordo. Aveva più o meno l'età che avrebbe avuto mia sorella, quindi mi piaceva intervenire e recitare il ruolo di fratello maggiore.

«Fammi sapere se la cosa si fa seria, così saprò se devo intervenire con i mezzi pesanti.» Le strizzai l'occhio mentre il ragazzo le tolse le mani dalle spalle e si irrigidì preoccupato.

Lei sorrise e mi mandò al diavolo con un gesto della mano. Stava proprio sbocciando, Kelsey. Stava bene in quel posto incantevole, come noi tutti.

Ellie mi guardò emozionata, e le schioccai un bacio sulla bocca prima di salire in macchina. Durante il tragitto di quindici minuti verso la nostra nuova casa, non riuscì a star ferma, si agitava e cominciò a elencare tutte le cose che dovevamo acquistare. Fortunatamente per noi, i proprietari precedenti si trasferivano in un'abitazione più piccola e ci avevano venduto parte dei mobili, il che significava che ci saremmo ritrovati già con un divano e altro mobilio. Ci saremmo accontentati, finché non avessimo avuto i soldi per comprarli noi.

Giunti davanti alla nostra nuova casa, ci fermammo e la ammirammo. Ellie fece un sospiro soddisfatto. Era su due piani, con tre camere da letto, ed era circondata da alberi in un posto bellissimo. Il vialetto d'accesso era curvo e conduceva al garage. L'esterno dell'abitazione era di legno color grigio. Ci era costata il massimo che potevamo permetterci, anche contando il mutuo, quindi le eventuali modifiche e migliorie avrebbero dovuto essere fatte progressivamente, quando avremmo avuto i soldi. Per fortuna era già perfetta così com'era, per noi.

Mi frugai in tasca, estrassi le chiavi e le agitai davanti a Ellie. «Vuoi entrare e guardarti attorno?»

Lei mi rubò subito le chiavi con un gridolino entusiasta che mi fece tenerezza. Vederla tanto felice era una gioia per me. «Certo, andiamo!»

Scese dall'auto di corsa e rischiò di scivolare su una lastra di ghiaccio. Ridacchiai tra me e la aspettai qualche passo più in là, davanti alla macchina.

Gli uccelli cantavano sugli alberi coperti di neve che ci circondavano, e ci avviammo a braccetto verso la porta. Ellie infilò la chiave nella toppa, trattenne il fiato e le posai una mano sulla schiena. Ero così stordito dall'amore per lei che faticavo a crederci. Ce l'avevamo fatta; avevamo appena comprato la nostra prima casa.

La porta si aprì con un cigolio leggero che mi ripromisi di eliminare. Ellie fece un sospiro e si girò verso di me, con gli occhi umidi di lacrime. «Non riesco a credere che sia nostra. Sono tanto felice.»

Annuii, posandole sulle labbra un bacio leggero. «Anch'io.»

A un tratto parve sopraffatta dall'emozione. Mi afferrò la mano, mi attirò dentro e si guardò attorno nell'ingresso; sulla mensola c'era una bottiglia di champagne e una busta con i nostri nomi. Ellie prese la busta, la aprì e lesse il contenuto. «È degli ex proprietari. Dice: "Speriamo che sarete felici qui come lo siamo stati noi. Siamo contenti che la casa contribuisca a creare nuovi ricordi di una coppia bella come la vostra".»

Che pensiero gentile...

Le indicai le scale e afferrai la bottiglia di champagne. «Dovremmo stapparla sul balcone.»

Ellie annuì, incapace di trattenere un sorriso. Mi prese di nuovo per mano, intrecciando le dita con le mie, e salimmo la scala di legno. Ellie si era subito innamorata della casa, anche per via della disposizione insolita delle stanze. La zona giorno, di sopra, godeva di una vista stupenda. Appena aveva scorto la grande vetrata con il panorama del lago, si era girata verso di me e mi aveva sussurrato che la voleva, che era la casa giusta. Avevo fatto un'offerta ai proprietari su due piedi, non desiderando seguire la solita trafila e dover aspettare la risposta dell'agente. Vedendo come Ellie si era innamorata subito della loro casa, avevano accettato. Era successo otto settimane addietro, e quella era la prima volta che ci tornavamo.

Entrando in salotto vedemmo oltre la grande vetrata gli alberi del nostro giardinetto, e in lontananza il lago e, dietro, le montagne con le cime innevate. Le porte finestre si aprivano sul balcone spazioso, e tavolo e sedie erano disposti in modo da permettere di godersi il panorama.

A destra, il salotto era di fronte a un'altra finestra grande che copriva quasi una parete intera. Un palloncino con scritto BENVENUTI A CASA svolazzava solitario, sopra il tavolino al quale era legato.

«Oh, ci hanno comprato anche un palloncino» disse Ellie, andando a prenderlo.

«Quello è opera mia» ammisi. «Sono entrato un attimo dopo avere preso le chiavi perché volevo fartelo trovare qui.» Sorrisi imbarazzato con il cuore che mi batteva forte. Posai la bottiglia sul tavolo.

Ellie si voltò e mi rivolse uno sguardo pieno di amore. «Sei troppo dolce, Jamie Cole.»

Feci un respiro profondo e cercai di calmarmi. «Non hai visto cosa c'è attaccato?» chiesi, mostrandole la cordicella del pallone.

Ellie guardò meglio e vide una scatolina rossa. Sbarrò gli occhi, ma non si mosse. Sorrisi della sua espressione sbalordita e fui grato a sua madre, alla nonna e a sua sorella che erano riuscite a mantenere il segreto; quando avevo rivelato loro il mio piano erano state eccitatissime.

Mi inginocchiai e liberai la scatolina dalla cordicella. Si coprì la bocca con le mani, gli occhi pieni di lacrime.

Avanti, Jamie, non impappinarti. «Ellie, so che non siamo a Parigi in cima alla Torre Eiffel, o in un ottimo ristorante di Roma, che non stiamo facendo il bagno nel Mar Morto o qualcosa d'altro di spettacolare, ma mi sembra giusto farti questa domanda importantissima qui, nella nostra nuova casa» esordii.

Mi tremavano le mani quando aprii il cofanetto.

Lei sgranò gli occhi e le scese una lacrima.

«Ti amo con tutto il cuore e ti amerò sempre» dissi, cercando di non commuovermi. «Giuro che continuerò a farti sorridere per il resto della tua vita, come avevo promesso a tuo padre. Vuoi sposarmi, piccola?»

Non ebbe nessuna esitazione, indecisione o riflessione. «Sì! Certo che sì!»

Iniziò a saltellare sul posto quando le tesi la scatoletta. L'anello era quello che le avevo comprato tre anni prima, e che avevo mostrato a suo padre. Non me n'ero mai disfatto. Ma ora c'era una piccola differenza.

«Ho fatto incidere una cosa, dentro» le dissi, e la guardai che socchiudeva gli occhi per decifrare la scritta.

«*Cicatrici comprese*» lesse. Mi guardò con un sorriso che mi gonfiò di amore il cuore. «Ti amo» sussurrò.

«Cicatrici comprese.» La abbracciai forte e la baciai, cercando di mostrarle con quel bacio quanto la amavo e quanto le ero grato del fatto che desse una possibilità a un tizio come me.

Ci staccammo, entrambi senza fiato. Presi l'anello e glielo infilai al dito, e lì sarebbe rimasto per i prossimi ottant'anni.

Il lieto fine esiste, anche per gente come me. Basta avere il coraggio di battersi per averlo.

Ringraziamenti

Il mio primo grazie va a Lorella Belli, la mia formidabile agente. La tua dedizione mi lascia senza parole.

Alla fantastica squadra di Forever: i grafici, gli editor, i correttori di bozze e tutti coloro che hanno lavorato sodo per realizzare questo libro, grazie!

A Leah: grazie per avere affrontato con me questo giro sulle montagne russe, e per avermi incoraggiato a impegnarmi per rendere la storia di Jamie ed Ellie ancora più appassionante.

Alle mie ragazze Kerry Duke e Chloe Meyer, grazie per il sostegno continuo e gli incoraggiamenti degni di due ragazze pompon quando ne avevo più bisogno. Vi voglio bene.

Alla mia famiglia, siete geniali e sono fortunata ad avervi.

A voi, cari lettori, debbo per prima cosa le mie scuse per avervi lasciato col fiato sospeso con *Free to love. Niente da perdere se non l'amore*. Perdonatemi. Secondo, grazie per avere deciso di avventurarvi con me in questo viaggio. Spero che vi siate divertiti a leggere la conclusione della storia di Jamie ed Ellie quanto io mi sono divertita a scriverla.

Come sempre, tutta la mia riconoscenza ai fantastici blogger di tutto il mondo che sacrificano tante ore della loro vita all'amore per i libri. Non potrò mai ringraziarvi abbastanza. Siete i miei miti.

E infine, e non certo in ordine di importanza, un grazie a Terrie Arasin, la mia assistente «superstar». Sei arrivata in un periodo in cui annegavo nei social media e non avevo quasi più tempo per scrivere. Non so cosa avrei fatto senza di te e i tuoi buffissimi commenti in texano su Messenger. Starei probabilmente impazzendo, disorganizzata come sono, per cercare di fare tutto da sola. Come ho detto nella dedica, questo libro non esisterebbe senza di te.

Ti voglio bene, tesoro. Offro io il dolce!

Kirsty Moseley

FREE TO LOVE
Niente da perdere se non l'amore

Jamie Cole è un ragazzo di strada. Occhi di ghiaccio, sguardo fiero, sogni nel cuore e amici da non tradire. E, quando viene arrestato, giura a se stesso una cosa sola: una volta fuori, cambierà vita.

Ellie Pearce è una ragazza modello: un'ottima famiglia, bei voti, amiche affettuose. Ma ha una spina nel cuore. La storia con il suo fidanzato non funziona. E, quando decide di lasciarlo, giura a se stessa una cosa sola: basta innamorarsi.

Poi Jamie ed Ellie si incontrano. E il destino si diverte a rimescolare le carte. Ma come? Scatenando un amore a prima vista? Accendendo un'attrazione fatale? Una cosa sola è sicura: quando entra in gioco la passione, non c'è giuramento che tenga...

Fotocomposizione: La Composizione, Milano

Finito di stampare
nel mese di settembre 2017
per conto della TEA S.r.l., Milano
dal Nuovo Istituto di Arti Grafiche, Bergamo
Printed in Italy